Rewanż

Liza Marklund
Rewanż

Przełożył ze szwedzkiego
Paweł Pollak

Wydawnictwo „Książnica”

Tytuł oryginału
Sprängaren

Opracowanie graficzne
Marek J. Piwko

Fotografia na okładce
© zefa Polska

ISBN 83-7132-572-X

Wydawnictwo „Książnica" sp. z o.o.
ul. Powstańców 30/401
40-039 Katowice
tel. (032) 757-22-16, 757-22-19
faks (032) 757-22-17
http://www.ksiaznica.com.pl
e-mail: ksiazki@ksiaznica.com.pl

Wydanie pierwsze
Katowice 2002

Skład i łamanie:
Z.U. „Studio P", Katowice

Druk i oprawa:
Cieszyńska Drukarnia Wydawnicza

Prolog

Kobieta, która wkrótce miała umrzeć, ostrożnie wyszła z bramy i rozejrzała się szybko wokół. Nie zapaliła światła, toteż klatka schodowa za nią pogrążona była w ciemności. Jej jasny płaszcz odcinał się niczym duch na tle ciemnego drewna. Zawahała się, nim weszła na chodnik, jakby czuła się obserwowana. Parę razy pośpiesznie zaczerpnęła powietrza i na kilka sekund biała para utworzyła nad nią aureolę. W końcu poprawiła pasek torebki na ramieniu i zacisnęła mocniej dłoń na uchwycie aktówki. Wyprostowała się i szybkim krokiem ruszyła w stronę ulicy Götgatan. Było przeraźliwie zimno, ostry wiatr przenikał cienkie nylonowe pończochy. Ominęła zamarzniętą kałużę i przez chwilę balansowała na skraju chodnika. Potem prędko poszła dalej, zostawiając za sobą światło latarni i wchodząc w ciemność. Mróz i cienie tłumiły nocne odgłosy: szum wentylatora, krzyki podpitych młodzieńców, odległą syrenę.

Kobieta szła prędko i zdecydowanie. Emanowała pewnością siebie, pachniała drogimi perfumami. Kiedy nagle zadzwonił jej telefon komórkowy, była zaskoczona. Zatrzymała się w pół kroku, zesztywniała i szybko rozejrzała się wokoło. Potem pochyliła się, oparła aktówkę o prawą nogę i zaczęła szukać w torebce. Z jej postaci biła irytacja i niepewność. Wyciągnęła telefon i przyłożyła do ucha. Mimo mroku i cieni jej reakcja nie uszłaby niczyjej uwagi.

Irytacja ustąpiła miejsca zdumieniu, by następnie przejść w złość, a na koniec w strach.

Po skończonej rozmowie stała jeszcze przez chwilę z telefonem w ręce. Pochyliła głowę, wydawała się nad czymś zastanawiać. Minął ją jadący wolno radiowóz. Popatrzyła nań z wyczekiwaniem, odprowadziła go wzrokiem, ale nie zrobiła żadnego gestu, by zatrzymać policjantów. Wreszcie najwyraźniej podjęła decyzję. Obróciła się na pięcie i poszła z powrotem tą samą drogą, koło ciemnej drewnianej bramy, do przejścia na skrzyżowaniu z Katarina Bangata. Czekając, aż przejedzie nocny autobus, podniosła głowę i popatrzyła wzdłuż ulicy przez plac Vintertullstorget w kierunku kanału Sickla. Wysoko nad nim wznosiła się główna arena olimpijska, Stadion Victorii, gdzie za siedem miesięcy miały zostać otwarte letnie igrzyska olimpijskie.

Autobus przejechał, kobieta przeszła przez obie jezdnie Ringvägen i zaczęła iść wzdłuż Katarina Bangata. Jej twarz była bez wyrazu, pośpieszne kroki wskazywały na to, że marznie. Przebyła kładkę nad kanałem Hammarby i przez centrum prasowe weszła na teren olimpijski. Drobnymi, nieco nerwowymi krokami skierowała się w stronę stadionu. Wybrała drogę wzdłuż wody, mimo że tędy było dalej i zimniej. Od Saltsjön wiał lodowaty wiatr, ale nie chciała, żeby ktoś ją zobaczył. Parę razy potknęła się w całkowitej ciemności.

Koło poczty i apteki skręciła ku obiektom treningowym, a ostatnie sto metrów do stadionu pokonała truchtem. Dotarła do głównej bramy zadyszana i zła. Odciągnęła ją i weszła w ciemność.

— Proszę powiedzieć, o co chodzi, i to szybko — popatrzyła zimno na osobę, która wyłoniła się z cienia.

Zobaczyła podniesiony młotek, lecz strach już jej nie dosięgnął.

Pierwsze uderzenie trafiło w lewe oko.

Egzystencja

Tuż za płotem znajdowało się olbrzymie mrowisko. Jako dziecko studiowałam je z maksymalnie wytężoną uwagą. Stawałam tak blisko, że owady bez przerwy włazily mi na nogi. Czasami śledziłam pojedynczą mrówkę od trawnika na podwórku przez żwirową ścieżkę, wzdłuż lachy piasku aż do mrowiska. Tam postanawiałam sobie nie spuszczać z niej wzroku, ale nigdy mi się to nie udało. Inne mrówki pochłaniały moją uwagę. Kiedy było ich zbyt dużo, moje zainteresowanie kierowało się ku tak wielu miejscom, że traciłam cierpliwość.

Czasami kładłam na mrowisku kostkę cukru. Mrówki były zachwycone prezentem, a ja uśmiechałam się patrząc, jak się na nim kłębią i ciągną go w głąb. Jesienią, kiedy zaczynały się przymrozki i mrówki stawały się ospałe, poruszałam patykiem w mrowisku, żeby je ożywić. Dorośli krzyczeli na mnie, kiedy zauważyli, co robię. Mówili, że niszczę pracę mrówek i ich dom. Do dziś pamiętam swoje poczucie niesprawiedliwości — przecież nie miałam złych zamiarów. Chciałam się tylko trochę pobawić. Chciałam tchnąć nieco życia w te małe stworzonka.

Zabawy z mrówkami z czasem zaczęły prześladować mnie w snach. Moja fascynacja tymi owadami przerodziła się w bezimienny strach przed ich ruchliwością. Kiedy dorosłam, nie mogłam znieść widoku więcej niż trzech owadów naraz, niezależnie od rodzaju. Gdy nie byłam w stanie ogarnąć ich wzrokiem, wpadałam w panikę. Fobia zrodziła się w tej samej *chwili, gdy dostrzegłam podobieństwo między mną a tymi błonkówkami.*

Byłam młoda i wciąż aktywnie szukałam odpowiedzi na pytania o swoją egzystencję, tworzyłam w umyśle teorie, które konfrontowałam między sobą pod różnymi kątami widzenia. To, że życie miałoby być kaprysem, nie mieściło się w moim światopoglądzie. Coś mnie stworzyło. Nie wiedziałam jednak, co to mogło być: przypadek, los, ewolucja czy może Bóg.

Natomiast za prawdopodobne uważałam, że życie jest pozbawione sensu, i to napawało mnie troską i złością. Jeśli nasz czas na ziemi nie ma sensu, to nasze życie jawi się jako ironiczny eksperyment. Ktoś umieścił nas tutaj, żeby obserwować, jak wojujemy, roimy się, cierpimy i walczymy. Czasami ten Ktoś rozdziela na chybił trafił nagrody, mniej więcej tak, jakby kładł kostki cukru na mrowisku, i przygląda się naszej radości i rozpaczy z tym samym chłodnym zainteresowaniem.

Pociecha przyszła z biegiem lat. W końcu uświadomiłam sobie, że nie ma znaczenia, czy moje życie ma jakiś głębszy sens. Nawet jeśli ma, nie jest mi dane, bym poznała go tu i teraz. Gdyby istniały jakieś odpowiedzi, już bym do nich dotarła, a skoro tak się nie stało, nie ma to znaczenia, bez względu na to, ile bym się nad tym zastanawiała.

Dało mi to pewien wewnętrzny spokój.

Sobota, 18 grudnia

Dźwięk dotarł do niej w samym środku dziwacznego erotycznego snu. Znajdowała się na szklanym podium w statku kosmicznym, Thomas leżał na niej i wchodził w nią. Trzech prezenterów z radiowej audycji „Studio 6" stało obok i przyglądało się z pozbawionymi wyrazu twarzami. Czuła, że musi się koniecznie załatwić.

— Nie możesz teraz wyjść do ubikacji, lecimy w kosmos — powiedział Thomas, a widok rozciągający się za panoramicznym oknem potwierdził jego słowa.

Drugi sygnał rozerwał kosmos, znalazła się w mroku spocona i spragniona. Nad nią, w ciemności, unosił się sufit pokoju.

— Odbierz, do cholery, zanim obudzi się cały dom — mruknął spośród poduszek zirytowany Thomas.

Odwróciła głowę i rzuciła okiem na zegarek: 3.22. Podniecenie uleciało w jednej chwili. Ciężka jak z ołowiu ręka dosięgła telefonu na podłodze. To był Jansson, szef nocnej zmiany.

— Stadion Victorii wyleciał w powietrze. Pali się jak cholera. Jest tam nocny reporter, ale potrzebujemy cię do wydań podmiejskich. Jak prędko możesz być na miejscu?

Oddychała przez chwilę przetrawiając wiadomość i czuła, jak adrenalina unosi się niczym fala przez całe ciało aż do mózgu. Stadion olimpijski, pomyślała, pożar, chaos, o cholera! Na południe od centrum... Obwodnicą Południową albo przez most Skanstullsbron.

— Jak wygląda na mieście, drogi są w porządku?

Jej głos był bardziej zachrypnięty, niżby sobie życzyła.

— Obwodnica Południowa jest zablokowana. Wyjazd przy samym stadionie zawalił się, tyle wiemy. Tunel Söder mogli zamknąć, więc jedź górą.

— Kto robi foty?

— Pojechał Henriksson, są tam też wolni strzelcy.

Jansson odłożył słuchawkę, nie czekając na odpowiedź. Annika wsłuchiwała się przez chwilę w martwy szum linii, zanim odstawiła aparat na podłogę.

— Co tam znowu?

Westchnęła bezgłośnie i odpowiedziała:

— Wybuch na stadionie olimpijskim. Muszę tam pojechać. Zajmie mi to pewnie cały dzień. — Zawahała się, a potem dodała: — I wieczór.

Zamruczał coś niewyraźnie.

Ostrożnie wyplątała się z przepoconej piżamy Ellen. Wciągnęła nosem zapachy dziecka, słodki od skóry, kwaśny od ust, w których stale tkwił kciuk, pocałowała delikatną główkę. Dziewczynka wyciągnęła się z rozkoszy, po czym skuliła w kłębek. Ma trzy latka i zawsze jest sobą, także we śnie. Annika ociężałą ręką wybrała numer radio-taxi, wysunęła się z usypiającego ciepła łóżka i usiadła na podłodze.

— Poproszę taksówkę na Hantverkargatan 32... Bengtzon... Trochę mi się śpieszy. Na stadion olimpijski. Tak, wiem, że tam się pali.

Pomyślała, że jeśli się nie załatwi, umrze.

Na dworze panowało przejmujące zimno, było co najmniej minus dziesięć stopni. Postawiła kołnierz płaszcza i naciągnęła czapkę na uszy, wydychana para przesiąknięta zapachem pasty do zębów utworzyła wokół niej obłok. Taksówka pojawiła się w chwili, gdy za Anniką zatrzasnęła się brama.

— Hammarbyhamnen, stadion olimpijski — rzuciła usadowiwszy się wraz ze swoją dużą torbą na tylnym siedzeniu.

Kierowca spojrzał na nią w lusterku wstecznym.

— Pani Bengtzon z „Kvällspressen", nie? — Uśmiechnął się niepewnie. — Czytam pani reportaże. Podobało mi się, co pani pisała o Korei, adoptowałem dzieciaki stamtąd. Byłem też w Panmundżonie, cholernie trafnie pani opisała, jak żołnierze stoją naprzeciwko siebie, ale nie wolno im ze sobą rozmawiać. To był dobry reportaż.

Słuchała pochwał, lecz jak zwykle nie brała ich do siebie, nie pozwalała sobie na to, w przeciwnym razie mogłoby umknąć coś magicznego, co sprawiało, że jej teksty miały skrzydła.

— Dziękuję, miło, że się panu podobał. Jak pan myśli, da się przejechać przez tunel? Czy lepiej jechać cały czas ulicami?

Taksówkarz, podobnie jak większość jego kolegów, był na bieżąco. Jeśli coś zdarzyło się w kraju o czwartej nad ranem, należało zadzwonić w dwa miejsca: na policję i do taksówkarzy. I miało się gotowy artykuł do wydania gminnego. Policja potwierdzała wydarzenie, a któryś z taksówkarzy niemal zawsze mógł służyć relacją naocznego świadka.

— Byłem na Götgatan, kiedy walnęło — powiedział kierowca i zawrócił mimo linii ciągłej. — Kurde, tak walnęło, że zakołysały się latarnie. Cholera, pomyślałem, bomba atomowa. Ruscy są tutaj. Wywołałem radio, myślałem, że kurde... Powiedzieli, że diabli wzięli Stadion Victorii. Jeden z naszych chłopaków był zaraz obok, kiedy walnęło, miał kurs do tego nielegalnego klubu w tamtych nowych domach, wie pani...

Samochód pomknął w stronę ratusza. Annika wyłowiła z torby notatnik i ołówek.

— I co z nim?

— Chyba okej. Kawałek metalu wleciał mu przez boczną szybę, ale minął go o kilka centymetrów. Rany cięte twarzy, powiedzieli przez radio.

Minęli stację metra na Gamla Stan i zbliżali się do Slussen.

— Do jakiego szpitala go zawieźli?

— Kogo?

— Tego pańskiego kolegę z kawałkiem metalu.

— A, jego, nazywa się Brattström, myślę, że do Szpitala Południowego, to przecież najbliżej.

— Wie pan, jak miał na imię?

— Nie, ale mogę wywołać przez radio...

Miał na imię Arne. Annika wyjęła telefon, włożyła do ucha słuchawkę zestawu głośnomówiącego i nacisnęła w menu jedynkę, pod którą był zaprogramowany numer Janssona przy pulpicie kierownictwa w redakcji. Zanim odebrał, wiedział już, że to ona — rozpoznał numer jej komórki na wyświetlaczu.

— Ranny taksówkarz, Arne Brattström, przewieziony do Południowego — powiedziała. — Może zdołamy porozmawiać z nim w szpitalu, powinniśmy zdążyć do pierwszego wydania...

— Dobra — odparł Jansson. — Sprawdzimy go w bazie. — Położył słuchawkę na pulpicie i krzyknął do nocnego reportera: — Sprawdź w bazie Arnego Brattströma, ustal na policji, czy powiadomiono jego krewnych, potem zadzwoń do żony, jeśli jakąś ma. — Sięgnął ponownie po słuchawkę: — Załatwiliśmy zdjęcie lotnicze. Kiedy tam będziesz?

— Za siedem, osiem minut, zależnie od tego, na ile zamknęli teren. Co teraz robicie?

— Mamy samo wydarzenie, komentarz policji, nocni reporterzy obdzwaniają ludzi w domach naprzeciwko i zbierają komentarze, jeden z reporterów już tam jest, ale zaraz będzie jechał do domu. No i zrekapitulujemy poprzednie zamachy bombowe związane z olimpiadą, gościa, który detonował ładunki na stadionach w Sztokholmie i Göteborgu, kiedy Sztokholm zgłosił swoją kandydaturę...

Ktoś mu przerwał. Annika nawet w taksówce czuła redakcyjną gorączkę. Rzuciła pośpiesznie:

— Odezwę się, jak będę wiedziała coś więcej — i rozłączyła się.

— Najwyraźniej zamknęli teren wokół obiektów treningowych — stwierdził kierowca. — Chyba lepiej podjechać od tyłu.

Taksówka skręciła w Folkungagatan i pomknęła w kierunku trasy Värmdöleden. Annika wystukała na komórce kolejny numer. Słuchała przerywanego sygnału i obserwowała, jak nocni maruderzy, wrzeszcząc lub zataczając się, wracają do domów. Było ich całkiem sporo, więcej, niżby się spodziewała. Ona sama wychodziła do miasta o tej porze tylko wtedy, gdy popełniono jakieś przestępstwo. Dawniej było inaczej, ale już zapomniała, że w mieście można zajmować się czymś innym niż zbrodnią i pracą, wyparła ze świadomości istnienie innego życia, które toczyło się jedynie w nocnych godzinach.

Na drugim końcu linii operatora telefonii komórkowej Comviq odezwał się zdenerwowany głos.

— Wiem, że jeszcze nic nie możesz wyjawić — zaczęła Annika. — Powiedz, kiedy będziesz miał czas na rozmowę. Wtedy zadzwonię. Podaj godzinę.

Mężczyzna westchnął.

— Nie wiem, do cholery, Bengtzon. Nie wiem. Zadzwoń później.

Annika popatrzyła na zegarek.

— Jest za dwadzieścia czwarta. Piszę do wydania podmiejskiego. Powiedzmy: wpół do ósmej?

— Tak, tak, może być. Zadzwoń o wpół do ósmej.

— Okej, wtedy pogadamy.

Padła obietnica, teraz ciężko byłoby mu się wycofać. Policjanci nienawidzili dziennikarzy, którzy dzwonią tuż po zdarzeniu i chcą wiedzieć wszystko. Nawet jeśli zebrali już sporo informacji, jeszcze nie ocenili, co mogą ujawnić. Koło wpół do ósmej Annika będzie miała własne spostrzeżenia, pytania i teorie, a ci z kryminalnego zdecydują się, co chcą powiedzieć.

— Widać dym — odezwał się taksówkarz.

Annika przechyliła się nad przednim siedzeniem i popatrzyła w prawo.

— Rzeczywiście.

Cienka czarna smuga odcinała się od bladego półksiężyca. Taksówka skręciła z Värmdöleden na Obwodnicę Południową.

Autostrada była zamknięta kilkaset metrów od wylotu tunelu i samego stadionu. Przy barierkach stało już z dziesięć innych pojazdów. Taksówka zatrzymała się za nimi, Annika podała kartę klienta.

— Kiedy pani wraca? Mam zaczekać? — spytał kierowca.

Uśmiechnęła się blado.

— Nie, dziękuję, to zajmie trochę czasu.

Schowała notes, ołówek i komórkę.

— Wesołych świąt! — zawołał kierowca, nim zatrzasnęła drzwi.

Jezu, pomyślała, przecież do świąt jeszcze cały tydzień. Czy już teraz ma być wesoło?

— Nawzajem — powiedziała do tylnej szyby.

Lawirując między samochodami i ludźmi doszła do barierek. Nie postawiła ich policja, lecz służby drogowe. Dobrze, bo przed policyjnymi czułaby respekt. Nie zwalniając kroku, przeskoczyła przez barierkę, a po drugiej stronie natychmiast zaczęła biec. Nie słyszała oburzonych głosów za sobą; spoglądała w górę na potężną konstrukcję. Wielokrotnie przejeżdżała tędy samochodem i za każdym razem ogromna budowla robiła na niej wrażenie. Stadion Victorii zbudowano we wnętrzu góry. Wkopano się w stok narciarski Hammarby, co oczywiście wywołało głośne protesty ekologów, ale ci zawsze podnoszą raban, kiedy ścina się kilka drzew. Obwodnica Południowa szła dalej w głąb góry pod stadionem, lecz teraz przejazd był zablokowany dużymi betonowymi blokami i pojazdami wszelkich służb. Pomarańczowe światła na dachach samochodów odbijały się w mokrym asfalcie. Północna część trybun, stercząca ongiś nad wylotem tunelu niczym olbrzymi rydz, była zniszczona. Bomba musiała wybuchnąć właśnie tam. Poszarpana konstrukcja rysowała się na tle nocnego nieba. Annika nadal biegła, spostrzegła jednak, że będzie miała kłopoty z dotarciem na miejsce wybuchu.

— A pani gdzie? — krzyknął jeden ze strażaków.

— Na górę — odkrzyknęła.

— Tam nie wolno! — wrzasnął mężczyzna.

— Naprawdę? — mruknęła pod nosem. — To mnie zatrzymaj!

Pobiegła dalej, starając się w miarę możliwości zbaczać w prawo. Kanał Sickla był zamarznięty. Po drugiej stronie lodu znajdował się rodzaj betonowej podmurówki, na której spoczywała szosa przed zniknięciem we wnętrzu góry. Tam Annika podciągnęła się na balustradę i zeskoczyła z wysokości ponad metra. Przy lądowaniu torba uderzyła ją z głuchym odgłosem w plecy.

Zatrzymała się na chwilę i rozejrzała wokół. Dotąd była w kompleksie olimpijskim tylko dwa razy: latem na pokazie dla prasy i pewnego niedzielnego popołudnia jesienią razem z Anne Snapphane. Na prawo rozciągała się przyszła wioska olimpijska, na wpół gotowe domy w nowej części dzielnicy Hammarby, gdzie zawodnicy mieli zamieszkać na czas igrzysk. Okna straszyły czarnymi dziurami, wyglądało na to, że w dzielnicy nie przetrwała ani jedna szyba. Z przodu wyłaniał się z ciemności zarys obiektu treningowego. Po lewej stronie wznosiła się wysoka na dziesięć metrów betonowa ściana. Tam na górze znajdowała się płyta stadionu z głównym wejściem.

Ruszyła biegiem wzdłuż ściany. Starała się rozróżnić dochodzące ją dźwięki: odległą syrenę, oddalone głosy ludzi, syk armatki wodnej lub może dużego wentylatora. Czerwone światła pojazdów specjalnych tańczyły na murze, który w tym miejscu się kończył. Annika wbiegła na schody prowadzące do wejścia w chwili, gdy jeden z policjantów zaczął rozwijać biało-niebieską taśmę.

— Zamykamy tutaj! — zawołał.

— Mój fotograf jest na górze! — odkrzyknęła. — Pójdę tylko po niego.

Policjant machnął ręką, że może przejść.

Cholera, mam nadzieję, że nie skłamałam, pomyślała. Schody podzielone były na trzy równej długości kondygnacje. Kiedy dotarła na górę, zaparło jej dech w piersiach. Cała płyta stadionu zastawiona była samochodami z migającymi światłami sygnalizacyjnymi, dookoła biegali ludzie. Dwa filary podtrzymujące północną część trybun runęły i leżały roztrzaskane na ziemi. Wszędzie walały się poskręcane zielone krzesełka. Pojawiła się właśnie ekipa telewizji, Annika dostrzegła też reportera z konkurencyjnej gazety i trzech niezależnych fotografów. Podniosła wzrok i spojrzała w lej po bombie. Nad jej głową krążyło pięć helikopterów, z czego co najmniej dwa należały do mediów.

— Annika!

To był Johan Henriksson z „Kvällspressen", dwudziestotrzyletni fotograf, który przeszedł z lokalnej gazety w Östersund i został zatrudniony na razie na okres próbny. Był zdolny i ambitny, przy czym ta druga cecha była o wiele ważniejsza. Podbiegł z dwoma aparatami dyndającymi mu na piersi i torbą podskakującą na ramieniu.

— Co masz? — zapytała Annika, wyciągając notes i ołówek.

— Przyjechałem jakieś pół minuty po strażakach. Zdążyłem zrobić karetkę, która zabrała jednego taksiarza, najwyraźniej się pokaleczył. Strażacy mieli problem z doprowadzeniem wody na trybuny, skończyło się na tym, że wjechali wozem na sam stadion. Zrobiłem zdjęcia pożaru z zewnątrz, ale nie dostałem się na płytę. Kilka minut temu gliniarze zaczęli biegać jak szaleni, myślę, że coś się stało.

— Albo coś znaleźli — powiedziała Annika i schowała notes.

Z ołówkiem niczym pałeczką sztafety w ręce ruszyła truchtem do najbardziej oddalonego wejścia. Jeśli dobrze pamiętała, znajdowało się kawałek na prawo, pod zawaloną częścią trybun. Gdy przechodziła przez płytę, nikt jej nie zatrzymywał, panowało zbyt duże zamieszanie. Lawirowała między kawałkami betonu, poskręcanymi prętami zbrojenia i zielonymi krzesełkami z plastiku. Czterokondygnacyjne schody prowadziły do wejścia, kiedy dotarła na górę, miała zadyszkę. Przed samą bramą policja zdążyła ogrodzić teren, ale nie miało to większego znaczenia. Annika zobaczyła, co trzeba: brama nie była uszkodzona i sprawiała wrażenie zamkniętej na klucz. Szwedzkie agencje ochrony miały w zwyczaju przyklejać śmieszne nalepki na drzwiach nadzorowanych obiektów; nie powstrzymały się nawet na stadionie olimpijskim. Annika ponownie wyciągnęła notes i nabazgrała nazwę agencji i numer telefonu.

— Uprasza się o opuszczenie terenu. Istnieje ryzyko zawalenia! Powtarzam...

Policyjny radiowóz z głośnikiem wtoczył się powoli na płytę stadionu w dole. Ludzie zaczęli szybko wycofywać się w stronę obiektów treningowych i wioski olimpijskiej. Annika ruszyła truchtem wzdłuż ściany stadionu, unikając w ten sposób ponownego schodzenia na płytę. Posuwała się wzdłuż rampy, która opadała łagodnym łukiem równolegle do całej budowli. Było tam więcej wejść, Annika chciała rzucić okiem na wszystkie. Żadne nie było uszkodzone czy wyłamane.

— Przepraszam panią, proszę stąd odejść.

Młody policjant położył jej rękę na ramieniu.

— Kto tu dowodzi? — zapytała, pokazując legitymację dziennikarską.

— Dowódca nie ma teraz czasu. Musi pani wyjść. Opróżniamy cały teren.

Policjant zaczął ją odciągać, był wyraźnie zdenerwowany. Annika wywinęła mu się z rąk i stanęła na wprost niego. Postanowiła spróbować szczęścia:

— Co znaleźliście na stadionie?

Policjant zwilżył językiem wargi.

— Nie wiem dokładnie, zresztą nie wolno mi o tym mówić — odparł.

Bingo!

— Kto mi może powiedzieć i o której godzinie?

— Nie wiem, proszę się skontaktować z dyżurnym Wydziału Kryminalnego. Ale teraz musi pani stąd wyjść!

Policja zamknęła teren aż do obiektów treningowych, kilkaset metrów od stadionu. Annika spotkała się z Henrikssonem koło budynku, w którym miały się mieścić restauracje i kino. Przed pocztą, gdzie chodnik był najszerszy, zaczęło powstawać prowizoryczne centrum prasowe. Stale pojawiali się tam nowi dziennikarze, wielu chodziło dokoła i z uśmiechem pozdrawiało kolegów. Annika nie przepadała za tym zbiorowym poklepywaniem się po plecach, za ludźmi, którzy na miejscu katastrofy przechwalali się, na jakich to byli imprezach. Usunęła się na bok i pociągnęła za sobą fotografa.

— Musisz jechać do gazety? — zapytała. — Będą drukować pierwsze wydanie.

— Nie, przekazałem filmy przez wolnych strzelców, spoko.

— Dobrze. Mam przeczucie, że coś tu się jeszcze wydarzy.

Obok nich przejechał wóz transmisyjny jednej z telewizji. Poszli w przeciwną stronę, koło banku i apteki w kierunku kanału. Annika zatrzymała się i popatrzyła na stadion. Policja i wozy strażackie wciąż były na płycie. Co oni tam robili? Lodowaty wiatr zawiał od wody, lustro toru wodnego błyszczało jak czarna rana w lodzie na jeziorze Hammarby. Annika odwróciła się tyłem do wiatru i ogrzała nos rękawiczką. Między palcami zobaczyła nagle dwa białe samochody sunące kładką z Södermalm. Do ciężkiej cholery, to były karetki! Popatrzyła na zegarek, pięć po wpół do piątej. Dopiero za trzy godziny mogła zadzwonić do swojego informatora. Włożyła słuchawkę do ucha i na razie spróbowała z Wydziałem Kryminalnym. Zajęte. Zadzwoniła do Janssona, wciskając jedynkę w menu.

— O co chodzi? — odebrał Jansson.

— Karetki są w drodze na stadion — powiedziała Annika.

— Mam deadline za siedem minut.

Słyszała stukot jego klawiatury.

— Co pisze agencja TT? Mają informacje, że ktoś jest ranny?

— Mają informację o taksiarzu, ale nie rozmawiali z nim. Duże zniszczenia, to komentarz z kryminalnego, jeszcze z niczym nie wychodzą, no, masa takich rzeczy, nic szczególnego.

— Taksiarza zabrali godzinę temu, to coś innego. Policja nic nie mówiła przez swoje radio?

— Ani słowa, które nadawałoby się do wykorzystania.

— Coś ze skrobanych kanałów?

— Nic.

— „Echo"?

— Na razie jeszcze nie. „Raport" nadaje ekstra o szóstej.

— Tak, widziałam wóz.

— Trzymaj rękę na pulsie, zadzwonię, kiedy wyślemy jedynkę do drukarni.

Rozłączył się. Annika wcisnęła „koniec połączenia", ale zostawiła słuchawkę w uchu.

— Do czego ci to? — zapytał Henriksson wskazując na przewód, który zwisał jej wzdłuż policzka.

— Mózg się gotuje od promieniowania z komórki, nie wiesz o tym? — Uśmiechnęła się. — Uważam, że to praktyczne. Mogę biegać, pisać i jednocześnie rozmawiać przez telefon. Poza tym nie hałasuje: kiedy dzwonię, nic nie słychać.

Oczy zaszły jej łzami od mrozu i musiała je przymrużyć, żeby zobaczyć, co się dzieje koło stadionu.

— Masz jakiś większy teleobiektyw?

— Nie zadziała w tych ciemnościach — odparł Henriksson.

— Weź najsilniejszy, jaki masz, i spróbuj uchwycić, co się tam dzieje — wskazała rękawiczką.

Henriksson westchnął lekko, postawił torbę na ziemi i spojrzał przez obiektyw.

— Przydałby się statyw — mruknął.

Samochody wjechały wzdłuż trawiastego stoku i zaparkowały przy schodach jednego z dużych wejść. Z pierwszej karetki wysiadło trzech mężczyzn i zaczęli ze sobą rozmawiać. Podszedł do nich umundurowany policjant i przywitali się. Przy drugiej karetce nikt się nie pojawił.

— Jakoś im się nie śpieszy — zauważył Henriksson.

Podeszło dwóch kolejnych policjantów — jeden w mundurze, drugi po cywilnemu. Mężczyźni rozmawiali i gestykulowali, jeden z nich pokazywał na lej po bombie. Zadzwonił telefon Anniki. Wcisnęła przycisk „OK".

— Tak?

— Co robi karetka?

— Nic. Czeka.

— Co dajemy do następnego wydania?

— Dotarł ktoś do tego taksiarza w Południowym?

— Jeszcze nie, ale mamy tam ludzi. Nie jest żonaty, mieszka sam.

— Odszukaliście przewodniczącą komitetu olimpijskiego, Christinę Furhage?

— Nie złapaliśmy jej.

— To musi być dla niej cholerny szok, tyle się naharowała... Trzeba opisać też wszystko pod kątem olimpiady. Co teraz będzie z igrzyskami? Czy zdążymy naprawić trybuny? Komentarz Samarancha. I tak dalej.

— Pomyśleliśmy o tym. Ludzie już tutaj nad tym pracują.

— Ja zajmę się więc samym wybuchem. To przecież musi być sabotaż. Trzy artykuły: „Policja ściga zamachowca", „Miejsce przestępstwa o świcie" i... — zamilkła.

— Annika...?

— Otwierają tylne drzwi karetki. Wytaczają nosze, idą z nimi w stronę wejścia. Cholera, jest jeszcze jedna ofiara!

— Okej. „Pościg policji", „Byłam na miejscu" i „Ofiara". Masz szóstkę, siódemkę, ósemkę i środek.

Na linii zapadła cisza.

Annika w napięciu obserwowała, jak mężczyźni idą w stronę stadionu. Aparat Henrikssona szczękał. Nikt z pozostałych dziennikarzy nie zauważył nowych samochodów, obiekt treningowy przesłaniał widok.

— Cholera, jak zimno — zatrząsł się Henriksson, kiedy mężczyźni zniknęli na stadionie.

— Wsiądźmy do samochodu, muszę podzwonić — powiedziała Annika.

Poszli z powrotem w stronę tłumu marznących dziennikarzy. Ci z telewizji rozwijali kable, część reporterów chuchała na swoje długopisy. Że też nie nauczą się brać ołówków, kiedy jest poniżej zera, pomyślała Annika i uśmiechnęła się. Radiowcy ze swoimi urządzeniami nadawczymi przyczepionymi do pleców przypominali owady. Wszyscy czekali. Jeden z wolnych strzelców pracujących dla „Kvällspressen" zdążył pojechać do gazety i właśnie wrócił.

— O szóstej będzie coś w rodzaju konferencji prasowej — oznajmił.

— Akurat w czasie dodatkowej emisji „Raportu", co za niesłychany zbieg okoliczności — mruknęła Annika.

Henriksson zaparkował samochód za kortami tenisowymi i przychodnią.

— Przyjechałem tą drogą, którą zamknęli na samym początku — usprawiedliwił się.

Mieli kawałek do przejścia. Annika powoli traciła czucie w palcach u nóg. Zaczął prószyć śnieg, przykra sprawa, kiedy w ciemności trzeba robić zdjęcia teleobiektywem. Musieli przetrzeć przednią szybę w saabie Henrikssona.

— Tutaj jest dobrze — powiedziała Annika, patrząc na stadion. — Widać karetki. Stąd możemy kontrolować sytuację.

Usiedli w samochodzie i uruchomili silnik, żeby się rozgrzać. Annika zaczęła dzwonić. Najpierw spróbowała ponownie z kryminalnym. Zajęte. Zadzwoniła do centrali SOS, zapytała, kto pierwszy podniósł alarm, ile w ogóle było zgłoszeń, czy w mieszkaniach, gdzie wyleciały szyby, ludzie doznali obrażeń i czy da się oszacować, jak duże są straty materialne. Jak zwykle personel SOS potrafił odpowiedzieć na większość pytań.

Następnie wybrała spisany z naklejki na wejściu numer agencji ochraniającej Stadion Victorii. Uzyskała połączenie z centralą w Stadshagen na Kungsholmen. Zapytała, czy nad ranem agencja odebrała sygnał alarmowy ze stadionu olimpijskiego.

— Sygnały alarmowe, które odbieramy, są objęte tajemnicą — odpowiedział mężczyzna po drugiej stronie linii.

— Tak, rozumiem — powiedziała Annika. — Ale nie pytam o sygnał, który odebraliście, tylko o taki, którego przypuszczalnie nie odebraliście.

— Hm, nie odpowiadamy na żadne pytania o odbierane sygnały alarmowe.

— Tak, rozumiem — Annika była cierpliwa. — Pytanie brzmi, czy w ogóle odebraliście jakikolwiek sygnał ze stadionu olimpijskiego.

— Ma pani kłopoty ze słuchem?

— Okej. Powiedzmy tak: co się dzieje, kiedy odbierzecie sygnał alarmowy?

— Hm, no, trafia tu.

— Do centrali alarmowej?

— No jasne. Rejestruje go nasz system komputerowy, a potem informacja o alarmie pojawia się na monitorach wraz z planem działania, z którego wynika, co mamy robić.

— Gdyby ze stadionu olimpijskiego przyszedł sygnał alarmowy, to informacja o nim pojawiłaby się na pańskim monitorze?

— Hm, tak.

— I byłoby konkretnie napisane, co ma pan zrobić, żeby zareagować na ten alarm?

— Hm, właśnie.

— To co wasza agencja zrobiła w nocy na stadionie? Nie widziałam tam ani jednego waszego samochodu.

Mężczyzna nie odpowiedział.

— Co wasza agencja zrobi, jeśli stadion olimpijski zacznie się palić albo zostanie zniszczony?

— To, co powie komputer.

— Więc co zrobiliście? Bo co do tego, że na Stadionie Victorii był wybuch, możemy się chyba zgodzić?

Mężczyzna nie odpowiedział.

— W rzeczywistości nie odebraliście żadnego sygnału alarmowego ze stadionu olimpijskiego, prawda? — stwierdziła Annika.

Mężczyzna milczał przez chwilę, zanim udzielił odpowiedzi:

— Nie mogę wypowiadać się nawet na temat tych sygnałów, których nie otrzymaliśmy.

Annika wzięła głęboki oddech i uśmiechnęła się.

— Dziękuję za rozmowę.

— Ale chyba nie napisze pani nic z tego, co powiedziałem? — zapytał niespokojnie mężczyzna.

— Przecież nie powiedział pan ani słowa. Wskazywał pan tylko na to, że obowiązuje pana tajemnica.

Rozłączyła się. Świetnie, teraz miała wyrobiony pogląd, jak wygląda sytuacja. Zaczerpnęła głęboko powietrza i popatrzyła przez przednią szybę. Jeden z wozów strażackich właśnie odjeżdżał, ale karetki nadal były na miejscu. Przyjechała ekipa techniczna i porozstawiała swoje pojazdy na całej płycie. Mężczyźni w szarych kombinezonach wyciągali z samochodów ekwipunek. Ogień zgaszono, właściwie nie można już było dostrzec dymu.

— Jak dostaliśmy cynk? — zapytała.

— Od Giętkiego — odparł Henriksson.

Każda redakcja dysponuje mniej lub bardziej profesjonalnymi czujkami, ludźmi, którzy trzymają rękę na pulsie na swoim terenie. „Kvällspressen" nie był wyjątkiem. Giętki i Leif byli najlepsi, jeśli chodzi o informacje od policji. Nawet kładąc się do łóżka nie wyłączali nasłuchu policyjnego radia i gdy tylko coś się działo, natychmiast dzwonili do gazet, relacjonując zarówno błahe, jak i ważne wydarzenia. Byli też szperacze, ludzie grzebiący w archiwach wymiaru sprawiedliwości i innych urzędów.

Annika zatopiła się w rozmyślaniach, wodząc powoli wzrokiem po pozostałej części kompleksu. Na wprost stał dziesięciopiętrowy budynek, skąd całe igrzyska miały być obsługiwane od strony technicznej. Z dachu prowadziła kładka w stronę góry. Dziwne, po co ktoś miałby tamtędy chodzić? Przesunęła wzrokiem wzdłuż kładki.

— Henriksson, trzeba zrobić zdjęcie. — Popatrzyła na zegarek. Wpół do szóstej. Na konferencję prasową powinni zdążyć. — Gdyby wdrapać się tam na samą górę koło znicza, to co nieco można by chyba zobaczyć.

— Sądzisz? — Fotograf miał wątpliwości. — Postawili przecież wysoki mur, żeby nikt stamtąd nie oglądał zawodów bez biletu.

— Sama płyta jest na pewno przesłonięta, ale może widać północną część trybun, a przecież o to nam chodzi.

Henriksson spojrzał na zegarek.

— Zdążymy? Może helikopter zrobił te zdjęcia? No i powinniśmy pilnować karetek.

Annika przygryzła wargi.

— Helikoptera w tej chwili nie ma, może policja zmusiła ich do wylądowania. Poprosimy kogoś z naszych, żeby obserwował samochody. Chodź, idziemy.

Pozostali dziennikarze odkryli karetki, pytania zaczęły fruwać w powietrzu. „Raport" przesunął swój wóz transmisyjny w stronę kanału, żeby mieć lepszy obraz stadionu. Zmarznięty reporter przygotowywał „stójkę" do wiadomości o szóstej. Policji nie było w pobliżu. Annika udzieliła instrukcji jednemu z wolnych strzelców i ruszyli na górę.

Wejście było dłuższe i trudniejsze, niż myślała. Droga śliska i kamienista. Przeklinając potykali się w ciemnościach. Henriksson niósł przy tym duży statyw. Nie zatrzymały ich żadne barierki i dotarli na czas tylko po to, by natknąć się na dwuipółmetrowy betonowy mur.

— To nie może być prawda — jęknął Henriksson.

— Nie ma tego złego, co by na dobre nie wyszło — skonstatowała Annika. — Wejdź mi na barki, to cię podniosę. Potem możesz wdrapać się na sam znicz. Stamtąd powinieneś coś zobaczyć.

Fotograf wybałuszył na nią oczy.

— Mam stanąć na zniczu olimpijskim?

— A dlaczego nie? Przecież teraz się nie pali i nie jest odgrodzony. Na pewno dasz radę się podciągnąć, to zaledwie jakiś metr powyżej muru. Skoro ma unieść ciężar wiecznego ognia, to twój też chyba wytrzyma. Właź!

Annika podała mu do góry statyw i torbę. Henriksson wdrapał się na metalową konstrukcję.

— Tu jest pełno małych dziurek! — wrzasnął.

— Otwory na gaz — podpowiedziała Annika. — Widzisz trybuny?

Henriksson wyprostował się i popatrzył na stadion.

— Widzisz coś? — zawołała Annika.

— Tak, do cholery. — Fotograf podniósł powoli aparat i zaczął robić zdjęcia.

— Co widzisz?

Henriksson opuścił aparat, nie spuszczając wzroku ze stadionu.

— Oświetlili część trybun — powiedział. — Jest tam około dziesięciu osób. Zbierają coś do foliowych woreczków. Ci z karetki też zbierają. Wydają się bardzo starannie przeczesywać teren.

Ponownie podniósł aparat. Annika poczuła, jak jeżą się jej włosy na karku. Cholera. Mogło być aż tak tragicznie? Henriksson złożył statyw. Był gotowy, zużył trzy rolki filmu. Biegnąc i ślizgając się na przemian, dotarli do stóp góry, wstrząśnięci, z dziwnym uczuciem w żołądku. Co zbierają lekarze do woreczków? Resztki ładunku wybuchowego? Raczej nie.

Kilka minut przed szóstą ponownie znaleźli się na miejscu zbiórki dziennikarzy. Niebieskawy blask kamer telewizyjnych oświetlał teren, skrzyły się w nim płatki śniegu. „Raport" nawiązał połączenie, sprawozdawcy nałożono puder. Kilku policjantów z oficerem na czele zbliżało się ku reporterom. Unieśli taśmę odgradzającą, ale dalej nie przeszli, bo dziennikarze stali zwartym tłumem. Oficer mrużąc oczy spojrzał w reflektory. Kiedy zapadła cisza, popatrzył na kartkę, którą trzymał przed sobą, podniósł wzrok i zaczął mówić.

— O godzinie 3.17 na Stadionie Victorii w Sztokholmie eksplodował ładunek wybuchowy. Nie wiadomo, jakiego rodzaju materiałów wybuchowych użyto. Eksplozja poważnie uszkodziła północną część trybun. Nie wiadomo, czy możliwe będzie ich naprawienie.

Przerwał i ponownie popatrzył na kartkę. Aparaty pstrykały, przesuwały się taśmy. Annika ustawiła się na skraju po lewej stronie, żeby przysłuchując się konferencji móc obserwować karetki.

— Po eksplozji na stadionie wybuchł pożar, ale obecnie jest już opanowany.

Znowu przerwa.

— Obrażeń doznał kierowca taksówki, kiedy kawałek żelaznego zbrojenia rozbił mu boczną szybę — kontynuował policjant. — Mężczyzna został odwieziony do Szpitala Południowego i czuje się dobrze. Około dziesięciu domów po drugiej stronie kanału Sickla ma wybite szyby i uszkodzone fasady. Te domy są w budowie, więc nikt w nich nie mieszka. Nie zgłoszono stamtąd żadnych rannych.

Kolejna przerwa. Policjant wyglądał na bardzo zmęczonego, ale był stanowczy, kiedy mówił dalej.

— To był sabotaż. Ładunek wybuchowy, który zniszczył stadion, musiał być bardzo silny. Policja zabezpiecza obecnie ślady. Uruchamiamy wszelkie dostępne środki w celu ujęcia sprawcy. To wszystko, co w tej chwili mamy do powiedzenia. Dziękuję.

Odwrócił się, żeby wycofać się za taśmę. Zatrzymała go fala głosów.

— ...ktoś podejrzany...

— ...inne ofiary...

— ...lekarze na miejscu zdarzenia?

— To w tej chwili wszystko — powtórzył oficer i odszedł szybkim krokiem z głową wtuloną w ramiona. Inni policjanci podążyli za nim. Dziennikarze rozproszyli się, sprawozdawca „Raportu" stanął w świetle reflektorów, wygłosił swój tekst, po czym oddał głos do studia. Wszyscy naciskali klawisze telefonów komórkowych i próbowali rozpisać długopisy.

— No tak — skomentował Henriksson. — Za wiele się nie dowiedzieliśmy.

— Czas się stąd zabierać — rzuciła Annika.

Zlecili jednemu z wolnych strzelców obserwację i poszli w stronę samochodu Henrikssona.

— Pojedziemy przez Vintertullstorget i popytamy świadków — powiedziała Annika.

Dzwonili do tych, którzy mieszkali najbliżej stadionu: do rodzin z dziećmi, emerytów, alkoholików i japiszonów. Mieszkańcy opowiadali o huku, który wyrwał ich ze snu, o szoku, jaki przeżyli, i o tym jakie to wszystko było nieprzyjemne.

— Starczy na dzisiaj — zadecydowała Annika za kwadrans siódma. — Trzeba to jeszcze zebrać do kupy.

Do redakcji jechali w milczeniu. Annika układała w głowie wstępy do artykułów i podpisy pod zdjęcia, Henriksson przeglądał w pamięci negatywy, sortował je, odrzucał, wywoływał i naświetlał filmy.

Śnieg rozpadał się na dobre. Zrobiło się zdecydowanie cieplej, przez co jezdnię pokryła śliska maź. Na Essingeleden zderzyły się cztery samochody. Henriksson zatrzymał się i zrobił zdjęcie.

Tuż przed siódmą dotarli do redakcji. Panował tam nastrój skupienia i napięcia. Jansson był na miejscu — w weekendy szef nocnej zmiany odpowiadał też za wydania podmiejskie. Zazwyczaj w soboty wymieniano tylko jakiś pojedynczy artykuł, ale dziennikarze zawsze byli gotowi do przeredagowania całej gazety. I właśnie teraz musieli to zrobić.

— Jest ta ofiara? — zapytał Jansson, pośpiesznie wstając na ich widok.

— Myślę, że tak. Na trybunach jest trup w kawałeczkach, głowę daję. Za pół godziny będę wiedziała na sto procent.

Jansson zakołysał się na piętach.

— Za pół godziny? Nie wcześniej?

Annika ściągając płaszcz rzuciła mu spojrzenie przez ramię, wzięła wydanie gminne i poszła do swojego pokoju.

— Okej — Jansson wrócił na swoje miejsce.

Najpierw napisała artykuł o samym zdarzeniu, będący właściwie tylko uzupełnieniem tekstu nocnego reportera z pierwszego wydania. Dodała wypowiedzi mieszkańców oraz wiadomość, że pożar został opanowany. Później zaczęła pisać relację typu „Ja tam byłam", wypełnioną szczegółami i onomatopejami. Dwie minuty przed wpół do ósmej zadzwoniła do swojego informatora.

— Jeszcze nic nie mogę powiedzieć — zastrzegł na wstępie.

— Wiem. Ja będę mówiła, a ty możesz milczeć albo stwierdzać, że nie mam racji...

— Tym razem nie mogę tak zrobić — przerwał jej.

Oj, niedobrze. Zawahała się na moment, ale wybrała przejście do ataku.

— Posłuchaj mnie najpierw. Moim zdaniem wygląda to tak: Na stadionie olimpijskim zginął w nocy człowiek. Ktoś leży rozerwany na strzępy na trybunach. Jesteście tam właśnie w tej chwili i zbieracie szczątki. To robota kogoś z wewnątrz, wszystkie urządzenia alarmowe były wyłączone. Na stadionie tego typu musi być ze setka alarmów: antywłamaniowy, pożarowy, detektor ruchu... Wszystkie były wyłączone. Nie wyłamano żadnych drzwi. Ktoś wszedł otwierając sobie kluczem i wyłączył alarmy. Albo sprawca, albo ofiara. W tej chwili ustalacie kto.

Zamilkła, wstrzymując oddech.

— Teraz nie możesz tego opublikować — powiedział policjant po drugiej stronie linii.

Odetchnęła.

— Czego?

— Teorii, że to robota kogoś z wewnątrz. Chcemy utrzymać to w tajemnicy. Urządzenia alarmowe były sprawne, ale wyłączone. Faktycznie ktoś zginął. Jeszcze nie wiemy kto. — Słychać było, że jest całkowicie wykończony.

— Kiedy będziecie wiedzieli?

— Nie mam pojęcia. Wizualna identyfikacja, jeśli można tak powiedzieć, będzie raczej trudna. Ale oczywiście mamy inne ślady. Więcej nie mogę zdradzić.

— Mężczyzna czy kobieta?

Rozmówca zawahał się.

— Nie teraz — powiedział i odłożył słuchawkę.

Annika pobiegła do Janssona.

— Ofiara śmiertelna potwierdzona, ale jeszcze nie wiedzą, kto to jest.

— Czyli była tam jatka?

Annika przełknęła ślinę i skinęła głową.

Helena Starke obudziła się z kacem, którego określa się słowem „nieziemski". Dopóki leżała w łóżku, czuła się jako tako, ale kiedy wstała, żeby przynieść sobie szklankę wody, zwymiotowała na chodnik w przedpokoju. Dobrą chwilę dyszała ciężko, nim chwiejnie na czworakach ruszyła do łazienki. Tam napełniła wodą szklankę, z której wyjęła szczoteczkę, i wypiła łapczywymi łykami. Boże drogi, nigdy więcej się nie upije. Podniósłszy wzrok, w lustrze między plamami pasty do zębów zobaczyła swoje krwisto-czerwone oczy. Że też nie stanowiło to dla niej nauczki! Otworzyła szafkę, wycisnęła dwie tabletki panodilu z cyn-folii i połknęła je, popijając obficie wodą i modląc się po cichu, żeby ich nie zwróciła.

Niepewnym krokiem wyszła do kuchni i usiadła przy stole. Siedzenie krzesła pod jej nagimi udami było zimne, odczuwała lekki ból w podbrzuszu. Ile właściwie wczoraj wypiła? Na zlewie stała pusta butelka po koniaku. Oparła policzek o blat, starając się przywołać wspomnienie wczo-rajszego wieczoru. Knajpa, muzyka, twarze, wszystko się zlewało. Boże święty, nie pamięta nawet, jak dotarła do domu! Była z nią Christina czy nie? Wracały z knajpy razem czy nie?

Jęknęła, podniosła się i napełniła wodą dzbanek, który brała ze sobą do łóżka. W drodze do sypialni ściągnęła chodnik z przedpokoju i wrzuciła do kosza na brudną bieliznę w garderobie. Omal nie zwymiotowała ponownie, kiedy poczuła ten zapach.

Radio z budzikiem koło łóżka wskazywało za pięć dziewiątą. Jęknęła. Im była starsza, tym wcześniej się budziła, zwłaszcza po wypiciu. Dawniej potrafiła odsypiać alkoholowe zamroczenie przez cały dzień. Teraz budziła się wcześnie rano, czuła się jak zbity pies i przez resztę dnia leżała pocąc się obficie. Na krótkie chwile traciła kontakt z rzeczywistością, ale zasnąć nie mogła. Z wysiłkiem sięgnęła po wodę i popiła z dzbanka. Oparła poduszki o wezgłowie, ułożyła się wygodnie. Wtedy spostrzegła, że ubranie, które miała wczoraj na sobie, leży starannie złożone na komodzie pod oknem. Po plecach przebiegły jej ciarki. Kto do cholery tak je złożył? Przypuszczalnie ona sama. To było najbardziej niesamowite, gdy po pijaństwie urywał się film: człowiek chodził jak zombi i wykonywał masę zwykłych czynności, nie zdając sobie z tego sprawy. Wzdrygnęła się, włączyła radio. Równie dobrze może posłuchać „Echa" w oczekiwaniu, aż panodil zacznie działać.

Wiadomość dnia z „Echa" sprawiła, że Helena Starke zwymiotowała ponownie. Teraz wiedziała, że tego dnia już sobie nie odpocznie.

Spuściła wodę z wymiocinami, potem podniosła słuchawkę i zadzwoniła do Christiny.

Agencja prasowa Tidningarnas Telegrambyrå, TT, powtórzyła informacje Anniki o godzinie 9.34. „Kvällspressen" był więc pierwszy z wiadomością o śmiertelnej ofierze zamachu na obiekt olimpijski. Nagłówki głosiły:

ŚMIERTELNA OFIARA ZAMACHU BOMBOWEGO

ZAMACHOWIEC ŚCIGANY ZA MORDERSTWO.

To ostatnie było nieco naciągane, ale Jansson twierdził, że się utrzyma. W środku dominowało niezwykle sugestywne zdjęcie, które Henriksson zrobił ze znicza: oświetlony krąg poniżej leja po bombie, pochyleni mężczyźni, taniec płatków śniegu. Było przerażające, ale nie makabryczne. Żadnej krwi, żadnych zwłok, tylko świadomość tego, co ci mężczyźni robią. Już je sprzedali Reuterowi. „Raport" w wiadomościach o dziesiątej zacytował informacje „Kvällspressen", „Echo" udawało, że sami je zdobyli.

Kiedy wydanie miejskie poszło do druku, reporterzy kryminalni i szefowie działu wiadomości zebrali się w pokoju Anniki. Pudła z jej skoroszytami i wycinkami artykułów nadal piętrzyły się w kątach. Kanapa została po poprzednim lokatorze, ale biurko było nowe. Dwa miesiące temu Annika awansowała na szefową działu kryminalnego i właśnie wtedy wprowadziła się do tego pokoju.

— Jest oczywiście szereg rzeczy, które musimy omówić i rozdzielić — powiedziała, kładąc nogi na biurku. Kiedy gazetę wysłano do drukarni, dopadło ją zmęczenie i poczuła się tak, jakby ktoś uderzył ją cegłą w tył głowy. Oparła się w fotelu i wyciągnęła rękę po kubek z kawą.

— Po pierwsze, kto zginął na trybunach? Na jutro to wiodący artykuł, po nim mogą być dalsze. Po drugie, ściganie mordercy. Po trzecie, kontekst olimpijski. Po czwarte, jak to się mogło stać? Po piąte taksówkarz, jeszcze nikt z nim nie rozmawiał. Może coś widział albo słyszał?

Podniosła wzrok na ludzi zebranych w pokoju, badała ich reakcje na swoje słowa. Jansson przysypiał, niedługo miał iść do domu. Szef działu wiadomości Ingvar Johansson patrzył na nią oczami pozbawionymi wyrazu. Pięćdziesięciotrzyletni Nils Langeby, najstarszy reporter w dziale kryminalnym, jak zwykle nie potrafił ukryć wrogości. Drugi z reporterów, Patrik Nilsson, słuchał z uwagą, by nie rzec z zachwytem. Ostatnia z ekipy reporterskiej, Berit Hamrin, słuchała spokojnie. Z pracowników działu brakowało tylko Evy-Britt Qvist, łączącej obowiązki researchera i sekretarki.

— Sposób, w jaki do tego podchodzimy, uważam za skandaliczny — odezwał się Nils.

Annika westchnęła. Zaczyna się.

— A jak twoim zdaniem powinniśmy do tego podchodzić?

— Stanowczo za dużo zajmujemy się tego typu spektakularnymi aktami przemocy. Jest tyle przestępstw przeciw środowisku, o których w ogóle nie piszemy. Tak samo z przestępczością w szkole.

— To prawda, że powinniśmy przykładać większą wagę do śledzenia tych zjawisk...

— Niech mnie diabli wezmą, jeśli nie powinniśmy! Ten dział stacza się do poziomu żenującej pisaniny o poszkodowanych staruszkach, bombach i wojnach gangów motocyklowych.

Annika wzięła głęboki oddech i policzyła do trzech, zanim odpowiedziała.

— Niewątpliwie poruszasz ważny temat, Nils, ale teraz nie jest chyba właściwa chwila, żeby go omawiać...

— Dlaczego nie? Nie wolno mi zadecydować, kiedy mogę poruszyć daną kwestię? — Podniósł się na krześle.

— Przestępczość szkolna i przeciw środowisku to przecież twoja działka, Nils — powiedziała spokojnie Annika.

— Cały swój czas poświęcasz tym dwóm zagadnieniom. Czy uważasz, że tak bardzo ucierpią, gdy poświęcisz nam swój czas w taki dzień jak dzisiaj?

— Tak, tak uważam! — zagrzmiał.

Annika przyjrzała się rozzłoszczonemu mężczyźnie. Jak, u licha, ma z nim postępować? Gdyby go nie wezwała, dostałby szału, że nie może pisać o Zamachowcu. Gdyby dała mu jakieś zadanie, najpierw odmawiałby, a potem zawalił sprawę. A gdyby kazała mu pełnić dyżur w redakcji, uznałby, że jest odsuwany w cień.

Rozważania przerwało jej wejście redaktora naczelnego, Andersa Schymana. Wszyscy zebrani, nie wyłączając Anniki, pozdrowili go, prostując się na swoich miejscach.

— Gratulacje, Annika! I dzięki, Jansson, za cholernie dobrą robotę dziś rano — powiedział naczelny. — Zostawiliśmy wszystkich w tyle. Chylę czoła! Zdjęcie w środku było fantastyczne. Nikt takiego nie miał. Jak je zrobiliście? — Usiadł na pudle w rogu.

Opowieść o wspinaczce na znicz olimpijski wywołała aplauz, awansując do rangi klasycznej historii powtarzanej w Klubie Dziennikarza.

— Co robimy teraz?

Annika opuściła nogi na podłogę i pochyliła się nad biurkiem. Rozdzielając zadania, odhaczała je na swojej liście.

— Patrik zajmie się dochodzeniem w sprawie morderstwa. Dowody materialne, utrzymywanie kontaktu z komendantem policji i śledczymi. Zdaje się, że po południu ma być jakaś konferencja prasowa. Dowiedz się o której, a już teraz załatw zdjęcia. Z pewnością będziemy musieli pójść tam wszyscy.

Patrik skinął głową.

— Berit zajmie się ofiarą: kto to jest, dlaczego zginął? No i mamy naszego starego olimpijskiego bombiarza, Tygrysa, jak go nazywano. Musi być podejrzany, nawet jeśli jego bombki to była dziecinada w porównaniu z tym tutaj. Co robi obecnie i gdzie był w nocy? Spróbuję go złapać, przeprowadzałam z nim wtedy wywiad. Nils może się zająć zabezpieczeniami obiektów olimpijskich: jak do cholery coś takiego mogło się wydarzyć na siedem miesięcy przed igrzyskami? I jakie środki bezpieczeństwa planowane są na te siedem miesięcy?

— Uważam, że to zupełnie nieistotna kwestia — zaoponował Langeby.

— Naprawdę? — wtrącił się Schyman. — Jestem odmiennego zdania. W takim dniu jak ten jest to jedna z najważniejszych i najbardziej zasadniczych kwestii. Dokładne jej omówienie pokaże, iż na tego rodzaju akty przemocy patrzymy ze społecznej i globalnej perspektywy. W jakim stopniu cierpi na tym sport? Jest to jeden z ważniejszych artykułów dnia, Nils.

Reporter nie wiedział, jak zareagować, czy ma poczuć się zaszczycony, że dostał jedno z najważniejszych zadań dnia, czy urażony, że przywołano go do porządku. Wybrał jak zwykle opcję, która pozwalała mu podkreślić własne znaczenie.

— To oczywiste, wszystko zależy przecież od tego, jak to się zrobi — powiedział.

Annika posłała Andersowi Schymanowi dziękczynne spojrzenie.

— Kierowcę taksówki i same komentarze na temat olimpiady może weźmie wieczorna zmiana? — zaproponowała.

Ingvar Johansson skinął głową.

— Nasza ekipa przewozi właśnie taksiarza do hotelu — rzekł. — On wprawdzie mieszka w kawalerce w Bagarmossen, ale tam dopadnie go konkurencja. Ukryjemy go do jutra w „Royal Viking". Janet Ullberg niech dotrze do Christiny Furhage, jej zdjęcie na tle leja po bombie byłoby gratką. Studenci Wydziału Dziennikarstwa będą odbierać telefony w ankiecie „zadzwoń i powiedz"...

— Jak brzmi pytanie? — przerwał Schyman i sięgnął po gazetę.

— „Czy mamy wycofać się z organizacji igrzysk olimpijskich? Zadzwoń między 17 a 19." Przecież to oczywiste, że zamachu dokonał Tygrys albo jakieś inne ugrupowanie, które nie chce, żeby Szwecja organizowała igrzyska.

Annika zawahała się na chwilę, po czym powiedziała:

— To jasne, że musimy pójść w tym kierunku, ale wcale nie jestem do końca pewna, że tak było w rzeczywistości.

— Dlaczego nie? — zapytał Johansson. — Nie możemy odrzucać takiej ewentualności. Poza ofiarą śmiertelną aspekt terrorystyczny jest przecież naszą jutrzejszą lokomotywą.

— Uważam, że powinniśmy być ostrożni z kładzeniem zbytniego nacisku na teorię sabotażu — powiedziała Annika, przeklinając swoje przyrzeczenie, że nie ujawni informacji wskazujących na zamachowca z wewnątrz.

— Dopóki nie wiemy, kim jest ofiara, nie możemy spekulować, przeciwko komu lub czemu była skierowana bomba.

— Ależ oczywiście, że możemy — zaprotestował Johansson. — Musimy rzecz jasna skłonić policję do skomentowania tej teorii, ale nie powinno to być szczególnie trudne. W tej chwili nie mogą przecież niczego potwierdzić ani zdementować.

Anders Schyman wtrącił się w tę wymianę zdań.

— Uważam, że w tym momencie nie rozstrzygniemy, co wziąć, a co odrzucić. Trzymamy wszystkie drzwi otwarte i pracujemy nad wszystkim. Później zdecydujemy, na co położyć jutro nacisk. Coś jeszcze?

— Nie, na razie za mało wiemy. Kiedy ofiara zostanie zidentyfikowana, będziemy musieli chyba skontaktować się z krewnymi.

— Trzeba to zrobić bardzo delikatnie — powiedział Schyman. — Nie chcę słyszeć zarzutów, że pakujemy się z butami w czyjeś życie.

Annika uśmiechnęła się lekko.

— Sama się tym zajmę.

Po skończonym spotkaniu Annika zadzwoniła do domu. Odebrał Kalle.

— Cześć, synku, jak się czujesz?

— Dobrze — odparł pięciolatek. — Idziemy do McDonalda, a wiesz, że Ellen wylała sok pomarańczowy na „101 dalmatyńczyków". Strasznie głupio zrobiła, bo teraz nie możemy ich oglądać...

Chłopiec zamilkł, z trudem powstrzymując się od płaczu.

— No tak, to bardzo przykre. Ale jak mogła wylać sok na kasetę? Czemu kaseta leżała na stole w kuchni?

— Nieee, leżała na podłodze przed telewizorem i Ellen kopnęła moją szklankę, jak szła siusiu.

— A dlaczego postawiłeś szklankę z sokiem na podłodze? Mówiłam, że nie wolno ci zabierać śniadania do pokoju, przecież wiesz!

Annika czuła, jak ogarnia ją złość. Że też, psiakrew, nie mogła spokojnie wyjść do pracy! Od razu wszystko stawało na głowie!

— To nie moja wina — zabuczał chłopiec. — To Ellen! To Ellen zniszczyła film!

Głośno płacząc rzucił słuchawkę i odbiegł od telefonu.

— Halo, Kalle, Kalle!

Do cholery, że też musiało skończyć się w ten sposób. A zadzwoniła tylko po to, żeby trochę pogawędzić z dziećmi i zagłuszyć wyrzuty sumienia. W słuchawce odezwał się Thomas.

— Co powiedziałaś chłopcu?

Westchnęła, czując skradający się ból głowy.

— Dlaczego jedli śniadanie przed telewizorem?

— Nie jedli — odparł Thomas z wymuszonym spokojem. — Pozwoliłem tylko Kallemu wziąć sok. Nie było to może zbyt mądre zważywszy na konsekwencje, ale przekupię je lunchem w McDonaldzie i nową kasetą z filmem. Nie myśl, że bez ciebie wszystko się wali. Skup się na swoich artykułach. Jak ci idzie?

Annika przełknęła ślinę.

— Cholernie nieprzyjemny zgon. Morderstwo, samobójstwo albo może wypadek, jeszcze nie wiemy.

— Tak, słyszałem. Będziesz późno, prawda?

— Dopiero się chyba zaczyna.

— Kocham cię — powiedział.

Dziwne, ale poczuła, jak oczy zachodzą jej łzami.

— Też cię kocham — wyszeptała.

Jej informator skończył nocną zmianę i zdążył już pójść do domu, musiała więc zdać się na zwykłe policyjne źródła. Przed południem nic więcej się nie wydarzyło, nadal nie ustalono tożsamości ofiary, pożar był ugaszony, trwały badania techniczne. Postanowiła pojechać na stadion jeszcze raz z nowym fotografem, Ulfem Olssonem zatrudnionym na okres próbny.

— Wydaje mi się, że jestem niewłaściwie ubrany do tej pracy — powiedział Olsson w windzie, kiedy zjeżdżali do samochodu.

Annika popatrzyła na mężczyznę. Fotograf miał na sobie ciemnoszary wełniany płaszcz, półbuty i garnitur.

— O co panu chodzi?

— Ubrałem się tak, bo miałem robić zdjęcia tłumowi w Teatrze Dramatycznym. Mogła mi pani powiedzieć wcześniej, że pojedziemy na miejsce morderstwa, musiała pani o tym wiedzieć od wielu godzin.

Popatrzył na nią wyzywająco. Gdzieś w głowie Anniki kliknęło, zmęczenie dawało o sobie znać.

— Niech mi pan do cholery nie mówi, co mam robić, a czego nie. Jest pan fotografem i ma pan być przygotowany do robienia wszystkiego od wypadków samochodowych po premierę galową. Jeśli nie chce pan fotografować jatki w garniturze od Armaniego, to noś pan ze sobą, psiakrew, kombinezon w torbie!

Kopnęła drzwi windy i wyszła do garażu. Przeklęci amatorzy.

— Nie podoba mi się sposób, w jaki pani ze mną rozmawia — usłyszała za sobą podniesiony głos.

Tego było jej za wiele, obróciła się i wybuchnęła:

— Nie bądź pan taki delikatny! Poza tym nic nie stoi na przeszkodzie, żeby samemu zasięgnąć języka, co się dzieje w gazecie. Czy pan myśli, że ja albo ktoś inny będzie prowadził jakieś cholerne centrum informacyjne, jak się ma pan ubierać?

Fotograf przełknął ślinę i zacisnął pięści.

— Uważam, że teraz jest pani wyjątkowo niesprawiedliwa — burknął.

— Boże — jęknęła Annika — co za cholerne biadolenie. Siadaj pan do samochodu i jedź na stadion. Czy ja mam prowadzić?

Zgodnie ze zwyczajem, kiedy reporterski zespół wyjeżdżał w teren, prowadził fotograf, nawet jeśli korzystano z samochodu redakcji. W wielu gazetach samochody redakcyjne były zarazem służbowymi samochodami fotografów. W „Kvällspressen" z tego zrezygnowano wskutek sporów, jak rozliczać ten przywilej.

Tym razem za kierownicą usiadła Annika i wyjechała na Essingeleden. Atmosfera w drodze do Södra Hammarbyhamnen była napięta. Annika zdecydowała się pojechać ulicą Hammarby Fabriksväg, ale na nic się to nie zdało. Cała wioska olimpijska była odgrodzona przez policję. Ku swojej irytacji Annika spostrzegła, że teraz ona się złości, gdy tymczasem Ulf Olsson odetchnął z ulgą — nie musiał brudzić sobie butów.

— Musimy mieć zdjęcie trybun w świetle dziennym — powiedziała Annika i zawróciła przed plastikową taśmą przy Lumavägen. — Znam ludzi w telewizji, która ma tutaj swoją siedzibę. Jeśli będziemy mieli szczęście, może ktoś wpuści nas na dach.

Wzięła telefon i wybrała numer komórki swojej koleżanki Anne Snapphane, producentki talk show dla kobiet w jednej z telewizji kablowych.

— Właśnie redaguję — warknęła Anne. — Kim jesteś i czego chcesz?

Pięć minut później byli na dachu dawnej fabryki lamp w Södra Hammarbyhamnen. Widok na zniszczony stadion był fantastyczny. Olsson nałożył teleobiektyw i wypstrykał jeden film. To powinno starczyć.

W drodze powrotnej nie odezwali się do siebie ani słowem.

— Konferencja prasowa zaczyna się o drugiej — zawołał Patrik, kiedy Annika weszła do redakcji. — Zdjęcia załatwione.

Annika pomachała mu w odpowiedzi i weszła do swojego pokoju. Zdjęła płaszcz, rzuciła torbę na stół i wymieniła baterię w komórce, a starą podłączyła do ładowarki.

Czuła się wycieńczona i nieswoja po awanturze z fotografem. Dlaczego zareagowała tak ostro? Dlaczego wzięła to do siebie? Wahała się przez chwilę, a potem wybrała numer wewnętrzny do naczelnego.

— Oczywiście, że mam dla ciebie czas, Annika.

Przeszła przez otwartą przestrzeń biurową do narożnego gabinetu Andersa Schymana. Aktywność w redakcji spadła niemal do zera. Ingvar Johansson siedział ze słuchawką przyklejoną do ucha i jadł sałatkę z tuńczykiem. Redaktor graficzny Pelle Oscarsson w roztargnieniu klikał w swojego Photoshopa, jeden z redaktorów rozplanowywał jutrzejsze strony na komputerze.

W chwili gdy Annika zamknęła za sobą drzwi, z radia rozbrzmiały trzy dźwięczne sygnały „Echa". Było wpół do pierwszej. „Echo" poszło w stronę sabotażu, twierdziło, że policja ściga szaleńca nienawidzącego igrzysk olimpijskich. Nic więcej nie mieli.

— Teoria szaleńca jest nieprawdziwa — oświadczyła Annika. — Policja myśli, że to robota kogoś z wewnątrz.

Anders Schyman zagwizdał.

— Dlaczego?

— Nie było żadnego włamania i ktoś wyłączył wszystkie alarmy. Albo zrobiła to ofiara, albo Zamachowiec.

W obu przypadkach oznacza to, że sprawcą jest ktoś z wewnątrz.

— Niekoniecznie, alarmy mogły być przecież niesprawne — zauważył Schyman.

— Nie, były w porządku. Tyle że wyłączone.

— Może ktoś zapomniał włączyć.

Annika zastanowiła się przez chwilę i skinęła głową. Tak mogło być.

Usiedli na wygodnych kanapach pod ścianą i jednym uchem słuchali radia. Annika popatrzyła przez okno na dach rosyjskiej ambasady. Dzień zbierał się do odejścia, chociaż jeszcze na dobre nie nastał. Przez szarą mgłę okna wyglądały na niemyte. Ktoś — późno, bo późno — przyozdobił wreszcie gabinet naczelnego czerwonymi gwiazdami betlejemskimi w doniczkach i dwoma adwentowymi świecznikami.

— Zrobiłam dzisiaj awanturę Ulfowi Olssonowi — powiedziała cicho Annika.

Anders Schyman czekał na dalszy ciąg.

— Skarżył się, że jest niewłaściwie ubrany do pracy w Hammarbyhamnen i twierdził, że to moja wina, bo powinnam go była uprzedzić, że tam pojedziemy.

Umilkła. Anders Schyman przyglądał się jej przez chwilę, nim odpowiedział.

— To nie ty, Annika, decydujesz, dokąd jaki fotograf ma pojechać. O tym postanawia redaktor graficzny. Poza tym zarówno reporterzy, jak i fotografowie mają być ubrani tak, żeby mogli pojechać w każde miejsce. Na tym polega ta praca.

— Naklęłam na niego — przyznała się Annika.

— Nie było to zbyt mądre — stwierdził naczelny. — Na twoim miejscu przeprosiłbym go za język i udzielił mu paru praktycznych wskazówek, jak rozwiązać kwestię ubioru. Jeśli chodzi o spekulacje na temat sabotażu, to przypilnuj, żebyśmy nie wpadli w pułapkę; nie ma co się upierać przy akcie terrorystycznym, skoro było to coś innego.

Schyman podniósł się, dając do zrozumienia, że rozmowa jest skończona. Annika poczuła ulgę i to z dwóch powodów: po pierwsze, uzyskała poparcie szefa dla swojej koncepcji opisywania zamachu, po drugie, sama opowiedziała mu o zajściu. Wprawdzie w gazecie ludzie wściekali się na siebie każdego dnia, ale ona była przełożoną działu od niedawna, a na dodatek kobietą i musiała się mieć na baczności.

Poszła prosto do pokoju fotografów, biorąc po drodze dużą reklamową torbę z logo gazety. Ulf Olsson był sam i czytał jakiś błyszczący magazyn dla panów.

— Przepraszam, że użyłam tak ostrych słów — powiedziała Annika. — Proszę — podała mu torbę — niech pan włoży do tego zimowe ubranie: kalesony, ciepłe buty, czapkę i rękawiczki i wstawi do szafki albo do bagażnika samochodu.

Mężczyzna popatrzył na nią nadąsany.

— Powinna mi była pani powiedzieć wcześniej, że pojedziemy...

— Ten temat może pan omówić z redaktorem graficznym albo naczelnym. Wywołał pan zdjęcia?

— Nieee, ja...

— To proszę wywołać.

Wyszła, czując jego spojrzenie na plecach. W drodze do swojego pokoju uświadomiła sobie, że przez cały dzień nic nie jadła, nawet śniadania. Skręciła do kafeterii po kanapkę z klopsikiem i colę light.

Wiadomość o eksplozji na stadionie olimpijskim obiegła kulę ziemską. Wszystkie duże stacje telewizyjne i zagraniczne gazety zdążyły przysłać przedstawicieli na konferencję prasową w komendzie policji o godzinie 14. Obecne były między innymi CNN, Sky News, BBC i telewizje skandynawskie; korespondenci „Le Monde", „European", „Timesa", „Die Zeit". Satelitarne wozy transmisyjne zastawiły prawie cały wjazd do komendy policji.

Annika przyszła razem z czterema swoimi współpracownikami: reporterami Patrikiem i Berit oraz dwoma fotografami. Pomieszczenie było wypełnione ludźmi i sprzętem. Annika i reporterzy stanęli na krzesłach przy wejściu, fotografowie przepchnęli się do przodu. Jak zwykle ci z telewizji ustawili się przed samym podestem, tak że reszta nic nie widziała, wszyscy potykali się o ich kilometrowej długości kable, które wiły się po całej sali, wszyscy musieli wziąć pod uwagę, że to oni będą pierwsi zadawać pytania. Ich reflektory oświetlały całe pomieszczenie, nawet jeśli większość była skierowana na prowizoryczną scenę, z której wkrótce mieli przemawiać policjanci. Wiele telewizji — w tym CNN, Sky i szwedzki „Raport" — relacjonowało konferencję na żywo. Reporterzy ćwiczyli wypowiedzi, bazgrali coś w swoich scenariuszach, fotografowie zakładali filmy, radiowcy manipulowali przy magnetofonach, robili testy „raz dwa, raz dwa". Szum głosów przypominał wodospad. Już na początku było niesamowicie gorąco. Annika jęknęła i rzuciła płaszcz na podłogę.

W końcu bocznymi drzwiami przy podeście weszli policjanci. Rozgwar głosów zamarł, zastąpił go trzask aparatów fotograficznych. Mężczyzn było czterech: rzecznik prasowy policji sztokholmskiej, prokurator okręgowy Kjell Lindström, śledczy z Wydziału Kryminalnego — Annika zapomniała jego nazwiska — i Evert Danielsson z kancelarii Komitetu Organizacyjnego Igrzysk Olimpijskich. Usiedli ceremonialnie za stołem i jak na rozkaz popili ze szklanek wodę mineralną.

Rozpoczął rzecznik prasowy i przytoczył znane już fakty: nastąpił wybuch, zginęła jedna osoba. Oszacował straty materialne i stwierdził, że wciąż trwają badania techniczne. Sprawiał wrażenie zmęczonego i wyczerpanego. Jak będzie wyglądał, jeśli potrwa to parę dni? — pomyślała Annika.

Następnie głos zabrał prokurator.

— Jak dotąd nie udało nam się ustalić personaliów osoby, która poniosła śmierć na stadionie. Identyfikacja jest utrudniona ze względu na fatalny stan zwłok. Mamy jednak kilka innych śladów, które może ułatwią nam pracę. Materiał wybuchowy poddawany jest teraz analizie w Londynie. Nie otrzymaliśmy jeszcze stamtąd żadnych ostatecznych informacji, ale wstępnie wiemy, że przypuszczalnie był to cywilny materiał wybuchowy, nie wojskowy.

Kjell Lindström popił trochę wody. Kamery szemrały.

— Szukamy również mężczyzny skazanego za podłożenie bomb, które siedem lat temu uszkodziły dwa obiekty sportowe. Ten człowiek nie jest na razie o nic podejrzany, zostanie tylko przesłuchany w sprawie.

Prokurator spojrzał do swoich notatek, jakby się na chwilę zawahał. Kiedy podjął wypowiedź, mówił prosto do kamery „Raportu".

— Tuż przed wybuchem widziano w pobliżu stadionu osobę w ciemnym ubraniu. Chcemy zaapelować do społeczeństwa o zgłaszanie się z wszelkimi informacjami, które mogą mieć związek z zamachem na Stadionie Victorii. Policja prosi o kontakt wszystkie osoby, które znajdowały się w Södra Hammarbyhamnen między północą a godziną 3.20 nad ranem. Nawet jeśli informacje wydają się nieistotne, dla policji mogą mieć rozstrzygające znaczenie.

Wyrecytował kilka numerów telefonów, które „Raport" z pewnością wyświetlił na ekranie.

Gdy prokurator skończył, Evert Danielsson z kancelarii komitetu olimpijskiego odchrząknął.

— Tak, to wielka tragedia — zaczął nerwowo. — Zarówno dla Szwecji jako organizatora igrzysk olimpijskich, jak i dla sportu w ogóle. Igrzyska olimpijskie symbolizują rywalizację na równych warunkach bez względu na rasę, religię, przekonania polityczne czy płeć. Dlatego przygnębiający jest fakt, że ktoś podniósł rękę na globalny symbol, jakim jest stadion, dopuścił się aktu terroryzmu w miejscu zmagań mistrzów olimpijskich.

Annika stanęła na palcach, żeby dojrzeć ponad kamerą CNN, jak policjanci i prokurator zareagowali na pean Danielssona na cześć igrzysk. Tak jak się spodziewała, byli poruszeni: oto szef kancelarii podał motyw i opis czynu. Że zamach był aktem terrorystycznym wymierzonym w igrzyska olimpijskie. A przecież wciąż nie wiedzieli, kim była ofiara. Może jednak zdążyli to ustalić? Czyżby szef kancelarii nie miał pojęcia o tym, co jej samej udało się potwierdzić: że zamach był prawdopodobnie dziełem kogoś z wewnątrz?

Prokurator wtrącił się i próbował uciszyć Danielssona, który jednak wcale nie zamierzał skończyć.

— Apeluję — ciągnął szef kancelarii — do wszystkich, którzy coś widzieli, o skontaktowanie się z policją. Ujęcie winnego jest sprawą najwyższej wagi... Co jest? — Spoglądał ze zdumieniem na prokuratora, który najwyraźniej go kopnął albo uszczypnął.

— Chciałbym tylko podkreślić — Kjell Lindström pochylił się ku mikrofonom — że na obecnym etapie nie jesteśmy w stanie określić motywu. — Spojrzał krzywo na Everta Danielssona. — Nic, powtarzam: nic nie wskazuje na akt terrorystyczny wymierzony przeciwko igrzyskom olimpijskim. Nie pojawiły się żadne groźby zamachu na obiekty olimpijskie czy wobec samej kancelarii Komitetu Organizacyjnego. W chwili obecnej badamy różne ślady i motywy. — Odchylił się do tyłu. — Jakieś pytania?

Reporterzy telewizyjni ruszyli do ataku. Gdy tylko udzielono im głosu, zaczęli po prostu wykrzykiwać swoje pytania. Nazywano to „wznowieniem". Pierwsze pytania dotyczyły zawsze rzeczy, które już powiedziano, tyle że za wolno albo zbyt obszernie, by zmieściły się w półtoraminutowej relacji. Dlatego dziennikarze z telewizji pytali ponownie o to samo w nadziei, że dostaną prostszą i krótszą odpowiedź.

— Czy macie podejrzanego?
— Czy są jakieś ślady?
— Czy zidentyfikowaliście ofiarę?
— Czy to mógł być zamach terrorystyczny?

Annika westchnęła. Jedyną korzyścią z takich konferencji prasowych była możliwość obserwowania, jak zachowują się prowadzący śledztwo. Wszystkie ich słowa referowano w mediach, ale mowa ciała tych poza ekranem zdradzała na ogół więcej niż odpowiedzi, które można było z góry przewidzieć. Teraz na przykład zauważyła, że Kjell Lindström jest wściekły na Everta Danielssona za paplaninę o „akcie terrorystycznym". Jeśli szwedzka policja chciała czegoś uniknąć, to na pewno etykietki terroryzmu przyczepionej Sztokholmowi, igrzyskom olimpijskim i temu zamachowi. Poza tym wedle wszelkiego prawdopodobieństwa teoria aktu terrorystycznego była całkowicie błędna. Annika nabazgrała kilka pytań w notesie. Tym razem ujawnili jednak parę nowych informacji. Jakaś osoba w ciemnym ubraniu znalazła się koło stadionu — kiedy i gdzie? Okazuje się więc, że był świadek. Kto to jest i co tam robił? Analizę materiału wybuchowego zlecono Londynowi, dlaczego? Z jakiego powodu nie przeprowadza jej Wydział Kryminalno-Techniczny w Linköpingu? I kiedy spodziewane jest zakończenie analizy? Skąd wiadomo, że materiał wybuchowy nie pochodzi z magazynów wojskowych? Jakie ma to znaczenie dla śledztwa? Zawęża je czy przeciwnie, utrudnia? Jak łatwo dostępne są cywilne materiały wybuchowe? Ile czasu zajmie naprawienie północnej części trybun? Czy stadion jest w ogóle ubezpieczony, a jeśli tak, to w jakim towarzystwie? I kim jest ofiara? Wiedzą to czy nie? I co to za ślady, o których mówił Kjell Lindström i które ewentualnie mogą pomóc w zidentyfikowaniu ofiary? Westchnęła znowu. Ta historia mogła się ciągnąć jeszcze bardzo długo.

Prokurator Kjell Lindström wkroczył na korytarz za salą prasową biały na twarzy, kurczowo ściskając aktówkę. Gdyby nie zajął czymś rąk, udusiłby szefa kancelarii Everta Danielssona. Za nim szli pozostali uczestnicy konferencji i trzej umundurowani policjanci, którzy pilnowali na zapleczu. Jeden z nich zamknął drzwi za małym orszakiem, odcinając drogę ostatnim, najbardziej natrętnym dziennikarzom.

— Nie rozumiem, dlaczego takie kontrowersje wzbudza powiedzenie czegoś, co wszyscy myślą — odezwał się wyraźnie obrażony szef kancelarii. — Jest chyba zupełnie oczywiste, że mamy do czynienia z zamachem terrorystycznym. My w kancelarii komitetu uważamy, że sprawą niezwykłej wagi jest zmobilizowanie opinii publicznej przeciwko próbom sabotowania igrzysk...

Prokurator obrócił się na pięcie i stanął niebezpiecznie blisko Everta Danielssona.

— Czytaj pan z moich warg: NIC NIE WSKAZUJE NA ZAMACH TERRORYSTYCZNY. Jasne? Ostatnią rzeczą, jakiej policja teraz potrzebuje, jest wielka debata o terroryzmie i jego zwalczaniu. Posypałyby się żądania takiego zabezpieczenia stadionów olimpijskich i budynków publicznych, na jakie nas nie stać... Czy pan wie, ile obiektów w taki czy inny sposób jest związanych z olimpiadą? Jasne, że pan wie. Pamięta pan, co się działo, kiedy ten cholerny Tygrys był w akcji? Zdetonował kilka niewielkich ładunków i pieprzeni dziennikarze zaczęli włazić w środku nocy do wszystkich niestrzeżonych obiektów w kraju i pisać alarmistyczne artykuły o skandalicznym zabezpieczeniu.

— Skąd ta pewność, że to nie jest zamach terrorystyczny? — zapytał nieco wystraszony Danielsson.

Lindström westchnął i ruszył dalej.

— Mamy podstawy, żeby tak sądzić, proszę mi wierzyć.

— Jakie? — Szef kancelarii nie dał za wygraną.

Prokurator znowu się zatrzymał.

— To była robota kogoś z wewnątrz — wyjawił.

— Bombę podłożył ktoś z pracujących przy organizacji igrzysk. To był ktoś z was, szanowny panie. Dlatego jest wyjątkowo nie na miejscu, że właśnie pan gardłuje o zamachu terrorystycznym, rozumie pan?

Evert Danielsson zbladł.

— To niemożliwe.

Kjell Lindström ponownie zaczął iść.

— Możliwe. Proszę udać się ze śledczymi do Wydziału Kryminalnego, bo będziemy potrzebowali informacji, kto od was miał dostęp do wszystkich magnetycznych przepustek, kluczy i kodów alarmowych na stadionie olimpijskim.

Ledwie Annika weszła do redakcji po konferencji prasowej, Ingvar Johansson, stojący przy komputerze podłączonym do Internetu, zamachał na nią ręką.

— Chodź i popatrz, czy coś z tego rozumiesz! — zawołał.

Annika weszła najpierw do swojego pokoju, powiesiła torbę i płaszcz, zdjęła szalik i rękawiczki. Sweter lepił się jej pod pachami i nagle uświadomiła sobie, że rano nie wzięła prysznica. Szczelniej otuliła się marynarką; miała nadzieję, że nie czuć od niej zapachu potu.

Janet Ullberg, młoda reporterka na stażu, i Ingvar Johansson stali pochyleni nad jednym z redakcyjnych komputerów wyposażonych w szybki modem. Ingvar wystukiwał coś na klawiaturze.

— Janet nie udało się złapać Christiny Furhage przez cały dzień — wyjaśnił. — Mamy jakiś przeklęty numer, który powinien być dobry, ale nikt tam nie odpowiada. W kancelarii komitetu olimpijskiego mówią, że jest w mieście, prawdopodobnie w domu. Dlatego chcemy znaleźć ją w Dafie, żeby do niej pojechać. Ale kiedy wpisujemy jej dane, coś się nie zgadza. Nie ma jej w rejestrze. — Wskazał na ekran. Widniał na nim napis: „nazwisko niedostępne przy podanych słowach kluczowych".

Annika wślizgnęła się przed Janet i usiadła na krześle przy klawiaturze.

— Musi być w rejestrze, wszyscy tam są — powiedziała. — Po prostu za bardzo zawęziliście poszukiwania.

— Nic z tego nie łapię — poskarżyła się stażystka cienkim głosem. — Co właściwie pani robi?

Annika wyjaśniała stukając w klawiaturę:

— Dafa Spar to Państwowy Rejestr Osobowo-Adresowy. Właściwie teraz nie nazywa się Dafa, tylko inaczej, chyba Sema Group, ale wszyscy i tak mówią na to Dafa Spar. Nawet nie należy już do państwa, tylko do jakiejś francusko-angielskiej spółki... Mniejsza o to, tu odnotowany jest każdy mieszkaniec tego kraju z numerem identyfikacyjnym, obecnym i poprzednim adresem oraz miejscem urodzenia, zarówno Szwedzi, jak i cudzoziemcy, którzy dostali numery identyfikacyjne. Kiedyś były też informacje o dzieciach i małżonkach, ale usunięto je kilka lat temu. Połączymy się przez modem z czymś, co nazywa się Placem Danych, zobacz tutaj. Można wybrać różne bazy danych np. rejestr samochodowy czy biuro spółki akcyjnej, ale my wejdziemy do Spar. Zobacz! Wpisujesz „spar" tu na górze w okienku...

— Wracam do siebie. Przekręćcie do mnie później — powiedział Johansson i ruszył w stronę pulpitu.

— ...i teraz jesteśmy w środku. Możemy wybrać różne funkcje w zależności od tego, o co chcemy zapytać komputer. Widzisz? Wciskasz F2, jeśli masz numer identyfikacyjny i chcesz się dowiedzieć, do kogo należy, F3, jeśli masz datę urodzenia, ale bez czterech ostatnich cyfr numeru identyfikacyjnego, F4 i F5 są zablokowane, to były powiązania rodzinne, ale możemy skorzystać z F7 i F8. Żeby dowiedzieć się, gdzie dana osoba mieszka, wciskamy F8. *Voilà!*

Annika wcisnęła klawisz i na monitorze ukazał się formularz do wypełnienia.

— Szukamy Christiny Furhage, która mieszka gdzieś w Szwecji — powiedziała wpisując wymagane dane: płeć, imię i nazwisko. Pola na orientacyjną datę urodzenia, literowe oznaczenie regionu i numer kodu pocztowego zostawiła puste. Komputer myślał przez kilka sekund, a potem faktycznie na ekranie ukazały się trzy linijki.

— Dobra, zobaczmy po kolei — powiedziała Annika i wskazała na ekran ołówkiem. — Spójrz tutaj: „Furhage, Eleonora Christina, Kalix, ur. 1912, hist." To oznacza, że informacja jest historyczna, babcia przypuszczalnie nie żyje. Zmarli jeszcze przez kilka lat są w rejestrze. Może też być tak, że zmieniła nazwisko, wyszła na przykład w domu starców za jakiegoś dziadka. Można to sprawdzić przez zaznaczenie jej nazwiska i wciśnięcie F7, pod którym są informacje historyczne, ale teraz nie mamy na to czasu.

Przesunęła ołówek do ostatniej linijki.

— „Furhage, Sofia Christina, Kalix, ur. 1993". Małe dziecko. Przypuszczalnie prawnuczka tej pierwszej. Nietypowe nazwiska niemal zawsze pojawiają się w tej samej miejscowości.

Znowu przesunęła ołówek.

— To chyba jest nasza Christina.

Zaznaczyła tę linijkę i wcisnęła „enter". Na ekranie ukazała się bardzo dziwna informacja. Annika wzdrygnęła się.

— Boże... — Pochyliła się ku monitorowi, jakby nie wierzyła własnym oczom.

— Co jest? — zapytała Janet.

— Kobieta jest objęta ochroną — oznajmiła Annika. Wcisnęła klawisz „P" i podeszła do drukarki. Z wydrukiem w ręce udała się do Ingvara Johanssona.

— Czy pisaliśmy kiedyś, że Christina Furhage ma ochronę osobistą? Że grożono jej zabójstwem lub coś w tym rodzaju?

Ingvar Johansson odchylił się do tyłu i przez moment się zastanawiał.

— Z tego, co mi wiadomo, nie. Dlaczego pytasz?

Annika podsunęła mu wydruk.

— Christinie Furhage grożono morderstwem i nie były to bezpodstawne groźby. Nikt poza kierownikiem biura meldunkowego w Tyresö nie wie, gdzie ona mieszka. W całej Szwecji jest zaledwie około stu osób objętych tego rodzaju ochroną.

Podała mu papier. Ingvar Johansson popatrzył nań z niezrozumieniem.

— Jak to? Przecież jej dane osobowe nie są chronione. Jest tu jej nazwisko.

— No tak, ale zobacz adres: „kier. biur. meld. Tyresö".

— Cholera, mów jaśniej — poprosił Johansson.

Annika usiadła.

— Są różne rodzaje ochrony, jaką władze mogą zapewnić ludziom, którym coś grozi — wyjaśniła. — Najprostsza forma to zastrzeżenie adresu w ewidencji ludności. Nie jest to znowu taka rzadkość, jakieś pięć tysięcy osób w kraju ma zastrzeżone dane. I wtedy taka właśnie informacja pojawia się na monitorze komputera: „dane zastrzeżone".

— No tak, ale tutaj takiej informacji nie ma — powiedział Johansson.

Annika puściła tę uwagę mimo uszu.

— Żeby można było zastrzec dane, musi istnieć konkretne zagrożenie. Decyzję podejmuje kierownik lokalnego biura meldunkowego, w którym zagrożona osoba wpisana jest do ewidencji.

Annika postukała ołówkiem w wydruk.

— To natomiast jest cholernie nietypowa, dużo poważniejsza forma ochrony. Otrzymanie jej wymaga znacznie więcej zachodu niż zwykłe zastrzeżenie danych. Furhage po prostu nie figuruje w rejestrze. Jest tylko odsyłacz do kierownika biura meldunkowego w Tyresö pod Sztokholmem. To jedyny urzędnik w Szwecji, który wie, gdzie mieszka Christina Furhage.

Ingvar Johansson popatrzył sceptycznie na Annikę.

— Skąd to wszystko wiesz?

— Pamiętasz, jak pisałam o Fundacji Raj? Cały cykl artykułów o ludziach, którzy żyli w Szwecji w podziemiu?

— Tak, oczywiście. I co?

— To właśnie wtedy natknęłam się na ten rodzaj danych. Kiedy usiłowałam odnaleźć w komputerze ludzi, których władze starały się ukryć.

— Ale Christina Furhage chyba się nie ukrywa?

— Nie możemy jej przecież znaleźć. Co to właściwie za numer, który do niej mamy?

Redakcyjna książka telefoniczna w wersji elektronicznej była dostępna ze wszystkich komputerów w gazecie. Przy nazwisku Christiny Furhage, przewodniczącej Komitetu Organizacyjnego Igrzysk Olimpijskich, figurował numer telefonu komórkowego. Annika spróbowała uzyskać połączenie. Automatyczna poczta głosowa odezwała się natychmiast.

— Telefon jest wyłączony — powiedziała Annika.

Zadzwoniła do biura numerów, żeby dowiedzieć się, kto jest abonentem. Informacja była zastrzeżona.

Ingvar Johansson westchnął.

— Dzisiaj i tak już jest za ciemno na zrobienie zdjęcia z Furhage przed stadionem. Przełożymy to na jutro.

— Musimy ją przecież znaleźć — zaoponowała Annika.

— I poprosić o komentarz.

Wstała, żeby pójść do swojego pokoju.

— Co zrobisz? — zapytał Johansson.

— Zadzwonię do kancelarii komitetu. Muszą przecież wiedzieć, co się do diabła dzieje.

Opadła ciężko na krzesło i oparła głowę na blacie stołu. Czołem uderzyła w wyschniętą cynamonową drożdżówkę, która leżała tam od wczoraj. Ugryzła kęs, popiła resztką coli light z lunchu. Zebrała palcami okruszki, a potem wybrała numer centrali w kancelarii komitetu olimpijskiego. Zajęte. Zadzwoniła jeszcze raz, ale zamiast ostatniego zera dała jedynkę, stara sztuczka pozwalająca ominąć centralę i trafić na czyjeś biurko. Czasami trzeba było zatelefonować i ze sto razy, ale w końcu prawie zawsze odebrał jakiś pracujący po godzinach nieborak. Tym razem miała więcej szczęścia, już po pierwszym telefonie zgłosił się nie kto inny, jak sam szef kancelarii Evert Danielsson.

Annika, zastanowiwszy się przez pół sekundy, postanowiła zrezygnować z kurtuazji i przejść od razu do rzeczy.

— Chcemy mieć komentarz Christiny Furhage — zażądała. — I chcemy go mieć teraz.

Danielsson jęknął.

— Przecież dzwoniliście już dzisiaj z dziesięć razy. Powiedzieliśmy, że przekażemy wasze pytania.

— Sami chcemy z nią pogadać. Nie może się ukrywać w takiej chwili, chyba sami to rozumiecie? Jak to wygląda? To przecież jej igrzyska, do diabła! Normalnie nie bała się wypowiadać dla prasy, więc dlaczego się ukrywa? Niech ją pan zawoła.

Danielsson przez dłuższą chwilę tylko oddychał w słuchawkę.

— Nie wiemy, gdzie ona jest — powiedział w końcu cicho.

Annika poczuła, jak przyśpiesza jej puls, i włączyła magnetofon stojący koło telefonu na biurku.

— Wam też nie udało się jej złapać? — zapytała spokojniejszym tonem.

Danielsson przełknął ślinę.

— Niestety, nie. Przez cały dzień. Nie udało nam się też dotrzeć do jej męża. Mam nadzieję, że pani tego nie napisze?

— Nie wiem — odparła Annika. — Gdzie ona może być?

— Myśleliśmy, że w domu.

— A gdzie mieszka? — Annika przypomniała sobie wydruk z rejestru danych.

— Tu, w centrum. Ale nikt nie otwiera.

Annika zaczerpnęła powietrza i zapytała szybko:

— Kto i czym groził Christinie Furhage?

Mężczyzna sapnął:

— Co takiego? O czym pani mówi?

— Proszę nie grać komedii. Jeśli pan chce, żebym wstrzymała się z pisaniem, musi mi pan powiedzieć prawdę.

— Jak pani... kto powiedział...

— Jej dane w ewidencji ludności są objęte blokadą. To oznacza na tyle konkretne zagrożenie, że prokurator mógł wydać zakaz odwiedzin osobie, która jej groziła. Czy tak było?

— Boże święty — zdumiał się Danielsson. — Kto pani to powiedział?

Annika cicho jęknęła.

— Wszystko jest napisane w Dafa Spar. Wystarczy tylko umieć czytać między wierszami. Czy prokurator wystawił zakaz odwiedzin jakiejś osobie, która groziła Christinie Furhage?

— Nie mogę nic więcej powiedzieć — oświadczył mężczyzna zduszonym głosem i odłożył słuchawkę.

Annika jeszcze przez chwilę wsłuchiwała się w ciszę przerwanego połączenia, po czym westchnęła i zrobiła to samo.

Evert Danielsson spojrzał na kobietę w wejściu.

— Długo już tutaj stoisz? — zapytał.

— Co robisz w jej gabinecie? — odpowiedziała pytaniem Helena Starke, krzyżując ręce na piersi.

Danielsson wstał z fotela Christiny Furhage i zmieszany rozejrzał się wokół, jakby wcześniej nie zauważył, że siedzi przy biurku przewodniczącej.

— Ja... ja chciałem sprawdzić jedną rzecz. Terminarz Christiny, czy nie zapisała czegoś w kalendarzu, jakiegoś wyjazdu albo czegoś w tym rodzaju... ale nie mogę go znaleźć.

Kobieta utkwiła w nim wzrok. Odwzajemnił spojrzenie.

— Wyglądasz okropnie — wyrwało mu się.

— Co za męsko-szowinistyczny komentarz — zauważyła z grymasem obrzydzenia na twarzy i podeszła do biurka. — Spiłam się wczoraj do nieprzytomności, a rano porzygałam na chodnik w przedpokoju. Jeśli powiesz, że to wyjątkowo niekobiece zachowanie, wybiję ci zęby.

Mężczyzna mimowolnie przesunął językiem po przednich zębach.

— Christina została dzisiaj z rodziną w domu — powiedziała Starke i wyciągnęła drugą szufladę; widać było, że przy biurku przewodniczącej komitetu olimpijskiego czuje się jak przy swoim. — Oznacza to, że ma zamiar pracować w domu, a nie tutaj, w biurze — dodała wyjaśniająco.

Szef kancelarii patrzył, jak Helena Starke wyciąga gruby terminarz i otwiera go prawie na samym końcu. Przerzuciła kilka stron w przód, papier zaszeleścił.

— Nic. Sobota 18 grudnia jest zupełnie pusta.

— Może będzie sprzątać przed świętami — powiedział Danielsson i oboje się uśmiechnęli. Myśl, że Christina nałożyłaby na siebie fartuszek i ścierała kurze, była nader komiczna.

— Kto dzwonił? — Starke odłożyła terminarz do szuflady biurka, starannie wsunęła szufladę i przekręciła klucz.

— Dziennikarka z „Kvällspressen". Nie pamiętam nazwiska.

Helena włożyła klucz do przedniej kieszeni dżinsów.

— Dlaczego powiedziałeś jej, że nie możemy znaleźć Christiny?

— A co miałem powiedzieć? Że nie chce komentować? Że się ukrywa? To byłoby jeszcze gorsze. — Danielsson rozłożył ręce.

— Pytanie brzmi... — Kobieta stanęła tak blisko niego, że poczuł na twarzy jej przesączony alkoholem oddech.

— Pytanie brzmi, gdzie właściwie jest Christina? Dlaczego tu się nie zjawiła? Gdziekolwiek się znajduje, musi to być miejsce, do którego nie docierają wiadomości. Masz jakiś pomysł?

— Wiejska posiadłość?

Helena Starke spojrzała na niego z politowaniem.

— Daj spokój. A to gadanie o terrorystach, z którym wyjechałeś na konferencji prasowej, nie było zbyt mądre. Jak myślisz, co powie o tym Christina?

Danielsson zirytował się. Przytłaczające uczucie porażki odbierał jako rażąco niesprawiedliwe.

— Przecież to nasz wspólny wniosek. Też brałaś udział w dyskusji. Nie był to tylko mój pomysł, wręcz przeciwnie. Mieliśmy przejąć inicjatywę, wpłynąć bezpośrednio na opinię publiczną, tak przecież uzgodniliśmy.

Starke odwróciła się i ruszyła ku drzwiom.

— Było to jednak trochę żenujące, kiedy policja tak żarliwie wszystko zdementowała. Robiłeś w telewizji wrażenie rozhisteryzowanego paranoika, z czym niespecjalnie ci do twarzy.

Obejrzała się w drzwiach i położyła rękę na futrynie.

— Zostajesz tutaj czy mogę zamknąć?

Szef kancelarii bez słowa wyszedł z gabinetu.

Wieczorne kolegium redakcyjne odbywało się przy stole konferencyjnym redaktora naczelnego. Brakowało tylko Janssona.

— Przyjdzie — powiedziała Annika. — Musi tylko...

„Musi tylko" było zwrotem oznaczającym zatrzymanie z powodu zwykłych dupereli lub jakiegoś zamieszania, na przykład reporterów nie pojmujących, co mają robić, bądź czytelnika, który akurat w danej chwili musiał koniecznie wyrazić przez telefon swoją opinię. Ale mogło też oznaczać pójście po kawę czy do toalety.

Zebrani przy stole przygotowywali się i czekali. Annika przeglądała swoje notatki z kwestiami, które chciała poruszyć na kolegium. Nie miała tak długiej listy jak Ingvar Johansson, który właśnie rozdzielał obecnym karteczki z zadaniami. Redaktor graficzny Pelle Oscarsson rozmawiał przez telefon komórkowy. Naczelny kołysał się w przód i w tył na piętach i patrzył niewidzącym wzrokiem na pozbawiony dźwięku obraz telewizyjny. Za kwadrans miały się zacząć „Aktualności".

— Sorry — szef nocnej zmiany wpadł do pokoju z kubkiem kawy w jednej ręce i szkicem wszystkich stron gazety w drugiej. Nadal nie widać było po nim śladu zmęczenia, zaczął właśnie drugi tego dnia półlitrowy kubek kawy. Oczywiście rozlał nieco na podłogę, zamykając za sobą drzwi. Anders Schyman widząc to westchnął.

— No dobra — sięgnął po krzesło i usiadł przy stole.

— Zaczniemy chyba od zamachowca. Co mamy?

Annika zaczęła od razu mówić nie oglądając się na Ingvara Johanssona. Wiedziała, że szef wiadomości lubi referować wszystko, także to, co podlegało jej kompetencjom. Nie zamierzała do tego dopuścić.

— Tak jak ja to widzę, z działu kryminalnego damy cztery artykuły — powiedziała. — Nie unikniemy wątku terrorystycznego. Sam Evert Danielsson mówił o tym na konferencji prasowej, ale policja chce ten aspekt wyciszyć. To mogłaby być zupełnie osobna historia. Odkryliśmy mianowicie, że przewodnicząca komitetu olimpijskiego Christina Furhage jest w jakiś sposób zagrożona. Jej dane w biurze meldunkowym w Tyresö są tajne. Poza tym nikt nie wie, gdzie ona w tej chwili jest, nawet jej najbliżsi współpracownicy w kancelarii komitetu. To piszę ja.

— O jakich nagłówkach myślałaś? — zapytał Jansson.

— Coś w rodzaju „Przewodniczącej Komitetu Organizacyjnego IO grozi niebezpieczeństwo" i potem słowa Danielssona jako podtytuł: „To jest zamach terrorystyczny".

Jansson skinął głową z aprobatą.

— Później mamy oczywiście zasadniczą historię, trzeba ją zrobić bardzo dokładnie. Tekst ze strzałkami można by rozmieścić wokół dużego zdjęcia przedstawiającego zniszczenia. Zajmuje się tym Patrik. Mamy zdjęcia stadionu w świetle dziennym, z powietrza i z dachu Lumahuset, prawda, Pelle?

Redaktor graficzny kiwnął głową.

— Tak, z tym że uważam, że zdjęcia z helikoptera są lepsze. Zdjęcia z dachu są niestety za słabo naświetlone, po prostu za ciemne. Próbowałem rozjaśnić je na macintoshu, ale ostrość też nie jest najlepsza, myślę więc, że weźmiemy te z lotu ptaka.

Jansson zapisał coś na swoim szkicu stron. Annika czuła, jak wzbiera w niej złość niczym snop ognia; pieprzony fotograf od Armaniego nie umiejący ustawić ostrości ani przysłony.

— Kto robił zdjęcia z dachu? — zapytał Schyman.

— Olsson — powiedziała krótko Annika.

Redaktor naczelny coś sobie zanotował.

— Co poza tym?

— Kim jest ofiara? Mężczyzna, kobieta, w jakim wieku? Ekspertyza lekarza medycyny sądowej, badania policyjnej ekipy technicznej... Co to za ślady, o których mówił prokurator na konferencji prasowej? Tym zajmuję się wspólnie z Berit.

— Co uzyskaliśmy dotychczas? — zapytał Schyman.

Annika westchnęła.

— Niestety, bardzo niewiele. Będziemy drążyć temat wieczorem. Zawsze coś z tego będzie.

Naczelny kiwnął głową, a Annika mówiła dalej.

— Następnie mamy zagadkę morderstwa, ściganie Zamachowca, ślady, teorie, dowody. Kim jest ubrany na czarno mężczyzna, dostrzeżony koło stadionu tuż przed wybuchem? Kim jest świadek, który go widział? To pisze Patrik. Do Tygrysa nie dotarliśmy, zresztą policja też nie. Według Lindströma nie jest on podejrzany o żadne przestępstwo, ale to czcza gadanina. Możliwe, że wyślą za nim list gończy na cały kraj jeszcze dziś wieczorem albo w nocy, musicie trzymać rękę na pulsie. No i mamy oczywiście aspekt olimpijski, to twoja działka, Ingvar...

Szef działu wiadomości odchrząknął.

— Zgadza się. Bezpieczeństwo igrzysk. Mamy rozmowę z Samaranchem w MKOl-u w Lozannie. Wyraził pełne zaufanie do Sztokholmu jako organizatora olimpiady i do szwedzkiej policji, która z pewnością błyskawicznie ujmie sprawcę, ple-ple, ple-ple... Powiedział też, że igrzyska w żadnym stopniu nie są zagrożone i na to musimy położyć nacisk. Potem mamy zwykłą robotę pod hasłem „co się teraz wydarzy", tym zajęła się Janet. Trybuny zostaną odbudowane natychmiast. Prace zaczną się w zasadzie od razu, gdy tylko zejdą stamtąd policyjni technicy. Oblicza się, że naprawa potrwa siedem, osiem tygodni. Następnie jest ranny taksiarz, mamy na niego wyłączność, zrobimy więc z tego większy artykuł. No i wreszcie damy przegląd zamachów olimpijskich włącznie z Tygrysem. No, chyba że złapiemy go w nocy, wtedy pójdzie na osobną historię.

— W książce telefonicznej jest jego domowy numer — wtrąciła Annika. — Zostawiłam mu wiadomość na sekretarce, niewykluczone, że się odezwie.

— Dzięki. Nils Langeby zbiera światowe reakcje, będzie to dobre uzupełnienie. No i mamy reakcje Szwedów na zamach, ankieta „zadzwoń i powiedz" właśnie ruszyła.

Zamilkł i zerknął do notatek.

— Coś jeszcze? — zapytał naczelny.

— Mamy zdjęcia Henrikssona ze znicza — ponownie zabrała głos Annika. — Poszły wprawdzie w wydaniu podmiejskim rano, ale kraj ich nie widział. Henriksson zrobił kilka filmów, moglibyśmy chyba wykorzystać je do artykułu o ofierze w jutrzejszej gazecie? Recykling?

Pelle Oscarsson kiwnął głową.

— Tak, jest masa zdjęć. Myślę, że znajdziemy jakieś nie nazbyt podobne.

— Zaczynają się „Aktualności" — powiadomił Ingvar Johansson i wcisnął na pilocie przycisk regulujący głośność.

Wszyscy skoncentrowali się na wiadomościach, żeby zobaczyć, czego udało się dowiedzieć telewizji. „Aktualności" rozpoczęły zdjęciami z konferencji prasowej w komendzie policji, potem wróciły do poranka, kiedy stadion jeszcze się palił. Później nastąpiły wywiady z bohaterami dnia: z prokuratorem Lindströmem, Evertem Danielssonem z kancelarii komitetu olimpijskiego, z jednym ze śledczych i jakąś starszą panią, która mieszkała w sąsiedztwie stadionu i została obudzona przez huk.

— Nie mają nic nowego — skonstatował Johansson i przełączył na CNN.

Wrócili do kolegium i Ingvar Johansson zaczął omawiać pozostałe tematy w jutrzejszej gazecie. W przyciszonym telewizorze migały „Breaking News" CNN. W regularnych odstępach czasu pojawiał się reporter stojący przy barierkach, które zamykały dostęp do wioski olimpijskiej, i opisywał sytuację. Drugiego reportera CNN miała przed komendą policji, a trzeciego w głównej siedzibie MKOl w Lozannie. Bezpośrednie relacje przeplatały nagrane wstawki o igrzyskach olimpijskich i wymierzonych w nie na przestrzeni lat rozmaitych aktach przemocy. Różne międzynarodowe autorytety komentowały sztokholmski wybuch. Rzecznik Białego Domu wydał oświadczenie potępiające zamach terrorystyczny w Szwecji.

Annika złapała się na tym, że nie słucha już Ingvara Johanssona. Kiedy przeszedł do stron poświęconych rozrywce, przeprosiła i opuściła kolegium. Udała się do kafeterii, gdzie zamówiła pastę z krewetek z chlebem i piwo bezalkoholowe. Usiadła naprzeciw okna i słuchając szumu pracującej za ladą kuchenki mikrofalowej, wpatrywała się w ciemność. Jeśli skupiła się i wytężyła wzrok, dostrzegała okna domu naprzeciwko. Rozluźniwszy się widziała tylko swoje odbicie w szybie.

Kiedy zjadła, zawołała Patrika i Berit do swojego pokoju na kolegium działu.

— Ja piszę o zamachu terrorystycznym — zagaiła.

— Zdobyłaś coś o ofierze, Berit?

— Tak, całkiem sporo. — Reporterka zajrzała do swoich notatek. — Technicy znaleźli na stadionie parę przedmiotów, które ich zdaniem należały do ofiary. Wybuch rozbił je na kawałki, ale technikom udało się ustalić, że były to aktówka, terminarz i telefon komórkowy.

Umilkła i spostrzegła, że Annika i Patrik wytrzeszczyli oczy.

— Dobry Boże — powiedziała Annika. — W takim razie muszą wiedzieć, kim jest ofiara.

— Możliwe — odparła Berit — ale milczą jak zaklęci. Dwie godziny zajęło mi wyciągnięcie tych informacji.

— Ależ to cudownie! — ucieszyła się Annika. — Fantastycznie! Świetna robota. Hura! Nigdzie indziej tego nie słyszałam.

Odchyliła się na krześle, śmiała się i biła brawo. Patrik uśmiechał się.

— Jak tobie poszło? — zapytała Annika.

— Zrobiłem samo wydarzenie, możesz na to spojrzeć, leży w puszce. Osią konstrukcyjną jest zdjęcie ze stadionu, tak jak powiedziałaś. Obawiam się, że na temat samych poszukiwań mordercy nie mam za wiele. Policja chodziła od drzwi do drzwi w Hammarbyhamnen, ale wioska olimpijska jest jeszcze zupełnie pusta.

— Kim jest ten ubrany na czarno mężczyzna i kto go widział?

— Nie udało mi się nic wyciągnąć — odparł Patrik.

Nagle Annika przypomniała sobie słowa taksówkarza, który rano wiózł ją na stadion.

— Tam jest nielegalny klub — powiedziała i usiadła prosto. — Ten ranny taksówkarz miał do niego kurs, kiedy nastąpił wybuch. W klubie musieli być zarówno goście, jak i personel. Tam mamy naszego świadka. Rozmawialiśmy z nimi?

Patrik i Berit spojrzeli po sobie.

— Trzeba tam pojechać i z nimi porozmawiać! — emocjonowała się Annika.

— Nielegalny klub? — Berit była sceptyczna. — I co ci się zdaje? Że jak chętnie będą z nami gadali?

— Nie dowiesz się, jeśli nie spróbujesz — zauważyła Annika. — Mogą przecież wypowiedzieć się anonimowo, a nawet bez nagrywania, niech tylko powiedzą, co zobaczyli albo usłyszeli.

— Nie jest to takie głupie — zgodził się Patrik. — Faktycznie może coś dać.

— Policja z nimi rozmawiała?

— Przyznaję, że nie wiem, nie pytałem.

— Zadzwonię na policję, a ty ruszaj i spróbuj dotrzeć do ludzi z tego nielegalnego klubu. Zadzwoń do rannego taksówkarza, schowaliśmy go w „Royal Viking", i dowiedz się, gdzie dokładnie mieści się klub. Dzisiaj wieczorem mają raczej zamknięte, lokal leży chyba w obrębie odgrodzonego terenu. Tak czy tak, porozmawiaj z taksiarzem, ustal, czy nie znał z nazwiska jakiegoś klienta, którego tam woził. Może sam polecał ludziom klub, bo znał kogoś z personelu; nigdy nie wiadomo.

— Już mnie nie ma — oświadczył Patrik, wziął kurtkę i wyszedł.

Po wyjściu Patrika Annika i Berit siedziały w milczeniu.

— Co właściwie o tym myślisz? — zapytała w końcu Annika.

Berit westchnęła.

— Ciężko mi sobie wyobrazić, że był to zamach terrorystyczny — stwierdziła. — Przeciwko komu i po co? Żeby nie dopuścić do Igrzysk Olimpijskich? Dlaczego właśnie teraz? Czy to nie trochę za późno?

Annika bazgrała w notesie.

— Wiem jedno — powiedziała. — To sprawa życiowej wagi, żeby policja ujęła Zamachowca, w przeciwnym razie ten kraj naje się wstydu, jakiego nie zaznał od czasu zastrzelenia Palmego.

Berit kiwnęła głową, zebrała swoje rzeczy i poszła do siebie.

Annika zadzwoniła do swojego informatora, ale był nieuchwytny. Przesłała Patrikowi e-mail z oficjalnym komentarzem policji na temat nielegalnego klubu. Potem przyniosła spis urzędników państwowych i wyszukała w nim nazwisko kierownika biura meldunkowego w Tyresö. Nazwisko było bardzo powszechne, co uniemożliwiało znalezienie numeru w książce telefonicznej. Na szczęście podano rok urodzenia, znalazła więc w Dafie jego adres. Zadzwoniła do biura numerów, które potrzebowało ledwie kilku sekund, żeby odnaleźć ten właściwy.

Kierownik odpowiedział po czwartym sygnale, dość mocno wstawiony. Ostatecznie był sobotni wieczór. Annika włączyła magnetofon.

— Nie mogę powiedzieć ani słowa o blokadzie informacji dotyczącej Christiny Furhage — oznajmił kierownik takim tonem, jakby miał zaraz rzucić słuchawką.

— Oczywiście, że nie — powiedziała spokojnie Annika.

— Chciałabym zadać tylko kilka ogólnych pytań na temat blokady informacji i rodzajów gróźb.

W tle jakieś liczne towarzystwo wybuchnęło śmiechem. Musiała dodzwonić się w trakcie przyjęcia zakrapianego pewnie grzanym winem.

— Proszę zadzwonić w poniedziałek do biura — zbył ją kierownik.

— Wtedy gazeta będzie już dawno wydrukowana — powiedziała łagodnie. — Czytelnicy mają prawo do najświeższych informacji. Jaki mam podać powód tego, że odmówił pan komentarza?

Mężczyzna oddychał cicho. Czuła, że rozważa w duchu za i przeciw. Zdawał sobie sprawę, iż zrobiła aluzję do jego stanu. Nie napisałaby tego oczywiście w gazecie, byłoby to wbrew etyce. Skoro jednak urzędnicy piętrzyli trudności, nie cofała się przed sztuczkami i wybiegami, by uzyskać to, na czym jej zależało.

— Co pani chce wiedzieć? — zapytał lodowatym tonem.

Annika uśmiechnęła się.

— Co stanowi podstawę wprowadzenia całkowitej blokady informacji?

Wiedziała to, ale wyjaśnienia kierownika na pewno będą rekapitulacją przypadku Christiny Furhage.

Mężczyzna westchnął i zastanowił się. Nie miał tego świeżo w pamięci.

— No, musi być groźba. Rzeczywista groźba. Nie wystarczy telefon z pogróżkami, musi być coś znacznie poważniejszego.

— Groźba zabójstwa? — podpowiedziała Annika.

— Na przykład. Ale w jakiś sposób realna, dająca prokuratorowi podstawę do wydania zakazu odwiedzin.

— Czyli groźba, z którą wiązał się jakiś akt przemocy?
— Można tak powiedzieć.
— Czy ustanowiłby pan pełną blokadę informacji w przypadku mniejszego zagrożenia, niż pan opisał?
— Nie, absolutnie nie. Jeśli groźba jest mniej poważna, wystarczy zastrzeżenie danych w ewidencji ludności.
— Ile osób objął pan pełną blokadą informacji za czasów urzędowania w Tyresö?
Mężczyzna pomyślał przez chwilę:
— Hm, trzy.
— Christinę Furhage, jej męża i córkę — stwierdziła Annika.
— Tego nie powiedziałem.
— Czy mógłby pan skomentować fakt objęcia Christiny Furhage pełną blokadą informacji? — zapytała szybko.
— Nie, nie mógłbym — cierpko odparł kierownik.
— W jaki sposób grożono zabójstwem Christinie Furhage?
— Na to pytanie nie mogę odpowiedzieć.
— Jaki akt przemocy był przyczyną pańskiej decyzji o objęciu jej pełną blokadą informacji?
— Nic więcej na ten temat nie powiem. Koniec rozmowy — oświadczył mężczyzna i odłożył słuchawkę.

Annika uśmiechnęła się zadowolona. Kierownik biura potwierdził wszystko, co sobie wydedukowała, chociaż nie powiedział ani słowa o Christinie Furhage.

Odbyła jeszcze kilka rozmów telefonicznych, po czym napisała artykuł o groźbach, nie eksponując zanadto teorii zamachu terrorystycznego. Skończyła tuż po jedenastej. Patrik jeszcze nie wrócił. To dobrze wróżyło.

Zostawiła tekst Janssonowi, który miał teraz pełne ręce roboty. Z rozczochranymi włosami rozmawiał nieprzerwanie przez telefon.

Postanowiła wrócić do domu pieszo — mimo zimna, ciemności i pustki w głowie. Bolały ją nogi, jak zawsze po nadmiernym zmęczeniu. Szybki spacer był najlepszym lekarstwem, nie musiała wtedy brać środków przeciw-

bólowych. Zdecydowawszy się, prędko narzuciła na siebie płaszcz i naciągnęła czapkę na uszy, żeby się nie rozmyślić.
— Jestem pod komórką — rzuciła Janssonowi w przelocie. Pomachał jej ręką, nie podnosząc wzroku.

Tego dnia temperatura na przemian rosła i spadała, teraz wynosiła nieco poniżej zera. Śnieg zaczynał powoli padać dużymi płatkami, które niemal nieruchomo zawisały w powietrzu i dążąc ku ziemi kiwały się lekko w przód i w tył. Tłumiły wszelkie odgłosy, autobus linii nr 57 Annika usłyszała dopiero wtedy, gdy ją mijał.

Zeszła schodkami do Rålambshovsparken. Ścieżka prowadząca przez rozległy trawnik była błotnista, rozjeżdżona przez rowery i dziecięce wózki. Annika poślizgnęła się i o mało nie upadła. Zaklęła cicho. Jakiś przestraszony zając wyskoczył jej spod nóg i pokicał w cień. Pomyśleć, że w mieście jest tyle zwierząt. Kiedyś borsuk ścigał Thomasa po Agnegatan, gdy wracali z restauracji. Annika zaśmiała się głośno w ciemności na to wspomnienie.

Tutaj wiatr był przenikliwszy niż między domami. Annika poprawiła szalik. Mokre płatki śniegu osiadały jej na włosach. Dzisiaj w ogóle nie widziała dzieci. Po południu nie zadzwoniła już do domu i miała przez to wyrzuty sumienia. Pracując w dni powszednie czuła się usprawiedliwiona, wtedy wszystkie szwedzkie dzieci były w przedszkolach. Ale w taką sobotę jak dziś, ostatnią przed świętami, powinna być w domu, robić karmelki i piec szafranowe ciasteczka z rodzynkami. Annika westchnęła tak, że aż płatki śniegu zawirowały. Problem polegał na tym, że wielkie pieczenie lub inne zajęcia z dziećmi wcale nie były miłe. Z początku dzieci świetnie się bawiły, kłóciły i przekomarzały, które ma stać najbliżej mamy. Gdy jednak zaczynały wyrywać sobie ciasto i packać całą kuchnię, Annika traciła cierpliwość. Tym szybciej, im bardziej była zestresowana pracą; zdarzało się, że wybuchała. Tak właśnie — częściej, niżby chciała przyznać — kończyły się wspólne imprezy. Dzieci siadały nadąsane przed wideo, a ona w ekspresowym tempie kończyła piec. Potem Thomas kładł maluchy spać, a ona szorowała kuchnię. Znowu westchnęła. Może tym razem będzie inaczej. Nikt nie poparzy się gorącą masą karmelową i wspólnie przy kominku będą się zajadać świeżo wyjętymi z piekarnika ciasteczkami.

Dotarłszy do promenady nad wodą przy nabrzeżu Norr Mälarstrand, przyśpieszyła kroku. Ból w nogach zaczął ustępować, zmuszała się do utrzymywania równego i prędkiego tempa. Oddech stał się szybszy, serce znalazło nowy, intensywniejszy rytm.

Poprzednio w redakcji czuła się chyba lepiej niż w domu. Od razu widziała rezultaty swej pracy, wszyscy ją doceniali, napisane przez nią artykuły kilka razy w tygodniu opatrywano jej zdjęciem, co było szczególnym wyróżnieniem. Znała swoje obowiązki, wiedziała dokładnie, czego się od niej wymaga w różnych sytuacjach, potrafiła wykonywać zadania i egzekwować je od swojego otoczenia. W domu wymagania były wyższe, liczniejsze i mniej konkretne. Nigdy nie czuła się dostatecznie szczęśliwa, podniecona, spokojna, skuteczna, surowa czy wypoczęta. W mieszkaniu stale panował mniejszy lub większy bałagan, kosz na brudną bieliznę zwykle pękał w szwach. Thomas umiał zająć się dziećmi, chyba nawet lepiej niż ona, ale nigdy nie wytarł kuchenki czy zlewu, rzadko sprzątał ze stołu, nie przeszkadzały mu ubrania i nie otwarte listy piętrzące się na podłodze w sypialni. Jakby był przekonany, że brudne talerze same znajdą drogę do zmywarki, że rachunki same się zapłacą.

Chodzenie do pracy przestało być jednak taką oczywistą przyjemnością, kiedy przed ośmioma tygodniami została szefową działu. Nie przypuszczała, że jej awans wywoła aż tak silne reakcje. Decyzja nie była wcale szczególnie kontrowersyjna. W praktyce to Annika przez ostatni rok prowadziła dział kryminalny — dodatkowo, poza swymi reporterskimi obowiązkami. Teraz dostawała za to pensję — tak sprawy się miały z jej punktu widzenia. Ale oczywiście Nils Langeby się wściekł. Uważał, że stanowisko bezwzględnie należało się jemu. Miał przecież pięćdziesiąt trzy lata, a Annika dopiero trzydzieści dwa. Annikę zdumiewało również, że teraz pracownicy dyskutują o niej i krytykują ją za najprzeróżniejsze rzeczy, jakby to było ich niezbywalne prawo. Zaczęli komentować i ganić jej ubiór, czego nigdy wcześniej nie robili. Potrafili w sposób wręcz impertynencki wypowiadać się na temat jej osobowości i cech charakteru. Nie zdawała sobie sprawy, że obejmując szefostwo stanie się osobą publiczną. Teraz już wiedziała.

Jeszcze bardziej przyśpieszyła kroku. Chciała już być w domu. Spoglądała na mijane kamienice; okna wychodzące na wodę świeciły ciepło i zapraszająco. Niemal wszystkie ozdobione były elektrycznymi świecznikami lub lampionami w kształcie gwiazd. Widok był piękny, dawał poczucie bezpieczeństwa. Skręciła z nabrzeża w John Ericssongatan i skierowała się ku Hantverkargatan.

W mieszkaniu było cicho i ciemno. Ostrożnie ściągnęła kozaki i płaszcz i wślizgnęła się do dzieci. Spały w piżamkach — Ellen miała na swojej lalki Barbie, Kalle wizerunek Batmana. Annika popieściła dzieci nosem, Ellen poruszyła się we śnie.

Thomas leżał w łóżku, ale jeszcze nie spał. Czytał „The Economist" przy nocnej lampce.

— Wykończona? — zapytał, kiedy zdjęła ubranie i pocałowała go we włosy.

— Tak sobie — odpowiedziała z garderoby, gdzie upychała swoje rzeczy w koszu na bieliznę. — Ten wybuch na stadionie to cholernie paskudna historia.

Wyszła nago z garderoby, wpełzła pod kołdrę i przytuliła się do niego.

— Ale jesteś zimna.

Annika dopiero teraz spostrzegła, jak zmarznięte ma uda.

— Wróciłam na piechotę — wyjaśniła.

— Chcesz powiedzieć, że gazeta nie zapłaciła ci taksówki w taki dzień? Przepracowałaś dwadzieścia godzin, calutką sobotę!

Natychmiast wezbrała w niej irytacja.

— To jasne, że gazeta zapłaciłaby za taksówkę. Chciałam się przejść! — podniosła głos. — Czy wszystko musisz, cholera, krytykować?!

Położył gazetę na podłodze, zgasił lampę i odwrócił się demonstracyjnie plecami.

Annika westchnęła.

— Daj spokój, Thomas. Nie gniewaj się.

— Nie ma cię przez całą sobotę, a potem przychodzisz i klniesz — powiedział zmęczony. — Czy w domu musimy się ciągle paprać w brudach?

Poczuła, że oczy zachodzą jej łzami, ze zmęczenia i niespełnienia.

— Przepraszam — szepnęła. — Nie chciałam się złościć. Ale w pracy cały czas na mnie nastają, to strasznie wyczerpujące. I mam potworne wyrzuty sumienia, że nie jestem w domu z tobą i dziećmi. Boję się, że pomyślisz, że cię zaniedbuję, ale w gazecie nie pozwalają, żebym ich zaniedbała i tak stoję pośrodku niby w jakimś cholernym ogniu krzyżowym...

Rozpłakała się na dobre. Usłyszała, jak Thomas wzdycha. Po chwili odwrócił się i wziął ją w ramiona.

— No już dobrze, już dobrze, poradzisz sobie, jesteś lepsza niż oni wszyscy... Jezu, ale ty jesteś zimna! Nie możesz się rozchorować przed samymi świętami.

Zaśmiała się przez łzy i wtuliła w niego. Ogarnęła ich cisza, poczucie wzajemnego zrozumienia, ciepła i bezpieczeństwa. Annika odchyliła głowę na poduszkę i zamrugała oczami. U góry, w ciemności znajdował się sufit pokoju. Nagle przypomniała sobie taki sam obraz z rana i sen, z którego wyrwał ją dzwonek telefonu.

— Śniłeś mi się dzisiaj rano — wyszeptała.

— Mam nadzieję, że był to erotyczny sen — wymruczał zasypiając.

Zaśmiała się cicho.

— I to jaki! W statku kosmicznym. Przyglądali się nam panowie ze „Studia 6".

— Oni są po prostu zazdrośni — powiedział Thomas i zasnął.

Miłość

Byłam już dorosła i osiągnęłam pewną pozycję, kiedy dopadła mnie po raz pierwszy. Na kilka chwil wtargnęła w moją wieczną samotność. Nasze dusze rzeczywiście się połączyły. Było to dla mnie zupełnie nowe przeżycie — interesujące, nie powiem. Od tego czasu wielokrotnie stawało się ono mym udziałem. Z pewnej perspektywy mogę powiedzieć, że większość moich wrażeń cechowała obojętność i lekka rezygnacja. Mówię to bez rozgoryczenia czy rozczarowania, po prostu stwierdzam fakt. Dopiero teraz, przez ostatni rok zaczęłam powątpiewać w swój osąd. Może kobieta, na którą trafiłam i którą pokochałam, rzeczywiście wszystko odmieni.

Ale gdzieś głęboko w środku wiem, że tak nie będzie. Miłość jest taka banalna. Oszałamia człowieka za pomocą tych samych substancji chemicznych, które wyzwala osiągnięty sukces czy zawrotna jazda. Świadomość jest ślepa na wszystko poza własną rozkoszą, zniekształca rzeczywistość i stwarza irracjonalną perspektywę możliwości i szczęścia. Mimo zmiany obiektów magia nigdy nie jest trwała. Na dłuższą metę nie rodzi niczego poza zmęczeniem i niesmakiem.

Najpiękniejsza miłość nie jest możliwa. Musi umrzeć w zenicie, podobnie jak jedyną szansą róży jest ucięcie w pełni rozkwitu. Zasuszona czy zakonserwowana roślina może cieszyć przez wiele lat. Miłość złamana, gdy pasja jest najsilniejsza, urzeka ludzi przez wieki.

Mit o miłości to bajka, równie złudna i nierealna jak nieprzerwany orgazm.

Miłości nie należy mylić ze szczerym oddaniem. To coś zupełnie innego. Miłość nie „dojrzewa", ona tylko więdnie, w najlepszym razie zastępowana ciepłem i tolerancją, w większości przypadków niewypowiedzianymi żądaniami i zgorzknieniem. Dotyczy to wszystkich rodzajów miłości — między mężczyzną i kobietą, między rodzicami i dziećmi, w miejscu pracy. Ile to razy spotykałam zgorzkniałe żony z rękami zniszczonym od sprzątania i sfrustrowanych seksualnie mężów? Niedojrzałych uczuciowo rodziców i zaniedbane dzieci? Nierozumianych szefów i pracowników, którzy dawno przestali się cieszyć, że mają pracę, i potrafią tylko wysuwać roszczenia?

Naprawdę można kochać swoją pracę. Ta miłość była dla mnie zawsze prawdziwsza od ludzkiej. Szczera radość, że udaje mi się osiągnąć wyznaczony cel, przyćmiewa wszystkie inne przeżycia. Jest dla mnie oczywiste, że przywiązanie do pracy może być równie silne jak do człowieka, który nie zawsze na nie zasługuje.

Myśl, że ma ukochana być może nie zasługuje na moje oddanie, napełnia mnie strachem i niepewnością.

Niedziela, 19 grudnia

Niedziela była zawsze najlepszym dniem sprzedaży popołudniówek. Ludzie mają czas i nastrój, żeby poczytać coś lżejszego, relaksują się rozwiązując krzyżówki i odpytując nawzajem w różnych quizach. Ponadto większość gazet wychodzących w niedzielę od lat drukowała obszerny dodatek z dużą ilością tekstów. Stąd Tidningsstatistik, biuro analiz monitorujące nakład gazet, w zestawieniach rozróżniał wydania niedzielne od ukazujących się w pozostałe dni tygodnia.

Nic jednak nie sprzedaje się tak dobrze jak prawdziwie interesująca wiadomość. Jeśli na dodatek sensacja wybuchnie w sobotę, głód informacji jest ogromny przez cały czas. Ta niedziela zapowiadała się na żyłę złota, Anders Schyman uświadomił to sobie, gdy tylko kurier dostarczył świeżutką prasę do jego willi w Saltsjöbaden. Schyman wziął gazety do kuchni, gdzie żona właśnie nalewała kawę do śniadania.

— I jak to wygląda? — zapytała, ale naczelny tylko chrząknął w odpowiedzi. To była najbardziej magiczna chwila dnia. Nerwy miał napięte, a całą uwagę skupioną na dwóch gazetach, które położył przed sobą na stole. Porównał pierwsze strony i stwierdził z uśmiechem, że Janssonowi znowu się udało. Obie popołudniówki omawiały aspekt terrorystyczny, ale tylko „Kvällspressen" podał informację, że przewodniczącej Christinie Furhage grożono śmiercią. „Kvällspressen" miał też lepszy rozkład na jedynce, komentarze znaczniejszych osobistości i bardziej dramatyczne zdjęcie ze stadionu. Anders Schyman odprężony uśmiechnął się jeszcze szerzej.

— Dobrze — odpowiedział żonie i sięgnął po kubek z kawą. — W rzeczy samej wygląda to znakomicie.

Pierwszym, co Annika usłyszała, były głosy animowanych postaci z porannego programu TV3. Wycie i dźwięki efektów specjalnych wtargnęły pod drzwiami sypialni niczym huk wodospadu. Włożyła głowę pod poduszkę, żeby nie słyszeć. Była to jedna z nielicznych złych stron macierzyństwa. Annika z trudem znosiła sztuczne głosy trzeciorzędnych aktorów dubbingujących Kaczora Ducka. Do Thomasa jak zwykle nic nie docierało. Spał dalej z kołdrą zmiętoszoną między nogami.

Leżała spokojnie przez chwilę, ustalając, jak się czuje. Była zmęczona, ból w nogach nie ustąpił całkowicie. Myśli od razu zaczęły krążyć wokół Zamachowca. Uświadomiła sobie, że śnił się jej wybuch na stadionie. Tak było zawsze, kiedy pojawiał się elektryzujący temat. Wchodziła wtedy do długiego tunelu, który opuszczała dopiero po gruntownym opisaniu historii. Czasami musiała się zmuszać, żeby zrobić sobie przerwę, zaczerpnąć oddechu ze względu na siebie i na dzieci. Thomas nie lubił, kiedy do tego stopnia koncentrowała się na pracy.

— To przecież jest tylko praca — powtarzał. — A ty piszesz tak, jakby to była kwestia życia i śmierci.

Bo jest, myślała Annika, prawie zawsze. Przynajmniej w jej dziale.

Westchnęła, odrzuciła poduszkę i kołdrę i wstała z łóżka. Zachwiała się. Była bardziej zmęczona, niż z początku myślała. Kobieta, której odbicie widniało w zaparowanej szybie okna, wyglądała na sto lat. Annika westchnęła ponownie i poszła do kuchni.

Dzieci były po śniadaniu. Talerze zostawiły na stole w małych jeziorkach rozlanego jogurtu. Kalle potrafił już sam wyciągnąć jogurt i płatki. Odkąd poparzył się tosterem, przestał częstować Ellen grzankami z żytniego chleba z masłem orzechowym i dżemem, co wcześniej było jego specjalnością.

Annika nastawiła wodę na kawę i poszła do dzieci. Fala radości ogarnęła ją, ledwie weszła do pokoju.

— Mama!

Opadły ją i obejmowały cztery ręce i głodne oczy, wilgotne wargi całowały i cmokały, mama, mama, kochana mama, tak bardzo tęskniliśmy, mamusiu, gdzie wczoraj byłaś, byłaś w pracy cały dzień, mamusiu, nie przyszłaś wczoraj do domu, zasnęliśmy...

Kołysała oboje, przykucnąwszy w progu.

— Mamo, dostaliśmy wczoraj nowy film „Zwariowałaś, Madika?", straszny film, pan bił Mię!

— Mamo, chcesz zobaczyć mój rysunek? Jest dla ciebie!

Oboje wywinęli się z jej uścisku i każde pognało w swoją stronę. Kalle wrócił pierwszy w jej ramiona z futerałem filmu na podstawie książki Astrid Lindgren o przyjaciółce z dzieciństwa.

— Dyrektor szkoły był strasznie głupi, zbił Mię rózgą, bo wzięła jego portfel — powiedział Kalle z powagą.

— Fakt, to było głupie — przyznała Annika i pogłaskała malca po włosach. — Tak kiedyś było w szkołach. Okropne, co?

— Czy teraz w szkole też tak jest? — zapytał niespokojnie.

— Nie, już nie. — Pocałowała go w policzek. — Nikomu nie pozwoliłabym skrzywdzić mojego chłopca.

Z dziecięcego pokoju dobiegł przeraźliwy wrzask.

— Nie ma mojego rysunku. Kalle mi go zabrał!

Malec zesztywniał.

— Wcale nie! — odkrzyknął. — Sama go zgubiłaś. Ty sama, sama!

Wrzask przeszedł w głośny płacz.

— Głupi Kalle! Zabrałeś mi rysunek.

— Gówniara! Wcale nie.

Annika postawiła chłopca na ziemi, podniosła się i wzięła go za rękę.

— No, dosyć tego — powiedziała surowo. — Chodź, poszukamy rysunku. Na pewno leży na biurku. I nie nazywaj swojej siostry gówniarą, nie chcę słyszeć tego słowa.

— Gówniara, gówniara! — krzyczał Kalle.

Płacz na powrót przeszedł we wrzask.

— Mama, on jest głupi! Nazywa mnie gówniarą.

— Uspokójcie się! — Annika podniosła głos. — Obudzicie tatę.

Kiedy weszła z Kallem do pokoju, Ellen przyskoczyła z podniesioną piąstką, żeby uderzyć brata. Annika złapała ją, zanim cios dosięgnął celu i poczuła, że traci cierpliwość.

— Dosyć tego! — krzyknęła. — Przestańcie obydwoje, słyszycie!

— Co to za harmider? — usłyszała Thomasa, który stanął w drzwiach sypialni. — Cholera, nawet w niedzielę nie można się wyspać.

— Widzicie? Na dodatek obudziliście tatę!

— Przecież ty wrzeszczysz głośniej niż one razem do spółki — powiedział Thomas i trzasnął drzwiami.

Annika poczuła, że łzy napływają jej do oczu. Psiakrew, że też zawsze jest to samo. Osunęła się na podłogę ciężka niby kamień.

— Jesteś smutna, mamusiu?

Miękkie rączki głaskały ją po policzkach, klepały pocieszająco po głowie.

— Nie, nie jestem smutna, tylko trochę nie w formie. Za długo wczoraj pracowałam.

Zmusiła się do uśmiechu i ponownie wyciągnęła ręce ku dzieciom. Kalle popatrzył na nią z powagą.

— Nie możesz tak dużo pracować, bo wtedy jesteś za bardzo zmęczona.

Uściskała go.

— Jesteś taki mądry — powiedziała. — Poszukamy teraz rysunku?

Znalazł się za kaloryferem. Annika zdmuchnęła kurz i wyraziła swój podziw. Ellen promieniała z dumy jak słońce.

— Powieszę go na ścianie w sypialni. Tylko najpierw tata musi wstać.

Woda w kuchni wygotowała się do połowy, a para osiadła na oknie. Annika musiała dolać wody i otworzyć nieco okno, żeby przewietrzyć.

— Chcecie drugie śniadanie?

Chciały i teraz była pora na grzanki z masłem. Dziecięcy świergot nasilał się i słabł, podczas gdy Annika przeglądała poranne gazety i słuchała „Echa''. Gazety nie miały nic nowego, natomiast radio cytowało obie popołudniówki: jej informację o tym, że Christinie Furhage grożono śmiercią, ale też wywiad konkurencji z przewodniczącym MKOl-u Samaranchem. No tak, pomyślała Annika, w Lozannie dostaliśmy baty. Przykre, ale to nie jej zmartwienie.

Sięgnęła po jeszcze jedną grzankę.

Helena Starke przekręciła klucz w drzwiach i wyłączyła alarm. Czasami nie był włączony, bo jakiś cholerny niechluj zapominał o nim, zamykając wieczorem kancelarię. Tym razem jednak wszystko było jak należy, ponieważ to ona wyszła stąd ostatnia wczoraj, a właściwie już dziś nad ranem.

Udała się prosto do gabinetu Christiny. Otworzyła drzwi i zobaczyła, że na automatycznej sekretarce błyska światełko. Poczuła, jak przyśpiesza jej tętno. Ktoś dzwonił w nocy. Podniosła szybko słuchawkę i wystukała tajny kod Christiny. Były dwie wiadomości, po jednej z każdej popołudniówki. Zaklęła i rzuciła słuchawką. Przeklęte hieny. Wywęszyły oczywiście bezpośredni numer do Christiny. Helena z westchnieniem opadła na skórzany fotel szefowej i kilkakrotnie okręciła się na nim. Kac wciąż dawał o sobie znać gorzkim posmakiem na podniebieniu i cichym szumem w skroniach. Gdyby tylko mogła sobie przypomnieć, co mówiła przedwczoraj Christina. Pamiętała, iż Christina weszła do jej mieszkania... Była chyba zła. Starke otrząsnęła się i podniosła z fotela.

Ktoś otworzył główne drzwi. W pośpiechu wsunęła fotel i obeszła biurko.

Evert Danielsson miał podkrążone oczy, usta wyrażały napięcie.

— Jakieś nowe informacje? — zapytał.

Wzruszyła ramionami.

— O czym? Zamachowca nie złapano, Christina się nie odezwała, a tobie rzeczywiście udało się podsunąć mediom teorię ataku terrorystycznego. Zakładam, że widziałeś poranne gazety?

Rysy twarzy Danielssona stwardniały. Ach tak, martwi go jego własna fuszerka, pomyślała Starke czując rosnącą pogardę. Nie myśli o samym zdarzeniu i jego konsekwencjach dla igrzysk, tylko o własnej skórze. Co za żałosny egoizm.

— Zarząd zbiera się o szesnastej — powiedziała wychodząc z gabinetu. — Musisz przygotować pełną informację o położeniu, żebyśmy mogli zająć stanowisko w sprawie dalszych działań...

— Od kiedy to zasiadasz w zarządzie? — zapytał lodowatym tonem Danielsson.

Helena zastygła na moment, ale udała, że nie dosłyszała tej uwagi.

— Pora chyba też zwołać Garnitur. Choćby po to, żeby ich oficjalnie poinformować. Inaczej mogą się obrazić, a w tej chwili potrzebujemy ich bardziej niż kiedykolwiek.

Evert Danielsson przyglądał się kobiecie przekręcającej klucz w drzwiach Christiny. Miała rację, jeśli chodziło o Garnitur. Czołowi biznesmeni, przedstawiciele króla, Kościoła i reszta reprezentacyjnej Rady Honorowej musiała zostać zwołana możliwie prędko. Ta machina potrzebowała oliwy i polerowania, by mogła błyszczeć na zewnątrz. Bardziej niż kiedykolwiek, święte słowa.

— Przypilnujesz tego? — zaproponował.

Helena skinęła lekko głową i zniknęła w korytarzu.

Kiedy Annika weszła do redakcji, Ingvar Johansson siedział na swoim miejscu i rozmawiał przez telefon. Z reporterów nie było jeszcze nikogo, mieli się pojawić około dziesiątej. Johansson wskazał najpierw palcem na pachnące farbą drukarską pliki gazet spiętrzone pod ścianą, a następnie na kanapę koło pulpitu. Annika położyła płaszcz na oparciu kanapy, wzięła sobie wydanie podmiejskie i kubek kawy, po czym zabrała się za czytanie, czekając aż Johansson skończy rozmawiać. Jego głos wznosił się i opadał w tle jak melodia piosenki. Annika sprawdzała, czego dowiedziano się po jej wyjściu do domu. Artykuł, który sama napisała — o groźbach wobec Christiny Furhage i teorii zamachu terrorystycznego — zajmował szóstą i siódmą stronę, czyli najważniejsze, kluczowe strony informacyjne. Redaktor graficzny znalazł w archiwum zdjęcie, na którym Furhage szła na czele grupy mężczyzn, ubranych w czarne garnitury i szare prochowce. Ona miała na sobie biały kostium i krótki jasny płaszcz. Na ciemnym tle, jakie stanowili jej towarzysze, jawiła się niczym anielska postać. Wyglądała na rozgoryczoną i zestresowaną, idealnie pasowała do obrazu niewinnej, zagrożonej kobiety. Zdjęcie na stronie siódmej przedstawiało Everta Danielssona wychodzącego z konferencji prasowej. Była to znakomita fotografia naciskanego i zdenerwowanego szefa kancelarii. Annika spostrzegła, że jej autorem był Ulf Olsson.

Na następnych szpaltach widniały artykuły Berit o ofierze i o tym, co policja znalazła na stadionie. Jansson jako ilustrację wybrał inne zdjęcie Henrikssona z pożaru. Dzisiaj robiło nie mniejsze wrażenie. Była tam też relacja rannego taksówkarza o wybuchu.

Na stronach dziesiątej i jedenastej znalazła jak na razie największą niespodziankę. Patrik pracował na pełnych obrotach przez całą noc niczym żbik na łowach i zebrał materiał na dwa artykuły. Pierwszy nosił tytuł: „Widziałem tajemniczego mężczyznę przed stadionem — opowieść policyjnego świadka"; drugi zaś — „Krajowy list gończy za Tygrysem".

Wspaniale, pomyślała Annika. Patrik dotarł do człowieka pracującego w nielegalnym klubie! Był to barman, który widział, jak ktoś przechodził pośpiesznie przez płytę stadionu w stronę wejścia. Tyle że koło pierwszej, a nie tuż przed wybuchem, jak twierdziła policja. — „Ta osoba ubrana była w czarną wiatrówkę z naciągniętym kapturem, ciemne spodnie i ciężkie buty", relacjonował barman w tekście.

Mamy więc rysopis Zamachowca, przynajmniej dopóki nie znajdziemy lepszego, pomyślała Annika rozbawiona.

Zgodnie z oczekiwaniami policja stawała na głowie, żeby znaleźć Tygrysa. Na tych samych stronach znajdowały się również lakoniczne komentarze policji na temat dotychczasowych ustaleń w sprawie morderstwa i zamachu.

Jedenastka i dwunastka poświęcone były igrzyskom olimpijskim, konsekwencjom zamachu dla samych zawodów i kwestiom bezpieczeństwa. Tutaj znajdował się też przegląd aktów przemocy związanych z olimpiadą. Następne strony zajmowała duża reklama wykorzystująca przedświąteczną gorączkę handlową. Piętnastka i szesnastka zawierały reakcje czytelników na zamach i zebrane przez Nilsa Langeby'ego światowe komentarze.

Annika szybko przerzuciła pozostałe do środka strony, na których znane osobistości ujawniały swoje choroby, użalano się nad jakimś dzieckiem, opisywano skandal w związku zawodowym, nieznaną gwiazdę rocka, która się rozpiła, i grupę transwestytów z kręgu showbiznesu, protestujących przeciwko cięciom w służbie zdrowia.

Na rozkładówce królował artykuł Patrika z infografiką dotyczącą zamachu. Godziny, miejsca, strzałki — całość przedstawiona krótko i treściwie wokół zdjęcia z helikoptera.

Annika podniosła wzrok i spostrzegła, że Ingvar Johansson skończył rozmawiać. Musiał obserwować ją od dłuższej chwili.

— To jest cholernie dobre, nie uważasz? — Annika pomachała gazetą przed odłożeniem jej na kanapę.

— Niewątpliwie — powiedział Johansson i obrócił się. — Ale to już historia. Teraz liczy się tylko jutrzejsza gazeta.

Wredny zrzęda, pomyślała Annika. Redaktorzy popołudniówek za bardzo żyli przyszłością, a za mało dniem wczorajszym, taka była opinia Anniki. Jeśli zrobiono coś źle, machano na to ręką, bo chodziło o nieaktualne już wiadomości. Jeśli odniesiono sukces, nie można się nim było w pełni nacieszyć. Zdaniem Anniki ze szkodą dla dziennikarzy, którym gruntowna analiza zarówno dokonań, jak i błędów pozwoliłaby nabrać wprawy, unikać rutyny, podnieść, a potem utrzymać wysoki poziom.

— Co masz na jutro? — zapytał Johansson odwrócony plecami.

Co to u diabła ma znaczyć? — pomyślała zmęczona. Czemu się tak zachowuje? Pewnie zrobiłam coś, o co jest wściekły i chce mnie ukarać. Ale co? Przecież chyba zawsze byłam wobec niego fair. Czyżby chodziło mu o to, że ja zreferowałam tematy na wczorajszym kolegium?

— Skąd mam wiedzieć, co się dzieje, przecież dopiero co przyszłam, do cholery! — powiedziała sama zdziwiona swoją złością. Szybko się podniosła, wzięła płaszcz i torbę i ruszyła w stronę swojego pokoju.

— Na policji jest konferencja prasowa o wpół do jedenastej — zawołał za nią Johansson.

Otwierając drzwi spojrzała na zegarek. Za pięćdziesiąt minut, zdąży jeszcze trochę podzwonić.

Zaczęła od numeru komórki, która miała należeć do Christiny Furhage. Przewodnicząca komitetu olimpijskiego nie udzieliła nikomu komentarza, czyli nawet w jej własnej kancelarii nie wiedziano, gdzie ona jest. Milczenie tej kobiety musiało być wynikiem jakiegoś niepokojącego wydarzenia, w tej chwili Annika zdawała już sobie z tego sprawę.

Ku jej ogromnemu zdumieniu przerywany sygnał powtórzył się. Telefon był włączony. Pośpiesznie odchrząknęła słuchając sygnałów. Po piątym zgłosiła się poczta głosowa operatora, ale teraz przynajmniej Annika wiedziała, że telefon jest sprawny i ktoś z niego korzysta. Zapisała numer w pamięci swojej komórki.

Patrik i Berit jednocześnie stanęli w drzwiach.

— Jesteś zajęta?

— Nie, wejdźcie, to omówimy krótko, co trzeba. — Podniosła się, obeszła biurko i usiadła na starej kanapie.

— Odwaliliście oboje kawał dobrej roboty. Tylko my podaliśmy informację o tym, co znaleziono na miejscu przestępstwa, i relację barmana z nielegalnego klubu.

— Niestety tamci mieli o wiele lepszy wywiad z Samaranchem — zauważyła Berit. — Czytałaś go? Samaranch był ewidentnie wściekły i groził odwołaniem zawodów, jeśli Zamachowiec nie zostanie ujęty.

— Tak, czytałam — powiedziała Annika. — Naprawdę szkoda, że to nie my. Chociaż zastanawiam się, czy rzeczywiście możliwe, żeby tak powiedział. Jeśli faktycznie chce odwołać zawody, dlaczego nie ogłosi tego oficjalnie? W komunikatach dla prasy i innych mediów powtarza, że igrzyska odbędą się bez względu na wszystko.

— Może inni dali się nabrać na oficjalną wersję, a „Konkurent" wyciągnął od Samarancha, co naprawdę myśli? — rozważała Berit.

Annika otworzyła konkurencyjną gazetę na omawianym wywiadzie.

— Napisał to ich korespondent z Rzymu, a on jest dobry. Myślę, że informacja jest prawdziwa, ale Samaranch i tak po południu ogłosi dementi.

— Dlaczego po południu? — zapytał Patrik.

— Zaczeka, aż CNN poda tę wiadomość ze specjalną winietą — uśmiechnęła się Annika. — Dadzą pewnie napis „The olympic's in danger", a w tle patetyczną muzykę w tonacji moll...

Berit też się uśmiechnęła.

— Zaraz jest chyba znowu konferencja prasowa — powiedziała.

— Tak — potwierdziła Annika. — Przypuszczalnie podadzą tożsamość ofiary i zastanawiam się, czy nie jest nią sama przewodnicząca komitetu olimpijskiego.

— Furhage? — Patrik uniósł brwi.

— Pomyśl — powiedziała Annika. — Albo się ukrywa, albo coś jest mocno nie w porządku. Nikt nie może jej znaleźć, nawet jej najbliżsi współpracownicy. Nie ma takiego miejsca na ziemi, gdzie nie podano wiadomości o zamachu, informacja o nim musiała więc do Furhage dotrzeć. Skoro się nie wypowiada, to albo nie chce, czyli się ukrywa, albo nie może, bo jest chora, została porwana lub zabita.

— Też o tym myślałam — przyznała Berit. — Pytałam o to nawet śledczych, kiedy rozmawiałam z nimi wczoraj na temat rzeczy znalezionych na stadionie, ale kategorycznie zaprzeczyli.

— To niczego nie dowodzi — stwierdziła Annika w zamyśleniu. — Furhage jest w każdym razie tematem i dzisiaj, bez względu na to, co się wydarzy. Trzeba omówić dokładniej groźbę, na czym właściwie polegała? A jeśli Furhage faktycznie jest ofiarą, będziemy musieli skoncentrować się na historii jej życia. Mamy jakiś nadający się nekrolog?

— Jej nie — odpowiedziała Berit. — Furhage nie była z tych pierwszych w kolejce do przeniesienia się na łono Abrahama.

— Trzeba zlecić zebranie zdjęć i wycinków, nim pojedziemy na komendę. Czy ktoś z was rozmawiał wczoraj z Evą-Britt?

Berit i Patrik pokręcili przecząco głowami. Annika podeszła do biurka i wybrała domowy numer sekretarki. Kiedy ta odebrała, Annika przedstawiła krótko sytuację.

— Wiem, że to ostatnia niedziela przed świętami, ale będę ci wdzięczna, jeśli mimo to przyjdziesz. My jedziemy na konferencję prasową do komendy policji i byłoby znakomicie, gdybyś przez ten czas wyszukała wszystko, co mamy o Christinie Furhage, zarówno zdjęcia, jak i teksty...

— Ciasto mi rośnie — zaoponowała Eva-Britt.

— Ojej — przejęła się Annika. — To pech. Tak się jednak składa, że dzisiaj mogą nastąpić wydarzenia niesłychanej wagi, a my nie jesteśmy w najlepszej formie. Patrik był tutaj do wpół do piątej rano, ja pracowałam od kwadrans po trzeciej w nocy do jedenastej wieczorem, Berit mniej więcej tak samo długo. Potrzebujemy twojej pomocy tylko w ramach twoich obowiązków służbowych, przejrzenia baz danych i skompilowania materiałów...

— Powiedziałam przecież, że nie mogę — upierała się Eva-Britt. — Tak się składa, że mam rodzinę.

Annika powstrzymała się od riposty, która przyszła jej do głowy.

— Wiem, jak to jest, gdy trzeba zmieniać plany. To okropne, kiedy mąż i dzieci są zawiedzeni. Dostaniesz oczywiście pieniądze za nadgodziny albo wolne, kiedy tylko będziesz chciała, na przykład między świętami a Nowym Rokiem albo w najbliższe ferie. Będziemy jednak potrzebować tych materiałów, kiedy wrócimy z konferencji...

— Powiedziałam przecież, że właśnie piekę ciasto! Nie mogę. Dociera do ciebie?

Annice zaparło dech.

— Okej. W takim razie załatwimy to inaczej, jeśli wolisz. Wydaję ci polecenie służbowe, abyś natychmiast stawiła się w pracy. Spodziewam się ciebie tutaj za kwadrans.

— Ale moje ciasto!

— Niech dokończy je rodzina — Annika odłożyła słuchawkę. Ku swojej irytacji spostrzegła, że trzęsie się jej ręka.

Nienawidziła takich scysji. Jej samej nie przyszłoby do głowy odmówić, gdyby przełożony zadzwonił z podobną prośbą. Kiedy człowiek pracuje w gazecie, musi liczyć się z tym, że zostanie wezwany, gdy wydarzy się coś znaczącego — taka jest specyfika tego zawodu. Ktoś, kto chce mieć wolne popołudnia i weekendy, powinien zatrudnić się w dziale płac telekomunikacji albo podobnym miejscu. Oczywiście bazy danych mógł przejrzeć kto inny, ona sama, Berit lub jakiś reporter z działu wiadomości. Ale wszyscy znajdowali się w ogromnym stresie. Każdy chciał przygotować się do świąt. Dlatego najrozsądniejsze wydawało się w miarę sprawiedliwie rozdzielenie zadań, tak by każdy, mimo niedzieli, wykonywał swoje obowiązki. Dla Anniki było jasne, że nie może ustąpić i pozwolić Evie-Britt zostać w domu. Jako szef zgotowałaby sobie piekło. Podobny brak szacunku, jakim wykazała się przed chwilą sekretarka, nie mógł być nagradzany wolnymi dniami.

— Eva-Britt zaraz przyjdzie — oznajmiła pozostałym i wydało się jej, że na twarzy Berit dostrzega cień uśmiechu.

Na konferencję prasową pojechali dwoma samochodami. Annika i Berit z fotografem Johanem Henrikssonem, Patrik z Ulfem Olssonem. Dziennikarze zebrali się dzisiaj jeszcze tłumniej, jeśli to w ogóle było możliwe. Henriksson musiał zaparkować już przy Kungsholmstorg — obie przylegające do komendy ulice, Bergsgatan i Agnegatan, były szczelnie zastawione wozami transmisyjnymi z dużymi logo różnych mediów. Annika rozkoszowała się krótkim spacerem między domami. Powietrze było przejrzyste, niebo po wczorajszych opadach śniegu bezchmurne, słońce rozjaśniało najwyższe piętra domów. Śnieg chrzęścił im pod nogami.

— Tam mieszkam — wskazała odrestaurowany budynek z lat osiemdziesiątych XIX wieku w głębi Hantverkargatan.

— Spółdzielcze czy własnościowe? — zapytała Berit.

— Spółdzielcze.

— Jakim cudem udało ci się zdobyć to mieszkanie? — zdziwił się Henriksson, myśląc o swojej wynajmowanej kawalerce w Brandbergen.

— Upór. Osiem lat temu dostałam mieszkanie w tym domu. Trzypokojowe, ale małe, w oficynie, bez ciepłej wody. Łazienka znajdowała się w piwnicy sąsiedniego budynku. Dom miał iść do generalnego remontu, więc mieszkanie wynajęto mi na pół roku bez prawa do przedłużenia czy lokalu zastępczego. Potem przyszedł kryzys na rynku nieruchomości, właściciel zbankrutował. Nikt nie chciał kupić tej rudery i w efekcie przemieszkałam tu pięć lat, co dało mi prawo do lokalu zastępczego. Gnieździliśmy się w tych trzech klitkach prawie we czwórkę: ja, Thomas, Kalle i Ellen u mnie w brzuchu. Kiedy w końcu dom wyremontowano, dostaliśmy pięć pokoi od ulicy. Dobre, co?

— Wygrana na loterii — oceniła Berit.

— Ile płacisz czynszu? — zapytał Henriksson.

— To jedyny zgrzyt w tej wspaniałej historii. Zapytaj o coś innego, na przykład jak szeroka jest boazeria albo jak wysokie mieszkanie.

— Kapitalistyczne burżuje — powiedział Henriksson, a Annika zaśmiała się głośno i szczęśliwie.

Dziennikarze „Kvällspressen" byli spóźnieni i ledwie zdołali wepchnąć się do pomieszczenia, w którym odbywała się konferencja. Annika utknęła w drzwiach i prawie nic nie widziała. Stanęła na palcach, odnotowując w duchu, że dziennikarze, jeden po drugim, robią wszystko, by pokazać reszcie, jacy są niesłychanie ważni i skoncentrowani na swoich zadaniach. Henriksson i Olsson przepychali się do podestu; dotarli tam, gdy na salę wchodzili uczestnicy konferencji. Było ich mniej niż wczoraj. Annika mogła dostrzec tylko prokuratora Kjella Lindströma i rzecznika prasowego. Evert Danielsson był nieobecny, podobnie jak śledczy. Nad głową reporterki jednej z porannych gazet zobaczyła, iż rzecznik odchrząkuje i zabiera głos. Podsumował fakty, mówiąc o rzeczach już znanych, między innymi o liście gończym za Tygrysem i kontynuacji badań technicznych. Mówił niecałe dziesięć minut. Potem do przodu pochylił się Kjell Lindström i to samo zrobili dziennikarze. Wszyscy domyślali się, co nastąpi.

— Prace nad identyfikacją osoby zabitej na Stadionie Victorii są w zasadzie zakończone — powiedział prokurator, a dziennikarze wyciągnęli szyje. — Krewni zostali powiadomieni, postanowiliśmy więc ujawnić tę wiadomość, mimo że są jeszcze pewne prace do wykonania... Denatką jest Christina Furhage, przewodnicząca Komitetu Organizacyjnego Igrzysk Olimpijskich w Sztokholmie.

Reakcja Anniki była niemal fizyczna: Tak! Wiedziałam! Spodziewałam się tego! Kiedy podniecone głosy dziennikarzy biorących udział w konferencji zagłuszyły wszystko, Annika była już poza salą. Włożyła słuchawkę do ucha i idąc w stronę wyjścia wybrała zachowany w pamięci numer. Jej telefon bezgłośnie dzwonił na tamtą komórkę, co potwierdzał przerywanym sygnałem. Annika stanęła w małym foyer między wejściem do komendy a drzwiami wewnętrznymi, zaczerpnęła powietrza, zamknęła oczy i skoncentrowana próbowała przesłać telepatyczne polecenie: proszę, niech ktoś odbierze! Trzy sygnały, czwarty, jest! Ktoś odebrał! Boże święty, kto to mógł być?

Annika mocniej zacisnęła powieki, odezwała się cicho i powoli.

— Dzień dobry. Nazywam się Annika Bengtzon i dzwonię z gazety „Kvällspressen". Z kim rozmawiam?

— Jestem Bertil Milander — padła równie cicha odpowiedź.

Bertil Milander, Bertil Milander, czy to nie mąż Christiny Furhage? Tak się chyba nazywał. Annika uznała, że lepiej się upewnić, i zapytała tak samo powoli jak przedtem:

— Czy rozmawiam z Bertilem Milanderem, mężem Christiny Furhage?

Mężczyzna w telefonie westchnął.

— Tak, to ja.

Serce Anniki waliło jak młotem. Dla dziennikarza była to najbardziej przykra rozmowa telefoniczna, jaką mógł odbyć: z człowiekiem, który stracił właśnie kogoś z rodziny. W branży toczyły się dyskusje, czy w ogóle należy takie rozmowy przeprowadzać, ale zdaniem Anniki lepiej było zadzwonić, choćby po to, żeby poinformować, co gazeta zamierza napisać.

— Przede wszystkim chciałabym wyrazić współczucie z powodu tragedii, jaka dotknęła państwa rodzinę. Policja właśnie podała, że to pana żona, Christina, zginęła w wybuchu na Stadionie Victorii.

Mężczyzna nie odpowiedział.

— Nawiasem mówiąc, czy to jest komórka pani Furhage? — Annika usłyszała siebie zadającą to pytanie.

— Nie, rodziny — odpowiedział zdziwiony mężczyzna.

— Dzwonię do pana, żeby powiedzieć, iż w jutrzejszej gazecie napiszemy o śmierci pana żony...

— Przecież już pisaliście.

— Tak, zajmowaliśmy się samym wybuchem, samym zdarzeniem.

— „Kvällspressen", czy nie wy mieliście to zdjęcie? To, na którym...

Głos mu się załamał, przeszedł w szloch. Annika położyła dłoń na ustach i spojrzała na sufit. Dobry Boże, on widział zdjęcie Henrikssona, to, na którym lekarze zbierali szczątki jego żony. Boże! Bezgłośnie zaczerpnęła oddech.

— Tak, to my — powiedziała spokojnie. — Naprawdę jest mi przykro, że nie zdążyłam ostrzec pana o tym zdjęciu, ale dopiero przed chwilą dowiedzieliśmy się, że to pana żona zginęła. Nie mogłam zadzwonić wcześniej. Przepraszam, jeśli zdjęcie sprawiło panu przykrość. Dlatego uważam, że tak ważne jest, żebyśmy teraz porozmawiali. Bo jutro będziemy o tym dalej pisać.

Mężczyzna płakał w słuchawkę.

— Jeśli chce pan coś powiedzieć, z uwagą wysłucham — podkreśliła Annika. — Jeśli chce nas pan skrytykować, poprosić, żebyśmy napisali coś szczególnego albo wręcz przeciwnie, żebyśmy czegoś unikali, proszę to powiedzieć. Panie Milander!

Rozmówca wytarł nos.

— Tak, jestem tutaj.

Annika podniosła wzrok i zobaczyła przez szybę, że tłum dziennikarzy zmierza do wyjścia. Szybko pchnęła drzwi i stanęła z boku schodów. Usłyszała w słuchawce dwa sygnały informujące, że ktoś usiłuje się dodzwonić na komórkę Milandera.

— Rozumiem, że dla pana to straszliwe przeżycie — ciągnęła. — Nawet nie potrafię go sobie wyobrazić. Ale jest to wydarzenie światowej rangi, jedno z najgorszych przestępstw, jakich ofiarą padł nasz kraj. Pańska żona jest znaną postacią i wzorem dla wszystkich kobiet świata. Dlatego opisywanie tego wydarzenia jest naszym obowiązkiem. I dlatego zwracam się do pana z prośbą, żeby porozmawiał pan z nami, umożliwił nam okazanie szacunku, powiedział, jak pan chce, żebyśmy pisali. Najgorsze, co możemy zrobić, to napisać coś nie tak, jak należy i mimowolnie pana zranić.

Ponownie zabrzmiał sygnał „rozmowa oczekująca". Mężczyzna się wahał.

— Mogę podać panu bezpośredni numer do mnie i redaktora naczelnego, będzie mógł pan zadzwonić w dogodnym dla siebie momencie...

— Proszę do mnie przyjść — przerwał jej Milander.

— Chcę to z siebie wyrzucić.

Annika zamknęła oczy i poczuła wstyd, bo ogarnęła ją euforia. Będzie miała wywiad z mężem ofiary! Zapisała utajniony adres rodziny na odwrocie sklepowego paragonu, który znalazła w kieszeni. Nie zastanawiając się nad tym, czy to etyczne, dodała pośpiesznie:

— Pańska komórka będzie teraz dzwonić bez przerwy. Jeśli nie ma pan siły rozmawiać, niech pan ją bez skrupułów wyłączy.

Ona już się przecież dodzwoniła, a do pełni szczęścia brakowało jej tylko, by nie udało się to żadnemu innemu dziennikarzowi.

Przecisnęła się przez tłum w komendzie szukając swoich współpracowników. Natknęła się na Berit.

— Dotarłam do rodziny Furhage — powiedziała.

— Jadę tam z Henrikssonem. Gdybyś zajęła się ostatnimi godzinami życia Furhage, Patrik mógłby wziąć poszukiwania mordercy, co ty na to?

— Nie ma sprawy — odparła Berit. — Henriksson jest gdzieś na tyłach, wyciągnął Kjella Lindströma, żeby mu zrobić zdjęcie, myślę, że będzie szybciej, jak pójdziesz dookoła...

Annika wypadła z budynku i faktycznie znalazła Henrikssona na Bergsgatan, kucającego na kontenerze z makulaturą. Poniżej na tle stalowego tunelu prowadzącego do budki strażnika stał Lindström. Annika pozdrowiła prokuratora i odciągnęła młodego fotografa.

— Chodź, Henriksson, jutro znowu będziesz miał rozkładówkę.

*

Helena Starke otarła usta wierzchem dłoni. Poczuła coś lepkiego, ale nie docierał do niej zapach wymiocin. Wszystkie zmysły były wyłączone, usunięte, wyeliminowane. Węch, wzrok, słuch, smak już nie istniały. Jęknęła i pochyliła się głębiej nad muszlą. Czy naprawdę było tutaj tak ciemno, czy oślepła? Mózg nie funkcjonował, nie mogła myśleć, nie ostały się żadne myśli, wszystko, co się na nią składało, spłonęło, uległo zwęgleniu, umarło. Poczuła, że po twarzy spływa jej słona woda, ale nie uświadamiała sobie, że płacze. Jedynym realnym bytem było echo w jej ciele, tę pustą przestrzeń wypełniał grzmiący głos: Christina nie żyje, Christina nie żyje, Christina nie żyje, Christina nie żyje...

Ktoś załomotał we drzwi.

— Helena! Co z tobą? Potrzebujesz pomocy?

Jęknęła i osunęła się na podłogę, skuliła się pod umywalką. Christina nie żyje, Christina nie żyje, Christina...

— Otwórz drzwi, Heleno! Jesteś chora?

Christina nie żyje, Christina nie żyje...

— Wyłamcie te drzwi!

Coś ją uderzyło, coś co sprawiało ból. Blask świetlówki z korytarza.

— Boże, pomóż jej wstać. Co się stało?

Oni nigdy nie zrozumieją, pomyślała, zauważając, że wciąż potrafi myśleć. Nigdy nie zrozumieją. Przenigdy.

Poczuła, że ktoś ją podnosi. Usłyszała czyjś krzyk i uświadomiła sobie, że dobiega on z jej gardła.

Secesyjny budynek pomalowany był na kolor spalonej ochry. Leżał na górnym Östermalm, przy jednej z tych schludnych uliczek, gdzie wszystkie samochody błyszczą, a każda staruszka trzyma na smyczy małego białego pieska. Wejście było oczywiście wspaniałe: marmurowa podłoga, drzwi z fasetowanym szkłem, winda w buku i mosiądzu, marmurkowane ściany w ciepłej żółtej tonacji, witraż z arabeską w dużym oknie wychodzącym na podwórze. Podłogę od samej bramy oraz schody przykrywał gruby zielony chodnik. Annika miała wrażenie, że stoi przed hotelem „Grand".

Rodzina Furhage-Milander mieszkała na ostatnim piętrze.

— Musimy podejść do tego z dużym wyczuciem — szepnęła Annika do Henrikssona i nacisnęła dzwonek. Akord pięciu dźwięków rozbrzmiał gdzieś w głębi.

Drzwi otworzyły się natychmiast, jakby mężczyzna czekał tuż za nimi. Annika nie rozpoznała go, nie widziała go wcześniej nawet na zdjęciu. Christina Furhage nie miała w zwyczaju pokazywać się w towarzystwie męża. Bertil Milander był szary na twarzy, oczy miał podkrążone. Nie ogolił się.

— Wejdźcie — powiedział tylko.

Odwrócił się i poszedł prosto do dużego salonu. Plecy pod brązową marynarką miał zgarbione, Annikę uderzyło, że sprawiał wrażenie bardzo starego. Zdjęli płaszcze i buty, fotograf przewiesił sobie przez ramię leicę, resztę sprzętu zostawił koło szafki na obuwie. Stopy Anniki zanurzyły się w grubym dywanie. Ubezpieczenie takiego mieszkania z pewnością kosztowało majątek.

Gospodarz usiadł na kanapie, Annika z fotografem zajęli miejsce na drugiej, stojącej naprzeciwko. Annika wyciągnęła notes i ołówek.

— Jesteśmy tutaj głównie po to, żeby słuchać — zaczęła cicho Annika. — Jeśli chce pan o czymś opowiedzieć, chce pan, żebyśmy coś napisali, weźmiemy to pod uwagę.

Bertil Milander spojrzał w dół na swoje splecione ręce i bezgłośnie się rozpłakał. Henriksson zwilżył językiem wargi.

— Proszę opowiedzieć o Christinie — podsunęła Annika.

Mężczyzna wyciągnął z kieszeni spodni haftowaną chustkę, w którą starannie wyczyścił nos. Potem schował ją i głęboko westchnął.

— Christina była najwspanialszym człowiekiem, jakiego spotkałem w życiu. Całkowicie wyjątkowym. Nie było rzeczy, z którą nie potrafiłaby sobie poradzić. Życie z taką kobietą...

Ponownie wyjął chustkę i wyczyścił nos.

— ...było codzienną przygodą. Ona troszczyła się o wszystko w domu. Jedzenie, sprzątanie, przyjęcia, pranie, budżet domowy, opieka nad córką, wszystkim się zajmowała...

Mężczyzna przerwał i zastanawiał się nad tym, co powiedział. Sprawiał wrażenie, jakby nagle dotarło do niego znaczenie tych słów. Spojrzał na swoją chustkę.

— Chciałby pan opowiedzieć, jak się spotkaliście? — zapytała Annika tylko po to, żeby coś powiedzieć. Ale mężczyzna jakby jej nie słyszał.

— Sztokholm nie dostałby igrzysk, gdyby nie Christina. To ona owinęła sobie Samarancha wokół małego palca. Przygotowała organizację całej kampanii i osiągnęła cel. Potem chcieli się jej pozbyć i zrobić kogoś innego przewodniczącym komitetu olimpijskiego w Sztokholmie, ale się nie dało. Uświadomili sobie, że nikt inny nie poradziłby sobie na tym stanowisku.

Annika notowała słowa mężczyzny, ale była skonsternowana. Zetknęła się z wieloma ludźmi w szoku, na miejscu morderstwa czy wypadku samochodowego, i wiedziała, że potrafią reagować dziwnie, wręcz irracjonalnie, ale Bertil Milander nie przypominał rozpaczającego męża. Raczej pogrążonego w żałobie pracownika.

— Ile lat ma państwa córka?

— Została wybrana kobietą roku przez to amerykańskie czasopismo, jak ono się nazywało...? Była kobietą roku. Była kobietą całej Szwecji. Całego świata.

Bertil Milander ponownie oczyścił nos. Annika odłożyła ołówek i wpatrywała się w notatnik. Nie szło najlepiej. Ten mężczyzna nie w pełni zdawał sobie sprawę, co robi czy mówi. Wydawał się nie pojmować, po co ona i fotograf do niego przyszli.

— Kiedy dotarła do pana wiadomość, że Christina nie żyje? — spróbowała jeszcze raz.

Bertil Milander podniósł wzrok.

— Nie wróciła do domu — powiedział. — Poszła na świąteczne przyjęcie w kancelarii i już nie wróciła do domu.

— Zaniepokoiło pana, że nie wróciła? Często jej chyba nie było? Pewnie dużo podróżowała?

Mężczyzna wyprostował się na kanapie i spojrzał na Annikę, jakby dopiero teraz ją zauważył.

— Dlaczego pani o to pyta? O co pani chodzi?

Annika pomyślała przez chwilę. Nie szło najlepiej. Milander był w zbyt silnym szoku. Jego reakcje były chaotyczne i nieprzewidywalne, nie zdawał sobie sprawy, co robi. Było jednak pytanie, które Annika musiała zadać.

— Ktoś groził waszej rodzinie — powiedziała. — Dlaczego?

Mężczyzna patrzył na nią z otwartymi ustami. Pytanie chyba do niego nie dotarło.

— Groźba — powtórzyła Annika. — Czy może pan powiedzieć coś na temat groźby wymierzonej w waszą rodzinę?

Spojrzał na nią z wyrzutem.

— Christina zrobiła wszystko, co mogła. Nie jest złym człowiekiem. To nie była jej wina.

Annika poczuła ciarki przebiegające po plecach. To zdecydowanie nie najlepiej szło. Wzięła ołówek i notes.

— Bardzo dziękujemy, że umożliwił nam pan spotkanie w tych okolicznościach — podniosła się. — Będziemy...

Trzask zamykanych drzwi sprawił, że podskoczyła. Obróciła się. Za kanapą stała chuda jak patyk dziewczyna z kwaśną miną i potarganymi włosami.

— Co tu robicie? — zapytała.

Córka Christiny, pomyślała Annika. Zebrała się w sobie i powiedziała, że są z „Kvällspressen".

— Hieny — młoda kobieta nie kryła pogardy. — Jesteście tutaj, bo zapachniało krwią? Schrupiecie trochę padliny? Wyrwiecie najsoczystsze kawałki, póki się da? — Powoli okrążyła kanapę i zbliżyła się do Anniki. Annika zmusiła się, żeby zachować spokój.

— Przykro mi, że pani mama nie żyje...

— A mnie nie jest przykro — krzyknęła córka. — Cieszę się, że umarła. Cieszę się!

Rozpłakała się i wybiegła z pokoju. Bertil Milander nie zareagował. Siedział dalej na kanapie ze spuszczonym wzrokiem i miętosił w palcach chusteczkę.

— Czy mogę panu zrobić zdjęcie? — zapytał Henriksson. To wyrwało Milandera z letargu.

— Tak, oczywiście — powiedział i podniósł się. — Tutaj będzie dobrze?

— Raczej nie, może przy oknie, tam jest trochę lepsze światło.

Bertil Milander ustawił się przy pięknych, wysokich oknach. Zapowiadało się dobre zdjęcie. Słabe światło dnia sączyło się przez szczebliny, niebieskie firanki tworzyły jakby ramę.

Kiedy fotograf robił zdjęcia, Annika przeszła szybko do pokoju obok, w którym zniknęła młoda kobieta. Była to biblioteka, urządzona ze smakiem drogimi angielskimi meblami. Na półkach stały tysiące książek. Dziewczyna siedziała w skórzanym fotelu koloru byczej krwi.

— Przepraszam, jeśli odbiera pani naszą wizytę jako najście — odezwała się Annika. — W żadnym razie nie chcieliśmy państwa zranić. Wręcz przeciwnie. Chcieliśmy tylko powiedzieć, o czym będziemy pisać.

Dziewczyna nie odpowiedziała. Sprawiała wrażenie, iż nie dostrzega obecności Anniki.

— Zarówno pani, jak i pani ojciec możecie do nas zadzwonić, jeśli będziecie chcieli coś przekazać, jeśli uznacie, że piszemy coś nie tak albo będziecie chcieli coś opowiedzieć czy uzupełnić.

Nadal nie było reakcji.

— Zostawię swój numer pani ojcu — dodała Annika i wyszła z biblioteki, ostrożnie zamykając za sobą piękne podwójne drzwi.

Henriksson i Milander byli w przedpokoju. Annika poszła za nimi, wyciągnęła z portfela wizytówkę i dopisała na niej bezpośredni numer do naczelnego.

— Proszę od razu dzwonić, jeśli tylko będą państwo mieli jakieś życzenia. Komórka jest włączona o każdej porze. Dziękujemy, że pan nas przyjął.

Bertil Milander wziął wizytówkę i bez czytania odłożył ją na mały pozłacany stolik przy wejściu.

— Tęsknię za nią bezgranicznie — powiedział.

Annika wiedziała już, jaki podpis da pod zdjęcie na rozkładówce.

Redaktor naczelny westchnął, kiedy usłyszał pukanie do drzwi. Miał zamiar trochę popracować, żeby pozbyć się chociaż części papierów zalegających stertami biurko, ale odkąd przed godziną zjawił się w redakcji, bez przerwy ktoś dzwonił albo przychodził.

— Proszę — powiedział i spróbował się nieco rozluźnić. Mimo wszystko stawiał sobie za punkt honoru, by w miarę możliwości być dostępnym dla swoich pracowników.

To był Nils Langeby i Schyman poczuł, że serce podchodzi mu lekko do gardła.

— Co masz dzisiaj na żołądku? — spytał nie wstając zza biurka.

Nils Langeby zatrzymał się na środku gabinetu i teatralnie załamał ręce.

— Niepokoję się o dział kryminalny — zaczął. — Panuje tam bałagan.

Anders Schyman podniósł wzrok na reportera, powstrzymując się od westchnięcia.

— Co konkretnie masz na myśli?

— Umyka nam wiele rzeczy. Brak poczucia stałości. Po tej zmianie wszyscy zastanawiają się, na jakim poziomie będzie dział kryminalny.

Redaktor naczelny wskazał na krzesło po drugiej stronie biurka. Nils Langeby usiadł.

— Wszelkie zmiany, nawet te na lepsze, niosą ze sobą perturbacje i niepokój — powiedział Schyman. — Jest zupełnie zrozumiałe, że w dziale kryminalnym panuje pewne rozchwianie. Długo nie mieliście szefa, teraz jest nowy.

— No właśnie, w tym moim zdaniem tkwi problem — wtrącił Langeby. — Uważam, że Annika Bengtzon nie sprosta wymaganiom.

Anders Schyman zastanowił się przez chwilę.

— Tak sądzisz? Myślę, że jest dokładnie odwrotnie. W mojej opinii jest ona znakomitym reporterem i dobrym organizatorem. Potrafi ustalić wagę zadań i dobrać do nich ludzi. Poza tym nie cofa się przed nieprzyjemnymi obowiązkami. Jest rzutka i zna się na rzeczy, dowodem choćby dzisiejsza gazeta. Z czego wynika twój brak zaufania do Anniki?

Nils Langeby konfidencjonalnie się pochylił.

— Pracownicy nie mogą na niej polegać. Jej się wydaje, że jest kimś wyjątkowym. Następuje ludziom na odciski, nie wie, jak się należy zachować.

— W jaki sposób skrupiło się to właśnie na tobie?

Reporter rozłożył ręce.

— Mnie to akurat nie dotknęło, ale słyszy się to i owo...

— Czyli zjawiłeś się tutaj z powodu ogólnego zaniepokojenia o swoich współpracowników?

— Tak, poza tym zaniedbujemy przestępstwa przeciw środowisku i przestępczość w szkole.

— Czy ta właśnie tematyka nie podlega tobie?

— Tak, ale...

— Czy Annika próbowała odciągnąć cię od twoich zadań?

— Nie, bynajmniej.

— Jeśli więc nie mamy własnych informacji z tych specyficznych dziedzin, to odpowiedzialność spada na ciebie, prawda? Nie ma to chyba nic wspólnego z Anniką Bengtzon?

Wyraz zmieszania pojawił się na twarzy Nilsa Langeby'ego.

— Uważam, że jesteś dobrym reporterem, Nils — kontynuował spokojnie naczelny. — Ludzie twojego pokroju, z taką wiedzą i doświadczeniem, są tej gazecie bardzo potrzebni. Mam nadzieję, że tytuły twoich tekstów jeszcze długo będą trafiały na afisze i banderole. Darzę cię pełnym zaufaniem, tak jak pełnym zaufaniem darzę Annikę Bengtzon jako szefową działu kryminalnego. Przez to i moja praca jest efektywniejsza z każdym dniem. Ludzie zżywają się ze sobą i uczą się razem pracować dla dobra gazety.

Nils Langeby słuchał z uwagą. Z każdym słowem rósł we własnych oczach. Coś takiego chciał słyszeć. Redaktor naczelny wierzył w niego, Nils miał dalej pisać o najważniejszych wydarzeniach, nie został odstawiony na boczny tor. Kiedy wychodził z gabinetu, było mu lekko na sercu. Opuszczając redakcję nawet trochę pogwizdywał.

— Halo, Nisse, co masz dziś na warsztacie? — Usłyszał, że ktoś za nim woła.

To był Ingvar Johansson, szef działu wiadomości. Nils Langeby zatrzymał się i pomyślał przez chwilę. Dzisiaj miał wolne, nikt też po niego nie dzwonił, żeby przyszedł do pracy. Słowa redaktora naczelnego sprawiły jednak, że był świadom, jaka spoczywa na nim odpowiedzialność.

— Cóż, dosyć sporo — odpowiedział zatem. — Zamach terrorystyczny, terror w ogóle. To zaplanowałem na dzisiaj...

— Dobrze, byłoby super, gdybyś mógł zabrać się za to od razu, żebyśmy mieli gotowe, kiedy przyjdą redaktorzy. Reszta będzie miała pełne ręce roboty z Furhage.

— Furhage? — zdziwił się Langeby. — Co z nią?

Ingvar Johansson spojrzał na reportera.

— Nie słyszałeś? Szczątki na stadionie to przewodnicząca komitetu olimpijskiego.

— No tak, racja, mam informatorów, którzy mówią, że był to zamach terrorystyczny, klasyczny akt terroru.

— Policyjnych informatorów? — zapytał zdziwiony Johansson.

— Policyjnych, i to stuprocentowo pewnych — odparł Langeby wypinając pierś. Ściągnął skórzaną kurtkę, podwinął rękawy koszuli i poszedł w stronę swojego pokoju korytarzem, którego okna wychodziły na wielopoziomowy parking.

— No poczekaj, pindo, teraz ci pokażę!

Ledwie Anders Schyman zdążył podnieść pierwszy dokument z największej kupki, ponownie ktoś zapukał do drzwi. Tym razem wyżalić się chciał fotograf Ulf Olsson. Wrócił właśnie z konferencji prasowej w komendzie policji i zamierzał w poufnej rozmowie z redaktorem naczelnym opowiedzieć, jak poprzedniego dnia został potraktowany przez szefową działu kryminalnego, Annikę Bengtzon.

— Nie jestem przyzwyczajony, żeby ktoś beształ mnie za mój strój — powiedział fotograf, wyjaśniając, że wczorajszego dnia miał na sobie garnitur od Armaniego.

— A wczoraj został pan zbesztany? — upewnił się Schyman.

— Tak, Annika Bengtzon wyraziła niezadowolenie z faktu, że mam na sobie markowy garnitur. Nie uważam, żebym musiał tego wysłuchiwać. W każdym razie nie jestem do tego przyzwyczajony z moich poprzednich miejsc pracy.

Anders Schyman patrzył na mężczyznę przez kilka sekund, po czym odpowiedział.

— Nie wiem, jakie słowa padły między panem a Anniką Bengtzon. Nie wiem również, gdzie pan wcześniej pracował ani jakie obowiązywały tam zwyczaje dotyczące stroju. Jeśli o mnie chodzi, a wiem, że i Annika Bengtzon jest tego sama zdania, może pan sobie nosić Armaniego nawet w kopalni czy na miejscu morderstwa. Ale pretensje o niewłaściwy strój proszę kierować wyłącznie do siebie. Zarówno ja, jak i pozostała część kierownictwa redakcji zakładamy, że wszyscy fotografowie i dziennikarze są jako tako poinformowani, co się wydarzyło, zanim przyjdą do pracy. Jeśli miało miejsce spektakularne morderstwo albo znaczący wybuch, może pan z dużą dozą pewności założyć, że zostanie posłany w to miejsce. Proponuję, żeby zaopatrzył się pan w dużą torbę, włożył do niej kalesony i na przykład dres i trzymał ją w samochodzie...

— Dostałem już torbę — przyznał kwaśno fotograf.

— Od Anniki Bengtzon.

Anders Schyman spojrzał bez emocji na młodego mężczyznę.

— Czy jeszcze w czymś mogę pomóc? — zapytał.
Fotograf podniósł się i wyszedł. Redaktor naczelny westchnął głęboko, kiedy za Olssonem zamknęły się drzwi. Czasami dzienna dawka nieprzyjemnych rozmów była o wiele większa, niż mógł znieść. Tęsknił do domu, do żony i dużej whisky.

Annika i Johan zatrzymali się przy McDonaldzie na ulicy Sveavägen i wzięli na wynos dwa zestawy Big Mac. Jedli w samochodzie w drodze do redakcji.

— Jakie to nieprzyjemne — bąknął Henriksson, kiedy wcisnął w siebie ostatnią frytkę.

— Odwiedzanie krewnych? Tak, to chyba najbardziej przykre zadanie — odrzekła Annika, wycierając ketchup z palców.

— Nic na to nie poradzę, ale czułem się jak jakiś cholerny pasożyt, żerujący na ich nieszczęściu. Jakbym delektował się ich tragedią, bo dobrze wygląda w gazecie.

Annika otarła usta i rozważała przez chwilę słowa fotografa.

— No tak, łatwo o takie uczucie. Ale czasami ludzie chcą mówić. Nie można uznawać ich za idiotów jedynie z tego powodu, że są w szoku. Oczywiście, trzeba być delikatnym. No i wcale nie jest przesądzone, że napisze się o krewnych tylko dlatego, że człowiek z nimi rozmawiał i ich wysłuchał.

— Ale ludzie, którzy stracili właśnie kogoś z rodziny, nie zawsze zdają sobie sprawę z tego, co robią.

— A skąd ty to wiesz? — zapytała Annika. — Kim jesteś, żeby zabraniać innym mówić? Jakie mamy prawo wyrokować, co jest najlepsze dla danej osoby w takiej sytuacji? Kto powinien to oceniać: ty, ja czy sam zainteresowany? W ostatnich latach toczyła się przecież w mediach debata na ten temat i momentami ta cholerna debata szkodziła krewnym bardziej niż wywiady.

— Mimo wszystko uważam, że to makabryczne — stwierdził kwaśno Henriksson.

Annika lekko się uśmiechnęła.

— Na pewno. Spotkanie z człowiekiem, na którego właśnie spadła najgorsza tragedia, jaką można sobie wyobrazić, jest najtrudniejsze ze wszystkiego, tak po prostu jest. Nie da się odbyć za wiele takich spotkań w miesiącu. Chociaż do tego też można się przyzwyczaić. Pomyśl o ludziach w szpitalach czy w kościołach, którzy codziennie stykają się z tragediami.

— No tak, tylko nie krzyczą o nich na pierwszych stronach gazet — zauważył Henriksson.

— To jest głupie gadanie! — rozzłościła się nagle Annika. — Znalezienie się na pierwszej stronie gazety nie jest chyba do cholery żadną karą! To pokazuje, że dany człowiek jest ważny, że się z nim liczymy. A może powinniśmy machnąć ręką na wszystkie ofiary przestępstw, zignorować ich rodziny? Przypomnij sobie, jaki raban podniosły rodziny zmarłych w katastrofie „Estonii". Uważały, że środki przekazu poświęcają im za mało uwagi. Ich zdaniem gazety pisały tylko o furcie dziobowej, i tak faktycznie było. Przez jakiś czas rozmowa z krewnymi ofiar była w ogóle tabu, a jak ktoś się wyłamał, to miał na karku „Striptease", „Magazyn Północy" i wszystkich moralistów z telewizji.

— Nie wściekaj się tak — powiedział Henriksson.

— Będę się wściekać tyle, ile mi się podoba — odparowała Annika.

Pozostałą drogę do redakcji przebyli w milczeniu. W windzie Henriksson uśmiechnął się pojednawczo:

— Myślę, że to będzie bardzo dobre zdjęcie, to z Milanderem przy oknie.

— To znakomicie — powiedziała Annika. — Trzeba się będzie zastanowić, czy możemy je opublikować.

Pchnęła drzwi windy i szybko wyszła, nie czekając na odpowiedź.

Eva-Britt Qvist pracowała pełną parą nad archiwalnymi materiałami o Christinie Furhage, kiedy Annika minęła ją w drodze do swojego pokoju. Sekretarka obłożona była starymi kopertami z wycinkami i kilometrami wydruków komputerowych.

— Na temat tej kobiety napisano chyba wszystko — oznajmiła lakonicznie. — Myślę, że dotarłam do większości materiałów.

— Czy mogłabyś dokonać wstępnej analizy? Potem kto inny wziąłby to od ciebie.

— Masz umiejętność ubierania poleceń w formę pytań — stwierdziła Eva-Britt.

Annika nie miała siły na odpowiedź. Weszła do swojego pokoju i rozebrała się. Wzięła kubek z kawą i udała się do Pellego Oscarssona, redaktora graficznego. Przystawiła sobie obrotowe krzesło i zaczęła studiować ekran komputera. Był wypełniony zdjęciami wielkości znaczków pocztowych. Wszystkie przedstawiały Christinę Furhage i wszystkie pochodziły z archiwum gazety.

— Opublikowaliśmy ponad sześćset własnych zdjęć tej kobiety — powiedział Oscarsson. — Przez ostatnie osiem lat fotografowaliśmy ją przeciętnie raz w tygodniu. Częściej niż króla.

Annika uśmiechnęła się krzywo. Tak pewnie było. Wszystko, co Christina Furhage robiła w ostatnich latach, stanowiło przedmiot zainteresowania mediów za wyraźną aprobatą samej Furhage. Annika przyjrzała się zdjęciom: Christina Furhage otwiera stadion olimpijski, Christina Furhage informuje premiera, Christina Furhage spotyka się z piosenkarką Lill-Babs, Christina Furhage obejmuje Samarancha, Christina Furhage prezentuje w dodatku niedzielnym swoją nową jesienną garderobę.

Pelle Oscarsson kliknął i pojawiły się nowe znaczki: Christina Furhage wita się z prezydentem USA, idzie na premierę do Teatru Dramatycznego, pije herbatę z królową, przemawia na konferencji w sprawie przywództwa kobiet...

— Czy mamy chociaż jedno zdjęcie u niej w domu albo zdjęcie jej rodziny? — zapytała Annika.

Redaktor graficzny zastanowił się.

— Chyba nie — powiedział zdziwiony. — Teraz, kiedy to mówisz, faktycznie uświadamiam sobie, że nie mamy ani jednego jej prywatnego zdjęcia.

— Trudno, powinniśmy sobie poradzić mimo to
— Annika patrzyła na zmieniające się zdjęcia.

— Myślę, że to nadaje się na jedynkę — Pelle kliknął na portretową fotografię, wykonaną w studiu gazety. Po kilku sekundach zdjęcie zajęło cały ekran i Annika stwierdziła, że redaktor graficzny ma rację.

Było to wspaniałe zdjęcie Christiny Furhage. Kobieta była fachowo uszminkowana, włosy miała ułożone i lśniące, ciepłe i miękkie oświetlenie tuszowało zmarszczki na jej twarzy. Ubrana była w drogi, obcisły kostium. Z godnością, ale odprężona siedziała na szykownym antycznym fotelu.

— Ile ona właściwie miała lat? — zapytała Annika.

— Sześćdziesiąt dwa — powiedział redaktor graficzny.

— Ostatnio zrobiliśmy „Halo", w którym pisaliśmy o jej urodzinach.

— No, no! — skomentowała Annika. — Wygląda piętnaście lat młodziej.

— Operacje, zdrowy tryb życia albo dobre geny — rzekł Pelle.

— Albo wszystko naraz.

Minął ich Anders Schyman z pustym i brudnym kubkiem po kawie. Wyglądał na zmęczonego, włosy miał potargane, poluzował krawat.

— Jak idzie? — zapytał i zatrzymał się.

— Byliśmy u rodziny Furhage w domu.

— Coś, co da się wykorzystać?

Annika zawahała się.

— Tak, tak myślę. Przynajmniej część. Mąż raczej nie był sobą. Henriksson zrobił mu zdjęcie.

— Będziemy musieli to dokładnie przeanalizować, zanim coś postanowimy — powiedział Schyman i poszedł dalej w stronę kafeterii.

— Jakie zdjęcia bierzemy do wiadomości? — zapytał Oscarsson, zamykając okno z portretem.

Annika pociągnęła ostatni łyk kawy.

— Przejrzymy je, jak tylko reszta wróci — zaproponowała.

Wyrzuciła plastikowy kubek do kosza przy biurku Evy-Britt Qvist, weszła do swojego pokoju i starannie zamknęła za sobą drzwi. Czas na telefonowanie. Zaczęła od swojego informatora, który dzisiaj miał pracować na dzienną zmianę. Wybrała jego bezpośredni numer z ominięciem centrali. Miała szczęście, był w swoim pokoju i od razu odebrał.

— Jak doszłaś do tej groźby? — zapytał.

— Kiedy się dowiedzieliście, że to była Furhage? — odpowiedziała pytaniem Annika.

Mężczyzna westchnął.

— Niemal od razu. To przecież jej rzeczy leżały na stadionie. Chociaż formalna identyfikacja zabrała trochę czasu. Byłoby zbyt pochopne wyjść z niesprawdzoną informacją...

Annika czekała w milczeniu, ale policjant nic więcej nie powiedział. Wobec tego zapytała:

— Co teraz robicie?

— Sprawdzamy, sprawdzamy, sprawdzamy. W każdym razie to nie był Tygrys.

— Dlaczego nie? — zdziwiła się Annika.

— Nie mogę powiedzieć, ale to nie był on. To był ktoś z wewnątrz, tak jak myślałaś.

— Muszę to dzisiaj napisać, mam nadzieję, że rozumiesz.

Westchnął ponownie.

— Tak, spodziewałem się tego. Dziękuję, że wstrzymałaś się choć jeden dzień.

— Coś za coś — powiedziała Annika.

— Co chcesz wiedzieć?

— Dlaczego była objęta blokadą informacji?

— Grożono jej. Pisemna groźba trzy, cztery lata temu. Do tego akt przemocy, ale niezbyt poważny.

— Jaki akt przemocy?

— Wolałbym w to nie wnikać. Ta osoba nie została oskarżona o żadne przestępstwo. Furhage nie chciała jej niszczyć, jak to ujęła. Mam w aktach, że powiedziała: „Każdy zasługuje na drugą szansę''. Zadowoliła się przeprowadzką i blokadą informacji o sobie i swojej rodzinie.

— Pięknie i wspaniałomyślnie — stwierdziła Annika.

— Niewątpliwie.

— Czy groźba miała jakiś związek z olimpiadą?

— Żadnego.

— Czy to był ktoś, kogo znała, jakiś krewny?

Policjant zawahał się.

— Można tak powiedzieć. To był całkowicie prywatny motyw. Dlatego nie chcemy tego ujawniać, jest to zbyt osobista sprawa. Absolutnie nic nie wskazuje na to, że wybuch na stadionie był zamachem terrorystycznym. Myślimy, że był skierowany przeciwko Furhage, co jednak wcale nie musi oznaczać, że mordercą jest ktoś bliski.

— Przesłuchacie osobę, która jej groziła?

— Już to zrobiliśmy.

Annika zamrugała.

— Szybcy jesteście. Z jakim wynikiem?

— Nie możemy tego komentować. Mogę powiedzieć tak: na dziś nie ma osoby podejrzanej bardziej niż inne.

— A kim są ci inni?

— Do tego możesz dojść sama. Wszyscy, którzy kiedykolwiek mieli z nią kontakt, czyli jakieś cztery, pięć tysięcy osób. Część z nich możemy wykluczyć, ale nie ujawnię kogo.

— Magnetyczne przepustki musi mieć cała masa ludzi — spróbowała się czegoś wywiedzieć Annika.

— Kogo masz na myśli?

— Grube ryby z kancelarii komitetu olimpijskiego, członkowie MKOl-u, wartownicy, pracownicy firm budowlanych, robotnicy, elektrycy, spawacze, przedsiębiorstwa transportowe, biura architektoniczne, agencje reklamowe, agencje ochrony, redakcja sportowa telewizji...

Policjant milczał wyczekująco.

— Mam rację?

— Niezupełnie. To prawda, że wszystkie wymienione przez ciebie grupy miały lub mają magnetyczne przepustki...

— Ale?

— W środku nocy nie wejdziesz z taką kartą.

Annika intensywnie myślała.

— Kody alarmowe! Dostęp do nich miał znacznie węższy krąg!

— Tak, ale na razie musisz zatrzymać to dla siebie.

— No dobra... Na jak długo? Kto ma dostęp do kodów alarmowych?

Jej informator zaśmiał się.

— Jesteś niepoprawna — powiedział. — Właśnie to sprawdzamy.

— Ale czy alarm na stadionie nie mógł być po prostu wyłączony?

— A stadion na dodatek otwarty? Pomyśl, Bengtzon!

Annika usłyszała w tle dwa nowe głosy, mężczyzna na drugim końcu linii zakrył dłonią słuchawkę i coś odpowiedział. Potem ponownie zwrócił się do Anniki.

— Muszę już iść...

— Jeszcze tylko jedna rzecz! — zaprotestowała Annika.

— Ale migiem...

— Co Christina Furhage robiła w środku nocy na stadionie olimpijskim?

— To, moja droga, jest bardzo dobre pytanie. Na razie.

Słuchawki odłożyli jednocześnie. Annika spróbowała dodzwonić się do domu, ale nikt nie odbierał. Zadzwoniła do Anne Snapphane, tam z kolei zgłosił się faks. Wybrała numer komórki Berit, jednak po kilku sygnałach odezwała się poczta głosowa. Za to nie rozstający się ze swoją komórką Patrik odpowiedział od razu. Kiedyś, gdy Annika do niego zadzwoniła, odebrał pod prysznicem.

— Jestem w kancelarii komitetu olimpijskiego — wrzasnął do słuchawki. To też było dla niego typowe. Mimo swojej miłości do tego małego telefonu nie polegał na nim w pełni i zawsze krzyczał, żeby być słyszanym.

— Co robi Berit? — zapytała Annika i zauważyła, że też podniosła głos.

— Jest tutaj ze mną, pracuje nad ostatnim wieczorem Furhage — krzyczał Patrik. — Ja robię kancelarię komitetu w szoku.

— Gdzie stoisz? — Annika zmusiła się do ściszenia głosu.

— W jakimś korytarzu tutaj. Ludzie są zrozpaczeni — ryknął.

Annika niemal poczerwieniała, oczami wyobraźni widziała pracowników komitetu przysłuchujących się przez na wpół otwarte drzwi wrzeszczącemu reporterowi popołudniówki.

— Okej — powiedziała. — Złożymy coś razem do kupy o poszukiwaniach Zamachowca przez policję. Kiedy będziesz z powrotem?

— Za godzinę — wrzasnął.

— Dobra, to do zobaczenia — Annika odkładając słuchawkę nie mogła powstrzymać się od uśmiechu.

Evert Danielsson zamknął drzwi, żeby nie słyszeć dziennikarza, który na korytarzu wydzierał się do telefonu komórkowego. Za godzinę miał się zebrać zarząd, to znaczy jego operacyjna, aktywna, ekspercka część, którą Christina nazywała „swoją orkiestrą". Zarząd był organem działającym w przeciwieństwie do Garnituru, który pełnił głównie rolę reprezentacyjną. Oficjalnie wszystkie zasadnicze decyzje podejmował Garnitur czy zarząd honorowy, jak go nazywano, ale była to czysta formalność. Członków Garnituru można było porównać do posłów parlamentu, podczas gdy zarząd był organem decyzyjnym jedynej istniejącej partii.

Szef kancelarii był zdenerwowany. Zdawał sobie sprawę, że od wybuchu popełnił szereg gaf. Powinien na przykład zwołać zarząd już wczoraj. Zrobił to za niego przewodniczący zarządu, a dzień spóźnienia był poważnym uchybieniem. Zamiast zwołać zarząd, Danielsson udzielał informacji mediom, do czego właściwie nie miał uprawnień. I nie chodziło tu tylko o tę nieszczęsną gadaninę o zamachu terrorystycznym, ale również o podanie szczegółów na temat odbudowy trybun. Danielsson wiedział doskonale, że ta kwestia powinna była zostać omówiona najpierw przez zarząd. Ale wczoraj rano na krótkim kryzysowym spotkaniu, które teraz z perspektywy czasu wydawało się zbyt nacechowane paniką, nieformalne kierownictwo podjęło decyzję, żeby przejąć inicjatywę, nie hamletyzować, niczego nie tuszować i nie ukrywać. Miano pokazać, że organizatorzy aktywnie stawiają czoło trudnościom. W oczekiwaniu na pojawienie się Christiny zdecydowano się wysłać szefa kancelarii zamiast rzecznika prasowego, żeby przekaz nabrał większej wagi.

Uprawnienia decyzyjne nieformalnego kierownictwa były jednak znikome. Wiążące decyzje mógł podejmować tylko zarząd. W jego skład wchodziły prawdziwe szychy: przedstawiciel rządu w osobie ministra gospodarki, przedstawiciel sztokholmskiej rady miejskiej, wiceprzewodniczący odpowiedzialni za poszczególne działy, ekspert MKOl-u, dwóch przedstawicieli sponsorów i specjalista od prawa międzynarodowego. Przewodniczącym zarządu był również reprezentant administracji rządowej, a mianowicie wojewoda sztokholmski Hans Bjällra. Nawet jeśli nieformalne kierownictwo było szybkie i efektywne, jego znaczenie w porównaniu z zarządem było nikłe. Owo kierownictwo tworzyli ludzie na co dzień pracujący przy organizacji igrzysk: dyrektor finansowy, on sam, Christina Furhage, Helena Starke, kierownik prasowy, kilku wicedyrektorów i Doris w dziale budżetowym. Ta mała grupa szybko i sprawnie załatwiała praktyczne sprawy. Potem Christina dopilnowywała, by zarząd po fakcie zatwierdził decyzje mogące dotyczyć wszystkiego: pieniędzy i budżetu, kwestii ochrony środowiska, infrastruktury, budowy stadionów, zawiłości prawnych czy wszelkiego rodzaju kampanii.

Problem polegał na tym, że nie było już Christiny, która ich kryła. Danielsson wiedział, że tym razem nie ujdzie mu na sucho.

Szef kancelarii oparł łokcie na biurku i ukrył głowę w dłoniach. Nie mógł powstrzymać się od przeciągłego westchnienia. Do jasnej cholery! Przecież ciężko pracował przez te wszystkie lata! Naprawdę sobie na to nie zasłużył. Łzy zaczęły kapać na dokumenty, tworzyły okrągłe przeźroczyste pęcherzyki, które rozmazywały litery i diagramy. Nie zwracał na to uwagi.

Annika włączyła komputer i zasiadła do pisania. Zaczęła od wiadomości uzyskanych w rozmowie ze swym informatorem. Rzeczy, o których dowiadywała się nieoficjalnymi kanałami, zatrzymywała dla siebie i była to żelazna reguła. Nie nagrywała tych rozmów, zawsze mogło się zdarzyć, że kaseta zostałaby w magnetofonie i ktoś by ją odsłuchał. Robiła notatki, które zaraz potem redagowała, a tekst zapisywała na dyskietce. Dyskietki przechowywała w zamkniętej na klucz szufladzie swojego biurka, notatki wyrzucała. Nigdy nie ujawniała tych informacji na odprawach czy kolegiach redakcyjnych. Jedyną osobą, która mogła zostać wtajemniczona, jeśli to faktycznie było niezbędne, był odpowiedzialny wydawca, czyli redaktor naczelny Anders Schyman.

Annika nie miała złudzeń, dlaczego dostarczano informacji właśnie jej. Nie dlatego, że uważano ją za lepszego czy wybitniejszego dziennikarza od innych. Można było za to na niej polegać i miała duże wpływy w redakcji „Kvällspressen". Dzięki temu dowiadywała się rzeczy, na opublikowaniu których zależało organom ścigania. Powody były oczywiście różne, ale generalnie zasada była taka sama jak w przypadku innych organizacji: policja chciała przedstawić w mediach własną wersję wydarzeń. W przypadku dramatycznych zdarzeń, którymi siły porządkowe z definicji się zajmowały, telewizja i prasa wykazywały tendencję do przesady i przeinaczały fakty. Umiarkowane przecieki dawały policji możliwość korekty przynajmniej najgorszych gaf.

Niektórzy dziennikarze uznawali, iż etyka zawodowa każe im pisać wszystko, o czym wiedzą. Dziennikarz zawsze jest dziennikarzem, przede wszystkim dziennikarzem i niczym innym jak dziennikarzem. Oznacza to, że demaskatorskie artykuły należy pisać także o sąsiadach, kolegach dzieci, swojej teściowej i świętym Mikołaju, jeśli tylko człowiek się czegoś dowie. Rozmowa bez nagrywania z policjantem czy politykiem nie wchodzi w grę. Dla Anniki taka postawa była nie do przyjęcia. Osobiście uważała się przede wszystkim za człowieka, potem za matkę i żonę, a na końcu za pracownika „Kvällspressen". W ogóle nie uznawała się za dziennikarza, jeśli za tym pojęciem miał się kryć wysłannik Boga lub jakiejś innej nieskazitelnej siły wyższej. Przykre doświadczenia podpowiadały jej, że ci dziennikarze, którzy głoszą najszlachetniejsze zasady, często okazują się największymi świniami. Toteż nie przejmowała się spekulacjami na temat swoich informatorów i tym, że niektórzy krytykują jej metody pracy. Wedle własnej opinii należycie wykonywała swoje obowiązki.

Zamknąwszy dyskietkę w szufladzie biurka, napisała krótki artykuł o wizycie w mieszkaniu Bertila Milandera. Starała się pisać powściągliwie, z lekką dozą podniosłego nastroju; podkreśliła, że mężczyzna sam zaprosił dziennikarzy, zacytowała jego pozytywne opinie o żonie. Córkę pominęła milczeniem. Włożyła tekst do redakcyjnej przegródki na artykuły zwanej puszką.

Potem podniosła się, zawahała, rozprostowała nogi w swojej szklanej klatce. Jej pokój wciśnięty był między dwa redakcyjne morza, dział wiadomości i sportowy. Nie wpadało tu dzienne światło, chyba że pośrednio przez szklane ściany. By uniknąć wrażenia przebywania w akwarium i chronić się przed ciekawskimi spojrzeniami, któryś z jej poprzedników kazał powiesić niebieskie zasłony. Minęło co najmniej pięć lat od czasu, gdy ostatni raz je prano czy odkurzano. Może kiedyś były świeże i nowiutkie, teraz stanowiły obraz nędzy i rozpaczy. Annika miała nadzieję, że ktoś zajmie się ich czyszczeniem, ale jednego była pewna: tym kimś nie będzie ona sama.

Wyszła do Evy-Britt, której biurko stało tuż za ścianą. Sekretarka poszła do domu nie opowiedziawszy się. Zebrany przez nią materiał piętrzył się na biurku w kupkach oznaczonych żółtymi samoprzylepnymi karteczkami. Annika siadła na blacie i zaciekawiona zaczęła na chybił trafił przeglądać papiery. Boże, ileż napisano o tej kobiecie! Wzięła wydruk komputerowy leżący na wierzchu sterty z napisem „Podsumowania" i zabrała się do lektury. Był to długi wywiad z jednej z niedzielnych gazet, ciepły i inteligentny artykuł, który faktycznie dawał jakieś pojęcie o Christinie Furhage jako człowieku. Pytania były ostre i konkretne, odpowiedzi Furhage rezolutne i bystre. Temat rozmowy oscylował jednak wokół stosunkowo mało osobistych spraw, jak kwestie ekonomiczne igrzysk olimpijskich, teoria organizacji, kobiety a kariera, znaczenie sportu dla morale narodu. Annika przebiegła wzrokiem tekst i ku swemu zdumieniu stwierdziła, że Christina Furhage konsekwentnie unikała powiedzenia czegokolwiek osobistego.

Chociaż z drugiej strony wywiad ukazał się w porannej gazecie, a te wszak nie zajmowały się sprawami prywatnymi, lecz publicznymi. Innymi słowy, pisano tylko o tym, co męskie, politycznie poprawne i dobrze widziane, unikano wszystkiego, co uczuciowe, interesujące i kobiece. Annika odłożyła wydruk i przejrzała stertę w poszukiwaniu wywiadu z popołudniówki. Owszem, były tam, z obowiązkową ramką zawierającą krótką metryczkę. Imiona i nazwisko: Ingrid Christina Furhage; rodzina: mąż i dziecko; zamieszkała: willa w Tyresö; dochód: wysoki; pali: nie; pije: tak, wodę, wino i kawę; największa zaleta: niech ocenią inni; najgorsza wada: niech ocenią inni... Annika przeglądała dalej, odpowiedzi w ramkach były takie same przez ostatnie cztery lata, czyli po tej historii z groźbą. Nie wymieniano imienia męża ani dziecka, a jako miejsce zamieszkania podawano willę w Tyresö. Annika znalazła artykuł z dodatku niedzielnego sprzed sześciu lat, tam była mowa o Bertilu i Lenie. Aha, więc tak miała na imię córka. Nazwisko nosiła pewnie po ojcu.

Annika zostawiła kupkę z podsumowującymi artykułami i sięgnęła do najcieńszej oznaczonej jako „Konflikty". Najwyraźniej nie było ich zbyt wiele. Pierwszy artykuł dotyczył awantury wokół sponsora, który się wycofał. Nie miało to nic wspólnego z Christiną Furhage, która była po prostu wymieniona pod koniec artykułu i dlatego komputer go wynalazł. Następny tekst opisywał demonstrację ekologów protestujących przeciwko stadionowi olimpijskiemu. Annika zdenerwowała się. Te konflikty nie miały związku z Christiną Furhage! Ze strony Evy-Britt było to brakoróbstwo. Takie materiały powinna była odrzucić. Do tego właśnie dział kryminalny potrzebował researchera. Eva-Britt miała posortować materiały archiwalne w taki sposób, by ich przeglądanie zajęło zabieganym reporterom jak najmniej czasu. Annika wzięła całą kupkę „Konfliktów" i zaczęła ją wertować: demonstracje, protesty, jakiś polemiczny artykuł... Nagle coś przykuło jej uwagę. Odrzuciła resztę papierów i wyłuskała niewielki tekst znajdujący się na samym spodzie. „Przewodnicząca Komitetu Organizacyjnego IO wyrzuciła sekretarkę po aferze miłosnej" głosił nagłówek.

Annika nie musiała sprawdzać, kto to opublikował, oczywiście „Kvällspressen". Artykuł ukazał się siedem lat temu. Młoda kobieta musiała zrezygnować z pracy w nowo utworzonej kancelarii komitetu olimpijskiego, ponieważ miała romans z przełożonym. „Czuję się poniżona przez ciemnogród", powiedziała dziennikarzowi „Kvällspressen". Przewodnicząca Komitetu Organizacyjnego IO Christina Furhage wyjaśniła, że sekretarka wcale nie została wyrzucona, lecz po prostu likwidowano jej stanowisko. Nie miało to nic wspólnego z romansem. Ot i cała historia. Z artykułu nie wynikało, kim była ta młoda kobieta ani kim był ów przełożony. Żadna inna gazeta nie podchwyciła tego tematu, nic zresztą dziwnego, nie było specjalnie o czym pisać. Był to jedyny konflikt wokół Christiny Furhage opisany w prasie. Musiała być znakomitym szefem i organizatorem, skonstatowała Annika. Pomyślała o tonach papieru, który przez lata zapisano w związku z konfliktami w redakcji, a i tak nie było tu najgorzej.

— Znalazłaś coś ciekawego? — zapytała Berit zza jej pleców.

Annika podniosła się z biurka.

— Dobrze, że już jesteś! Nie, nic specjalnego, no może to, że Furhage zwolniła jakąś dziewczynę za romans z przełożonym. Może warto to zapamiętać... Czegoś się dowiedziałaś?

— Sporo. Przejrzymy to szybko?

— Zaczekamy na Patrika.

— Jestem tutaj! — wrzasnął Patrik z działu graficznego. — Muszę tylko...

— Chodźmy do mnie — powiedziała Annika.

Berit poszła najpierw do siebie, żeby powiesić rzeczy, a potem z kubkiem kawy z automatu i notatkami rozsiadła się u Anniki na starej kanapie.

— Próbowałam zrekonstruować ostatnie godziny Furhage. Biuro olimpijskie zorganizowało w piątek wieczór wigilijny dla pracowników w restauracji na Kungsholmen. Furhage była tam do północy. Poszłam pogadać z kelnerami, rozmawiałam też w cztery oczy z szefem kancelarii Evertem Danielssonem.

— Bardzo dobrze! — pochwaliła Annika. — Co Furhage tam robiła?

Berit wyjęła notes.

— Przyszła do restauracji późno, po dziesiątej. Reszta zdążyła już zjeść kolację. Nawiasem mówiąc, była to wigilia po baskijsku. Furhage wyszła tuż przed dwunastą razem z inną kobietą, Heleną Starke. Później już nikt jej nie widział.

— Wybuch nastąpił o 3.17, ponadtrzygodzinna dziura — wyliczyła Annika. — Co mówi ta cała Starke?

— Nie wiem, ma zastrzeżony numer. Zameldowana na Söder, jeszcze nie zdążyłam tam pojechać.

— Starke jest ważna, musimy ją mieć — powiedziała Annika. — Coś jeszcze? Co robiła Furhage przed pójściem do restauracji?

— Danielssonowi wydaje się, że była w biurze, ale nie jest pewien. Miała w zwyczaju bardzo długo pracować. Czternaście, piętnaście godzin dziennie było normą.

— Superkobieta — wymruczała Annika wspominając podziw męża dla pracy Christiny w domu.

— Kto robi historię życia Furhage? — zapytała Berit.

— Jeden z redaktorów w ogólnym. Spotkałam się z rodziną, wiele to nie dało. Dziwne typy...

— W jakim sensie?

Annika zastanowiła się.

— Mąż, Bertil, jest stary i siwy. Był jakiś otumaniony. Sprawiał wrażenie, jakby bardziej podziwiał niż kochał swoją żonę. Córka krzyczała i płakała, powiedziała, że się cieszy, iż mama nie żyje.

— Okropność — powiedziała Berit.

— Jak idzie? — Patrik otworzył drzwi.

— Świetnie, a tobie? — odparła Annika.

— Też, to będzie rewelacja — odpowiedział i usiadł koło Berit. — Jak dotąd policja znalazła sto dwadzieścia siedem kawałków Christiny Furhage.

Na twarzach Berit i Anniki pojawił się mimowolny grymas.

— Uch! To obrzydliwe! Tego nie możesz napisać! — oświadczyła Annika.

Młody reporter uśmiechnął się nieporuszony.

— Krew i zęby znaleźli aż przy głównym wejściu. To kilkaset metrów od miejsca wybuchu.

— Jesteś tak niesmaczny, że chce się wymiotować. Nie masz czegoś strawnego? — zapytała Annika.

— Nadal nie wiedzą, czego Zamachowiec użył, żeby zrobić z niej papkę. Albo nie chcą powiedzieć.

— O czym więc napiszesz?

— Rozmawiałem z rzetelnym policjantem o poszukiwaniach mordercy. Będzie z tego artykuł.

— Okej — powiedziała Annika. — Mogę uzupełnić. Co wiesz?

Patrik pochylił się w przód, oczy mu błyszczały.

— Policja szuka laptopa Furhage. Wiedzą, że w piątek wieczorem miała ze sobą w aktówce laptop, widziała go jedna z dziewczyn w kancelarii. Ale resztek komputera nie ma wśród szczątków na stadionie. Myślą, że zabrał go morderca.

— A może po prostu rozpadł się w drobny mak w czasie wybuchu? — zgłosiła wątpliwość Berit.

— Nie, to zupełnie wykluczone, przynajmniej według mojego informatora — stwierdził Patrik. — Komputer ktoś zabrał i to jest jak na razie ich najlepszy trop.

— Coś jeszcze? — zapytała Annika.

— Rozważają, czy nie ścigać Tygrysa przez Interpol.

— To nie był Tygrys — powiedziała Annika. — To była robota kogoś z wewnątrz, policja jest tego pewna.

— Skąd mogą to wiedzieć? — Patrik był zdziwiony.

Annika przypomniała sobie dane słowo, że nie ujawni informacji o kodach alarmowych.

— Wierz mi, mam dobrego informatora. Coś jeszcze?

— Rozmawiałem z pracownikami kancelarii komitetu. Wszystko się tam zawaliło. Wygląda na to, że Christina Furhage była dla nich kimś w rodzaju guru. Wszyscy płaczą, Evert Danielsson też, słyszałem przez drzwi. Nie wiedzą, jak sobie bez niej poradzić. Jakby była uosobieniem wszystkich cnót tego świata.

— Co w tym takiego dziwnego? — odezwała się Berit.

— Czy kobieta w średnim wieku nie może być lubiana i doceniana?

— Może, ale tutaj to już przesada...

— Christina Furhage zrobiła niewiarygodną karierę i wspaniale radziła sobie jako przewodnicząca komitetu olimpijskiego. Jeśli kobieta potrafiła przeprowadzić tak wielkie przedsięwzięcie od początku do końca, to możesz spokojnie założyć, że coś sobą reprezentuje. Przecież igrzyska olimpijskie to dwadzieścia osiem mistrzostw świata na raz — polemizowała Berit.

— Czy jej wyczyny nabierają jakiegoś szczególnego znaczenia przez to, że jest kobietą? — zapytał Patrik nie bez drwiny i Berit się rozzłościła.

— Wiesz co, mój drogi chłopcze, dorośnij!

Patrik podniósł się, prezentując swoje sto dziewięćdziesiąt centymetrów wzrostu w całej okazałości.

— Co to miało znaczyć?

— Ej wy, przestańcie — wtrąciła Annika, siląc się na spokojny i opanowany ton. — Usiądź, Patrik, jesteś facetem i nie musisz angażować się w kwestie ucisku kobiet. To oczywiste, że kobiecie trudniej jest niż mężczyźnie sprawować taki urząd jak przewodniczący komitetu olimpijskiego, podobnie jak trudniej przyszłoby to głuchoniememu niż zdrowemu. Bycie kobietą to rodzaj ułomności. Masz coś jeszcze?

Patrik usiadł, ale nadal był zły.

— Rodzaj ułomności? Cholerna feministyczna propaganda!

— Masz coś jeszcze?

Przerzucił swoje notatki.

— Poszukiwania Zamachowca, kancelaria komitetu w szoku, nie, to wszystko.

— Okej, Berit robi ostatni dzień Christiny Furhage, ja rodzinę i uzupełniam poszukiwania mordercy.

Jesteśmy nieco przemęczeni, pomyślała, kiedy rozstali się nic więcej nie mówiąc. Dochodziła za kwadrans szósta i Annika włączyła „Echo". Tematem dnia była oczywiście śmierć jednej z najbardziej wpływowych i znanych w Szwecji kobiet, Christiny Furhage. Zaczęto od komentarzy na temat jej życia i pracy, potem mówiono o konsekwencjach dla igrzysk i sportu. Samaranch faktycznie zdementował swoją wypowiedź dla „Konkurenta". Dopiero w dwunastej minucie skonstatowano fakt, że Furhage została zamordowana. Taka była linia „Echa Dnia": najpierw to co uładzone, powszechne, nieosobiste, a potem — jeśli w ogóle — rzeczy nieprzyjemne i wstrząsające. Kiedy „Echo" relacjonowało morderstwo, prawie zawsze koncentrowało się na jakimś prawniczym niuansie. Ofiarę, jej rodzinę i sprawcę pozostawiano w tle, ale o aparacie do badania mózgu zabójcy mówiono do znudzenia. To uchodziło, to była nauka. Annika westchnęła. Wspomniano również jej informacje z dzisiejszej gazety o groźbie, ale tylko na marginesie. Wyłączyła radio i zebrała materiały na kolegium redakcyjne w gabinecie naczelnego. Ściskało ją w dołku, kiedy tam szła. Johansson zachowywał się dziwnie przez cały dzień, był obrażony i lakoniczny. Zdawała sobie sprawę, że czymś go uraziła, ale nie wiedziała czym.

Anders Schyman rozmawiał przez telefon, najprawdopodobniej z dzieckiem. Foto-Pelle usiadł już przy stole konferencyjnym ze swoimi długimi wykazami, Ingvara Johanssona nie było. Annika stanęła przy oknie i popatrzyła w swoje lustrzane odbicie. Kiedy osłoniła dłonią oczy przed światłem i przysunęła się bardzo blisko szyby, pojawił się widok na zewnątrz. Panujący tam mrok był gęsty i ciężki. Żółte lampy rosyjskiej ambasady odcinały się złocistymi punkcikami na wyspach ciemności. Nawet ten niewielki skrawek Rosji był ponury i pełen pesymizmu. Wzdrygnęła się od chłodu ciągnącego z okna.

— *Alles gut?* — zapytał za jej plecami rześki Jansson, wylewając kolejną porcję kawy na dywan naczelnego.

— Ostatnia noc z drużyną, potem jestem wolny przez trzy zmiany. Gdzie do cholery jest Ingvar?

— Tutaj. Zaczynamy?

Annika usiadła przy stole i od razu spostrzegła, że Johansson ma zamiar przejąć dzisiaj inicjatywę. A więc o to chodziło, za dużo mówiła na wczorajszym kolegium.

— Tak, zaczynajmy — Schyman odłożył słuchawkę.

— Co mamy, na co kładziemy nacisk?

Ingvar Johansson zabrał głos jeszcze w trakcie rozdawania swojej listy:

— Myślę, iż skupimy się na doniesieniu Nilsa Langeby'ego: policja jest pewna, że był to zamach terrorystyczny i ściga cudzoziemskie ugrupowanie terrorystyczne.

Annika zesztywniała na krześle.

— O czym ty mówisz? — zapytała wzburzona. — Nils jest dzisiaj w pracy? Dlaczego ja nic o tym nie wiem? Kto po niego dzwonił?

— Nie wiem — odparł zirytowany Johansson. — Założyłem oczywiście, że ty po niego dzwoniłaś, jesteś przecież jego szefem.

— Skąd on u licha wytrzasnął ten zamach terrorystyczny? — Annika czuła, że głos zaczyna odmawiać jej posłuszeństwa.

— Na jakiej podstawie domagasz się, żeby ujawnił informatora, sama przecież nie ujawniasz swoich źródeł? — zauważył Johansson.

Annika poczuła, że krew napływa jej do twarzy. Wszyscy zebrani wokół stołu patrzyli na nią wyczekująco. Nagle uderzyło ją, że jest jedyną kobietą w tym gronie.

— Musimy koordynować naszą pracę — powiedziała zduszonym głosem. — Mam zupełnie odmienne informacje: że nie był to akt terroru, lecz zamach wymierzony w samą Christinę Furhage.

— Co za tym przemawia? — zapytał Ingvar Johansson i Annika wiedziała, że znalazła się w potrzasku. Mogła ujawnić, co wie, ale wtedy zarówno Jansson, jak i Johansson zaczną się domagać, żeby napisała artykuł o kodach alarmowych. Nie było takiego szefa działu wiadomości, który dobrowolnie zrezygnowałby z opublikowania równie atrakcyjnej informacji. Alternatywą było trzymanie gęby na kłódkę, ale wtedy oddałaby pole, a do tego nie mogła dopuścić. Szybko zdecydowała się na trzecie rozwiązanie.

— Zadzwonię i jeszcze raz porozmawiam ze swoim informatorem.

Anders Schyman spojrzał na nią z namysłem.

— Rozstrzygnięcie, czy zdecydujemy się na wątek terrorystyczny, odłóżmy na później — powiedział. — Proszę dalej.

Annika milczała, spodziewając się, że Johansson będzie kontynuował i nie pomyliła się:

— Zrobimy cały dodatek „Christina, jaką pamiętamy". Jej życie w słowach i obrazach. Mamy sporo dobrych komentarzy: króla, Białego Domu, rządu, Samarancha, gwiazd sportu, telewizyjnych osobistości. Wszyscy chcą ją uczcić. To będzie cholernie mocne...

— A co z dodatkiem sportowym? — zapytał miękko Schyman.

Ingvar Johansson wyglądał na zbitego z tropu.

— No więc weźmiemy te strony na dodatek wspomnieniowy, szesnaście stron w kolorze, a do zwykłego sportu dołożymy cztery strony.

— W kolorze? — powiedział Schyman z namysłem. — Ale to przecież oznacza przeniesienie całej masy kolorowych stron z grzbietu głównego do dodatku? Grzbiet główny będzie praktycznie zupełnie szary, mam rację?

Teraz niemal poczerwieniał Ingvar Johansson.

— No tak, hm, to przecież...

— Jak to się stało, że nie zostałem poinformowany o tej propozycji? — zapytał spokojnie naczelny. — Byłem tutaj w zasadzie przez cały dzień, mogłeś przyjść do mnie w każdej chwili, żeby to omówić.

Szef działu wiadomości najchętniej zapadłby się pod ziemię.

— Nie umiem odpowiedzieć na to pytanie. Wszystko potoczyło się tak szybko.

— To przykre, bo nie będzie żadnego kolorowego dodatku o Christinie Furhage. Ona nie była ulubienicą szerokich mas. Była wywodzącą się z elit przewodniczącą komitetu olimpijskiego, podziwianą wprawdzie w niektórych środowiskach, ale swej funkcji nie zawdzięczała demokratycznemu wyborowi, nie pochodziła z rodziny królewskiej, nie była ulubienicą telewidzów. Część wspomnieniową damy w gazecie, a zamiast dodatku zwiększymy liczbę stron w głównym wydaniu. Zakładam, że sport nie zaczął robić swojego dodatku?

Ingvar Johansson wpatrywał się w blat stołu.

— Co jeszcze robimy?

Nikt się nie odezwał. Annika czekała w milczeniu. To wszystko było bardzo nieprzyjemne.

— Bengtzon?

Wyprostowała się i zajrzała do swoich notatek.

— Możemy zrobić dużą rzecz z poszukiwań mordercy.

Patrik dowiedział się, że zniknął komputer Furhage, a ja mam, jak mówiłam, dobrego informatora, potwierdzającego teorię o robocie z wewnątrz...

Zamilkła, ale nikt nie zareagował, mówiła więc dalej:

— Berit pisze o jej ostatnim dniu, ja spotkałam się z rodziną.

— No właśnie, i jak poszło? — zapytał Schyman.

Annika zastanowiła się.

— Trzeba przyznać, że mąż był lekko skołowany. Córka całkowicie wytrącona z równowagi, pominęłam ją. Pytanie brzmi, czy w ogóle powinniśmy cokolwiek publikować. Mogą nas krytykować za to, że ruszamy jej męża.

— Skłoniłaś go do mówienia podstępem?

— Nie, absolutnie nie — zaprzeczyła Annika.

— Sprzeciwiał się w jakiś sposób rozmowie?

— W ogóle. Poprosił nas, żebyśmy przyszli; chciał opowiedzieć o Christinie. Spisałam to, co powiedział, nie ma tego zbyt wiele. Artykuł leży w puszce.

— Mamy jakieś zdjęcie?

— Mamy, i to wspaniałe, zrobione przez Henrikssona — odpowiedział Oscarsson. — Facet stoi przy oknie, a łzy lśnią mu na rzęsach, piękne jak cholera.

Schyman pozbawionym wyrazu wzrokiem spojrzał na redaktora graficznego.

— W porządku. Chcę zobaczyć to zdjęcie, zanim trafi na stronę.

— Jasne.

— Dobra. Chciałbym, żebyśmy przedyskutowali jeszcze jedną rzecz i w zasadzie możemy zrobić to od razu.

Schyman przeciągnął dłońmi po włosach, tak że stanęły prosto, wyciągnął się po kubek z kawą, ale zmienił zdanie. Annika poczuła, że z jakiegoś powodu jeżą się jej włosy na karku. Czy jeszcze coś zrobiła źle?

— Morderca jest na wolności — naczelny posłużył się cytatem z piosenki o Kubie Rozpruwaczu. — Chcę, żeby wszyscy mieli tego świadomość, kiedy będziemy publikowali wywiady i zdjęcia osób z najbliższego otoczenia Christiny Furhage. Najczęściej zabójcą jest ktoś bliski ofierze. Najwyraźniej tak jest i w tym przypadku. Zamachowcem może być ktoś, kto chciał zemścić się na Furhage.

Umilkł i powiódł wzrokiem wokół stołu. Nikt się nie odezwał.

— Chyba wiecie, do czego piję? Mam na myśli morderstwo w Bergsjön, kojarzycie czy nie? Mała dziewczynka, którą zamordowano w piwnicy. Wszyscy pozwalali wypłakiwać się matce i podejrzewali ojca, a tymczasem później okazało się, że zabójczynią była matka.

Uniósł rękę powstrzymując niechybne protesty.

— Tak tak, wiem, nie możemy być policjantami, nie do nas należy osąd, ale uważam, że w tym przypadku musimy działać z dużym rozmysłem.

— Z punktu widzenia statystyki powinien to być jej mąż — powiedziała sucho Annika. — Partnerzy i mężowie są sprawcami niemal wszystkich zabójstw kobiet.

— Czy tak mogło być i w tym przypadku?

Annika zastanowiła się przez chwilę.

— Bertil Milander jest stary i schorowany. Jakoś trudno mi go sobie wyobrazić biegającego po stadionach z naręczem materiałów wybuchowych. Chociaż z drugiej strony nie musiał tego robić sam. Mógł przecież kogoś wynająć.

— Kto jeszcze nadawałby się na podejrzanego? Jacy ludzie pracują w kancelarii?

— Evert Danielsson, szef kancelarii — zaczęła wyliczać Annika — wiceprzewodniczący odpowiedzialni za poszczególne działy: akredytacja, transport, stadiony, zawody, wioska olimpijska. Jest ich dosyć dużo. Przewodniczący zarządu, Hasse Bjällra. Członkowie zarządu, są wśród nich zarówno radni, jak i ministrowie...

Schyman westchnął.

— To bez sensu. Sami nie wytypujemy podejrzanego. Co poza tym dajemy do gazety?

Ingvar Johansson zreferował resztę swojej listy: gwiazda pop, która dostała pozwolenie na budowę oranżerii mimo protestów sąsiadów, kot, który przeżył pięć tysięcy obrotów w wirówce, sensacyjne zwycięstwo w derbach w bandy i nowy rekord oglądalności sobotniego programu rozrywkowego na Kanale 1.

Dosyć szybko zakończyli kolegium. Annika pośpieszyła do swojego pokoju, zamknęła za sobą drzwi i poczuła, że kręci się jej w głowie. Po części dlatego, że zapomniała zjeść obiad, ale też walka o władzę na redakcyjnych kolegiach wyczerpywała ją fizycznie. Idąc do swojego krzesła, trzymała się blatu biurka. Ledwo usiadła, gdy rozległo się pukanie do drzwi i wszedł redaktor naczelny.

— Co powiedział twój informator? — zapytał bez wstępów.

— To był zamach z pobudek osobistych — odparła Annika i wyciągnęła dolną szufladę. Jeśli dobrze pamiętała, powinna się tam znajdować drożdżówka z cynamonem.

— Skierowany przeciwko Furhage?

Drożdżówka była spleśniała.

— Tak, nie przeciw igrzyskom. Kody alarmowe są dostępne bardzo wąskiemu kręgowi. Groźby wobec Furhage nie miały nic wspólnego z olimpiadą. Pochodziły od kogoś bliskiego.

Redaktor naczelny gwizdnął.

— Ile z tego możesz napisać?

Annika skrzywiła się.

— Właściwie nic. O tym, że poważnie grożono jej najbliższym, trudno w ogóle pisać, bo jej rodzina musiałaby to skomentować, a nie chcą tego zrobić. Pytałam ich dzisiaj. Na temat kodów alarmowych obiecałam trzymać buzię na kłódkę. Kody i zaginiony laptop, o którym pisze Patrik, to właściwie wszystkie punkty zaczepienia, jakie ma policja.

— Albo o jakich ci mówi — zauważył Schyman.

— Wcale nie ma pewności, że ujawnili ci wszystko.

Annika spojrzała na blat biurka.

— Idę do Langeby'ego, żeby dowiedzieć się, co on wyprawia. Nie chodź nigdzie, zaczekaj na mnie.

Podniósł się i ostrożnie zamknął za sobą drzwi. Annika pozostała na miejscu z pustką w głowie i jeszcze większą w żołądku. Pomyślała, że musi coś zjeść, zanim zemdleje.

Thomas wrócił z dziećmi do domu dopiero przed wpół do siódmej. Cała trójka była przemoczona, wyczerpana, ale szczęśliwa. Ellen przysypiała na sankach w drodze powrotnej z Kronobergsparken, ale kolejna piosenka i mała bitwa na śnieżki sprawiły, że znowu śmiała się do rozpuku. W przedpokoju padli na podłogę i pomagali sobie zdejmować mokre rzeczy, tworząc jedno wielkie kłębowisko. Dzieci chwyciły za kozaki ojca i usiłowały je ściągnąć, ale bez powodzenia. Każde ciągnęło w swoją stronę, tak że Thomas musiał udać, iż rozpada się na pół. Potem wsadził dzieci do wanny wypełnionej po brzegi gorącą wodą. Podczas gdy się pluskały, ugotował kaszkę mannę. Była to prawdziwie niedzielna kolacja, biała kaszka z dużą ilością cynamonu i cukru oraz kanapki z szynką. Skorzystał z okazji i umył Ellen jej długie, delikatne włosy, zużywając resztki balsamu Anniki. Pozwolił dzieciom zjeść w płaszczach kąpielowych, potem położył się z nimi w swoim łóżku i zaczął im czytać o Bamsem. Ellen zasnęła po dwóch stronach, ale Kalle wysłuchał z zapartym tchem całej historii.

— Dlaczego tata Burrego jest ciągle taki głupi? — zapytał, kiedy Thomas skończył czytać. — Czy dlatego, że jest bezrobotny?

Thomas zastanowił się. On, kierownik średniego szczebla w Związku Gmin, powinien umieć odpowiedzieć na takie pytanie.

— Człowiek nie jest głupi ani złośliwy tylko dlatego, że jest bezrobotny — powiedział. — Z drugiej strony można zostać bezrobotnym dlatego, że się jest głupim i złośliwym. Bo przecież nikt nie chce pracować z taką osobą, prawda?

Chłopiec coś przez chwilę rozważał.

— Mama mówi czasami, że jestem głupi i złośliwy wobec Ellen. Myślisz, że nie dostanę pracy?

Thomas wziął synka w objęcia, dmuchnął w jego mokre włosy, pokołysał ostrożnie i poczuł jego wilgotne ciepło.

— Jesteś wspaniałym chłopcem i kiedy będziesz duży, dostaniesz taką pracę, jaką będziesz chciał. Ale zarówno mama, jak i ja jesteśmy smutni, kiedy kłócicie się z Ellen, a ty potrafisz być prawdziwym złośnikiem. Nie ma potrzeby, byście się nawzajem drażnili i kłócili. Ty i Ellen kochacie się przecież, bo jesteście rodzeństwem. I wszystkim będzie przyjemniej, jeśli w tej rodzinie będziemy przyjaciółmi...

Chłopiec zwinął się w kulkę i wetknął kciuk do ust.

— Kocham cię, tato — powiedział, a Thomasa wypełniło wszechogarniające ciepło.

— Też cię kocham, mój mały synku. Chcesz spać w moim łóżku?

Kalle kiwnął głową. Thomas ściągnął z chłopca przemoczony płaszcz kąpielowy i ubrał go w piżamę. Zaniósł Ellen do łóżeczka, nałożył jej koszulę nocną. Przyglądał się śpiącej córeczce przez dłuższą chwilę i dziwił się, że nigdy nie może się jej napatrzyć. Ellen była kopią Anniki, ale miała jego blond włosy. Kalle wyglądał dokładnie tak samo jak on w jego wieku. To były naprawdę dwa cudowne stworzenia. Banalne, ale nie dało się temu zaprzeczyć.

Zgasił światło i ostrożnie zamknął drzwi. W ten weekend dzieci praktycznie nie widziały Anniki. Thomas musiał przyznać, że irytowało go, kiedy żona tyle pracowała. Miała nie do końca zdrowe podejście do swojej pracy, która całkowicie ją pochłaniała, wszystko inne schodziło na drugi plan. Traciła cierpliwość w kontaktach z dziećmi, myślała tylko o swoich artykułach.

Thomas wziął pilota i usiadł na kanapie przed telewizorem. Wybuch i śmierć Christiny Furhage były bezsprzecznie najważniejszymi wydarzeniami. Mówiono o tym na wszystkich kanałach, włącznie ze Sky, BBC i CNN. Dwójka nadawała program wspomnieniowy o przewodniczącej komitetu olimpijskiego; liczne grono w studiu debatowało o igrzyskach olimpijskich i dokonaniach Christiny Furhage. Dyskusję puszczano na przemian z wywiadem ze zmarłą, przeprowadzonym rok wcześniej przez Britt-Marie Mattsson. Christina Furhage była faktycznie niewiarygodnie błyskotliwa i dowcipna. Thomas oglądał zafascynowany przez jakiś czas. Potem zadzwonił do Anniki, żeby spytać, czy wybiera się do domu.

Berit wetknęła głowę w uchylone drzwi.

— Masz czas?

Annika machnęła ręką, żeby weszła i w tej samej chwili zadzwonił telefon. Annika rzuciła okiem na wyświetlacz i wróciła do pisania.

— Nie odbierzesz? — zdziwiła się Berit.

— To Thomas — wyjaśniła Annika. — Zapyta, kiedy skończę. Będzie starał się być miły, ale ja i tak dosłucham się wyrzutów. Jeśli nie odbiorę, będzie szczęśliwy, bo pomyśli, że wyszłam już do domu.

Telefon na biurku przestał dzwonić, za to komórka zaczęła wygrywać elektroniczną melodię, którą Berit skądś znała. Annika znów nie zareagowała, pozwalając, by włączyła się poczta głosowa.

— Nie mogę złapać tej całej Heleny Starke — powiedziała Berit. — Ma zastrzeżony numer, poprosiłam więc sąsiadów, by do niej wstąpili albo wrzucili jej do skrzynki kartkę z prośbą o zadzwonienie do nas, ale Starke się nie odezwała. Nie zdążę tam sama pojechać, bo muszę zebrać do kupy historię życia Furhage...

— Dlaczego? — zapytała Annika zdziwiona i przestała pisać. — Czy nie miał tego zrobić któryś z redaktorów?

Berit uśmiechnęła się krzywo.

— Owszem, ale redaktor dostał migreny, kiedy usłyszał, że dodatek wypadł. Mam przed sobą trzy godziny pisania na czysto.

— Nic tylko łapać się za głowę — stwierdziła Annika.

— Zajrzę do Starke w drodze do domu. To było na Söder, nie?

Berit podała jej adres. Kiedy wyszła, Annika spróbowała ponownie dodzwonić się do swojego informatora na policji, ale bez rezultatu. Jęknęła w duchu. Nie mogła dłużej zatrzymywać informacji o kodach alarmowych, musiała o nich napisać. Powinien to być dziennikarski majstersztyk, w którym słowa „kody alarmowe" wprawdzie się nie pojawią, ale i tak będzie wiadomo, o co chodzi. Poszło jej lepiej, niż myślała. Zasadniczą informację stanowił fakt, że zamachu dokonał ktoś z wewnątrz. O tym, że alarm na stadionie był wyłączony i nie było śladów włamania, mogła napisać. Zacytowała inne źródła niż policyjne o zasadach wydawania przepustek magnetycznych i możliwości dostania się na stadion w środku nocy. Mogła również wyjawić, że policja zawęziła krąg podejrzanych, którzy, czysto teoretycznie, mieli sposobność dokonania zamachu. W połączeniu z tekstem Patrika były to dwa rewelacyjne artykuły. Potem Annika zaczęła pisać kolejny, o tym że policja przesłuchała już człowieka, który groził Christinie Furhage przed kilkoma laty. Była prawie gotowa, kiedy Anders Schyman ponownie zastukał do drzwi.

— Nie ma nic gorszego, niż być naczelnym — powiedział siadając na kanapie.

— Jak robimy? Dajemy międzynarodowe ugrupowanie terrorystyczne czy trzymamy się kancelarii komitetu olimpijskiego? — zapytała Annika.

— Langeby'emu chyba lekko odbiło — stwierdził Schyman. — Utrzymuje, że jego artykuł ma pokrycie w faktach, ale odmawia ujawnienia choćby jednego informatora czy sprecyzowania, co mu powiedzieli.

— To jak robimy? — Annika ponowiła pytanie.

— Stawiamy oczywiście na robotę z wewnątrz. Chcę to tylko najpierw przeczytać.

— Jasne. Proszę.

Annika kliknęła na dokument. Naczelny wstał ociężale z kanapy i podszedł do biurka.

— Chcesz usiąść?

— Nie, nie, siedź...

Przebiegł oczami tekst.

— Mucha nie siada — ocenił i zebrał się do wyjścia.

— Przekażę Janssonowi.

— Co jeszcze powiedział Langeby? — zapytała cicho Annika.

Schyman zatrzymał się i spojrzał na nią poważnym wzrokiem.

— Myślę, że Nils Langeby będzie bardzo poważnym problemem dla nas obojga.

Helena Starke mieszkała na Ringvägen w brązowej kamienicy z lat dwudziestych. Bramę otwierało się oczywiście przez wstukanie kodu, którego Annika nie znała. Włożyła słuchawkę do ucha i zadzwoniła na informację z prośbą o podanie jej kilku numerów telefonów do ludzi mieszkających przy Ringvägen 139.

— Nie możemy podawać numerów w ten sposób — odmówiła kwaśno telefonistka.

Annika westchnęła. Czasami się udawało, ale nie zawsze.

— Okej. Potrzebuję numeru państwa Anderssonów z Ringvägen 139.

— Arnego Anderssona czy Petry Andersson?
— Obojga — powiedziała szybko Annika i nabazgrała numery w notesie. — Bardzo dziękuję!

Rozłączyła się i zadzwoniła pod pierwszy numer, do Arnego. Nie odebrał, może już spał. Zbliżało się wpół do jedenastej. Petra była w domu, miała lekko zirytowany głos.

— Najmocniej przepraszam — powiedziała Annika — przyszłam do koleżanki, która jest pani sąsiadką, ale ona zapomniała podać mi kod do bramy...
— Która to sąsiadka? — zapytała Petra.
— Helena Starke — oznajmiła Annika, a jej rozmówczyni się zaśmiała. Nie był to życzliwy śmiech.
— Aha, więc wybiera się pani do Starke o wpół do jedenastej wieczorem? To życzę szczęścia, kobieto — i podała Annice kombinację cyfr.

Ludzie potrafią być złośliwi, pomyślała Annika idąc na górę. Helena mieszkała na czwartym piętrze. Annika zadzwoniła dwukrotnie do drzwi, ale nikt nie otworzył. Rozejrzała się po klatce schodowej, próbując się zorientować, od której strony świata leży mieszkanie Starke i jakiej jest wielkości. Następnie wyszła na ulicę i zaczęła liczyć. Przynajmniej trzy okna Starke powinny wychodzić na ulicę, a świeciło się w dwóch. Najprawdopodobniej była w domu. Tym razem Annika pojechała windą i wcisnęła dzwonek na dobrą chwilę. Potem uchyliła skrzynkę pocztową w drzwiach i powiedziała głośno:
— Helena Starke? Nazywam się Annika Bengtzon i jestem z „Kvällspressen". Wiem, że pani jest w domu. Czy mogłaby pani otworzyć drzwi?

Czekała w milczeniu. Za chwilę po drugiej stronie zachrzęścił łańcuch. Drzwi się lekko uchyliły i pojawiła się w nich zapłakana kobieta.
— Czego pani chce? — zapytała cicho.
— Przepraszam, że przeszkadzam, ale próbowaliśmy skontaktować się z panią przez cały dzień.
— Wiem. Miałam w skrzynce piętnaście karteczek od pani i wszystkich pozostałych.

— Mogę wejść na chwilę?

— Po co?

— W jutrzejszej gazecie będziemy pisali o śmierci Christiny Furhage i chciałabym zadać pani kilka pytań.

— Jakich pytań?

Annika westchnęła.

— Z chęcią je wyjawię, ale wolałabym nie na klatce schodowej.

Starke otworzyła szerzej drzwi i wpuściła Annikę do mieszkania. Ubrana była tylko w T-shirt i majtki, włosy miała rozczochrane i całkowicie opuchniętą twarz. W środku panował nieopisany bałagan, Annice wydało się, że czuje zapach wymiocin. Weszły do kuchni. Zlewozmywak był po brzegi wypełniony naczyniami, na jednej z płyt elektrycznej kuchenki stała pusta butelka po koniaku.

— Śmierć Christiny to straszliwa strata — odezwała się Starke. — Gdyby nie ona, nie byłoby w Sztokholmie żadnych igrzysk.

Annika wyjęła notes i zapisała. Jak to się działo, że wszyscy mówili ciągle to samo o Christinie Furhage?

— Jaka była jako człowiek? — zapytała Annika.

— Fantastyczna — odpowiedziała Starke, patrząc w podłogę. — Była naprawdę dla nas wzorem. Rzutka, inteligentna, przebojowa, z poczuciem humoru... i w ogóle. Dawała sobie radę ze wszystkim.

— Jeśli się nie mylę, była pani ostatnią osobą, która widziała ją żywą?

— Tak, poza mordercą. Wyszłyśmy razem z wigilijnego przyjęcia. Christina była zmęczona, a ja dość mocno pijana.

— Dokąd pojechałyście?

Helena Starke zesztywniała.

— Jak to pojechałyśmy? Rozstałyśmy się przy stacji metra, ja pojechałam do domu, a Christina wzięła taksówkę.

Annika uniosła brwi. To była dla niej nowość, że Christina Furhage jechała po północy taksówką. W takim razie był jeszcze ktoś, kto widział ją żywą później niż Helena Starke — a mianowicie taksówkarz.

— Czy Furhage miała jakichś wrogów w kręgach zajmujących się organizacją igrzysk?

Helena Starke pociągnęła nosem.

— Kto mógłby to być?

— Właśnie panią pytam. Pani też pracuje w kancelarii komitetu, prawda?

— Byłam osobistą asystentką Christiny — powiedziała kobieta.

— Czyli jej sekretarką?

— Nie, Christina miała trzy sekretarki. Ja byłam, można powiedzieć, jej prawą ręką. Ale teraz proszę już sobie iść.

Annika w milczeniu zebrała swoje rzeczy. Nim jednak wyszła, obróciła się i zapytała:

— Furhage wyrzuciła młodą dziewczynę z kancelarii za romans z przełożonym. Jak zareagowali na to pracownicy?

Helena Starke wytrzeszczyła na nią oczy.

— Naprawdę proszę już wyjść.

— Oto moja wizytówka. Proszę zadzwonić, jeśli zechce pani coś dodać czy skrytykować — recytując formułkę Annika położyła wizytówkę na stoliku w przedpokoju. Spostrzegła, że na stojącym tam telefonie jest karteczka z numerem i szybko go spisała. Helena Starke nie odprowadziła jej do drzwi. Annika cicho zamknęła je za sobą.

Człowieczeństwo

Zawsze dużo spacerowałam. Kocham światło, wiatr, gwiazdy i morze. Pokonywałam na piechotę tak duże odległości, że w końcu moje ciało zaczynało iść samo, ledwie dotykając ziemi, łączyło się z żywiołem wokół i stawało się niewidzialną radością. Kiedy indziej z kolei moje nogi sprawiały, że skupiałam się na istnieniu. Zamiast zamazać rzeczywistość wokół mnie, kurczyły się do jednego czerniejącego punktu. Chodziłam po chodnikach i koncentrowałam się na swoim ciele, pozwalałam uderzeniom obcasów przenikać przez członki. Przy każdym kroku rozbrzmiewało pytanie: Kim jestem? Gdzie się znajduję? Co sprawia, że jestem mną?

W okresie gdy nurtowały mnie te pytania, mieszkałam w mieście, gdzie stale wiało. Jakąkolwiek wybrałam drogę, zawsze szłam pod wiatr. Czasem wicher był tak porywisty, że zapierał mi dech w piersiach. Kiedy wilgoć przenikała mnie do szpiku kości, kawałek po kawałku analizowałam swoje ciało i krew, starając się wyczuć, gdzie we mnie tkwi moja istota. Nie w piętach, nie w koniuszkach palców, nie w kolanach, pochwie czy brzuchu. Konkluzję, jaką wysnułam po tych długich spacerach, trudno uznać za kontrowersyjną. Znajduję się gdzieś za swoimi oczami, nad karkiem, ale pod ciemieniem, w tyle nad ustami i uszami. Tam egzystuje to, co naprawdę jest mną. Tam mieszkam ja. Tam jest mój dom.

Moje mieszkanie w tamtym czasie było ciasne i ciemne, ale pamiętam je jako nieskończone, nie dające się wypełnić i zdobyć. Byłam całkowicie pochłonięta próbą zrozumienia, kim jestem. Wieczorami w łóżku zamykałam oczy i dotykając się ustalałam, czy jestem mężczyzną czy kobietą. Skąd miałam to wiedzieć? Moje narządy płciowe nabrzmiewały w sposób, który mogłam wytłumaczyć sobie jedynie rozkoszą. Gdybym nie wiedziała, jak wyglądają, mogłabym opisać je tylko jako ciężkie, głębokie i pulsujące. Mężczyzna czy kobieta, biały czy czarna? Moja świadomość nie potrafiła objaśnić mnie jako coś innego niż człowiecze.

Kiedy otwierałam oczy, wpadało w nie promieniowanie elektromagnetyczne, które nazywamy światłem. Moje źrenice odbierały kolory w taki sposób, że nie byłam pewna, czy dzielę to doświadczenie z innymi ludźmi. To co nazywałam czerwienią, co było ciepłe i pulsujące, inni ludzie postrzegali może odmiennie. Osiągnęliśmy konsens i nauczyliśmy się wspólnych określeń, ale kto wie, czy nasze postrzeganie nie jest całkowicie indywidualne.

Nigdy się tego nie dowiemy.

Poniedziałek, 20 grudnia

Thomas wyszedł z mieszkania, zanim Annika i dzieci się obudziły. Miał sporo pracy przed świętami, a chciał wcześniej odebrać Kallego i Ellen. W tym tygodniu mieli to robić na przemian z Anniką, najlepiej już koło trzeciej. Po części dlatego, że dzieci były zmęczone i ospałe z powodu zimy, ale też po to, by poczynić przygotowania do świąt. Annika zawiesiła miedzianą gwiazdę i wystawiła w oknie świecznik, ale na tym się skończyło. Nie zaczęli jeszcze kupować jedzenia ani prezentów, nie przyrządzali łososia, nie piekli szynki, nie rozglądali się za choinką. Nie mówiąc już o sprzątaniu — pod tym względem mieli półroczne zaległości. Annika chciała, żeby zatrudnili polską sprzątaczkę, tę samą, która pracowała u Anne Snapphane, ale Thomas się sprzeciwił. Nie mógł przecież być urzędnikiem państwowym i jednocześnie zatrudniać ludzi na czarno. Annika to zrozumiała, ale nie sprzątała.

Thomas westchnął głęboko i wyszedł w padający mokry śnieg. W tym roku święta wypadały fatalnie dla pracowników, Wigilia w piątek, a potem normalny tydzień pracy do sylwestra. Właściwie powinien być z tego zadowolony, stał przecież po stronie pracodawców. Jednak z powodów czysto prywatnych westchnął ponownie, przecinając Hantverkargatan w kierunku przystanku czterdziestki ósemki po drugiej stronie Kungsholmstorg. Odczuwał lekki ból u dołu pleców, kiedy wydłużał krok, zdarzało się to często, gdy spał w niewygodnej pozycji. Nad ranem Kalle leżał w poprzek w ich łóżku, z nogami na jego plecach. Thomas przesunął tułów w prawo i w lewo, tak jak robią to bokserzy, żeby rozruszać stężałe mięśnie. Na „48" czekał całą wieczność. Zmókł i zmarzł, zanim autobus wjechał w breję przed witryną banku. Nienawidził jeździć autobusem, ale pozostałe rozwiązania były dużo gorsze. Przystanek metra znajdował się wprawdzie za rogiem, ale była to niebieska linia, której peron leżał niemal w połowie drogi do piekła. Dotarcie do kolejki przez wszystkie przejścia podziemne zabierało więcej czasu niż przejście ulicami na piechotę do dworca centralnego, a potem i tak trzeba się było przesiąść już na następnej stacji. Nowe przejścia podziemne, ruchome schody i chodniki, zasikane windy. Wreszcie kolejka do Slussen, zaparowane wagony i setki łokci współpasażerów czytających „Metro". Samochód nie wchodził w grę. Z początku Thomas poruszał się po mieście swoją toyotą corollą, ale kiedy suma mandatów za parkowanie przekroczyła opłatę za przedszkole, Annika postawiła weto i Thomas zrezygnował z samochodu, który rdzewiał teraz pod plandeką u jego rodziców w Vaxholm. Chciał kupić willę albo pół bliźniaka za miastem, ale Annika się sprzeciwiła. Kochała ich nieprzyzwoicie drogie mieszkanie.

Autobus był przepełniony i Thomasowi przyszło cisnąć się obok dziecięcych wózków, ale już na wysokości Ratusza zrobiło się luźniej. Przy Tegelbacken nawet usiadł, wprawdzie z tyłu nad samym kołem, ale zawsze. Podciągnął nogi i zerkał w kierunku Rosenbad, kiedy autobus przejeżdżał obok siedziby rządu; myśl, że mógłby tam pracować, nie dawała mu spokoju. Właściwie dlaczego nie? Jego kariera od szefa działu socjalnego w Vaxholm do kierownika w Związku Gmin potoczyła się błyskawicznie. Nie bez znaczenia była tu Annika i jej praca, ale do tego Thomas nie przyznawał się nawet przed sobą. Gdyby dalej awansował w tym tempie, dostałby może pracę w parlamencie lub w jakimś ministerstwie przed ukończeniem czterdziestu lat.

Autobus przetoczył się koło Domu Rycerstwa. Thomas odczuwał zniecierpliwienie i niepokój, ale wzbraniał się przed świadomością, że przyczyną tego jest Annika. Podczas weekendu praktycznie nie zamienił z nią słowa. Wczoraj wieczorem Annika nie odbierała w redakcji telefonu. Pomyślał, że jest w drodze do domu; przygotował jej grzanki i zaparzył herbatę. Herbata wystygła, grzanki zjadł sam, zdążył jeszcze przeczytać „Time'a" i „Newsweeka", zanim po kilku godzinach usłyszał szczęk zamka w przedpokoju. A kiedy Annika otworzyła podwójne drzwi, miała w uchu słuchawkę i rozmawiała z kimś z gazety.

— Cześć. Strasznie długo pracowałaś — zbliżył się do niej.

— Przekręcę do ciebie z drugiego telefonu — powiedziała Annika, rozłączyła się i minęła Thomasa, lekko klepnąwszy go w policzek. Poszła prosto do swojego biurka, zrzuciła płaszcz na podłogę i ponownie zadzwoniła do gazety. Mówiła o jakimś kursie taksówką, który trzeba było sprawdzić na policji. Thomas poczuł wzbierającą irytację, był o włos od wybuchu. Po odłożeniu słuchawki Annika przytrzymała się biurka, jakby miała zawroty głowy.

— Przepraszam, że jestem tak późno — powiedziała cicho, nie podnosząc wzroku. — Musiałam pojechać przez Södermalm, żeby zrobić tam wywiad.

Nie odpowiedział, stał tylko z opuszczonymi rękami i patrzył na jej plecy. Annika lekko się chwiała, sprawiała wrażenie nieprzytomnej ze zmęczenia.

— Zapracujesz się na śmierć — powiedział Thomas oschlej niż zamierzał.

— Tak, wiem — odrzekła, położyła rzeczy na biurku i poszła do łazienki. Thomas wszedł do sypialni, zdjął narzutę i położył się. Słyszał, jak leje się woda i jak Annika myje zęby. Kiedy się kładła, udawał, że śpi. Nie zauważyła, że wcale nie zasnął. Pocałowała go w szyję i pogłaskała po włosach. Po chwili spała jak zabita. Thomas długo leżał z otwartymi oczami, słuchając odgłosów samochodów z ulicy i jej spokojnego oddechu.

Wysiadł przy Slussen, skąd miał do przejścia kilka przecznic do swojego biura na Hornsgatan. Od zatoki ciągnął wilgotny wiatr. Jakiś wczesny straganiarz rozłożył u wejścia do metra swoje stoisko z drewnianymi Mikołajami.

— Grzane winko na dobry dzień? — zagadnął handlarz, wyciągając w stronę Thomasa parujący kubek.

— Dlaczego nie? — powiedział Thomas, wyjmując banknot z kieszeni kurtki. — Niech mi pan da też piernik, ten największy, w kształcie serca.

— Mama, czy ja też mogę jechać? — Kalle stanął na wózku, który o mało się nie przewrócił. Annika złapała go w ostatniej chwili.

— Nie, dzisiaj chyba zostawimy wózek, na dworze jest chlapa.

— Ale ja chcę jechać, mamo — zaprotestowała Ellen.

Annika wróciła do windy, wypchnęła dziewczynkę, zasunęła kratę i zamknęła drzwi. Przykucnęła na chodniku na klatce schodowej i przytuliła Ellen. Poczuła na policzku chłód materiału dziecięcego kombinezonu.

— Dziś pojedziemy autobusem, a potem cię poniosę. Chcesz?

Dziewczynka kiwnęła głową i zarzuciła jej ręce na szyję, mocno się przytulając.

— Chcę być dzisiaj z tobą, mamo.

— Wiem, ale to niestety niemożliwe, muszę pracować. Za to w piątek będę wolna. Bo wiecie, jaki dzień jest w piątek?

— Wigilia, Wigilia! — zakrzyknął Kalle.

Annika zaśmiała się.

— Tak, zgadza się. Wiecie ile dni zostało do Wigilii?

— Trzy tygodnie — oznajmiła Ellen podnosząc trzy palce.

— Idiotka — powiedział Kalle. — Cztery dni.

— Nie mów o siostrze „idiotka". Ale masz rację, zostały jeszcze cztery dni. Gdzie masz rękawiczki, Ellen? Zapomnieliśmy ich? Nie, są tutaj...

Na chodniku śnieżna breja zdążyła już zamienić się w wodę. Siąpił deszcz, a świat był całkowicie szary. Annika niosła dziewczynkę na lewej ręce, prawą trzymała Kallego. Torba uderzała ją w plecy przy każdym kroku.

— Ładnie pachniesz, mamo — powiedziała Ellen.

Wyszli na ulicę Scheelegatan i przed „Indian Curry House" wsiedli do autobusu nr 40, przejechali dwa przystanki i znaleźli się przy białym budynku z lat osiemdziesiątych, w którym swoją siedzibę miało Radio Sztokholm. Na drugim piętrze mieściło się przedszkole, do którego Kalle chodził, odkąd skończył piętnaście miesięcy, a Ellen niewiele ponad rok. Kiedy Annika rozmawiała z innymi rodzicami, dostrzegała, że dobrze trafili. Personel przedszkola był doświadczony i kompetentny, kierownik dbał o placówkę, a połowę opiekunów stanowili mężczyźni.

W holu było tłoczno i głośno, żwir i śnieg utworzyły niewielki wał pod drzwiami. Dzieci hałasowały, dorośli je uspokajali.

— Mogę zostać dzisiaj z nimi na apelu? — zapytała Annika, a ktoś z personelu kiwnął głową.

Rodzeństwo siedziało w czasie posiłków przy tym samym stole. Mimo że w domu często się kłócili, w przedszkolu byli niezwykle zgodni. Kalle opiekował się swoją młodszą siostrą. Przy śniadaniu Annika posadziła sobie Ellen na kolanach i dla towarzystwa wzięła kanapkę i filiżankę kawy.

— W środę jedziemy na wycieczkę, trzeba mieć własny prowiant — powiedział jeden z opiekunów; Annika skinęła głową.

Po śniadaniu zebrano się w sali z poduszkami. Podczas sprawdzania obecności okazało się, że spora część dzieci została już przed świętami w domu. Potem przedszkolaki zaśpiewały kilka klasycznych piosenek: „Jestem małym króliczkiem", „Opowieść o piracie" i „W domku na skraju lasu". Na zakończenie porozmawiano trochę o Bożym Narodzeniu i odśpiewano „Tupu-tup".

— Muszę już iść — powiedziała Annika, na co Kalle uwiesił się jej na ramieniu, a Ellen natychmiast się rozpłakała.

— Chcę być z tobą, mamo — kwiliła Ellen.

— Tata was dzisiaj wcześnie odbierze, zaraz po podwieczorku — obiecała Annika, starając się uwolnić z dziecięcych rączek. — To chyba fajnie? Pójdziecie wtedy do domu i zaczniecie przygotowania do świąt, może kupicie choinkę? Chcecie?

— Taaak! — krzyknął Kalle, a Ellen zawtórowała mu niczym echo.

— Zobaczymy się wieczorem — pożegnała się Annika i szybko zamknęła za sobą drzwi. Nasłuchiwała chwilę, czy nie usłyszy jakichś odgłosów zawodu, ale za drzwiami było cicho. Westchnęła i ruszyła w kierunku schodów.

Wsiadła do autobusu nr 56 przy budynku towarzystwa ubezpieczeniowego Trygg-Hansa. Kiedy wchodziła do redakcji, było już wpół do jedenastej. W środku przebywało pełno ludzi, którzy bez przerwy mówili. Nie wiedziała dlaczego, ale nie mogła się do tego przyzwyczaić. Jej zdaniem właściwa atmosfera panowała wtedy, gdy w dużym, pustym pomieszczeniu przy migających ekranach komputerów pracowało kilku skoncentrowanych dziennikarzy, rozpraszanych jedynie od czasu do czasu przez dzwonek telefonu. Tak było w weekendy i w nocy, zaś w tej chwili w redakcji znajdowało się blisko dziewięćdziesiąt osób. Annika wzięła paczkę ze wszystkimi gazetami i poszła w stronę swojego pokoju.

— Dobra robota, Annika! — krzyknął ktoś. Nie rozpoznała po głosie kto, ale pomachała ręką nad głową na znak podziękowania.

Eva-Britt Qvist stukała w klawiaturę swojego komputera.

— Nils Langeby wziął dzisiaj wolne za nadgodziny — powiedziała nie podnosząc wzroku.

Czyli wciąż był obrażony. Annika rozebrała się w swoim pokoju i poszła po kawę do automatu. Wracając zajrzała do swojej przegródki na pocztę. Jęknęła głośno, bo przegródka była pełna. Rozejrzała się za koszem, do którego mogłaby wyrzucić kubek — nie udałoby się jej wziąć całej poczty, nie wylewając kawy.

— Co tak wzdychasz? — zapytał za jej plecami Anders Schyman. Annika uśmiechnęła się zakłopotana.

— Ech, mam dosyć grzebania się w tej poczcie. Codziennie dostajemy ponad sto komunikatów prasowych i listów. Przejrzenie tego zabiera cholernie dużo czasu.

— Przecież wcale nie musisz tego robić — powiedział zdziwiony Schyman. — Myślałem, że tym zajmuje się Eva-Britt.

— Zaczęłam, kiedy poprzedni szef wyjechał do Nowego Jorku, i tak już zostało.

— Zanim mianowano go korespondentem, zajmowała się tym Eva-Britt. To chyba o wiele sensowniejsze rozwiązanie, żeby ona przeglądała pocztę, jeśli nie zależy ci na tym, żeby samej kontrolować materiały. Mam z nią porozmawiać?

Annika uśmiechnęła się i popiła łyk kawy.

— Bardzo cię proszę, byłoby to dla mnie duże ułatwienie.

Anders Schyman wziął całą stertę poczty i wrzucił do przegródki Evy-Britt Qvist.

— Zaraz z nią pogadam.

Annika poszła do Ingvara Johanssona, który jak zwykle siedział ze słuchawką telefonu przyciśniętą do ucha. Miał na sobie to samo ubranie co wczoraj i przedwczoraj. Annika zastanowiła się, czy rozbierał się do snu.

— Policja jest na ciebie cholernie wściekła za ten artykuł o kodach alarmowych — oznajmił, kiedy odłożył słuchawkę.

Annika zesztywniała, poczuła przerażenie, które pojawiło się w formie ucisku w żołądku i szumu w skroniach.

— Co? Dlaczego? Coś jest nie tak?

— Nie, ale spaliłaś ich najlepszy trop. Twierdzą, że obiecałaś nie pisać o kodach alarmowych.

Annika poczuła panikę wzbierającą w żyłach niczym bulgocząca trucizna.

— Ale ja nie napisałam o kodach alarmowych! W ogóle nie wymieniłam tego słowa!

Odrzuciła kubek i złapała za gazetę. ,,Christina Furhage znała Zamachowca. Przesłuchanie podejrzanego'' — głosił nagłówek na pierwszej stronie. W środku duże, czarne litery tytułu oznajmiały: „Rozwiązaniem jest kod alarmowy".

— Kurwa mać! — wrzasnęła. — Kto, kurwa, dał ten tytuł?

— Pół tonu ciszej — powiedział Johansson. — Popadasz w histerię.

Annika poczuła, że przed oczami pojawia się jej coś czerwonego i ciepłego. Spojrzenie padło na zarozumiałego mężczyznę na obrotowym krześle. Dostrzegła, że za fasadą nonszalancji jest bardzo zadowolony.

— Kto to zaakceptował? — zapytała. — Ty?

— Przecież nie mam nic do powiedzenia, jeśli chodzi o tytuły w środku, nie wiesz o tym? — odpowiedział i odwrócił się, żeby kontynuować pracę, ale Annika nie zamierzała tak łatwo mu odpuścić. Obróciła jego krzesło, aż uderzył nogami w szufladę biurka.

— Przestań zachowywać się jak skończony idiota — powiedziała, a zabrzmiało to raczej jak syk. — Nie ma znaczenia, że ja na tym ucierpię, nie pojmujesz tego? Ucierpi gazeta. Dotknie to Andersa Schymana, ciebie i twoją córkę, która pracuje latem na portierni. Dowiem się, kto dał ten tytuł i z czyjej inicjatywy. Możesz być tego cholernie pewien. Kto dzwonił z policji?

Zadowolona mina ustąpiła miejsca wyrazowi niesmaku.

— Nie bierz tego tak do siebie — wycofał się Johansson. — Główny rzecznik prasowy.

Annika podniosła się zdziwiona. Facet kłamał. Rzecznik prasowy nie miał zielonego pojęcia, co ona obiecała, a czego nie. Prawdopodobnie był wściekły, że cała historia ujrzała światło dzienne, i to pod mocno nieszczęsnym tytułem. Natomiast na pewno nie zwymyślał Ingvara Johanssona za to, że Annika zawiodła czyjeś zaufanie.

Odwróciła się na pięcie i poszła do siebie, nie zauważając spojrzeń, którymi ją odprowadzano. Tego rodzaju scysje były w gazecie na porządku dziennym, ale zawsze interesujące dla pracowników. Zwłaszcza gdy kłócili się przełożeni. Zastanawiano się, co takiego wyprowadziło z równowagi szefową działu kryminalnego. Ludzie otwierali gazetę, czytali artykuł Anniki na stronach szóstej i siódmej, ale nie widzieli w nim nic niezwykłego i tym samym awantura popadała w zapomnienie.

Annika jednak nie zapominała. Złośliwą radość Ingvara Johanssona z jej potknięcia dołożyła do kupy brudów, która codziennie rosła. Bała się, że któregoś dnia brudy trafią do wentylatora, a wtedy nikt w redakcji nie uniknie powalania twarzy.

— Chcesz swoją prywatną pocztę czy też mam się nią zająć?

Eva-Britt Qvist stała w drzwiach z kilkoma listami w ręku.

— Co? Nie, połóż ją tutaj, dziękuję ci...

Sekretarka podeszła do biurka Anniki stukając obcasami i rzuciła koperty na blat.

— Proszę. Jeśli będziesz chciała, żebym też robiła ci kawę, to powiedz mi wprost, a nie przez naczelnego!

Annika podniosła zdziwiona wzrok. Twarz kobiety była pociemniała od pogardy. Zanim Annika zdążyła odpowiedzieć, Eva-Britt odwróciła się na pięcie i wybiegła.

Boże miłosierny, pomyślała Annika, to nie dzieje się naprawdę! Jest wściekła, bo myśli, że podstępnie zmusiłam ją do przeglądania poczty. Boże, dodaj mi siły!

I kupa brudów znowu odrobinę urosła.

Evert Danielsson wpatrywał się w regał z pustką w głowie i jakimś echem w sercu. Miał dziwne uczucie, że jest wydrążony. Kurczowo ściskał blat biurka obiema rękami, które albo próbowały utrzymać blat, albo jego przy biurku. Wiedział, że to się nie uda. Ogłoszenie przez zarząd komunikatu prasowego było tylko kwestią czasu. Nie mieli zamiaru czekać, aż zostaną określone jego nowe obowiązki, chcieli pokazać stanowczość i zdecydowanie także bez Christiny. W głębi ducha wiedział, że nie do końca radził sobie ze swoimi zadaniami w ostatnich latach, ale z Christiną zaraz nad sobą był kryty. Teraz ten parasol ochronny zniknął i Danielsson nie miał żadnego punktu oparcia. Był na wylocie i wiedział o tym.

Sporo nauczył się w minionych latach, widział na przykład, jak postępowano z ludźmi, którzy stali się zbędni. Na ogół nie trzeba ich było nawet przenosić, rezygnowali dobrowolnie. Sposobów, żeby pozbyć się niechcianych, było sporo i Danielsson znał większość z nich, chociaż osobiście stosował je niezbyt często. Kiedy już zapadła decyzja, informowano personel. Reakcja była niemal zawsze pozytywna, rzadko osobie zmuszonej do odejścia udawało się zachować popularność. Potem ogłaszano to publicznie i jeśli chodziło o bardziej znaną postać, ruszała prasowa nagonka. Albo przeciwko komitetowi i media pozwalały wypłakać się odepchniętemu, albo pławiono się w tragedii i krzyczano „dobrze ci tak". Do tej pierwszej kategorii należały głównie kobiety, o ile nie zajmowały zbyt wysokich stanowisk. Do drugiej przede wszystkim biznesmeni mający zapewnione miękkie lądowanie. Danielsson domyślał się, że spotka go los tych ostatnich. Chociaż na jego korzyść będzie przemawiał fakt, że został wyrzucony, że zrobiono z niego kozła ofiarnego za śmierć Christiny Furhage. Mogło to pójść w tym kierunku. Takie miał odczucie, nawet jeśli wskutek pustki w głowie nie bardzo potrafił ubrać je w słowa.

Rozległo się pukanie do drzwi i do środka zajrzała jego sekretarka. Miała lekko zapuchnięte oczy, włosy w nieładzie.

— Napisałam komunikat dla prasy. Jest tutaj też Hans Bjällra, żeby razem z panem przejrzeć tekst. Mam go poprosić?

Evert Danielsson spojrzał na swoją długoletnią wierną współpracownicę. Zbliżała się do sześćdziesiątki i nie miała szans na znalezienie nowej pracy. Zazwyczaj było tak, że jeśli ktoś odchodził, to pracę tracili też ludzie z jego zaplecza. Nikt nie chciał przejmować ekipy poprzednika. Nie można było liczyć na pełną lojalność.

— Tak, oczywiście, niech go pani wpuści.

Wszedł przewodniczący zarządu. Był wysoki, miał na sobie czarny garnitur na znak żałoby po Christinie. Hipokryta, wszyscy wiedzieli, że jej nie znosił.

— Proponuję, żebyśmy tę sprawę załatwili tak szybko i kulturalnie, jak to tylko możliwe — powiedział i nie czekając na zaproszenie usiadł na kanapie.

Evert Danielsson kiwnął skwapliwie głową.

— Tak, też jestem za tym, żeby załatwić to w delikatny i kulturalny sposób...

— Znakomicie, że się zgadzamy. Komunikat dla prasy będzie informował, że odchodzi pan ze stanowiska szefa kancelarii Sztokholmskiego Komitetu Organizacyjnego Igrzysk Olimpijskich. Z tej przyczyny, że po tragicznej śmierci Christiny Furhage będzie pan miał inne obowiązki. Jakie, jeszcze do końca nie wiadomo, ale zostaną one określone w porozumieniu z panem. Żadnego gadania o wyrzucaniu, kozłach ofiarnych, odprawach. Cały zarząd zgodził się milczeć w tej sprawie. Co pan na to?

Evert Danielsson analizował usłyszane słowa. Było znacznie lepiej, niż się mógł spodziewać. To był niemal awans. Jego ręce puściły blat stołu.

— Tak, uważam, że brzmi to bardzo dobrze.

— Jest kilka rzeczy, o których chcę z tobą porozmawiać — powiedziała Annika do Evy-Britt. — Nie zechciałabyś wejść do mnie na chwilę?

— Po co? Możesz powiedzieć tutaj. Mam dużo pracy.

— Proszę do mnie i to natychmiast — poleciła Annika i zawróciła do swego pokoju, zostawiając otwarte drzwi. Słyszała, jak sekretarka jeszcze przez kilka sekund demonstracyjnie stukała w klawiaturę, potem ze skrzyżowanymi rękami stanęła w wejściu. Annika usiadła za biurkiem i wskazała na krzesło przed sobą.

— Usiądź i zamknij drzwi.

Eva-Britt usiadła nie zamykając drzwi. Annika westchnęła, podniosła się i zrobiła to sama. Zauważyła, że lekko drży, konfrontacje zawsze były nieprzyjemne.

— Eva-Britt, co się dzieje?

— Co? O co ci chodzi?

— Sprawiasz wrażenie takiej... zagniewanej i smutnej. Czy coś się stało?

Annika zmuszała się, żeby zachować spokojny i łagodny ton, sekretarka wierciła się na krześle.

— Nie wiem, o czym mówisz.

Annika pochyliła się w przód i spostrzegła, że Eva-Britt skrzyżowała zarówno ręce, jak i nogi w podświadomej pozycji obronnej.

— Od ostatniego tygodnia jesteś do mnie wrogo nastawiona. Wczoraj pokłóciłyśmy się na dobre...

— Aha, więc to takie wezwanie na dywanik, bo nie dosyć ci nadskakuję?

Annika poczuła, jak wzbiera w niej złość.

— Nie, chodzi o to, że nie robisz tego, co do ciebie należy. Nie posortowałaś wczoraj materiałów wedle ważności, nie dałaś żadnej wprowadzającej informacji, poszłaś do domu nie opowiedziawszy się. Nie wiedziałam, że poczta wchodziła wcześniej w zakres twoich obowiązków, to nie ja, tylko sam Schyman zaproponował, żebyś do nich wróciła. Musisz z nami współpracować, inaczej ta redakcja nie będzie sprawnie funkcjonowała.

Sekretarka spojrzała na nią zimno.

— Ta redakcja funkcjonowała znakomicie na długo przedtem, zanim się tu pojawiłaś.

Rozmowa prowadziła donikąd. Annika podniosła się.

— W porządku, to na razie wszystko. Muszę zadzwonić. Czy dotarłaś do wszystkiego, co znajduje się w tym budynku na temat Christiny Furhage? Archiwa, książki, zdjęcia, artykuły, bazy danych...?

— Do każdego zakamarka — powiedziała Eva-Britt i wyszła.

Annika poczuła gorzki smak niepowodzenia. Nie była dobrym szefem, była beznadziejnym przełożonym, który nie potrafi pociągnąć za sobą ludzi. Usiadła i oparła czoło o klawiaturę. Od czego miała zacząć? Oczywiście od rzecznika policji. Podniosła głowę, sięgnęła po słuchawkę i wybrała jego bezpośredni numer.

— Rozumie pani chyba, że kiedy piszecie praktycznie wszystko, co wiemy, utrudniacie nam pracę — powiedział główny rzecznik policji. — Pewne informacje nie mogą trafiać do publicznej wiadomości, to podkopuje śledztwo.

— Dlaczego więc nam o wszystkim opowiadacie? — zapytała Annika niewinnie.

Rzecznik westchnął.

— Widzi pani, to jest kwestia wyważenia. Pewne rzeczy musimy przecież nagłośnić, ale nie może być tak, że gazeta pisze o wszystkim.

— Zaraz, zaraz. Do kogo należy ocena, co można opublikować, a czego nie? Przecież nie do mnie czy do moich współpracowników. Nie możemy zgadywać, co jest korzystne dla śledztwa. Byłoby to sprzeczne z etyką zawodową, gdybyśmy próbowali.

— Tak, oczywiście, nie o to mi chodziło. Ale ta informacja o kodach alarmowych... Bardzo źle się stało, że została opublikowana.

— Ogromnie mi przykro z tego powodu. Jak pan może zauważył, w tekście nie ma ani słowa o kodach alarmowych. Po prostu niewłaściwe słowa znalazły się w tytule. Ubolewam oczywiście, jeśli w jakiś sposób utrudniło to policji pracę. Dlatego uważam za tak ważne, by kontakty między gazetą a policją były w przyszłości jeszcze ściślejsze.

Rzecznik zaśmiał się.

— No tak, cała Bengtzon, potrafi pani zawsze obrócić kota ogonem. Żebyśmy mieli z panią jeszcze ściślejsze kontakty, musiałaby chyba pani dostać pokój służbowy obok komisarza!

— Nie jest to wcale zły pomysł — uśmiechnęła się Annika. — Co planujecie na dzisiaj?

Policjant spoważniał.

— W tej sytuacji nie mogę powiedzieć.

— Daj pan spokój. Składamy numer za siedemnaście godzin, nic nie ukaże się przed jutrzejszym przedpołudniem. Co nieco mógłby pan wyjawić.

— Skoro informacja o kodach alarmowych i tak została opublikowana, to chyba mogę powiedzieć, jak jest. Ustalamy, jakie osoby miały dostęp do kodów. Morderca jest wśród nich, tego jesteśmy pewni.

— Czyli alarm na stadionie został wieczorem włączony?

— Tak.

— Ile osób wchodzi w grę?

— Dostatecznie dużo, żebyśmy mieli pełne ręce roboty. Muszę odebrać drugi telefon...

— Jeszcze tylko jedna rzecz — powiedziała szybko Annika. — Czy w noc morderstwa Christina Furhage jechała po północy taksówką?

W słuchawce było słychać tylko oddech rzecznika i dzwoniący telefon w tle.

— Dlaczego pani o to pyta? — odezwał się w końcu.

— Podano mi taką informację. Czy to prawda?

— Christina Furhage miała prywatnego kierowcę, który zawiózł ją do restauracji, gdzie odbywało się przyjęcie wigilijne. Potem dostał wolne i dołączył do świętującego grona. Furhage miała firmową kartę klienta w Taxi Sztokholm, ale z tego, co wiemy, nie korzystała z niej tej nocy.

— Dokąd więc poszła po wyjściu z restauracji?

Rzecznik milczał przez chwilę, po czym powiedział:

— To jest właśnie jedna z tych rzeczy, która nie może zostać ujawniona. Ze względu na dobro śledztwa i samej Christiny Furhage.

Skończyli rozmowę. Annika czuła się zbita z tropu. Coś się tutaj nie zgadzało. Przede wszystkim kody alarmowe. Jeśli tak dużo osób miało do nich dostęp, to dlaczego ujawnienie tej informacji było aż tak niepożądane? Co z prywatnego życia idealnej Christiny Furhage nie nadawało się do wyciągnięcia na światło dzienne? Dlaczego Helena Starke kłamała? Annika zadzwoniła do swojego informatora, ale nikt nie odebrał. Jeśli ktoś miał powody, żeby być na nią złym, to właśnie on.

Zadzwoniła na recepcję z pytaniem, czy Berit i Patrik powiadomili, o której dzisiaj przyjdą. Okazało się, że oboje, wychodząc w nocy, zapowiedzieli się na drugą.

Annika położyła nogi na stole i zaczęła przeglądać stertę gazet. „Szacowna Gazeta Poranna" znalazła interesujący ustęp w jednej z umów określających zasady przekazania przez Międzynarodowy Komitet Olimpijski (IOC) prawa do organizacji igrzysk SOCOG-owi, czyli Komitetowi Organizacyjnemu Igrzysk Olimpijskich w Sztokholmie. Tych umów było bez liku, dotyczyły one nie tylko samych praw do igrzysk, ale i międzynarodowego, krajowego i lokalnego sponsorowania. „Poranna" odnalazła klauzulę dającą głównemu sponsorowi prawo wycofania się, jeśli stadion olimpijski nie będzie gotowy do użytku pierwszego stycznia tego roku, w którym miały odbyć się igrzyska. Annika odłożyła artykuł. Jeśli pamięć jej nie myliła, różnorakich klauzul było kilka tysięcy i zdaniem Anniki dopóki któraś ze stron nie zamierzała powołać się na jedną z nich, było zupełnie obojętne, co zawierają. Na dodatek autor artykułu nie uzyskał komentarza głównego sponsora.

„Konkurent" przeprowadził rozmowy z licznymi pracownikami Furhage, między innymi z jej osobistym kierowcą, ale nie z Heleną Starke. Kierowca opowiedział gazecie, że zawiózł przewodniczącą do restauracji, że była jak zawsze w dobrym nastroju, życzliwie usposobiona, nie wyglądała na zaniepokojoną czy zmartwioną, była tylko jak zwykle skupiona i skoncentrowana. Bardzo jej żałował, bo uważał ją za taką wspaniałą pracodawczynię i sympatyczną osobę.

— Brakowało jej tylko skrzydeł — mruknęła Annika.

Poza tym gazety nie miały nic nowego. Przejrzenie ich zabierało całą wieczność, wszystkie były przeładowane reklamami. Z ekonomicznego punktu widzenia listopad i grudzień należą do najlepszych miesięcy dla szwedzkich dzienników, najgorsze są styczeń i lipiec.

Dała o sobie znać nadmierna ilość kawy i Annika poszła do toalety. Myjąc ręce czarne od farby drukarskiej, zobaczyła w lustrze odbicie swej twarzy — nie był to przyjemny widok. Rano nie miała siły myć włosów, upięła je tylko na karku. Teraz były oklapnięte i skołtunione, dzieliły się na brązowe strąki. Pod oczami widniały ciemne kręgi, a na policzkach pod wpływem stresu pojawiła się lekka czerwona wysypka. Annika przetrząsnęła kieszenie w poszukiwaniu kremu, którym chciała pokryć wykwity, ale nic nie znalazła.

Eva-Britt Qvist poszła na lunch, jej komputer był wyłączony. Robiła tak zawsze, ilekroć odchodziła od swojego biurka. Panicznie się bała, że ktoś podszywając się pod nią będzie wysyłał wiadomości z jej konta mailowego. Annika weszła do swojego pokoju i nałożyła nieco kremu na wypryski, potem zaczęła kręcić się po redakcji. Czego musiała się dowiedzieć? Gdzie najpierw sprawdzić? Poszła do pomieszczenia korekty, gdzie znajdowały się leksykony i słowniki. Bez głębszej myśli odszukała w „Encyklopedii Narodowej" przewodniczącą komitetu olimpijskiego: Christina Furhage, z domu Faltin, jedynaczka z szacownej, acz ubogiej rodziny; okres dorastania spędziła u krewnych na północy Norrlandii. Kariera w branży bankowej, animatorka starań Sztokholmu o organizację igrzysk olimpijskich, przewodnicząca Komitetu Organizacyjnego igrzysk. Zamężna z dyrektorem koncernu Bertilem Milanderem. To było wszystko.

Annika podniosła wzrok. Informacja, że panieńskie nazwisko Christiny brzmiało Faltin, była dla niej nowa. Skąd więc wzięło się nazwisko Furhage? Annika spojrzała na hasło pod spodem: Carl Furhage, urodzony pod koniec dziewiętnastego wieku w rodzinie właścicieli lasów z Härnösand, dyrektor w branży leśnej. W swoim trzecim małżeństwie żonaty z Dorotą Adelcroną. Zadbał o to, by przejść do historii i zapewnić sobie miejsce w encyklopedii, fundując wysokie stypendium dla młodych mężczyzn, którzy chcieli studiować leśnictwo. Zmarł w latach sześćdziesiątych.

Annika z trzaskiem zamknęła książkę. Podeszła szybko do terminalu komputerowego i wpisała słowa „Carl" i „Furhage". Siedem trafień. Czyli od skomputeryzowania archiwum na początku lat dziewięćdziesiątych pisano o tym człowieku siedmiokrotnie. Annika wcisnęła klawisz „F6" — „pokaż" — i gwizdnęła. Nie były to małe pieniądze, co roku rozdzielano ćwierć miliona koron. Nic więcej jednak o Carlu Furhage nie napisano.

Annika wylogowała się z systemu, wzięła swoją magnetyczną przepustkę i wyszła drzwiami przeciwpożarowymi koło działu sportowego. Stromymi schodami zeszła dwa piętra w dół i minęła jeszcze jedne drzwi, do otwarcia których poza przepustką potrzebny był kod. Znalazła się w długim przejściu z szarym zniszczonym linoleum na podłodze i syczącymi blaszanymi rurami pod sufitem. Na samym końcu znajdowało się archiwum gazety, chronione przed pożarem podwójnymi stalowymi drzwiami. Annika pozdrowiła pracowników pochylonych nad komputerami. Stalowoszare szafki, zawierające wszystko co napisano w „Kvällspressen" i „Szacownej Gazecie Porannej" od dziewiętnastego wieku, wypełniały całe to potężne pomieszczenie. Annika ruszyła powoli między szafkami. Dotarła do działu osób i odczytała A-Ac, Ad-Af, Ag-Ak, ominęła kilka rzędów i doszła do Fu. Wyciągnęła dużą szufladę, która poddała się nadspodziewanie łatwo. Odszukała nazwisko Furhage. Christina była, ale żadnego Carla. Annika westchnęła. Pusty los.

— Jeśli szukasz wycinków o Christinie Furhage, to większość już wybrano — odezwał się ktoś za jej plecami.

Był to kierownik archiwum, niewysoki, niezwykle kompetentny mężczyzna o utrwalonych zapatrywaniach, pod jakimi hasłami należy archiwizować materiały.

Annika uśmiechnęła się.

— Tak się składa, że szukam innego Furhage, niejakiego dyrektora Carla Furhage.

— Pisaliśmy o nim?

— O tak, ufundował hojne stypendium. Musiał być nieprzyzwoicie bogaty.

— Żyje?

— Nie, zmarł w latach sześćdziesiątych.

— To chyba nie znajdziesz go pod nazwiskiem. Wycinki oczywiście zachowano, ale pewnie umieszczono je w jakimś dziale tematycznym. Od czego twoim zdaniem mamy zacząć szukać?

— Nie mam pojęcia. Może od stypendiów?

Kierownik archiwum wydawał się coś rozważać.

— Jest tego dosyć dużo. Potrzebne ci to na dzisiaj?
Annika westchnęła i ruszyła do wyjścia.
— Nie, właściwie nie. Tak mi tylko przyszło do głowy.
Mimo wszystko dziękuję...
— A nie był przypadkiem fotografowany?
Annika przystanęła.
— Możliwe, na jakiejś uroczystości albo przy podobnej okazji. Dlaczego pytasz?
— Bo wtedy jest w archiwum zdjęciowym.
Annika poszła prosto na drugi koniec sali, mijając archiwum sportowe i dział informacyjny. Znalazła właściwą szafkę i materiały oznaczone nazwiskiem Furhage. Koperta ze zdjęciami Christiny wypełniała niemal całą szufladę, ale za nią znajdowała się mała, płaska koperta formatu C5. Była wytarta i wystrzępiona, napis — Furhage Carl, dyrektor — wyblakły. Annika wyciągając ją pobrudziła się kurzem. Usiadła na podłodze i wysypała zawartość. W środku znajdowały się cztery fotografie. Dwie z nich to były małe czarno-białe zdjęcia portretowe przedstawiające ponurego mężczyznę o rzadkich włosach i wyraźnie zarysowanym podbródku. Carl Furhage w wieku lat pięćdziesięciu i siedemdziesięciu. Trzecia fotografia była zdjęciem ślubnym starzejącego się dyrektora i starej kobiety, Dorotei Adelcrony. Czwarte zdjęcie, które upadło do góry nogami, było największe. Annika odwróciła je i poczuła żywsze bicie serca. Pod spodem na doklejonej kartce widniało: „Dyrektor Carl Furhage, obchodzący sześćdziesiąte urodziny, z żoną Christiną i synem Olofem."
Annika przeczytała podpis dwa razy, zanim uwierzyła swoim oczom. Niewątpliwie była to Christina Furhage, młodziutka Christina. Miała co najwyżej dwadzieścia lat. Była bardzo szczupła, włosy miała upięte w staromodną, nietwarzową fryzurę, ubrana była w ciemny kostium ze spódnicą zakrywającą łydki. Patrzyła nieśmiało w obiektyw i siliła się na uśmiech. Na kolanach trzymała czarującego dwuletniego malca o blond kędziorach. Chłopiec miał na sobie biały sweterek, spodnie do kolan z szelkami, a w rękach trzymał jabłko. Sam dyrektor stał za kanapą ze

zdecydowanym wyrazem twarzy, dłoń spoczywała opiekuńczo na ramieniu młodej żony. Cała fotografia była niezwykle sztywna i wyraźnie ustawiana, raczej w duchu przełomu wieków niż lat pięćdziesiątych, kiedy to musiała być zrobiona. Annika nie zetknęła się nigdzie z informacją, że Christina była żoną dyrektora, nie mówiąc już o tym, że miała syna. Christina urodziła dwoje dzieci! Annika opuściła zdjęcie na kolana. Nie wiedziała dlaczego, ale czuła, że w jakiś sposób miało to decydujące znaczenie. Dziecko nie mogło tak po prostu zniknąć. Musiało gdzieś się znajdować i z pewnością mogłoby opowiedzieć niejedno o swojej mamie.

Annika włożyła z powrotem zdjęcia do koperty, podniosła się i poszła do kierownika archiwum.

— Chcę wziąć to ze sobą — powiedziała.

— Okej. Podpisz tutaj — odrzekł nie podnosząc wzroku.

Annika pokwitowała kopertę ze zdjęciami i wróciła do swojego pokoju. Miała uczucie, że czeka ją długie popołudnie.

Komunikat o odejściu Everta Danielssona wysłano do agencji prasowej Tidningarnas Telegrambyrå o godzinie 11.30. Potem wydział prasowy kancelarii komitetu olimpijskiego przefaksował go do wszystkich dużych redakcji, najpierw do gazet porannych i telewizji, a później do radia, popołudniówek i do większych dzienników lokalnych. Danielsson nie był jakąś czołową postacią w kręgach olimpijskich, redaktorzy bynajmniej nie rzucili się na tę informację. Dopiero dobre czterdzieści minut po odebraniu komunikatu agencja na Kungsholmstorg rozesłała krótką depeszę, że szef kancelarii komitetu olimpijskiego odchodzi ze swojego dotychczasowego stanowiska, żeby zająć się konsekwencjami wynikłymi ze śmierci Christiny Furhage.

Evert Danielsson siedział w swoim pokoju, słuchając szmeru faksów. Pozwolono mu zatrzymać gabinet do czasu określenia jego nowych obowiązków. Strach łomotał mu w skroniach. Nie mógł skoncentrować się nawet na tyle, żeby przeczytać choćby jedną linijkę raportu czy artykułu. Czekał na atak wilków, na rozpoczęcie nagonki. Był teraz łatwą zdobyczą, motłoch mógł się nasycić. Jednak ku jego zdumieniu telefon nie dzwonił.

W głębi ducha wyobrażał sobie, że reakcja będzie podobna jak po śmierci Christiny, że wszystkie telefony w biurze będą dzwoniły bez przerwy. Tak się nie stało. Godzinę po wysłaniu komunikatu odezwała się „Szacowna Gazeta Poranna" z prośbą o komentarz. Danielsson spostrzegł, że jego głos brzmiał zupełnie normalnie, kiedy mówił, że odebrał to raczej jako awans i że ktoś musi uporządkować chaos wywołany śmiercią Christiny Furhage. Dzwoniący dziennikarz tym się zadowolił. Weszła pochlipująca sekretarka i zapytała, czy coś mu przynieść. Kawę? Ciastko? Może sałatkę? Podziękował, ale odmówił, nie mógłby nic przełknąć. Chwycił za brzeg stołu i czekał na następny telefon.

Annika schodziła do stołówki, żeby coś zjeść, kiedy podszedł do niej Ingvar Johansson z kartką w ręce.

— Czy to nie któryś z twoich podopiecznych? — zapytał i wręczył jej komunikat z kancelarii komitetu. Annika przeczytała dwie linijki.

— Mój podopieczny to za dużo powiedziane. Był pod telefonem, kiedy dzwoniłam. Dlaczego mi to dajesz, uważasz, że powinniśmy coś z tego zrobić?

— Nie wiem, pomyślałem, że byłoby dobrze, abyś wiedziała.

Annika złożyła kartkę.

— Jasne. Dzieje się coś jeszcze?

— Nie w twojej branży — odparł i odszedł.

Przeklęty dupek, pomyślała Annika. Zamiast do stołówki poszła do kafeterii. Mimo wszystko nie była głodna. Kupiła sobie sałatkę z makaronem i lemoniadę i wróciła do swojego pokoju. Sałatkę zjadła w cztery minuty, po czym znowu poszła do kafeterii i dokupiła trzy lemoniady. Pijąc drugą, wybrała numer kancelarii komitetu olimpijskiego i poprosiła o połączenie z Evertem Danielssonem. Sprawiał wrażenie nieobecnego duchem. Powiedział, że zmianę zakresu obowiązków traktuje raczej jako awans.

— A co będzie pan robił? — zapytała Annika.

— To nie jest do końca ustalone — odpowiedział Danielsson.

— Skąd więc może pan wiedzieć, że to awans?

Mężczyzna w słuchawce zamilkł. Po chwili bąknął:

— Hm, chodzi mi o to, że nie odbieram tego jako zwolnienia.

— A jest to zwolnienie?

Evert Danielsson zastanowił się.

— To zależy, jak się na to spojrzy.

— Aha. Złożył pan wypowiedzenie?

— Nie.

— Kto więc podjął decyzję o przydzieleniu panu innych obowiązków? Zarząd?

— Tak, potrzebują kogoś, kto uporządkuje chaos po...

— Nie mógł się pan tym zająć jako szef kancelarii?

— Ech, to jasne.

— Tak na marginesie, wiedział pan, że Christina Furhage ma syna?

— Syna? — zapytał Danielsson zdumiony. — Nie, ma córkę, Lenę.

— Ma też syna. Wie pan może, gdzie on jest?

— Nie mam bladego pojęcia. Syna, mówi pani? Nigdy o nim nie słyszałem.

Annika zastanowiła się przez chwilę.

— Rozumiem — powiedziała. — Czy wie pan, kto z szefów miał siedem lat temu romans z kobietą, która z tego powodu została zmuszona do odejścia z kancelarii?

Evert Danielsson poczuł, jak opada mu szczęka.

— Skąd pani o tym wie? — zapytał, kiedy doszedł do siebie.

— Z notatki w gazecie. Wie pan, kto to był?

— Tak, wiem.

— Kto?

Danielsson myślał przez chwilę, potem powiedział:

— Do czego pani właściwie zmierza?

— Nie wiem — odrzekła Annika, a w uszach Danielssona zabrzmiało to zupełnie szczerze. — Chcę tylko mieć pełny obraz sytuacji.

Była co najmniej zdumiona, kiedy Evert Danielsson poprosił ją o przyjście do kancelarii, żeby mogli porozmawiać.

Berit i Patrika wciąż jeszcze nie było w redakcji, kiedy Annika wyjeżdżała do Södra Hammarbyhamnen.

— Jestem pod komórką — rzuciła Johanssonowi, który kiwnął krótko głową.

Wzięła taksówkę i zapłaciła kartą. Pogoda była naprawdę pod psem. Deszcz zmył wszelki śnieg, zostawiając na ziemi coś pośredniego między bagnem a jeziorem. Dzielnica Södra Hammarbyhamnen robiła przygnębiające wrażenie ze swoją pustą, na wpół gotową wioską olimpijską, ponurym biurowcem komitetu i zrujnowanym stadionem. Tutaj błoto sięgało po kostki, bo realizacja najnowszych, letnich planów była dopiero w początkowej fazie. Annika przeskoczyła przez największe kałuże, ale i tak glina oblepiła jej nogawki spodni.

Recepcja komitetu była przestronna, za to biura w środku wyjątkowo małe i prosto urządzone. Annika porównywała je z jedynym budynkiem administracyjnym, który dobrze znała, siedzibą Związku Gmin, gdzie pracował Thomas. Tam pokoje były zarówno ładniejsze, jak i praktyczniej wyposażone. Kancelaria komitetu olimpijskiego była niemal spartańska: białe ściany, plastikowa podłoga, świetlówki wszędzie pod sufitem, regały z płyt paździerzowych, biurka, które mogły pochodzić z IKE-i.

Gabinet Everta Danielssona leżał w połowie długiego korytarza. Był niewiele większy niż pokoje pracowników biurowych, co Annika uznała za trochę dziwne. Wytarta kanapa, biurko, regały, to wszystko. Annika myślała, że szefowie kancelarii mają mahoniowe meble i rozległy widok.

— Co skłania panią do przypuszczenia, że Furhage miała syna? — zapytał Danielsson wskazując na kanapę.

— Dziękuję — Annika usiadła. — Mam jego fotografię. Zdjęła płaszcz, ale wstrzymała się z wyjęciem notesu i ołówka. Przyjrzała się uważnie mężczyźnie, który siedział przed nią. Jedną ręką trzymał się kurczowo blatu biurka, co wyglądało nieco dziwnie. Miał około pięćdziesięciu lat, bujne stalowosiwe włosy i dość przyjemną fizjonomię. Tylko oczy były zmęczone, a wokół ust rysował się wyraz smutku.

— Muszę powiedzieć, że mam wątpliwości, czy ta informacja jest prawdziwa — stwierdził.

Annika wyciągnęła z torby papierową kopię zdjęcia rodziny Furhage. Oryginał zwróciła do archiwum, nie wolno go było wynosić poza redakcję. Obecnie jednak zeskanowanie zdjęcia i wydrukowanie kopii było kwestią kilku minut. Podała fotografię Danielssonowi, który przyglądał się jej z rosnącym zdumieniem.

— Czego to się człowiek nie dowiaduje — powiedział.

— Nie miałem o tym pojęcia.

— O czym? O mężu czy o dziecku?

— Ani o jednym, ani o drugim. Christina nie lubiła opowiadać o swoim prywatnym życiu.

Annika milczała w oczekiwaniu na dalsze słowa mężczyzny. Nie wiedziała właściwie, po co ją zaprosił. Danielsson powiercił się nerwowo i wreszcie powiedział:

— Pytała pani o sekretarkę, która została wyrzucona.

— Tak, widziałam notatkę z archiwum o tym wydarzeniu. Nie wynikało z niej jednak, że była to sekretarka ani że została zwolniona. Podano tylko, iż pracowała tutaj i musiała odejść.

Evert Danielsson kiwnął głową.

— Tak chciała Christina. Z zewnątrz miało tak wyglądać. Sara była jednak wspaniałą sekretarką i z pewnością mogłaby zostać, gdyby nie...

Mężczyzna umilkł.

— Osoby pracujące przy organizacji igrzysk obowiązuje zasada, że dwoje zatrudnionych w tym samym miejscu nie może się ze sobą wiązać — wyjaśnił. — Christina była w tej kwestii nieubłagana. Twierdziła, że to zakłóca pracę, rozprasza uwagę, jest przyczyną nielojalności, naraża współpracowników na niepotrzebny stres i zmusza ich do szczególnego traktowania się nawzajem.

— Z kim ta sekretarka miała romans? — zapytała Annika.

Evert Danielsson westchnął.

— Ze mną.

Annika uniosła brwi.

— Kto ustanowił tę zasadę?

— Christina. Zasada obowiązuje wszystkich.

— Nadal?

Danielsson puścił blat biurka.

— Właściwie teraz to już nie wiem. Ale jeśli o mnie chodzi, jest mi wszystko jedno.

Zakrył rękami twarz, załkał. Annika czekała w milczeniu, aż się pozbiera.

— Naprawdę kochałem Sarę, ale byłem wtedy żonaty — odezwał się w końcu, kładąc jedną rękę na kolanie, a drugą chwytając blat stołu. Jego oczy były suche, chociaż lekko zaczerwienione.

— Już pan nie jest?

Zaśmiał się.

— Nie, proszę pani. Ktoś powiedział mojej żonie o Sarze. A Sara zerwała ze mną, kiedy nie potrafiłem uchronić jej przed wyrzuceniem z pracy. No i obudziłem się z ręką w nocniku, bez żony i dzieci, i bez mojej wielkiej miłości.

Zamilkł na chwilę, a potem dodał jakby do siebie:

— Czasami zastanawiam się, czy nie uwiodła mnie, bo myślała, że pomoże to jej w karierze. Kiedy stało się dokładnie odwrotnie, natychmiast mnie rzuciła.

Zaśmiał się ponownie cichym, gorzkim śmiechem.

— Może mimo wszystko nie była warta pańskich uczuć — powiedziała Annika.

Podniósł wzrok.

— Tak, ma pani rację. Ma pani zamiar to wykorzystać? Napisze pani o tym?

— Na pewno nie teraz. Może nigdy. Miałby pan coś przeciwko temu?

— Nie wiem, zależy przecież, co by pani napisała. Czego właściwie pani szuka?

— Dlaczego poprosił mnie pan o przyjście tutaj?

Danielsson westchnął.

— W takim dniu jak ten pojawia się wiele myśli i uczuć, to wszystko jest takie chaotyczne. Pracowałem tutaj od samego początku, mógłbym bardzo dużo opowiedzieć...

Annika czekała. Mężczyzna spojrzał na podłogę, zagubił się w swoim milczeniu.

— Czy Furhage była dobrym szefem? — odezwała się w końcu Annika.

— Była gwarantem mojej pozycji — powiedział Danielsson puszczając kant biurka. — Teraz jej nie ma, a ja jestem na wylocie.

Podniósł się.

— Chyba pójdę do domu.

Annika też wstała, nałożyła płaszcz, przewiesiła torbę przez ramię, podała Danielssonowi rękę, dziękując za możliwość spotkania.

— Tak na marginesie, gdzie znajdował się gabinet Furhage?

— Nie widziała go pani? Zaraz przy wejściu, pokażę, jak będziemy wychodzić.

Włożył płaszcz, okręcił szyję szalikiem, wziął teczkę i spojrzał z zadumą na biurko.

— Dzisiaj nie muszę brać ze sobą żadnych papierów.

Zgasił światło, wyszedł z gabinetu niosąc pustą teczkę i starannie przekręcił klucz w zamku. Zajrzał do pokoju obok i powiedział:

— Wychodzę teraz. Jeśli ktoś będzie dzwonił, proszę go odesłać do komunikatu dla prasy.

Szli koło siebie długim białym korytarzem.

— Christina miała kilka gabinetów — objaśnił. — Ten tutaj to jej codzienne biuro, tak można powiedzieć. Dwie z jej sekretarek pracują tutaj.

— A Helena Starke?

— No tak, jej torpeda. Ma pokój obok Christiny.
Skręcili za róg.
— Jesteśmy na miejscu.
Drzwi były zamknięte. Evert Danielsson westchnął.
— Nie mam klucza... No cóż, nie ma tam nic szczególnego, narożny pokój z oknami wychodzącymi na dwie
strony, duże biurko z dwoma komputerami, kanapa, fotele,
niski stolik...
— Spodziewałabym się czegoś szykowniejszego — powiedziała Annika, przywołując w pamięci archiwalne zdjęcie wspaniałej komnaty zamkowej z angielskim biurkiem,
ciemną boazerią i kryształowymi żyrandolami.
— Cóż, tutaj wykonywała dużą część praktycznej roboty. Gabinet reprezentacyjny miała w centrum miasta,
tuż za Rosenbad. Tam miała swoją trzecią sekretarkę,
przyjmowała dziennikarzy i innych gości, tam odbywały
się wszystkie spotkania i negocjacje... Podwieźć panią
dokądś?
— Nie, dziękuję, zamierzam wstąpić do przyjaciółki
w Lumahuset.
— Nie może pani iść przez to błoto — zaprotestował
Danielsson. — Podwiozę tam panią.
Miał nowiutkie służbowe volvo — no tak, Volvo było
jednym z większych sponsorów — piip-piip, wyłączył
alarm pilotem na kluczyku. Pogładził lakier na dachu, nim
otworzył drzwi. Annika wsiadła i zapięła pasy.
— Jak pan myśli, kto ją zamordował?
Evert Danielsson uruchomił silnik, dwa razy mocno
dodał gazu, ostrożnie wrzucił wsteczny bieg i delikatnie
przeciągnął ręką po kierownicy.
— Powiem pani, że jedno jest pewne: dostatecznie
wielu miało powód.
Annika była zaskoczona.
— Jak to?
Mężczyzna nie odpowiedział. Pół kilometra do Lumahuset przejechał w milczeniu. Zatrzymał się przed bramą
budynku.
— Chciałbym wiedzieć, czy coś pani o mnie napisze.

Annika wręczyła mu swoją wizytówkę i poprosiła, by zadzwonił, jeśli miałby coś interesującego, podziękowała za podwiezienie i wyskoczyła z samochodu.

— Jedno jest pewne — powtórzyła, patrząc na tylne światła volva znikające w mżawce — że ta historia staje się coraz bardziej zagmatwana.

Weszła do telewizji, w której pracowała Anne Snapphane. Przyjaciółka zajęta była redakcją i niemal z ulgą przyjęła możliwość zrobienia sobie przerwy.

— Zaraz kończę — powiedziała. — Chcesz grzanego wina?

— Hm. Jeśli już, to bez ekstraprocentów. Chciałabym trochę podzwonić.

— Skorzystaj z mojego biurka. Ja muszę tylko...

Annika usiadła na miejscu Anne, rzuciła płaszcz na biurko. Zaczęła od Berit.

— Rozmawiałam z szoferem Furhage — poinformowała ją Berit. — „Konkurent" zrobił to wprawdzie już wczoraj, ale kierowca opowiedział mi trochę nowych rzeczy. Potwierdził na przykład, że miała ze sobą komputer. Zapomniała go i musieli się po niego specjalnie wracać. Ten szofer nie pracował dla Furhage zbyt długo, zaledwie od dwóch miesięcy. Najwyraźniej kierowców zmieniała jak rękawiczki.

— Na to wygląda — przyznała Annika.

Słyszała, jak Berit wertuje notatnik.

— Powiedział też, że Furhage panicznie bała się, że ktoś ją śledzi. Z kancelarii komitetu do jej mieszkania zawsze musiał jechać okrężną drogą. Kazała mu też codziennie dokładnie sprawdzać samochód. Bała się bomby.

— No proszę!

— Coś jeszcze... tak, dostał specjalny rozkaz, żeby pod żadnym pozorem nie dopuszczał Leny, jej córki, w pobliże samochodu. Wariatka, nie?

Annika lekko westchnęła.

— Wydaje się, że nasza Christina cierpiała na ciężką odmianę paranoi. No ale to będzie rewelacyjny artykuł: Furhage bała się zamachu bombowego. To z córką będziemy musieli oczywiście ocenzurować.

— Tak, to jasne. Dobijam się teraz do policji o komentarz.

— Co robi Patrik?

— Jeszcze nie przyszedł, pracował niemal przez całą noc. Gdzie jesteś?

— U Anne Snapphane. Ucięłam sobie krótką pogawędkę z Evertem Danielssonem. Idzie na zieloną trawkę.

— Wywalony?

— Niezupełnie. Właściwie to on sam nie wie. I w zasadzie nie ma o czym pisać, kogo to obchodzi? Danielsson nie jest ani skory do płaczu, ani gotowy do ataku.

— To co mówił?

— Nie tak wiele. To on był tym przełożonym, który miał romans z sekretarką w kancelarii, na ten temat rozmawialiśmy najwięcej. Dał też do zrozumienia, że Furhage miała wielu wrogów.

— No proszę, ciekawych rzeczy się człowiek dowiaduje. Co robimy dalej? — zapytała Berit.

— Furhage miała syna z pierwszego małżeństwa. Muszę poszperać w tej sprawie.

— Syna? Przecież wczoraj wieczorem opisałam całe jej życie, o żadnym synu nie było mowy.

— Dobrze go ukryła. Zastanawiam się, czy nie ma w zanadrzu jeszcze jakichś tajemnic...

Rozłączyły się, Annika wyciągnęła swój notes. Z tyłu na okładce zanotowała numer telefonu Heleny Starke. Wybrała kombinację cyfr zaczynającą się, jak często na Ringvägen, od 702 i zacisnęła kciuki.

Helena Starke spała fatalnie, męczyły ją najgorsze koszmary, wielokrotnie się budziła. Kiedy w końcu wstała z łóżka i spojrzała przez okno, omal nie położyła się z powrotem. Padał deszcz, szary, kurewski deszcz, który zabijał wszelkie kolory ulicy. Z garderoby dochodził nieznośny smród. Starke wciągnęła dżinsy i zeszła do pralni, żeby zarezerwować termin. Wszystko było oczywiście zajęte aż do Nowego Roku. Nie zastanawiając się wiele, opróżniła jedną z piorących pralek, wrzuciła mokre rzeczy do koszyka i przyniosła swój chodnik. Wepchnęła go do pralki, nasypała z nawiązką proszku i uciekła. Potem stała długo pod prysznicem, żeby pozbyć się z włosów zapachu wymiocin. Na koniec wyszorowała garderobę i podłogę w przedpokoju. Rozważała, czy nie przynieść chodnika, ale doszła do wniosku, że najlepiej zaczekać do wieczora, aż staruchom przejdzie złość.

Przeszła do kuchni, żeby zapalić papierosa. Christina była przeciwna paleniu, ale teraz nie miało to już znaczenia. Teraz już nic nie miało sensu. Paliła w ciemności stojąc przy stole. Zdążyła się zaciągnąć dopiero drugi raz, kiedy zadzwonił telefon na parapecie. To była ta sama baba co wczoraj, dziennikarka z „Kvällspressen".

— Nie jestem pewna, czy mam ochotę z panią rozmawiać — powiedziała Helena.

— Nikt pani oczywiście nie zmusza... Pali pani?

— Co? Tak, palę, ale co to u diabła panią obchodzi?

— Nic. Dlaczego nazywają panią torpedą Christiny?

Starke zamurowało.

— Czego do cholery pani ode mnie chce?

— Tak jak powiedziałam, właściwie nic. Interesuje mnie Christina Furhage. Dlaczego nie przyznawała się do swojego syna? Wstydziła się go?

Helena Starke miała mętlik w głowie. Usiadła i zgasiła papierosa. Skąd ta kobieta wiedziała o synu Christiny?

— On umarł — powiedziała. — Chłopiec umarł.

— Umarł? Kiedy?

— Jak miał... pięć lat.

— Boże, to straszne. Pięć lat, tyle co Kalle.

— Kto?

— Mój syn, ma pięć lat. Jakie to okropne! Na co umarł?

— Czerniak, nowotwór złośliwy skóry. Christina nigdy się z tym nie pogodziła. Nie chciała rozmawiać o synu.

— Przepraszam, że ja... przepraszam. Nie wiedziałam...

— Czy coś jeszcze? — zapytała Starke, usiłując zachować maksymalnie oschły ton.

— O tak, kilka rzeczy. Czy miałaby pani czas na chwilę rozmowy?

— Nie, robię pranie.

— Pranie?

— Co w tym takiego cholernie dziwnego?

— Nie, nic, ja tylko... chodzi mi o to, że tak dobrze znała pani Christinę, była pani tak blisko z nią związana, nie sądziłam, że będzie się pani zajmowała czymś takim tuż po...

— Tak, dobrze ją znałam! — krzyknęła Starke i pociekły jej łzy. — Znałam ją najlepiej ze wszystkich!

— Chyba poza rodziną.

— Otóż to, ta cholerna rodzina! Skapcaniały staruszek i świrnięta córeczka. Wie pani, że to piromanka? Tak, tak, skończona wariatka, siedziała w dziecięcym psychiatryku przez cały okres dojrzewania. Podpalała wszystko, co jej wpadło w ręce. Pamięta pani internat dla trudnej młodzieży w Botkyrka? Spłonął sześć lat temu. To była ona, Lena, ciężki przypadek, ledwo można ją było wpuszczać do umeblowanych pokoi.

Płakała prosto w słuchawkę, głośno, niepohamowanie. Słyszała samą siebie, jak okropnie to brzmiało, niczym ryk zwierzęcia złapanego we wnyki.

Odłożyła słuchawkę, oparła ręce na stole, głowę położyła na okruszkach na blacie i płakała, płakała, płakała, aż tam na zewnątrz zrobiło się zupełnie czarno, a w niej wszystko się skończyło.

Annika nie wierzyła własnym uszom. Odsunęła słuchawkę na kilka centymetrów i wsłuchała się w ciszę zapadłą po nieznośnym krzyku Heleny Starke.

— Co się stało? Dlaczego tak siedzisz? — zapytała Anne i postawiła na biurku kubek napełniony grzanym winem oraz kopiasty talerz pierników.

— Okropność — powiedziała Annika i powoli odłożyła słuchawkę.

Anne Snapphane odjęła piernik od ust.

— Wyglądasz na zupełnie zdołowaną. Co się stało?

— Rozmawiałam właśnie z kobietą, która znała Christinę Furhage. Dostałam trochę w kość.

— Tak, czemu?

— Rozryczała się, porządnie, na całego. To jest zawsze przykre, kiedy człowiek za mocno przyciśnie.

Anne Snapphane pokiwała współczująco głową i wskazała na kubek i pierniki.

— Weź to i chodź do reżyserki, zobaczysz początek naszego programu noworocznego. Nosi tytuł „My pamiętamy — oni chcieliby zapomnieć". O gwiazdach i skandalach.

Annika zostawiła płaszcz, ale przewiesiła torbę przez ramię i poszła za Anne balansując z talerzem pełnym pierników. W telewizji było stosunkowo mało ludzi, bieżące produkcje były gotowe, a nagrywanie nowych miało ruszyć dopiero po świętach.

— Czy już wiadomo, co będziesz robiła w następnym sezonie? — zapytała Annika, kiedy schodziły spiralnymi schodami do działu technicznego.

Anne Snapphane wykrzywiła twarz w grymasie.

— A jak myślisz? Skąd! Mam w każdym razie nadzieję, że uniknę „Kobiecej kanapki", zrobiłam wszystkie kombinacje i to setki razy. On zdradził mnie z przyjaciółką, przyjaciółka zdradziła mnie z moim synem, mój syn zdradził mnie z moim psem, nie, do cholery...

— Co chcesz robić zamiast tego?

— Cokolwiek. Może na wiosnę pojadę do Malezji i będę obsługiwała jako reporter naszą nową produkcję. Uczestnicy mieszkają na bezludnej wyspie i starają się zostać tam jak najdłużej, a co jakiś czas ktoś odpada w głosowaniu i wraca do domu. Dobre, nie?

— Brzmi śmiertelnie nudno — oceniła Annika.

Anne Snapphane popatrzyła na nią ze współczuciem i weszła w następny korytarz.

— Szczęście, że nie jesteś dyrektorem programowym. Moim zdaniem będzie wokół tego duży szum i rekordowa oglądalność. Jesteśmy na miejscu.

Weszły do sali pełnej monitorów telewizyjnych, odtwarzaczy betamax, klawiatur, pulpitów kontrolnych i przewodów. Pomieszczenie było znacznie większe niż te małe boksy, które nazywano reżyserkami w redakcjach telewizyjnych wiadomości. Znajdowały się tutaj nawet kanapa, dwa fotele i narożny stół. Na obrotowym krześle przed największym pulpitem kontrolnym siedział montażysta, młody chłopak, który zajmował się czysto techniczną obróbką programu i wpatrywał się w ekran telewizora, gdzie szybko przesuwały się obrazy. Annika przywitała się i usiadła w jednym z foteli.

— Puść czołówkę — poleciła Anne i rozłożyła się na kanapie.

Chłopak sięgnął po dużą taśmę betamax i wsunął ją do jednego z odtwarzaczy. Na największym ekranie zamigotał obraz i pojawił się zegar odliczający pozostałe do startu sekundy. Potem ukazała się czołówka programu noworocznego i znany prezenter wszedł do studia, witany owacyjnie przez publiczność. Zapowiedział program, w którym miano pokazać polityka wymiotującego w „Café Opera", omówić najbardziej znane rozwody w mijającym roku czy przypomnieć telewizyjne wpadki.

— Okej, ścisz głos — powiedziała Anne. — Co o tym sądzisz? Dobre, nie?

Annika skinęła głową i pociągnęła łyk ze swojego kubka. Wino było dosyć mocne.

— Znasz niejaką Helenę Starke?

Anne opuściła piernik i zastanowiła się.

— Starke... brzmi cholernie znajomo. Co ona robi?

— Pracuje w kancelarii komitetu olimpijskiego razem z Christiną Furhage. Przed czterdziestką, krótkie czarne włosy, mieszka na Söder...

— Helena Starke, tak, już wiem! Aktywna macho-lesbijka.

Annika spojrzała sceptycznie na swoją koleżankę.

— Teraz to już przesadziłaś, jaka znowu macho-lesbijka?

— Działa w Krajowym Ruchu na Rzecz Równouprawnienia Seksualnego, pisuje polemiczne artykuły i tak dalej. Walczy ze stereotypem, że lesbijki są uległe. Na przykład z dużą pogardą pisze o delikatnym seksie.

— Skąd o tym wiesz?

Teraz przyszła kolej na Anne Snapphane, żeby spojrzeć sceptycznie.

— Kochana, a co ja robię całymi dniami? Nie ma w tym kraju świra, do którego nie miałabym domowego numeru telefonu. Jak myślisz, skąd bierzemy gości do programów?

Annika uniosła przepraszająco brwi i dopiła wino.

— Ściągnęłaś Starke na kanapę?

— Nie. Teraz kojarzę, że faktycznie próbowaliśmy kilka razy, ale skończyło się kompletnym fiaskiem. Powiedziała, że nie wstydzi się swojej seksualności, ale nie ma zamiaru pozwolić na jej eksploatację.

— Mądra babka.

Anne Snapphane westchnęła.

— Na szczęście nie wszystkie rozumują tak jak ona, bo wtedy nie byłoby „Kobiecej kanapki". Jeszcze wina?

— Nie, muszę już wracać do gniazda węży. Pewnie się zastanawiają, gdzie podział się królik.

Anders Schyman miał interesujące popołudnie. Spotkał się z przedstawicielami działu marketingu, Analitykiem Wydań i Cyfromanem. Dwoma ekonomistami, których zadaniem było wtrącanie się do nie swoich spraw. Obaj zakwestionowali jego dążenia do profesjonalnego i społecznie zaangażowanego dziennikarstwa. Analityk pomachał swoimi foliowymi arkuszami i wskazał na słupki i procenty, obrazujące dzień po dniu porównanie trzech największych popołudniówek.

— Tutaj na przykład „Konkurent" sprzedał dokładnie 43 512 egzemplarzy więcej niż „Kvällspressen" — pokazał na datę z początku grudnia. — Tak ciężkie tytuły, jakie tego dnia daliśmy na afisze, nie mają żadnych szans w zetknięciu z konkurencją.

Cyfroman nie pozostał w tyle.

— Te trudne tematy, które szły na początku grudnia, w ogóle się nie przebiły. Niemal wcale nie zwiększamy nakładu w porównaniu z zeszłym rokiem. Poza tym użył pan na to środków, które w budżecie były przeznaczone na inne cele.

Anders Schyman słuchając ekonomistów w zadumie obracał w palcach ołówek, a kiedy skończyli, powiedział ważąc słowa:

— W tym, co panowie mówią, jest niewątpliwie dużo racji. Jeśli chodzi o tę konkretną datę, to po fakcie możemy stwierdzić, że dobór tytułów rzeczywiście nie był zbyt olśniewający, ale musimy postawić sobie pytanie: jaka była alternatywa? Ujawnienie przekroczonego budżetu na obronę nie spowodowało szturmu na kioski, ale była to wiadomość własna, co podniosło nasz prestiż w oczach pozostałych mediów. Tego dnia „Konkurent" miał dodatek specjalny o tanich prezentach pod choinkę i znaną z telewizji postać, która mówiła o swoich problemach z jedzeniem. Pod względem nakładu ciężko przebić się w takim dniu.

Redaktor naczelny podniósł się i podszedł do okna, które wychodziło na rosyjską ambasadę. Na dworze było niewiarygodnie szaro.

— Jak może panowie pamiętają, początek grudnia w zeszłym roku był niesłychanie dramatyczny — ciągnął.

— Samolot pasażerski runął podczas podchodzenia do lądowania w Brommie, nasz najlepszy piłkarz prowadził po pijanemu i wyrzucono go z klubu, gwiazdor telewizyjny został skazany za gwałt. Nasza ubiegłoroczna sprzedaż w grudniu ogromnie wzrosła. To, że w tym roku sprzedajemy jeszcze więcej, nie jest bynajmniej porażką, przeciwnie. Mimo ciężkich, analitycznych artykułów i koncentrowania się na wiadomościach własnych wyrównaliśmy i poprawiliśmy zeszłoroczny wynik. Utrata dystansu do „Konkurenta" w pojedynczym dniu nie oznacza, że patrzenie rządzącym na ręce jest z naszej strony błędnym wyborem. Uważam, że za wcześnie na taki wniosek.

— Nasza rentowność opiera się na sprzedaży w poszczególnych dniach — przypomniał sucho Cyfroman.

— Na krótką metę tak, ale nie w dłuższej perspektywie — Anders Schyman odwrócił się z powrotem do obu mężczyzn. — Musimy zdobyć kapitał zaufania. Przez długi czas to zaniedbywano. Będziemy mieć sprzedające się czołówki z piersiastymi blondynami i karambolami samochodowymi, ale dalekowzroczne stawianie na jakość musi być kontynuowane.

— No cóż — rzekł Cyfroman — wszystko zależy od tego, jakimi dysponujemy środkami.

— Lub jakimi wydajemy się dysponować — odparł Schyman. — Odnośnie do zmian w budżecie, mam pozwolenie zarządu na dokonywanie przesunięć w określonych ramach, jeśli uznam je za stosowne.

— To faktycznie jest kwestia, którą warto byłoby ponownie rozpatrzyć — stwierdził Cyfroman.

Anders Schyman westchnął.

— Uważam, że podejmowanie tej dyskusji na nowo jest zbędne. Ten temat nieszczególnie mnie interesuje.

— A powinien — mężczyzna pomachał foliowymi arkuszami. — W naszych wykresach jest recepta na prawdziwy sukces popołudniówki.

Anders Schyman podszedł do Cyfromana, pochylił się nad nim, opierając ręce na poręczach fotela i powiedział:

— W tym punkcie bardzo się pan myli, szanowny panie. Jak pan myśli, po co ja tu jestem? Dlaczego nie wstawić do tego pokoju kalkulatora i zaoszczędzić na mojej pensji, jeśli chodzi tylko o to, by zrównoważyć bilans? Popołudniówek i tytułów na afisze nie tworzy się komputerową analizą wyników sprzedaży, ale sercem. Wolałbym, żeby zamiast wychodzić z tak kiepsko umotywowaną krytyką pracy redakcji, jaką właśnie zaprezentowaliście, skupili się panowie na czysto marketingowych zagadnieniach. Kiedy sprzedajemy najwięcej? Z czego to wynika? Czy możemy poprawić dystrybucję? Czy mamy zmienić godziny druku? Czy zyskamy na czasie, drukując przez satelitę w innych miejscowościach? Tego rodzaju rzeczy.

— Wszystko to już przewałkowaliśmy — powiedział krótko Cyfroman.

— Więc zróbcie to jeszcze raz, ale lepiej — odparował Schyman.

Westchnął lekko, kiedy za ekonomistami zamknęły się drzwi. Tego rodzaju dyskusje mimo wszystko były dość owocne. Dziesięć lat wcześniej nie mogłyby się toczyć. Wówczas bariery między działem marketingu a kierownictwem redakcji były nie do przebycia. Obalił je kryzys sprzed kilku lat i Anders Schyman uważał za swoje zadanie tworzenie choćby wąskich pomostów między Liczbami i Literami. Chłopcom z marketingu nie wolno było pozwolić na decydowanie o tym, co ma się znaleźć w numerze, ale Schyman był w pełni świadom, że ich kompetencje rozstrzygały o powodzeniu gazety. Doskonale zdawał sobie sprawę, że statystyka sprzedaży poszczególnych numerów jest niezwykle ważna, co tydzień spędzał wiele godzin z analitykiem wydań. Ale nie oznaczało to, że cyfromani mają go pouczać, jak ma wykonywać swoją pracę.

Analiza kolportażu popołudniówki to był niezwykle czuły mechanizm, zależny od niemal nieskończonej liczby czynników. Każdego ranka około czwartej analityk obliczał nakład dla tysięcy punktów sprzedaży w całym kraju. Podstawowe zmienne były już wpisane do programu komputera — sezon, dzień tygodnia, weekend czy święto.

Jeśli padało, przenoszono gazety z plaż do domów towarowych IKEA. W czwartki ludzie robią większe zakupy i często biorą gazetę niejako przy okazji. Czyli w czwartki więcej gazet do supermarketów. W okresie świąt ludzie wyjeżdżają, zwiększano więc nakład wzdłuż E4.

Znaczące wydarzenie w małej miejscowości sprawiało, że opisująca je gazeta właśnie tam sprzedawała się bardzo dobrze. Od analityka wymagało to elastyczności. Nie mógł mechanicznie dołożyć dziesięć procent, bo wtedy do kiosku na prowincji, który sprzedawał normalnie dziesięć egzemplarzy, przywożono zaledwie jeden więcej. A popyt mógł być nawet na pięćdziesiąt.

Ostatnim elementem analizy nakładu był wybór tytułu na afisz reklamowy. Miało to jednak raczej marginalne znaczenie, o ile król się nie żenił czy nie rozbił się samolot.

Poza analizą kolportażu dochodziło wiele innych czynników. Jeśli głośne wydarzenie zaszło na północy kraju, analityk mógł szybko podjąć decyzję o wysłaniu dodatkowego samolotu z gazetami. Była oczywiście kwestia opłacalności: czy wpływy ze zwiększonej sprzedaży pokryją koszty przelotu. Ale nie tylko. Należało też zastanowić się nad tym, ile wart był zawiedziony czytelnik, który wówczas wybierał „Konkurenta". Toteż często wygrywał dodatkowy samolot.

Anders Schyman usiadł przy swoim komputerze i zalogował się do bazy Tidningarnas Telegrambyrå. Szybko przejrzał wszystkie depesze, które agencja opublikowała zeszłej doby. Wiadomości, krajowych, zagranicznych i sportowych, było kilkaset. Stanowiły one bazę, na której opierały się właściwie wszystkie szwedzkie redakcje. Stąd czerpały materiały do swoich krajowych i zagranicznych serwisów. TT zapewniała czytelnikom strumień informacji.

Schyman przypomniał sobie poprzednią wizytę Cyfromana. Zaprezentował on wówczas Czytelnika, przeciętnego, typowego czytelnika „Kvällspressen": w cyklistówce, pięćdziesiąt cztery lata, kupujący gazetę, odkąd skończył dwadzieścia lat.

Wszystkie popołudniówki miały swoich prawdziwie wiernych czytelników, takich, co przeszliby przez ogień i wodę, żeby dostać swoją ulubioną gazetę. Nazywano ich Gruboskórnymi. W „Kvällspressen" byli gatunkiem wymierającym, z tego Schyman zdawał sobie sprawę.

Następną kategorię nazywano właśnie Wiernymi Czytelnikami, a tworzyli ją ci, którzy kupowali gazetę kilka razy w tygodniu. Jeśli zawiedli chociaż w jednym dniu, miało to dramatyczne konsekwencje dla wysokości nakładu. Tak właśnie zaczął się kryzys przed kilkoma laty. Teraz gazeta była na dobrej drodze do pozyskania nowych grup czytelników, Anders Schyman był tego pewien, ale jeszcze nie odcięła się od mężczyzny w cyklistówce. Była to kwestia czasu i do tego zadania potrzebni byli w kierownictwie ludzie, którzy myśleli nowocześnie. Nie można było dalej robić gazety tylko z mężczyznami po czterdziestym piątym roku życia. O tym Schyman był święcie przekonany i miał też zupełnie jasne wyobrażenie, jak ma postępować, żeby zmienić ten stan rzeczy.

Annice kręciło się lekko w głowie od grzanego wina, kiedy wchodziła do redakcji. Nie było to zbyt przyjemne. Skoncentrowała się na tym, żeby iść prosto i pewnym krokiem i w drodze do swojego pokoju nie zamieniła z nikim słowa. Miejsce Evy-Britt Qvist było puste. Poszła już do domu, mimo że powinna pracować do piątej. Annika rzuciła płaszcz na kanapę i przyniosła sobie dwa kubki kawy. Po co piła to cholerne wino?

Zaczęła od telefonu do swojego informatora, ale było zajęte. Odłożyła słuchawkę i zabrała się za spisywanie informacji, które uzyskała o dzieciach Furhage: że syn zmarł, a córka jest piromanką. Wypiła pierwszą kawę, drugą wzięła ze sobą do terminalu komputerowego, gdzie zajrzała do archiwum. Owszem, internat dla trudnej młodzieży w Botkyrka spalił się sześć lat temu. Ogień podłożyła czternastoletnia dziewczynka. Nikt nie został ranny, ale budynek spłonął doszczętnie. Helena Starke w ataku histerii powiedziała prawdę.

Annika wróciła do siebie i ponownie zadzwoniła do informatora. Tym razem odezwał się przerywany sygnał.

— Wiem, że masz powód, aby być na mnie złym o te kody alarmowe — powiedziała bez wstępów, kiedy policjant odebrał.

Mężczyzna w słuchawce westchnął.

— Jak to zły? Co rozumiesz przez zły? Zmarnowałaś nasz najlepszy ślad, dlaczego uważasz, że jestem zły? Jestem tylko zniechęcony i wściekły, głównie na siebie samego i swoją przeklętą głupotę, że wyjawiam ci informacje.

Annika zamknęła oczy i poczuła, jak serce podchodzi jej do gardła. Tłumaczenie się samowolą redaktora, który dał tytuł, jakiego nie miał prawa dać, nie było dobrym pomysłem. Tutaj nie pozostawało nic innego jak przejść do ataku.

— Ależ mój drogi — powiedziała z wyrzutem w głosie.
— Kto tu co wyjawił? Miałam całą historię i ze względu na ciebie wstrzymałam się z nią pełną dobę. Jesteś cholernie niesprawiedliwy.

— Niesprawiedliwy? To jest dochodzenie w sprawie morderstwa! Uważasz, że jest tu miejsce na bycie sprawiedliwym?

— Na Boga, mam nadzieję, że tak — powiedziała Annika sucho.

Mężczyzna westchnął.

— Okej, dawaj te swoje przeprosiny i sprawa będzie załatwiona.

Annika zaczerpnęła oddechu.

— Jest mi bardzo przykro z powodu słów „kody alarmowe" w tytule. Jak może zauważyłeś, nie było ich nigdzie w tekście. Gdzieś nad ranem redaktor dodał tytuł, próbował po prostu wykonywać swoją robotę najlepiej, jak się da.

— Ci redaktorzy. Wygląda na to, że pojawiają się jak krasnoludki w środku nocy i żyją własnym życiem. Podaruj sobie! Co znowu chcesz wiedzieć?

Annika lekko się uśmiechnęła.

— Przesłuchiwaliście córkę Furhage, Lenę Milander?

— Odnośnie do czego?

— Odnośnie do tego, co robiła w nocy z piątku na sobotę?

— Dlaczego cię to interesuje?

— Dowiedziałam się, że jest piromanką.

— Podpalaczką — poprawił policjant. — Piromania jest niezwykle rzadkim zaburzeniem. Żeby zostać uznanym za piromana, trzeba spełniać pięć określonych warunków, sprowadzających się w zasadzie do tego, że dany człowiek jest chorobliwie zafascynowany pożarami, ekscytuje go wszystko, co ma coś wspólnego z ogniem: wozy strażackie, gaśnice...

— Niech będzie podpalaczką. Przesłuchiwaliście ją?

— Sprawdziliśmy ją.

— I co?

— Nic więcej nie mogę powiedzieć.

Annika umilkła. Zastanawiała się, czy zapytać o zmarłego syna, ale zrezygnowała. Nieżyjący pięciolatek nie miał nic wspólnego z tą sprawą.

— A jak w tej sytuacji idzie z kodami alarmowymi?

— Boję się mówić.

— Przestań.

Mężczyzna westchnął.

— Sprawdzamy — powiedział tylko.

— Macie jakiegoś podejrzanego?

— Nie, nie w tych okolicznościach.

— Macie jakieś ślady?

— No jasne, że mamy. Myślisz, że co my tu do cholery robimy?

— Okej — Annika spojrzała na swoje notatki. — Powiedzmy tak: nadal pracujecie nad wątkiem kodów alarmowych; mogę to chyba napisać, kody i tak nie są już tajemnicą? Przesłuchaliście sporo osób, na razie nikt nie jest podejrzany, ale macie liczne ślady, które sprawdzacie.

— Mniej więcej — rzekł informator.

Annika odłożyła słuchawkę z uczuciem gorzkiego zawodu. Idiota, który dał tytuł z kodami alarmowymi, zmarnował wiele lat jej pracy. Zaufanie zostało zawiedzione i „Kvällspressen" nie mógł już dłużej liczyć, że będzie otrzymywał informacje w pierwszej kolejności. To, czego się dowiedziała, było nic niewarte. Mowa-trawa, wata słowna, zwykłe banały. Teraz pozostawało jej liczyć na kontakty swoich współpracowników.

W tej samej chwili w drzwiach ukazały się głowy Berit i Patrika.

— Jesteś zajęta?

— Nie, wejdźcie. Siadajcie, zrzućcie moje rzeczy na podłogę. I tak są całe uświnione.

— Gdzie ty byłaś? — zapytała Berit, wieszając brudny płaszcz Anniki.

— W bagnie przed kancelarią komitetu olimpijskiego. Mam nadzieję, że poszło wam dzisiaj lepiej niż mnie — powiedziała posępnie.

Zreferowała im pokrótce swoją rozmowę z informatorem.

— Wypadek przy pracy — pocieszyła ją Berit. — Zdarza się.

Annika westchnęła.

— Tak. No, to bierzmy się do roboty. O czym dzisiaj piszesz, Berit?

— Mam tę rozmowę z jej osobistym szoferem, on jest naprawdę dobry. Podzwoniłam też w sprawie cynku z taksówką. Trochę to dziwne, bo nikt nie chce powiedzieć, dokąd udała się Furhage po przyjęciu wigilijnym. Ta dziura między północą a 3.17 staje się coraz bardziej tajemnicza.

— Okej, masz dwie rzeczy: „Furhage bała się zamachu bombowego — mówi jej osobisty kierowca” i „Tajemnicze godziny coraz większą zagadką”. Patrik?

— Ja dopiero przyszedłem, ale zdążyłem trochę podzwonić. Tygrys będzie poszukiwany przez Interpol.

— No proszę — skomentowała Annika. — Na całym świecie?

— Tak, tak myślę. Druga strefa, tak powiedzieli.

— To jest Europa — powiedziały jednocześnie Berit i Annika i zaczęły się śmiać. — Jakiś konkretny kraj?

— Nie wiem.

— Dobrze, weźmiesz, co pojawi się wieczorem — poleciła Annika. — Ja niestety nie mam zbyt wiele materiału na artykuł, dowiedziałam się za to trochę dziwnych rzeczy. Wiecie, że...

Opowiedziała o pierwszym mężu Christiny Furhage, starym, nieprzyzwoicie bogatym dyrektorze, jej zmarłym synu i córce piromance, o fatalnym w skutkach romansie Everta Danielssona w pracy i niepewnej przyszłości szefa kancelarii, o nieoczekiwanym wybuchu Heleny Starke, jej homoseksualizmie i wojowniczości.

— Dlaczego zajmujesz się grzebaniem w takich rzeczach? — zapytał Patrik sceptycznie.

Annika popatrzyła na niego z lekkim pobłażaniem.

— Dlatego, mój chłopcze, że ten rodzaj wywiadu na temat ludzi owocuje w końcu tym, co w dziennikarstwie najlepsze: przyczyna i skutek, zrozumienie jednostki i jej wpływu na społeczeństwo. Z czasem się tego nauczysz.

Patrik spoglądał na nią z niedowierzaniem.

— Ja chcę pisać tylko na czołówkę — oświadczył.

Annika uśmiechnęła się lekko.

— Dobra. Bierzemy się do roboty?

Berit i Patrik wyszli. Annika włączyła „Echo" przed pójściem na kolegium, na osiemnastkę, jak mówili szeregowi dziennikarze. „Echo" zrelacjonowało odkrycie „Gazety Porannej" o prawniczej błahostce, a potem skupiło się na wyborach parlamentarnych w Pakistanie. Wyłączyła radio.

Idąc na kolegium wstąpiła do kuchni i wypiła pełną szklankę wody. Szum w głowie spowodowany winem na szczęście ustał.

Naczelny był sam w swoim gabinecie, kiedy Annika przestąpiła próg. Wydawał się być w pogodnym nastroju.

— Dobre wiadomości? — zapytała Annika.

— Nie, psiakość, kiepsko sprzedają. Miałem przeprawę z działem marketingu, to zawsze człowieka ożywia. Co u ciebie?

— Tytuł z kodami alarmowymi w dzisiejszej gazecie był cholernie nie na miejscu, zamierzam poruszyć tę sprawę na kolegium. Miałam małe piekło. No i znalazłam trupa w szafie Furhage, może opowiem ci o tym później, jeśli będziesz miał czas...

Ingvar Johansson, Pelle Oscarsson i drugi szef nocnej zmiany, zwany „Gwoździem", weszli razem. Rozmawiali ze sobą hałaśliwie i zaśmiewali się, jak to mężczyźni w towarzystwie kumpli. Annika siedziała w milczeniu, czekając aż zajmą miejsca.

— Jest coś, od czego chciałbym zacząć — powiedział Anders Schyman, biorąc krzesło. — Wiem, że nikt z obecnych nie ma z tym nic wspólnego, ale poruszam tę kwestię ze względów zasadniczych. Chodzi o tytuł na stronach szóstej i siódmej: „Rozwiązaniem jest kod alarmowy". Ostatnie słowa nie miały prawa się tam znaleźć, po wczorajszej dyskusji nikt nie mógł mieć co do tego wątpliwości. Mimo to tytuł trafił do gazety, co oczywiście ma diabelnie przykre konsekwencje. Zaraz po kolegium zadzwonię do Janssona do domu i dowiem się, jak to się do cholery stało.

Annika czuła, że w trakcie przemowy naczelnego płoną jej policzki. Starała się wyglądać na nieporuszoną, ale nieszczególnie jej się to udawało. Dla zebranych było aż nadto oczywiste, jaki konflikt szef ma na myśli i czyją bierze stronę.

— Dziwne, że muszę o tym mówić — ciągnął. — Wydawało mi się zupełnie jasne, że decyzje, które zapadają na kolegium, i polecenia, które wydaję, są obowiązujące. W pewnych sytuacjach zdarza się, że wstrzymujemy się z pisaniem mimo zdobycia informacji, a ja decyduję, kiedy. Annika miała układ ze swoim informatorem, że nie wspomni o kodach alarmowych i w tekście nie wspomniała. Mimo to słowa „kod alarmowy" znalazły się w tytule. Jak to się stało?

Nikt nie odpowiedział. Annika wpatrywała się w blat stołu. Ku swej irytacji poczuła, że łzy napływają jej do oczu. Przełknęła jednak ślinę i zmusiła się do spokoju.

— Okej — powiedział Schyman. — Ponieważ nikt nie ma odpowiedzi na to pytanie, potraktujmy ów incydent jako nauczkę, żeby w przyszłości podobne rzeczy się nie zdarzały. Wszyscy są zgodni?

Mężczyźni wymamrotali coś pod nosem, Annika jeszcze raz przełknęła ślinę.

— Bierzmy się za dzisiejszy dzień — polecił naczelny.
— Annika, co robi dział kryminalny?

Kiedy Annika wyprostowała się i odchrząknęła, Johansson zacisnął wargi.

— Berit pisze dwa artykuły. Spotkała się z osobistym szoferem Furhage, która, jak powiedział kierowca, bała się zamachu bombowego. Druga sprawa to ostatnie godziny przewodniczącej komitetu olimpijskiego. Berit ustala, co Furhage wtedy robiła. Patrik dowiedział się, że Tygrys będzie poszukiwany przez Interpol. Wieczorem ma pisać o poszukiwaniach policji. U moich informatorów teraz posucha. Spotkałam się z Evertem Danielssonem, najbliższym współpracownikiem Furhage, który został dzisiaj odsunięty...

Annika zamilkła i spuściła wzrok.

— Brzmi obiecująco, ale nie dajemy jutro zamachu na czołówkę — powiedział Schyman, przypominając sobie analityków. Wedle ich obliczeń żadna historia nie sprzedawała się dłużej niż przez dwa, góra trzy dni, i to niezależnie od wagi. — To jest czwarty dzień i musimy zagrać na inną nutę. Co możemy dać w zamian na pierwszą stronę?

— Czy faktycznie odpuścimy już sobie aspekt terrorystyczny? — odezwał się Gwóźdź. — Uważam, że całkowicie go przegapiliśmy.

— Co przez to rozumiesz? — zapytał naczelny.

— Wszyscy inni mieli przegląd aktów terrorystycznych wymierzonych w obiekty olimpijskie, rozważali, jakie ugrupowanie terrorystyczne mogło dokonać tego zamachu. Myśmy w ogóle nie poszli tym tropem.

— Wiem, że w ostatnich dniach miałeś wolne, ale chyba nasza gazeta dociera do kiosków w Järfälla? — powiedział miękko Schyman.

Gwóźdź zagryzł wargi.

— Zarówno w sobotnim, jak i w niedzielnym wydaniu mieliśmy wykaz historycznych zamachów na obiekty olimpijskie, ale świadomie odstąpiliśmy od nieetycznych spekulacji na temat terrorystów podkładających bomby. Zamieściliśmy własne informacje, o niebo lepsze, i pozostaje nam tylko mieć nadzieję, że dzisiejszy idiotyczny tytuł nie okaże się przeszkodą, żeby w przyszłości było podobnie. Zamiast śpiewać w chórze o terrorystach, byliśmy o krok przed innymi z własnymi wiadomościami i powinniśmy być z tego dumni. Nasi informatorzy mówią, że zamach nie był wymierzony ani przeciwko igrzyskom, ani nie miał na celu zniszczenia stadionu. Według naszych źródeł — a nie mamy powodu, żeby im nie wierzyć — były to czyjeś osobiste rozrachunki z Christiną Furhage. Dlatego jutro też nie zamieścimy wykazu branych pod uwagę ugrupowań terrorystycznych. Co jednak damy na czołówkę, Ingvar?

Johansson natychmiast urósł we własnych oczach i zaczął prezentować obszerną listę. Annika musiała przyznać, że był efektywny i miał niezłe rozeznanie. Gwóźdź w tym czasie rzucał jej wściekłe spojrzenia. Z ulgą przyjęła zakończenie kolegium i wyjście mężczyzn.

— Czego to się dzisiaj dowiedziałaś? — zapytał Schyman.

Annika opowiedziała, pokazując zdjęcie młodziutkiej Furhage z mężem i małym synkiem.

— Im bardziej zagłębiam się w jej życie, tym więcej tam mrocznych tajemnic.

— Jak myślisz, co to może nam dać?

Annika zawahała się.

— To, czego dotychczas się dowiedziałam, nie nadaje się do publikacji. Ale jestem pewna, że gdzieś w przeszłości Furhage znajduje się klucz do tego wszystkiego.

— Co cię skłania do przypuszczenia, że prawda nada się do opublikowania?

Annika zaczerwieniła się.

— Nie wiem. Chcę tylko ustalić, jak się sprawy mają, być o krok do przodu. Wtedy mogę zadawać policji właściwe pytania, dzięki czemu pierwsi uzyskamy odpowiedzi.

Redaktor naczelny uśmiechnął się.

— Dobrze. Jestem bardzo zadowolony z twojej pracy w ostatnich dniach. Nie poddajesz się, to pozytywna cecha. Nie unikasz konfliktów, tylko starasz się je rozwiązywać. To jeszcze lepiej.

Annika spuściła wzrok i zaczerwieniła się jeszcze bardziej.

— Dziękuję.

— Zadzwonię teraz do Janssona i dowiem się, co właściwie wydarzyło się w nocy z tym nieszczęsnym tytułem.

Annika skierowała się do swojego pokoju, ale nagle poczuła, jak bardzo jest głodna. Zajrzała zatem do Berit i zapytała, czy nie miałaby ochoty pójść z nią do stołówki. Berit też była głodna, wzięły więc bony i zeszły na kolację. Tego wieczoru serwowano szynkę z ziemniakami i przecierem jabłkowym.

— Boże — skrzywiła się Berit. — Zaczyna się. Nie zmienią menu aż do Nowego Roku.

Zrezygnowały z szynki i wzięły tylko sałatkę. Usiadły w rogu dużej, prawie pustej jadalni.

— Jak myślisz, co Furhage robiła po północy? — zapytała Berit, gryząc marchewkę.

Annika zastanawiała się, opychając się kukurydzą.

— Wyszła z restauracji w środku nocy ze znaną lesbijką. Może gdzieś razem pojechały?

— Helena Starke była zalana w trupa. Może Furhage pomogła jej dostać się do domu?

— Jak? Wsadzając do nocnego autobusu? — Annika potrząsnęła głową i kontynuowała rozumowanie. — Furhage miała kartę klienta na taksówki, pieniądze i około dwóch i pół tysiąca pracowników, którzy mogli zadbać o odwiezienie koleżanki do domu samochodem. Dlaczego przewodnicząca komitetu olimpijskiego, Kobieta Roku, miałaby ciągnąć ze sobą do metra pijaną w sztok lesbijkę? To nielogiczne.

Obie uderzyła ta sama myśl.

— O ile nie...

— A może jest...?

Zaczęły się śmiać. Myśl, że Christina Furhage miała ukryte skłonności lesbijskie, była zbyt absurdalna.

— Może pojechały zarejestrować partnerstwo — powiedziała Berit i Annika tak się roześmiała, że aż pociekły jej łzy.

Opanowały się jednak niemal od razu.

— A co, jeśli tak było naprawdę? Czy mogły być ze sobą związane?

Żuły liście sałaty, i starając się oswoić z tą myślą.

— Dlaczego nie? — powiedziała Annika. — Starke krzyczała, że znała Christinę najlepiej ze wszystkich.

— Co nie musi oznaczać, że ze sobą sypiały.

— Prawda, ale m o ż e właśnie to oznaczać.

Jedna z pracownic stołówki podeszła do ich stolika.

— Przepraszam, czy któraś z pań jest Anniką Bengtzon?

— Tak, to ja.

— Szukają pani w redakcji. Mówią, że Zamachowiec znowu uderzył.

Kiedy Annika wróciła, wszyscy siedzieli już zebrani w gabinecie naczelnego. Nikt nie podniósł wzroku, gdy weszła do środka z torbą przewieszoną przez ramię. Między zębami czuła resztki kukurydzy. Mężczyźni zajęci byli ustalaniem strategii, jak wycisnąć ile się da z teorii zamachu terrorystycznego.

— Jesteśmy beznadziejnie w tyle — stwierdził Gwóźdź nieco głośniej, niż to było potrzebne. Annika i bez tego pojęła aluzję. W drodze ze stołówki usłyszała częściowo, co się stało. Usiadła na samym końcu stołu, w narożniku, krzesło szurnęło, a jej poplątały się nogi i omal nie upadła. Wszyscy zamilkli i czekali.

— Przepraszam — powiedziała, a słowo nabrało podwójnego znaczenia, zawisło pod sufitem i śmiało się jej szyderczo w twarz. Teraz dadzą jej popalić! Zaledwie przed godziną siedziała przy tym samym stole i obstawała przy teorii, że celem Zamachowca była Christina Furhage, a jego motywy czysto osobiste i nie mające żadnego związku z igrzyskami, a tu BUM! Jeszcze jeden wybuch na obiekcie olimpijskim.

— Czy mamy kogoś na miejscu? — zapytał Schyman.

— Pojechał Patrik Nilsson — powiedział Gwóźdź z naciskiem w głosie. — Powinien być w hali Sätra za dziesięć minut.

— Hala Sätra? — zdziwiła się Annika. — Myślałam, że wybuch nastąpił na obiekcie olimpijskim.

Gwóźdź popatrzył na nią z wyższością.

— Tak się składa, że hala Sätra jest obiektem olimpijskim.

— Dla jakiej dyscypliny? Halą treningową miotaczy kulą?

Gwóźdź odwrócił wzrok.

— Nie, dla skoczków o tyczce.

— Pytanie brzmi, jak mamy zareagować — przerwał Schyman. — Spróbujemy zrekapitulować, co pozostałe media napisały czy powiedziały o terroryzmie w ostatnich dniach i będziemy starali się zrobić wrażenie, jakbyśmy pisali o nim od samego początku. Kto się tym zajmie?

— Janet Ullman pracuje w nocy, możemy zadzwonić po nią trochę wcześniej — powiedział Johansson.

Annika czuła, jak dopadają ją zawroty głowy, miała wrażenie, że coś ciągnie ją wahadłowym ruchem po ścianie i podłodze. Koszmar, koszmar, jak mogła się tak pomylić? Czy policyjny informator rzeczywiście cały czas ją okłamywał? Położyła na szali cały swój prestiż, żeby gazeta opisywała zamach po jej myśli. Czy po tym wszystkim mogła nadal zajmować stanowisko szefa działu?

— Musimy objechać pozostałe obiekty i sprawdzić na nich zabezpieczenia — dodał Gwóźdź. — Trzeba zadzwonić po dodatkowych ludzi, drugą ekipę nocną, drugi zespół wieczorny...

Mężczyźni zwracali się przodem ku sobie, a plecami do siedzącej w kącie Anniki, która oparła się na krześle, usiłując zaczerpnąć powietrza. Głosy zlewały się w kakofonię. Była skończona, wiedziała, że jest skończona. Jak do cholery mogła po takiej wpadce zostać w gazecie?

Spotkanie było krótkie i rzeczowe, panowała całkowita jednomyślność. Wszyscy palili się do działania, chcieli zmierzyć się z zamachem terrorystycznym. Tylko Annika siedziała ciągle w kącie. Nie wiedziała, jak się ma stamtąd ruszyć, żeby się nie rozpaść, płacz ciążył jej niczym cegła w okolicach przepony.

Anders Schyman podszedł do swojego biurka, żeby zatelefonować, Annika słyszała jego wznoszący się i opadający głos. Potem zbliżył się do niej i usiadł na krześle obok.

— Annika — powiedział, starając się uchwycić jej spojrzenie. — Nic się nie stało. Słyszysz, co mówię, nic się nie stało!

Annika odwróciła twarz, mrugając załzawionymi oczami.

— Każdy może się pomylić — kontynuował cicho naczelny. — To najstarsza prawda na świecie. Ja też się myliłem, rozumowałem dokładnie tak samo jak ty. Nastąpiły jednak wydarzenia, które zmuszają nas do zmiany poglądu. Teraz chodzi o to, żeby jak najlepiej wybrnąć z zaistniałej sytuacji, czyż nie? Potrzebujemy cię w tej pracy. Anniko...

Annika wzięła głęboki oddech i spojrzała na swoje kolana.

— Tak, oczywiście, że masz rację. Ale czuję się okropnie, byłam taka pewna, że moja teoria jest prawdziwa...

— Nadal może być — powiedział Schyman z namysłem. — Sama myśl jako taka wydaje się nieprawdopodobna, ale przecież Christina Furhage mogła mieć jakiś związek z halą w Sätra.

Annika nie mogła powstrzymać się od śmiechu.

— Wątpliwe — rzekła.

Naczelny położył dłoń na jej ramieniu i podniósł się.

— Nie pozwól, żeby to cię złamało. Miałaś rację we wszystkich pozostałych kwestiach tej historii.

Annika skrzywiła się i też wstała.

— Jak dowiedzieliśmy się o tym nowym wybuchu? Dzwonił Leif?

— On albo Giętki z Norrköpingu, któryś z nich.

Schyman z ciężkim westchnieniem usiadł na obrotowym krześle za biurkiem.

— Masz zamiar sama pojechać tam wieczorem? — zapytał.

Annika wsunęła krzesło i potrząsnęła głową.

— Nie, to zły pomysł. Niech Patrik i Janet zajmą się tym w nocy. Ja zacznę jutro z rana.

— Słusznie. Uważam, że powinnaś porządnie wypocząć, kiedy to wszystko się uspokoi. Przez sam weekend wypracowałaś sobie tygodniowy urlop za nadgodziny.

Annika uśmiechnęła się blado.

— Chyba faktycznie wezmę potem urlop.

— Pojedź teraz do domu i wyśpij się, niech chłopaki popracują wieczorem, i tak już są na szalenie wysokich obrotach.

Redaktor naczelny podniósł słuchawkę dając znak, że rozmowa jest skończona. Annika wzięła swoją torbę i wyszła z pokoju.

W redakcji z pozoru panował spokój, ale napięcie dawało się zauważyć w czujnych oczach szefów i prostych plecach redaktorów. Był to rodzaj skoncentrowanego wrzenia, jakie następowało po znaczącym wydarzeniu. Padały lakoniczne i rzeczowe uwagi, reporterzy i fotografowie świadomi swego zadania zmierzali szybko do wyjścia. Nawet telefonistki w recepcji ulegały temu nastrojowi, ton ich głosu stawał się głębszy, a palce uważniej przeskakiwały na przełącznikach. Zazwyczaj Annika rozkoszowała się tą atmosferą, teraz jednak przejście przez salę było dla niej nieprzyjemne.

Wybawiła ją Berit.

— Annika! Chodź tutaj, posłuchasz czegoś!

Berit wzięła ze sobą sałatkę i siedziała w pokoju radiowym, boksie obok działu kryminalnego, skąd można było prowadzić nasłuch wszystkich kanałów policji okręgu sztokholmskiego i kanału krajowego. Jedna ze ścian pokryta była wbudowanymi głośnikami, przełącznikami i pokrętłami. Berit podgłośniła kanały, na których mogła nadawać policja rejonu Południe i Centrum, bo w jej gestii leżał wybuch w hali Sätra. Annika słyszała tylko szumy i piknięcia.

— Co jest? Co się stało?

— Nie jestem pewna — odpowiedziała Berit. — Policjanci zgłosili się kilka minut temu. Zaczęli wołać centralę na kanale skrobanym...

Sztokholmska policja miała dwa kodowane kanały, nazywane czasami „skrobanymi" od angielskiego „scrambled". W tej właśnie chwili trajkot odezwał się na nowo. Słychać było, że ktoś rozmawia, ale słowa brzmiały zupełnie niezrozumiale. Jakby puszczono nagranie Kaczora Donalda od końca. Kodowane kanały używane były niezwykle rzadko, głównie przez sekcję antynarkotykową. Niekiedy korzystał z nich również wydział śledczy przy naprawdę poważnych przestępstwach, kiedy podejrzewano, że sprawcy mogą mieć dostęp do policyjnego radia. Zdarzały się też na tyle delikatne informacje, że z innych względów chciano utrzymać je w tajemnicy.

— Musimy kupić wyposażenie do podsłuchu — powiedziała Annika. — Bo inaczej będziemy przegapiać ważne rzeczy.

Rozmowa wygasła, na innych kanałach dalej słychać było gwizdy i szum. Annika powiodła wzrokiem po głośnikach. Osiem rejonowych komend policji okręgu sztokholmskiego używało dwóch systemów radiowych, Systemu 70 i Systemu 80.

System 70 obejmował kanały, które zaczynały się od 79 megaherców, a System 80 te od 410 megaherców; nazwa pochodziła stąd, że wprowadzono go do użytku w latach osiemdziesiątych. W zasadzie już dziesięć lat temu cała policja miała przejść na System 80, ale wskutek burzliwej reorganizacji w ostatniej dekadzie jakoś nie do końca się to udało.

Annika i Berit przez kilka minut w wyczekiwaniu słuchały trzasków i piknięć, w końcu tę elektroniczną zasłonę rozerwał męski głos na kanale 02 Południa.

— Tutaj dwadzieścia jeden dziesięć.

Liczby wskazywały, że odezwał się radiowóz ze Skärholmen.

Odpowiedź z centrali na Kungsholmen przyszła po kilku sekundach.

— Tak dwadzieścia jeden dziesięć, odbiór.

— Potrzebujemy karetkę do adresu, tak, albo właściwie pogrzebówkę...

Na chwilę trzaski zagłuszyły rozmowę, Annika i Berit popatrzyły na siebie w milczeniu. „Pogrzebówka" znaczyła tyle co „karawan". „Adres" to bez wątpienia hala Sätra, nic innego na południu w tej chwili się nie działo. Policjanci często tak się wyrażali, kiedy nie chcieli mówić przez radio wprost; używali określeń „miejsce" lub „adres", podejrzanego nazywali „obiektem".

Znowu odezwała się centrala:

— Dwadzieścia jeden dziesięć, karetkę czy pogrzebówkę? Odbiór.

Annika i Berit jednocześnie się pochyliły, odpowiedź miała rozstrzygające znaczenie.

— Karetkę, odbiór...

— Trup, ale nie tak poszatkowany jak Furhage — powiedziała Annika.

Berit przytaknęła.

— Głowa jest najwyraźniej na miejscu, chociaż całość to zwłoki.

Policjant miał prawo stwierdzić zgon, jeśli głowa była oddzielona od ciała. Najwyraźniej tak nie było w tym przypadku, nawet jeśli nie ulegało wątpliwości, że ofiara nie żyje. Inaczej policjanci nie wspominaliby o karawanie. Annika skierowała się w stronę pulpitu.

— Jest ofiara śmiertelna — powiedziała.

Zebrani wokół dużego kompleksu stołów, gdzie gazetę redagowano w nocy, zamarli.

— Skąd niby wiesz? — zapytał Gwóźdź bezbarwnym głosem.

— Z policyjnego radia — odpowiedziała. — Dzwonię do Patrika.

Obróciła się na pięcie i poszła do swojego pokoju. Patrik odpowiedział po pierwszym sygnale, musiał jak zwykle trzymać komórkę w ręce.

— Jak tam wygląda? — zapytała Annika.

— Cholera, wszędzie dyskoteka — wrzasnął reporter.

— Dostaniesz się do środka? — Annika zmusiła się do zachowania normalnego tonu.

— Nie, nie ma szans — ryknął Patrik. — Zamknęli cały teren.

— Masz informację, czy są jakieś ofiary śmiertelne?

— Co?

— Czy masz jakąś informację o ofiarach śmiertelnych?

— Dlaczego krzyczysz? Nie, żadnych ofiar śmiertelnych, nie ma ani karetki, ani karawanu.

— Przyjedzie, słyszeliśmy przez radio. Zostań tam i składaj raporty Gwoździowi, ja jadę do domu.

— Co? — rozległ się wrzask w słuchawce.

— Jadę teraz do domu. Rozmawiaj z Gwoździem! — odkrzyknęła Annika.

— Okej!

Annika odłożyła słuchawkę i spostrzegła Berit skręcającą się ze śmiechu w drzwiach.

— Nie musisz mówić, z kim rozmawiałaś.

Było tuż po ósmej, kiedy Annika weszła do mieszkania na Hantverkargatan. Jechała taksówką, w której dostała potężnych zawrotów głowy. Taksiarz miał pretensje o jakiś artykuł w gazecie i używał sobie na dziennikarzach i politykach. Pierwszym zarzucał brak odpowiedzialności, drugim autokratyczne zapędy.

— Niech pan porozmawia z którymś z redaktorów, ja tylko sprzątam schody — powiedziała Annika, odchyliła głowę do tyłu i zamknęła oczy. Zawroty przeszły w mdłości, kiedy samochód lawirował na pasach na Norr Mälarstrand.

— Źle się czujesz? — zapytał Thomas, który wyszedł do przedpokoju z kuchenną ściereczką w ręce.

Annika westchnęła głęboko.

— Trochę mi się tylko kręci w głowie — powiedziała i obiema dłońmi odgarnęła włosy z twarzy. Były lepkie w dotyku, jutro rano musi je koniecznie umyć. — Zostało coś do jedzenia?

— Nie jadłaś w pracy?

— Pół sałatki, dużo się działo...

— Jedzenie jest na stole, polędwica wieprzowa z pieczonymi ziemniakami.

Thomas przerzucił ściereczkę przez ramię i ruszył z powrotem do kuchni.

— Dzieci śpią?

— Od godziny. Były zupełnie wykończone, zastanawiam się, czy Ellen nie będzie chora. Jak się czuła rano?

Annika zastanowiła się.

— Chyba dobrze. Trochę marudziła, niosłam ją do autobusu.

— Nie mogę teraz wziąć wolnego — powiedział Thomas. — Jeśli się pochoruje, będziesz musiała się nią zająć.

Annika poczuła, jak wzbiera w niej złość.

— Nie mogę teraz nie iść do pracy. Wieczorem było jeszcze jedno morderstwo na obiekcie olimpijskim, nie słuchałeś wiadomości?

Thomas obrócił się.

— O cholera — zaklął. — Nie, słuchałem tylko ,,Echa'' po południu, nic nie mówili o morderstwie.

178

Annika weszła do kuchni. Wyglądało tam jak po wybuchu bomby, ale na stole czekała na nią jej porcja. Thomas nałożył na talerz ziemniaki, mięso, sos śmietankowy, podsmażone pieczarki i lodową sałatę. Przy szklance stała butelka słabego piwa, która jeszcze przed kilkoma godzinami była oszroniona. Annika wstawiła talerz do mikrofalówki i ustawiła programator na trzy minuty.

— Sałata będzie smakowała ohydnie — zauważył Thomas.

— Przez cały czas byłam w błędzie — powiedziała Annika. — Zmusiłam gazetę do wyciszenia opcji terrorystycznej, bo miałam inne informacje od policji. No i wygląda na to, że dałam plamę stulecia, bo dzisiaj wieczorem nastąpił wybuch w hali Sätra.

Thomas usiadł przy stole i rzucił ściereczkę na zlewozmywak.

— W tej hali lekkoatletycznej? Przecież w środku prawie nie ma trybun, tam chyba nie mogą odbywać się zawody olimpijskie.

Annika nalała sobie szklankę wody i podniosła ściereczkę.

— Nie kładź jej tutaj, tu się aż klei. Każda przeklęta hala w tym mieście wydaje się mieć jakiś związek z olimpiadą. Wygląda na to, że jest ponad sto obiektów, które w taki czy inny sposób będą wykorzystane w czasie igrzysk: jako stadiony, hale na treningi albo rozgrzewkę.

Mikrofalówka wydała z siebie trzy krótkie piknięcia, informując, że danie jest gotowe. Annika wyjęła talerz i usiadła naprzeciwko męża. Jadła łakomie, w milczeniu.

— A jak tobie minął dzień? — zapytała, otwierając letnie już piwo.

Thomas westchnął i przeciągnął się.

— Cóż, miałem nadzieję, że zdążę ze zrobieniem wszystkiego przed posiedzeniem komisji dwudziestego siódmego, ale dzisiaj się po prostu nie dało. Bez przerwy dzwonił telefon. Kwestie regionalne są coraz obszerniejsze, owszem, szalenie ciekawe, ale czasami nie robię nic innego, tylko siedzę na naradach albo rozmawiam przez telefon.

— Jutro wcześnie odbiorę dzieci, to może zdążysz uporać się chociaż z częścią — powiedziała Annika, którą nagle ogarnęły wyrzuty sumienia. Żuła mięso, które w mikrofalówce stało się nieco łykowate.

— Jeszcze dziś wieczorem chciałem przejrzeć jeden z raportów. Sporządził go któryś z młodych pracowników, siedział nad nim przez wiele miesięcy. Podejrzewam, że raport zupełnie nie nadaje się do czytania, na ogół tak jest, kiedy referenci za długo pracują nad tekstem: urzędowa szwedczyzna staje się nie do przejścia.

Annika uśmiechnęła się blado. Czuła się winna. Była nie tylko niezrównoważonym szefem i beznadziejnym reporterem, ale też podłą żoną i wyrodną matką.

— Weź się do czytania. Ja tutaj posprzątam.

Przechylił się przez stół i pocałował ją w usta.

— Kocham cię — powiedział. — W piekarniku jest szynka. Wyjmij ją, kiedy będzie miała siedemdziesiąt pięć stopni.

Annika wytrzeszczyła ze zdumienia oczy.

— Znalazłeś termometr do mięsa? Gdzie był?

— W łazience koło zwykłego termometru. Kiedy wróciliśmy do domu, sprawdzałem, czy Ellen nie ma gorączki i wtedy się na niego natknąłem. Myślę, że to Kalle go tam położył, co w sumie było logicznym zachowaniem. Ale oczywiście twardo zaprzecza.

Annika przyciągnęła Thomasa do siebie i pocałowała otwartymi ustami.

— Też cię kocham.

Szczęście

Daleko w lesie, za stodołą i torfowiskami, leżało jeziorko Långtjärn. W moim najwcześniejszym dzieciństwie było ono synonimem końca świata, pewnie dlatego, że tam kończyły się grunty dorosłych. Często słyszałam o tej symbolicznej granicy i wyobrażałam sobie jeziorko jako bezdenny otwór ciemności i strachu.

W dniu, w którym wreszcie pozwolono mi tam pójść, zniknęły wszystkie takie myśli. Långtjärn było doskonale cudownym miejscem. Małe jezioro wcisnęło się w pierwotny las, miało niecały kilometr długości i kilkaset metrów szerokości, mieniącą się wodę i brzegi pokryte igliwiem. Czuło się tam niewinność i świeżość, tak wyglądał świat, zanim pojawili się ludzie.

Kiedyś w jeziorku musiały być ryby, bo tuż przy ujściu, między świerkami, znajdowała się mała drewniana chatka. Była zapuszczona, ale wcześniej służyła za schronienie wędkarzom i myśliwym. Skonstruowano ją z zadziwiającym rozmachem: jedna izba z kominkiem przy tylnej ścianie, podłoga z oheblowanych desek i małe okno, które wychodziło na wodę. Na umeblowanie składały się dwie przymocowane do ścian prycze, dwa proste zydle i niewielki stół.

Kiedy dzisiaj sięgam pamięcią wstecz, uświadamiam sobie, że w tym małym domku spędziłam najszczęśliwsze chwile w życiu. W nierównomiernych odstępach czasu wracałam do spokoju nad wodą. Jej powierzchnia i blask zmieniały *się wraz z porami roku, widoczna była ekspansja człowieka. Drzewa wzdłuż drogi do jeziorka wycięto, ale nad samą wodą zostawiono. Rozpalałam ogień w kominku, spoglądałam na wodną taflę i czułam pełną harmonię.*

Możliwe, że powyższy opis może sprawiać wrażenie prowokującego, być interpretowany jako niewdzięczność czy nonszalancja, ale nic bardziej błędnego. Jestem bardzo zadowolona z sukcesu, jaki osiągnęłam, lecz nie należy go mylić ze szczęściem. Obsesja społeczeństwa na punkcie sukcesu i ekstazy jest zaprzeczeniem prawdziwego szczęścia. Wszyscy staliśmy się narkomanami szczęścia. Ciągłe dążenie do tego, żeby więcej, wyżej i dłużej nigdy nie przyniesie nam zadowolenia z życia.

Właściwie sukces i dobrobyt są znacznie mniej interesujące niż niepowodzenie i bieda. Wielki sukces rodzi uczucie radości graniczącej z doznaniem erotycznym, banalnej euforii, że gwiazdy są w zasięgu ręki. Dotkliwe niepowodzenie ma znacznie więcej niuansów i poziomów. Wymusza analizę i przemyślenia, skłania do spojrzenia w siebie, a nie poza siebie i w efekcie prowadzi do godniejszego życia. Dobrobyt rodzi w najlepszym razie tolerancję i hojność, ale częściej zawiść i brak zaangażowania.

Tajemnica szczęścia w życiu sprowadza się tego, by człowiek zadowolił się tym, co ma, przestał się wspinać i znalazł spokój.

Niestety sama rzadko stosowałam się do tej recepty, poza chwilami w domku nad jeziorem.

Wtorek, 21 grudnia

Zapach świeżo pieczonej szynki wciąż wisiał w powietrzu, kiedy Annika się obudziła; jedna z niewielu dobrych stron zepsutego wentylatora. Annika uwielbiała świeżo upieczoną szynkę, najlepiej bardzo gorącą, dopiero co wyjętą z piekarnika, ociekającą solanką. Wzięła głęboki oddech i odrzuciła kołdrę. Ellen, śpiąca obok niej, poruszyła się. Annika pocałowała dziewczynkę w czoło i pogłaskała po małych, grubych nóżkach. Dzisiaj musiała wyjść wcześnie do pracy, żeby zdążyć ze wszystkim i odebrać dzieci o trzeciej.

Stanęła pod prysznicem, a poranny mocz oddała na podłogę przy samym odpływie. Ostry zapach uniósł się wraz z parą od gorącej wody i uderzył ją w twarz; instynktownie odwróciła głowę. Umyła włosy szamponem przeciwłupieżowym i zaklęła, gdy spostrzegła, że skończył się balsam. Teraz jej włosy do następnego mycia będą wyglądały jak wełna drzewna.

Wyszła spod prysznica, wytarła się ręcznikiem, przetarła zachlapaną podłogę. Spryskała się obficie dezodorantem pod pachami i posmarowała kremem policzki. Wysypka nie chciała ustąpić, więc dla pewności nałożyła trochę maści kortyzonowej. Tusz do rzęs, brwi podkreślone kredką i była gotowa.

Wśliznęła się do sypialni i otworzyła drzwi garderoby. Skrzypienie sprawiło, że Thomas obrócił się we śnie.

Czytał raporty jeszcze długo po tym, jak się położyła. Główny raport komisji strategii regionalnej, za który Thomas odpowiadał, powinien być właściwie gotowy na styczeń, ale referenci Thomasa nie napisali jeszcze raportów cząstkowych, na których miał się opierać i Thomas był coraz bardziej zestresowany. Annika uświadomiła sobie, że żył pod równie wielką presją terminów co ona, chociaż jego były nieco odleglejsze w czasie.

Udzielił się jej świąteczny nastrój; nałożyła czerwoną trykotową koszulkę, marynarkę tego samego koloru i czarne spodnie. Była gotowa o wpół do siódmej, kiedy „Raport" zaczął nadawać pierwsze wiadomości dnia.

Zdjęcia z hali Sätra nie były szczególnie dramatyczne. Ekipie telewizyjnej najwyraźniej nie udało się wejść do środka, sfilmowali tylko targaną przez nocny wiatr biało-niebieską taśmę odgradzającą teren. Spiker odczytał, że wybuch nastąpił w przebieralni w starszej części budynku. Tam strażacy znaleźli szczątki zabitego mężczyzny.

Związki zawodowe policji i straży pożarnej spierały się, kto miał zbierać szczątki ludzi, którzy zginęli śmiercią tragiczną. Strażacy odmawiali twierdząc, że wykracza to poza ich obowiązki. Policjanci upierali się przy tym samym. Owemu konfliktowi „Raport" poświęcił dużą część swoich wiadomości, ponadto sprawa miała być dyskutowana w osobnym programie.

Następnie pokazano reportera chodzącego po pustym stadionie w jednej z podmiejskich dzielnic i wołającego „halo". Nikt nie odpowiedział, co reporter uznał za skandal.

— Jak właściwie policja dba o zabezpieczenia? — brzmiało retoryczne pytanie na koniec. Na ekranie ukazał się potwornie zmęczony rzecznik prasowy policji i powiedział, że to absolutnie niemożliwe, aby przez cały czas pilnować każdego fragmentu wszystkich obiektów.

— No to jak sobie z tym poradzicie w czasie igrzysk? — zapytał złośliwie reporter.

Rzecznik prasowy westchnął i Annika stwierdziła, że policja miała na karku tę właśnie debatę, której najbardziej ze wszystkiego chciała uniknąć. Dyskusja o bezpieczeństwie w czasie zawodów oczywiście przybierze na sile, jeśli wkrótce nie ujmą Zamachowca. Na ekranie pokazał się Samaranch mówiący reporterowi Reutera, że igrzyska nie są zagrożone.

Wiadomości zakończyły się skomplikowaną analizą przed dzisiejszym posiedzeniem banku centralnego w sprawie stopy kredytu refinansowego. Komentator zgadywał, że nie ulegnie ona zmianie, co Annika uznała za pewny sygnał, że zostanie obniżona lub podniesiona. Wyłączyła telewizor i wzięła spod drzwi poranne gazety. W żadnej z nich nie było nic więcej niż w „Raporcie". Nazwisko zabitego mężczyzny nie zostało ustalone, inny dziennikarz chodził po innym stadionie w innej podmiejskiej dzielnicy i wołał „halo", Samaranch i rzecznik prasowy policji mówili to samo, co przed chwilą w telewizji. Ani jedna gazeta nie zdążyła zdobyć szkicu sytuacyjnego pokazującego, w którym miejscu zdetonowano ładunek wybuchowy. Musiała zaczekać, aż będzie w redakcji i dostanie do rąk popołudniówki.

Zjadła talerz płatków kukurydzianych ze zsiadłym mlekiem o smaku truskawkowym. Wysuszyła włosy bez modelowania i ciepło się ubrała — w nocy pogoda zmieniła się, wiało i padał śnieg. Z początku chciała pojechać do redakcji autobusem 56, ale szybko zmieniła zdanie, gdy pierwszy podmuch uderzył ją śniegiem w twarz, rozmazując tusz na rzęsach. Wzięła taksówkę. Kiedy opadła na tylne siedzenie, „Echo" rozpoczęło właśnie nadawanie swoich wiadomości o siódmej. Nawet szacowni redaktorzy „Echa" wałęsali się po nocy i krzyczeli „halo". Rzecznik prasowy policji był zmęczony i zestresowany, a Samaranch zaczął już gderać. Annika wyłączyła się i przypatrywała mijanym fasadom domów na Norr Mälarstrand, należących do najdroższych adresów w Szwecji. Nie bardzo wiedziała dlaczego. Kamienice nie wyróżniały się w żaden szczególny sposób. Widok na wodę i gdzieniegdzie balkony stanowiły niewątpliwą zaletę, ale intensywny ruch drogowy pod samymi oknami uniemożliwiał rozkoszowanie się panoramą. Annika zapłaciła kartą Visa, mając nadzieję, że gazeta zwróci jej pieniądze.

W dni powszednie Annika brała egzemplarz gazety z dużego stelaża przy wejściu. Zwykle zdążyła przewertować go do połowy, zanim winda dojechała na czwarte piętro, ale dzisiaj się jej nie udało, gazeta była tak wypełniona reklamami i ogłoszeniami.

Gwóźdź poszedł już do domu, co Annikę ucieszyło. Ingvar Johansson zjawił się tuż przed nią i z pierwszym tego dnia kubkiem kawy siedział pogrążony w lekturze jednej z porannych gazet. Annika nie witając się wzięła „Konkurenta", plastikowy kubek kawy z automatu i poszła do siebie.

Obie gazety miały zdjęcie i nazwisko ofiary. Był to trzydziestodziewięcioletni robotnik budowlany z Farsta, Stefan Bjurling, żonaty, troje dzieci. Od piętnastu lat zatrudniony w jednej z setek firm podwykonawczych, które wynajął komitet organizacyjny igrzysk. Patrik rozmawiał z jego pracodawcą.

„Bjurling był najlepszym brygadzistą, jakiego można mieć na budowie" — powiedział szef ofiary. „Nie uchylał się od odpowiedzialności, dotrzymywał terminów, pracował, dopóki wszystko nie było skończone. W jego brygadzie nie można się było obijać, co do tego nie ma wątpliwości."

Poza tym Stefan Bjurling był oczywiście niezwykle lubiany i ceniony za swoje poczucie humoru i pogodne usposobienie.

„Był dobrym kolegą, fajnie się z nim pracowało, zawsze uśmiechnięty" — powiedział inny współpracownik.

Annika poczuła, jak wzbiera w niej złość. Przeklęty łajdak pozbawił tego mężczyznę życia i zgotował taką tragedię jego rodzinie. Troje małych dzieci, które straciły tatę. Annika mogła sobie wyobrazić, jak zareagowaliby Ellen i Kalle, gdyby Thomas nagle umarł. Co zrobiłaby ona sama? Jak człowiek radzi sobie z takim dramatem?

Co za paskudna śmierć, pomyślała i zrobiło się jej trochę niedobrze, kiedy czytała wstępny raport policji opisujący, jak dokonano morderstwa. Prawdopodobnie ładunek wybuchowy przymocowano do pleców mężczyzny, mniej więcej na wysokości nerek. Przed samą eksplozją brygadzista był przywiązany do krzesła, miał skrępowane ręce i nogi. Nie zostało jeszcze ustalone, jakiego materiału wybuchowego użyto i jak go zdetonowano, ale najprawdopodobniej morderca posłużył się timerem albo innym mechanizmem opóźniającym.

— Cholera — powiedział Annika głośno do siebie i zastanowiła się, czy nie należało oszczędzić czytelnikom makabrycznych szczegółów.

Mogła wyobrazić sobie tego mężczyznę siedzącego z bombą tykającą na plecach i walczącego z krępującymi go więzami. Co człowiek wtedy myśli? Czy całe życie przesuwa mu się przed oczami? Czy myślał o swoich dzieciach? O żonie? A może wyłącznie o sznurku na przegubach dłoni? Zamachowiec był nie tylko cholernym skończonym szaleńcem, ale i prawdziwym sadystą. Annice przebiegły ciarki po plecach mimo panującego w pokoju ciepła.

Przerzuciła strony, między innymi z żywym opisem kolejnego stadionu, gdzie o północy odpowiadało tylko echo, zredagowanym przez Janet Ullberg, i zaczęła czytać reklamy. Jedno było pewne: zabawek na świecie jest pod dostatkiem.

Wyszła po następną kawę i przy okazji zajrzała do pokoju fotografów. Johan Henriksson pełnił ranny dyżur i czytał „Svenska Dagbladet".

— Cholernie nieprzyjemne morderstwo, nie? — powiedziała Annika, siadając w fotelu naprzeciwko niego.

Fotograf potrząsnął głową.

— Wygląda na to, że facet nie jest do końca normalny. Nigdy nie słyszałem o czymś podobnym.

— Masz ochotę tam pojechać i rzucić okiem? — zapytała Annika, mając nadzieję, że fotograf jej nie odmówi.

— Jeszcze jest za ciemno — odrzekł Henriksson. — Nie będzie nic widać.

— Na dworze nie, ale może uda się nam wejść do środka. Może otworzyli już halę.

— Wątpię, jeszcze chyba nie pozbierali gościa do kupy.

— Teraz z rana powinni tam przyjść robotnicy budowlani, koledzy Bjurlinga...

— Z nimi już przecież rozmawialiśmy.

Annika podniosła się zirytowana.

— Nie, to nie, zaczekam na fotografa, któremu będzie się chciało ruszyć tyłek.

— Dobra, dobra — powiedział Henriksson. — Jasne, że pojadę, wcale nie miałem zamiaru się migać.

Annika wysiliła się na uśmiech.

— Okej, przesadziłam. Sorry. Próbuję tylko wykazywać entuzjazm.

— Nie ma sprawy — odrzekł Henriksson i poszedł po swoją torbę.

Annika wlała w siebie kawę i skierowała się do Ingvara Johanssona.

— Nie wiesz, czy ranny zespół potrzebuje Henrikssona? Chcę go wziąć i pojechać do hali Sätra, może uda się nam dostać do środka.

— Ranny zespół nie dostanie ani literki, jeśli nie wybuchnie trzecia wojna światowa, gazeta jest tak zapchana — oznajmił Johansson, zamykając „Konkurenta".

— Mamy szesnaście stron wzrostu do podmiejskiego, ogłoszenia na każdym milimetrze szpalty. Poza tym wysłali w teren ekipę, żeby zrobiła najnowszy temat: chaos na drogach w śnieżycy, ale nie mam pojęcia, gdzie oni zamierzają to opublikować.

— Wiesz, gdzie nas możesz złapać — powiedziała Annika i poszła do pokoju po płaszcz.

Wzięli jeden z redakcyjnych samochodów, prowadziła Annika. Nawierzchnia była naprawdę fatalna, samochody na Essingeleden wlokły się pięćdziesiąt na godzinę.

— Nic dziwnego, że dochodzi do karamboli — ocenił Henriksson.

Zaczęło się w każdym razie przejaśniać. Annika skierowała się na południe, wzdłuż E4 i E20 i ruch nieco się zmniejszył. Annika przyśpieszyła do sześćdziesięciu. Przy zjeździe na Sätra skręciła i pojechała wolno ulicą Skärholmsvägen koło Centrum Bredäng. Po prawej stronie widać było rzędy identycznych żółtych domków o ceglanych ścianach szczytowych, po lewej nieciekawe blaszaki, w których mieściły się pewnie magazyny albo drobne zakłady przemysłowe.

— Wydaje mi się, że przeoczyłaś miejsce, w którym mieliśmy zjechać — powiedział Henriksson w chwili, gdy hala Sätra zamajaczyła po ich prawej ręce w padającym mokrym śniegu.

— Niech to cholera — zaklęła Annika. — Musimy dojechać do centrum Sätra i zawrócić.

Wzdrygnęła się widząc szare wieżowce, których górne piętra ginęły w śnieżnej zadymce. Raz była w takim domu, kiedy Thomas kupował pierwszy rower Kallego. Uznał, że powinien być używany, bo to taniej i korzystniej dla środowiska. Nabyli więc egzemplarz „Gula Tidningen" i przestudiowali wszystkie ogłoszenia w gazecie. Kiedy Thomas znalazł odpowiedni rower, strasznie się bał, że może być kradziony. Nie zapłacił, dopóki na własne oczy nie zobaczył zarówno rachunku, jak i dziecka, które z tego rowerka wyrosło. Tamta rodzina mieszkała właśnie w jednym z wieżowców w Sätra.

Annika zostawiła za sobą czynszówki i pojechała Eksätravägen. Przy Björksätravägen skręciła w lewo. Eksplozja nastąpiła w szatni nr 6, była to przebieralnia sędziów, leżąca na tyłach między halą lekkoatletyczną a dawną lodownią.

— Odgrodzone — stwierdził Henriksson.

Annika bez słowa zawróciła samochód. Podjechała z powrotem i zaparkowała między zaspami śniegu na pustym parkingu po drugiej stronie Eksätravägen.

Stanęła, żeby przyjrzeć się budowli wyłożonej pomalowanym na czerwono drewnem. Ściana szczytowa miała formę nieregularnego spodka, dość płaski dach przechodził w ostry łuk i kończył się małym ukośnym zwieńczeniem.

— Byłeś tu już kiedyś? — zapytała Annika Henrikssona.

— Nigdy.

— Weź aparaty, zobaczymy, czy nie da się wejść jakąś inną drogą.

Ruszyli przez śnieg i dotarli na tył budynku. Jeśli Annika dobrze się orientowała, znajdowali się w punkcie najodleglejszym po przekątnej od głównego wejścia.

— Wygląda to na wejście gospodarcze — powiedziała, brnąc przez zaspy.

Brama była zamknięta. Brodzili dalej w śniegu, mijając narożnik i idąc wzdłuż dłuższej ściany budynku. W środku znajdowało się dwoje wąskich drzwi przypominających nieco balkonowe: wyjścia ewakuacyjne, domyśliła się Annika. Pierwsze były zaryglowane, ale drugie ustąpiły. Żadnych taśm odcinających dostęp. Annika z radości poczuła łaskotanie w brzuchu.

— Witamy — zamruczała i otworzyła drzwi.

— Można tak po prostu wejść? — zawahał się Henriksson.

— Jasne, że można — odparła Annika. — Wystarczy postawić jedną nogę przed drugą, a potem stale to powtarzać.

— Ale czy to nie jest wtargnięcie albo coś w tym rodzaju? — zapytał niepewnie Henriksson.

— To się okaże, ale nie sądzę. To jest publiczny obiekt sportowy, należący do miasta Sztokholmu. Jest otwarty dla ogółu, a wejście nie jest zamknięte. Nie powinno być żadnych problemów.

Henriksson wszedł do środka ze sceptycznym wyrazem twarzy. Annika zamknęła za nimi drzwi.

Znaleźli się na samym szczycie niedużych trybun. Annika rozejrzała się wokół. Była to piękna budowla. Siedem łuków z klejonego drewna podtrzymywało całą konstrukcję. Dziwne zwieńczenie mającej kształt spodka ściany szczytowej okazało się być szeregiem okienek pod samym dachem. Pochyła bieżnia stanowiła centralny punkt, w głębi po prawej stronie znajdował się rozbieg i zeskok dla skoczków o tyczce. Po drugiej stronie bieżni mieściły się chyba biura.

— Tam się świeci — Henriksson wskazał na sekretariat po lewej stronie.

— Więc chodźmy tam — powiedziała Annika.

Poszli wzdłuż ściany i dotarli najprawdopodobniej do głównego wejścia. W przyległym pomieszczeniu usłyszeli płacz. Henriksson zatrzymał się.

— Nie, do cholery, mam dosyć.

Annika nie zwróciła na niego uwagi, tylko podeszła do biura, z którego dochodził płacz. Drzwi były uchylone, ostrożnie zapukała i czekała na odpowiedź. Kiedy nikt się nie odezwał, pchnęła drzwi i zajrzała do środka. Pomieszczenie wyglądało jak miejsce budowy, kable elektryczne wystawały ze ścian, w podłodze widniała duża dziura, na niewielkim stole leżały deski i wiertarka. Młoda kobieta o blond włosach siedziała wśród tego pobojowiska na plastikowym krzesełku i płakała.

— Przepraszam — odezwała się Annika. — Jestem z gazety „Kvällspressen". Czy mogę pani w czymś pomóc?

Kobieta płakała dalej, jakby nie usłyszała Anniki.

— Może sprowadzić kogoś, kto by pani pomógł? — zapytała Annika.

Kobieta nie podniosła głowy, tylko wciąż zanosiła się głośnym płaczem z twarzą ukrytą w dłoniach. Annika odczekała chwilę w milczeniu, potem odwróciła się do wyjścia. Kiedy chciała zamknąć drzwi, usłyszała za sobą:

— Czy potrafi pani zrozumieć, że ktoś może być aż tak zły?

Annika ponownie odwróciła się do płaczącej.

— Nie — odrzekła. — To niepojęte.

— Nazywam się Beata Ekesjö — przedstawiła się kobieta i wytarła nos w kawałek papieru toaletowego. Przetarła potem dłonie kolejnym kawałkiem i wyciągnęła rękę na powitanie. Annika ujęła ją bez mrugnięcia okiem. Wymiana uścisku dłoni była bardzo ważna. Annika pamiętała jeszcze, jak pierwszy raz witała się z nosicielką wirusa HIV, młodą kobietą, która zaraziła się przy narodzinach swojego drugiego dziecka. Dostała krew od szwedzkiej służby zdrowia, a na dokładkę śmiertelnego wirusa. Jej ciepła, miękka dłoń parzyła Annikę przez całą drogę powrotną do redakcji. Innym razem przedstawiono ją szefowi gangu Hell's Angels. Annika wyciągnęła rękę na powitanie, szef patrzył jej nieruchomo w oczy, liżąc powoli swoją rękę od nadgarstka po koniuszki palców.

— Ludzie są pieprznięci — oświadczył, wyciągając zaślinioną pięść. Annika ujęła ją, nie wahając się ani sekundy. Te wspomnienia przeleciały jej w myśli, kiedy trzymała rękę zapłakanej kobiety i czuła między palcami resztki łez i smarków.

— Annika Bengtzon.

— Pisała pani o Christinie Furhage — skojarzyła Beata Ekesjö. — Pani pisała o Christinie Furhage w „Kvällspressen".

— Tak, to prawda — przyznała Annika.

— Christina Furhage była najwspanialszą kobietą na świecie — stwierdziła Ekesjö. — Dlatego to strasznie przykre, że coś takiego musiało się wydarzyć.

— Tak, oczywiście — powiedziała Annika wyczekująco.

Kobieta ponownie wytarła nos i odgarnęła za uszy włosy koloru lnu. Annika odnotowała, że jest naturalną blondynką, nie ma odrostów jak Anne Snapphane. Mogła być tuż po trzydziestce, mniej więcej w wieku Anniki.

— Znałam Christinę — powiedziała cicho Ekesjö i popatrzyła na rolkę papieru toaletowego na kolanach. — Pracowałam z nią. Była dla mnie w życiu wzorem. Dlatego uważam za ogromną tragedię, że coś takiego musiało się wydarzyć.

Annika zaczęła się niecierpliwić. Z tej rozmowy nic nie wynikało.

— Wierzy pani w przeznaczenie? — zapytała nagle Ekesjö i spojrzała na Annikę.

Annika spostrzegła nadchodzącego Henrikssona, który stanął tuż za nią.

— Nie — odpowiedziała. — Nie w tym znaczeniu, że wszystko jest z góry postanowione. Uważam, że sami decydujemy o swoim losie.

— Dlaczego? — zapytała kobieta z zainteresowaniem i wyprostowała się.

— Nasza przyszłość zależy od decyzji, które podejmujemy. Każdego dnia dokonujemy życiowych wyborów.

Mam przejść przez ulicę czy zaczekać, aż samochód przejedzie? Jeśli decyzja będzie błędna, może oznaczać śmierć. To zależy od nas samych.

— Więc nie wierzy pani, że ktoś nad nami czuwa? — zapytała ze zdumieniem Ekesjö.

— Bóg albo ktoś w tym rodzaju? Myślę, że nasz czas na ziemi ma jakiś sens, jeśli to ma pani na myśli. Ale nie jest nam dane go poznać, w przeciwnym razie już byśmy go znali.

Kobieta wstała. Sprawiała wrażenie, że zastanawia się nad tymi słowami. Była niska, nie więcej niż metr sześćdziesiąt i drobna jak nastolatka.

— Co pani tu robi, właśnie w tym pomieszczeniu i o tej porze? — zapytała w końcu Annika.

Kobieta westchnęła i spojrzała na poszarpane kable w ścianie.

— Pracuję tutaj — odpowiedziała i oczy znowu zaszły jej łzami.

— Pracowała pani razem ze Stefanem Bjurlingiem?

Beata Ekesjö kiwnęła głową, a łzy potoczyły się jej po policzkach.

— Zło, zło, zło — wymruczała kołysząc się na boki z twarzą ukrytą w dłoniach. Annika podniosła rolkę papieru toaletowego, którą kobieta odstawiła na podłogę, i oderwała z niej długi kawałek.

— Proszę.

Ekesjö odwróciła się tak gwałtownie, że Annika zrobiła krok w tył i nadepnęła Henrikssonowi na nogę.

— Jeśli przeznaczenie nie istnieje, to kto zadecydował, że Christina i Stefan musieli umrzeć? — zapytała Ekesjö z żarem w oczach.

— To był człowiek — odpowiedziała spokojnie Annika. — Ktoś zamordował ich oboje. Nie zdziwiłabym się, gdyby mordercą okazała się ta sama osoba.

— Byłam tutaj, kiedy nastąpił wybuch — powiedziała Ekesjö, znowu odwracając się plecami. — To ja poprosiłam go, żeby został i sprawdził przebieralnie. Jaka część winy spada na mnie?

Annika nie odpowiedziała, tylko uważniej przyjrzała się kobiecie. Nie pasowała tutaj. O co jej właściwie chodziło i co tutaj robiła?

— Jeśli Stefan nie padł ofiarą wybuchu za sprawą przeznaczenia, to wtedy jest to moja wina, nieprawda?

— Dlaczego pani uważa, że to pani wina? — zapytała Annika i w tej samej chwili usłyszała za sobą głosy. Głównym wejściem wszedł umundurowany policjant razem z ośmioma, dziewięcioma pracownikami budowlanymi.

— Czy mogę zrobić pani zdjęcie? — zwrócił się szybko Henriksson do kobiety.

Beata Ekesjö przygładziła włosy.

— Tak — wyraziła zgodę. — Chcę, żebyście o tym napisali. To ważne, żeby to opublikować. Napiszcie, co powiedziałam.

Utkwiła wzrok w fotografie, który pstryknął kilka klatek bez lampy błyskowej.

— Dziękujemy, że mogliśmy z panią porozmawiać — powiedziała szybko Annika, ścisnęła Beatę Ekesjö za rękę i pośpieszyła ku policjantowi. Ten, w przeciwieństwie do wytrąconej z równowagi kobiety, mógł dostarczyć coś ciekawego.

Grupa mężczyzn szła w kierunku bieżni, kiedy Annika ich dogoniła. Przedstawiła siebie i Henrikssona i policjant od razu się zdenerwował.

— Jak tu do cholery weszliście? Ominęliście barierki?

Annika spokojnie spojrzała mu w oczy.

— Niechlujnie wykonaliście swoją robotę w nocy, panie posterunkowy. Nie odgrodziliście południowej ściany, nie zamknęliście wyjść ewakuacyjnych.

— Pies to drapał, bo teraz i tak wyjdziecie — powiedział policjant i chwycił Annikę za ramię.

W tej samej chwili Henriksson pstryknął zdjęcie, tym razem z lampą błyskową. Policjant wzdrygnął się i puścił Annikę.

— Co teraz robicie? — zapytała Annika, wyławiając z torby notes i ołówek. — Przesłuchania, badania techniczne?

— Tak, a wy macie wyjść.

Annika westchnęła i opuściła ręce.

— Niech pan da spokój. Potrzebujemy się nawzajem. Niech nam pan pozwoli pogadać pięć minut z chłopakami, zrobić zdjęcie grupowe w hali i będziemy zadowoleni.

Policjant zacisnął zęby, odwrócił się, przecisnął przez grupę robotników i poszedł w stronę wyjścia. Przypuszczalnie chciał sprowadzić kolegę. Annika zrozumiała, że musi działać szybko.

— Czy możemy zrobić panom zdjęcie? — zapytała. Mężczyźni z ociąganiem wdrapali się na niewielkie trybuny. — Przepraszamy, jeśli uważacie, że jesteśmy natrętni, ale staramy się tylko jak najlepiej wykonywać swoją pracę. Jest niezwykle istotne, żeby morderca Stefana Bjurlinga został ujęty, a mass media mogą się do tego przyczynić — mówiła Annika, podczas gdy Henriksson robił zdjęcia.

— Przede wszystkim chcielibyśmy wyrazić ubolewanie z powodu śmierci waszego kolegi, to musi być straszne uczucie, stracić w ten sposób kolegę.

Mężczyźni nie odpowiedzieli.

— Czy chcielibyście opowiedzieć coś o Stefanie? — zapytała Annika.

Fotograf tak rozmieścił grupę na trybunach, że wszyscy siedzieli zwróceni do niego przodem, a cała hala stanowiła tło. Zapowiadało się sugestywne zdjęcie.

Mężczyźni wahali się, żaden nie kwapił się do odpowiedzi. Na ich twarzach rysowały się zacięcie, powaga, wszyscy mieli suche oczy. Prawdopodobnie byli pod wpływem szoku.

— Stefan był naszym szefem — powiedział w końcu mężczyzna w wytartym niebieskim kombinezonie. — Był cholernie w porządku.

Pozostali zamruczeli na potwierdzenie.

— Jakie prace tu wykonujecie?

— Sprawdzamy cały budynek i robimy poprawki przed olimpiadą. Zabezpieczenia, elektryka, rury... To się robi na wszystkich obiektach.

— I Stefan był waszym kierownikiem?

Grupa zaczęła znowu mruczeć, wreszcie ponownie odezwał się ten w kombinezonie.

— No nie, właściwie brygadzistą. Ona, ta blondynka, jest kierownikiem całości.

Annika uniosła brwi.

— Beata Ekesjö? — zapytała zdziwiona. — Ona jest tutaj kierownikiem?

Mężczyźni cicho się zaśmiali, rzucając sobie ukradkowe, porozumiewawcze spojrzenia: o tak, to baba jest kierownikiem. Ich śmiech był pozbawiony radości i przypominał raczej parsknięcia.

Biedactwo, pomyślała Annika, na pewno nie ma z nimi łatwo.

Z braku lepszych pomysłów zapytała, czy znali Christinę Furhage. W odpowiedzi wszyscy pokiwali z szacunkiem głową.

— To była fest babka — stwierdził Niebieski Kombinezon. — Chyba nikt nie mógłby tego przeprowadzić, tylko ona.

— Dlaczego tak pan uważa?

— Jeździła na wszystkie budowy i gadała z robotnikami. Nikt nie wiedział, skąd ma na to czas, ale ona chciała sama wszystkich spotkać i usłyszeć, jak idzie.

Mężczyzna zamilkł, Annika w zadumie uderzyła ołówkiem w notatnik.

— Będziecie jeszcze dzisiaj pracować czy już nie?

— Policja porozmawia z nami, a potem chyba pójdziemy do domu. No i uczcimy Stefana minutą milczenia — powiedział mężczyzna w niebieskim kombinezonie.

W tej chwili wrócił policjant z dwoma kolegami. Wyglądali na mocno rozeźlonych i kierowali się prosto na ich małą grupę.

— Bardzo dziękuję — powiedziała cicho Annika i podniosła torbę Henrikssona, bo miała bliżej niż fotograf. Potem obróciła się gwałtownie na pięcie i ruszyła w stronę otwartego wyjścia ewakuacyjnego. Słyszała, jak Henriksson podbiega za nią.

— Ej, wy — zawołał policjant.

— Dziękujemy, już nie będziemy dłużej przeszkadzać — odkrzyknęła Annika i pomachała ręką nie zwalniając kroku.

Przytrzymała drzwi Henrikssonowi, a potem pozwoliła im się zatrzasnąć.

Annika prowadziła też w drodze do redakcji, fotograf siedział w milczeniu. Śnieg wciąż padał, ale zrobiło się zupełnie jasno. Ruch przybrał na sile, do samochodów, które codziennie wyjeżdżały na drogi, dołączyli przedświąteczni kierowcy. Do świąt pozostały zaledwie trzy dni.

— Gdzie spędzasz Wigilię? — zapytała Annika, żeby przerwać milczenie.

— Co zamierzasz z tego zrobić? — odpowiedział Henriksson pytaniem.

Annika spojrzała na niego zdziwiona.

— Z czego? O co ci chodzi?

— Czy rzeczywiście można publikować, jeśli się weszło tak jak my?

Annika westchnęła.

— Porozmawiam z Schymanem i wyjaśnię, co się wydarzyło, ale myślę, że skończy się to tak: damy zdjęcie robotników na trybunach i zacytujemy ich z tą minutą milczenia dla Stefana. Nie będzie tego więcej niż na podpis pod fotografią. W artykule można podać fakty od policji, że robotnicy są przesłuchiwani, trwają badania techniczne, tego rodzaju banały.

— A dziewczyna?

Annika zagryzła wargi.

— Jej nie biorę. Była zbyt wytrącona z równowagi i nie powiedziała nic ciekawego. Moim zdaniem nie sprawiała wrażenia zupełnie normalnej, a co ty sądzisz?

— Nie słuchałem od początku — rzekł Henriksson.

— Mówiła cały czas o złu i winie?

Annika podrapała się po nosie.

— Owszem, tak, ten typ. Dlatego chyba jej nie wezmę. Była wprawdzie w hali, kiedy nastąpiła eksplozja, ale nie potrafiła nic o tym powiedzieć. Słyszałeś ją. W tej sytuacji trzeba wykazać delikatność i nie wystawiać jej na widok publiczny, mimo że sama tego chce. Ona nie wie, co dla niej dobre.

— Sama powiedziałaś, że nie nam decydować, kto zniesie znalezienie się w gazecie — zauważył Henriksson.

— Prawda, ale to my musimy ocenić, czy dany człowiek jest na tyle przy zdrowych zmysłach, że rozumie, kim jesteśmy i co mówimy. Ta babka jest zbyt szurnięta. Nie może znaleźć się w gazecie. Napiszę coś w tym stylu, że kierowniczka budowy znajdowała się w hali w momencie eksplozji, że jest całkowicie załamana po śmierci Bjurlinga i że obwinia się o jego śmierć. Ale uważam, że gazeta nie powinna publikować jej zdjęcia ani nazwiska.

W drodze do redakcji nie odzywali się już więcej. Annika wysadziła Henrikssona przed wejściem, a potem zaparkowała samochód na wielopoziomowym parkingu.

Bertil Milander siedział przed telewizorem w swojej wspaniałej secesyjnej bibliotece i czuł krew pulsującą w żyłach. Powoli zasypiał, jego oddech wypełniał pokój. Z wyciszonego telewizora dochodził słaby odgłos, falami przebijał się przez hałas pracy organizmu. Na ekranie kilka kobiet rozmawiało i śmiało się, ale Milander nie rozróżniał słów. W regularnych odstępach czasu pojawiały się tabliczki z flagami i numerami telefonów obok oznaczeń różnych walut. Nie wiedział, o co chodzi. Środki uspokajające sprawiły, że wszystko było takie rozmazane. Chwilami łkał.

— Christina — mamrotał, popłakując.

Musiał się zdrzemnąć, ale nagle oprzytomniał zupełnie. Rozpoznał zapach i wiedział, że oznacza niebezpieczeństwo. Ten sygnał ostrzegawczy był tak głęboko zakodowany w jego świadomości, że dotarł do niego mimo snu i odurzenia tabletkami. Mężczyzna z wysiłkiem podniósł się ze skórzanej kanapy. Ciśnienie krwi miał obniżone i lekko kręciło mu się w głowie. Stanął, przytrzymał się oparcia i próbował zlokalizować zapach. Dochodził z salonu. Milander szedł ostrożnie, trzymając się regałów, dopóki nie poczuł, że ciśnienie krwi unormowało się.

Jego córka siedziała w kucki przed piecem kaflowym i wrzucała doń kawałki jakiegoś prostokątnego kartonu. W starym piecu ciąg nie był najlepszy i dym snuł się po salonie.

— Co robisz? — zapytał Milander skonsternowany.

— Sprzątam — odpowiedziała Lena.

Milander podszedł do młodej kobiety i usiadł obok niej na podłodze.

— Rozpalasz ogień? — zapytał ostrożnie.

Córka spojrzała na niego.

— Tym razem nie na parkiecie.

— Dlaczego?

Lena Milander wpatrywała się w gasnące płomienie. Oderwała kawałek kartonu i dołożyła do ognia. Płomienie pochwyciły tekturę i zamknęły w swoich objęciach. Przez kilka sekund leżała płasko w ogniu, potem szybko skurczyła się do małej rolki i znikła. Żywe oczy Christiny Furhage odeszły na zawsze.

— Nie chcesz mieć żadnej pamiątki po mamie? — zapytał Milander.

— Zawsze będę ją pamiętała — odpowiedziała Lena.

Wyrwała trzy kolejne kartki z albumu i wrzuciła do ognia.

Eva-Britt podniosła wzrok, kiedy Annika minęła ją w drodze do swojego pokoju. Annika pozdrowiła ją przyjaźnie, ale Eva-Britt od razu przeszła do ataku.

— Co, już wróciłaś z konferencji? — zapytała triumfująco.

Annika natychmiast spostrzegła, do czego sekretarka zmierza: chciała uzyskać odpowiedź „z jakiej konferencji?", a potem mogłaby pokazać, że to ona, Eva-Britt Qvist, musi trzymać rękę na pulsie w dziale kryminalnym.

— Nie byłam tam — odpowiedziała Annika, uśmiechnęła się jeszcze szerzej, weszła do swojego pokoju i zamknęła drzwi. — No teraz możesz się zastanawiać, gdzie byłam — mruknęła.

Zadzwoniła do Berit na komórkę. Sygnał był wolny, ale rozmowę przejęła poczta głosowa. Berit trzymała telefon na samym dnie torebki i nigdy nie zdążyła odebrać za pierwszym razem. Annika odczekała trzydzieści sekund i zadzwoniła ponownie. Tym razem Berit odpowiedziała natychmiast.

— Jestem na konferencji prasowej w komendzie policji. Pojechałaś w teren, więc wzięłam Ulfa Olssona i zjawiłam się tutaj.

Kochana, kochana, pomyślała Annika.

— Co mówią?

— Dużo ciekawego. Niedługo będę z powrotem.

Rozłączyły się. Annika odchyliła się na krześle i położyła nogi na stole. W szufladzie z długopisami znalazła na wpół roztopiony nadziewany baton czekolady i szybko podzieliła kleistą masę na mniejsze kawałki. Na końcach potworzyły się wprawdzie kryształki cukru, ale dało się to zjeść.

Annika nie mogła uwolnić się od myśli — której jednak nie odważyłaby się wypowiedzieć głośno w redakcji — że związek między obydwoma wybuchami i morderstwami a olimpiadą był mocno wątpliwy. Pojawiało się pytanie, czy mimo wszystko nie chodziło o dwa zabójstwa popełnione z pobudek osobistych. Hala Sätra była chyba najbardziej peryferyjnym obiektem olimpijskim. Wspólnych mianowników między Christiną Furhage a Stefanem Bjurlingiem musiało istnieć bardzo dużo. Ogniwem łączącym mogły, ale wcale nie musiały być igrzyska. W przeszłości obojga kryło się coś, co wiązało ich z mordercą, o to Annika mogła się założyć. Pieniądze, miłość, seks, władza, zazdrość, nienawiść, doznane krzywdy, wpływy, rodzina, przyjaciele, sąsiedzi, wakacyjne wyjazdy, szkoła, dzieci, podróże, ich drogi życiowe mogły zetknąć się na tysiące sposobów. Tylko na budowie dzisiaj rano przebywało co najmniej dziesięć osób, które spotkały zarówno Bjurlinga, jak i Furhage. Ofiary nawet nie musiały się znać.

Zadzwoniła do swojego informatora.

Policjant ciężko westchnął.

— Myślałem, że powiedzieliśmy sobie już wszystko.

— No właśnie, i widzisz, do czego to doprowadziło? Jak wam się podoba debata o bezpieczeństwie? Halo, halo, jest tam kto? — powiedziała Annika, naśladując reportera „Echa" z porannych wiadomości.

Policjant westchnął ponownie, Annika czekała.

— Nie mogę z tobą więcej rozmawiać.

— Dobrze — zareagowała szybko Annika. — Rozumiem, że masz masę roboty, bo myślę, że gorączkowo szukacie ogniwa łączącego Stefana Bjurlinga i Christinę Furhage. Może już nawet znaleźliście właściwe. Ile z tych osób, które miały dostęp do kodów alarmowych, znało Bjurlinga?

— Gorączkowo to my próbujemy się bronić przed nawoływaniami na kolejnych obiektach...

— Nie wierzę. Jesteście zadowoleni, że punkt ciężkości przesunął się z teorii, nad którą pracujecie, na zupełnie nieistotną debatę o bezpieczeństwie na stadionach.

— Chyba nie mówisz tego poważnie — zaoponował informator. — Zapewnienie bezpieczeństwa należy w końcu do zadań policji.

— Nie mówię o całej policji, tylko o tobie i twoich kolegach, którzy próbujecie wyjaśnić te morderstwa. To jest najistotniejsze, prawda? Jeśli złapiecie zabójcę, debata umrze śmiercią naturalną.

— Jeśli?

— Kiedy. Dlatego uważam, że powinieneś znowu zacząć ze mną rozmawiać, bo jedynym sposobem na dojście do czegoś w tym życiu jest komunikowanie się.

— Czy to właśnie robiłaś rano w hali Sätra? Komunikowałaś się?

Niech to diabli, dowiedział się.

— Między innymi — odpowiedziała.

— Muszę już kończyć.

Annika wstrzymała oddech i rzuciła:

— Christina Furhage miała jeszcze jedno dziecko, syna.

— Wiem o tym. Cześć.

Był naprawdę zły. Annika odłożyła słuchawkę i w tej samej chwili weszła Berit.

— Co za pieska pogoda — powiedziała, potrząsając włosami.

— Złapali mordercę? — zapytała Annika, podsuwając jej baton. Berit spojrzała nań z przerażeniem i gestem odmówiła.

— Nie, ale myślą, że mordercą jest jedna i ta sama osoba. Podtrzymują, że eksplozje nie były wymierzone przeciwko igrzyskom.

— Jakie mają argumenty?

Berit wyciągnęła notes i zaczęła go wertować.

— Nie wysuwano publicznie żadnych gróźb wobec obiektów olimpijskich czy osób związanych z igrzyskami. Te groźby, które ewentualnie sformułowano, były natury osobistej i nie dotyczyły ani stadionów, ani zawodów.

— Mają na myśli groźby wobec Furhage. Czy ktoś groził też Stefanowi Bjurlingowi?

— Mam nadzieję, że dowiem się tego po południu, bo spotykam się z jego żoną.

Annika uniosła brwi.

— Naprawdę?! Zgodziła się?

— Tak, nie miała nic przeciwko temu, żeby się ze mną spotkać. Zobaczymy, co z tego wyniknie. Może jest na tyle wzburzona i wytrącona z równowagi, że nie da się nic napisać.

— No, ale i tak jest świetnie. Coś jeszcze?

Berit przerzuciła kartki.

— Owszem, wkrótce będą gotowi ze wstępną analizą materiału wybuchowego z pierwszego morderstwa. Spodziewają się, że komunikat prasowy w tej sprawie zostanie rozesłany zaraz po lunchu. Analiza miała być gotowa na konferencję, ale w Londynie nastąpiło jakieś opóźnienie.

— Dlaczego w ogóle wysłano materiał do Londynu? — zapytała Annika.

Berit uśmiechnęła się.

— Wyjaśnienie jest banalnie proste: aparatura w laboratorium kryminalno-technicznym w Linköpingu jest zepsuta.

— Dlaczego tak ostro odcinają się od teorii sabotażu?

— Pewnie chcą mieć spokój przy dochodzeniu — uznała Berit.

— Nie wiem, ale nie sądzę, żeby chodziło tylko o to — powiedziała Annika. — Myślę, że są bliscy ujęcia mordercy.

Berit podniosła się.

— Jestem głodna. A ty?

Poszły do kafeterii, Berit zamówiła lasagne, a Annika sałatkę z kurczakiem. Podano im właśnie jedzenie, kiedy wszedł Patrik. Włosy miał rozczochrane i wyglądał, jakby spał w ubraniu.

— Dzień dobry — przywitała go Annika. — Świetnie się spisałeś w nocy. Jak dotarłeś do wszystkich budowlańców?

Młody człowiek wyszczerzył lekko zęby w uśmiechu, zakłopotany pochwałą, i powiedział:

— E tam, po prostu zadzwoniłem do nich i wyciągnąłem ich z łóżek.

Annika uśmiechnęła się.

Porozmawiali trochę o świątecznej gorączce, prezentach i stresie. Berit kupiła wszystkie podarunki już przed adwentem. Patrik i Annika jeszcze się do tego nie zabrali.

— Chciałam zrobić dzisiaj trochę zakupów, mam nadzieję, że zdążę — rzekła Annika.

— Ja kupię mamie bombonierkę w samolocie — powiedział Patrik.

Wyjeżdżał na święta do rodziców w Smålandii, Berit spodziewała się wizyty swoich dorosłych dzieci. Miała córkę w USA i syna w Malmö.

— W ostatnich dniach pracowaliśmy jak katorżnicy. Może pomyślimy, jak rozdzielić wolne na najbliższy okres? — zaproponowała Annika.

— Ja z chęcią wezmę wolne w czwartek — powiedział Patrik. — Będę mógł polecieć wcześniejszym samolotem.

— Ja musiałabym jutro trochę posprzątać, Yvonne przyjeżdża z rodziną w czwartek.

— No to idealnie, ja wyjdę wcześniej dzisiaj i w czwartek.

Wyszli z kafeterii i postanowili dokonać w pokoju Anniki szybkiego przeglądu, co jest jeszcze do zrobienia. Patrik poszedł wziąć sobie egzemplarz „Konkurenta".

Annika i Berit usiadły tak jak zwykle, Berit w fotelu, a Annika za biurkiem z nogami na stole. W następnej sekundzie jak wicher wpadł Patrik.

— Już wiedzą, co posiekało Furhage!

Pomachał komunikatem prasowym z Działu Informacyjnego Policji Sztokholmskiej.

— Znakomicie — powiedziała Berit. — Co piszą?

Patrik przebiegł oczami tekst.

— To był zwykły dynamit — stwierdził odrobinę zawiedziony.

— Jaki dynamit? — zapytała Annika i wyciągnęła rękę po komunikat.

Patrik cofnął się.

— Spokojnie, przeczytam wam: „Analiza materiału wybuchowego użytego podczas detonacji na Stadionie Victorii w Sztokholmie o godzinie 3.17... ple-ple, ple-ple... w wyniku której to detonacji śmierć poniosła Christina Furhage, przewodnicząca Komitetu Organizacyjnego Igrzysk Olimpijskich, została zakończona. Użyty środek to mieszany materiał wybuchowy o konsystencji żelatyny, zawierający poza samym nitroglikolem także nitroglicerynę. Sprzedawany jest pod nazwą handlową „Minex" w opakowaniach różnej wagi i kształtu. Rzeczony ładunek ważył według obliczeń około dwudziestu czterech kilogramów, a umieszczony był w piętnastu podłużnych plastikowych tutkach o wymiarach 50 na 550 milimetrów..."

— Dwadzieścia cztery kilo, czy to nie jest cholernie dużo? — wtrąciła Annika.

— Zwłaszcza na wolnej przestrzeni — potwierdziła Berit. — Nic dziwnego, że falę uderzeniową poczuli aż na Söder.

Patrik czytał demonstracyjnie dalej:

— „Rzeczona partia została wyprodukowana w południowej Polsce w ostatnich trzech latach. Charakteryzuje się wysoką siłą uderzeniową, dużą gęstością, dużą prędkością detonacji, miękką konsystencją i stosunkowo łagodnym zapachem. Materiał ma wysoki stopień flegmatyzacji..." Co to do cholery jest?

— To ma coś wspólnego z bezpieczeństwem — wyjaśniła Berit. — Oznacza bezpieczny materiał wybuchowy.

— Skąd to wiesz? — zapytała Annika z podziwem.

Berit wzruszyła ramionami.

— Rozwiązuję krzyżówki.

— „Zawartość energetyczna jest wysoka, objętość gazowa nieco wyższa od normalnej, siła uderzeniowa wynosi 115 procent ANFO, a gęstość około 1.45 kilograma na decymetr sześcienny. Prędkość detonacji wynosi 5500—6000 m/s."

— Okej, co to wszystko oznacza? — zapytała Annika.

— Spokojnie, już do tego dochodzę. „Minex jest jedną z najbardziej rozpowszechnionych marek handlowych dynamitu w Szwecji. W ostatnich trzech latach został sprzedany za pośrednictwem firmy budowlanej w Nora około stu podwykonawcom. Niemożliwe okazało się ustalenie, z której pierwotnie partii pochodził użyty materiał."

— A więc zwykły dynamit budowlany — stwierdziła Berit.

— Co się buduje za pomocą dynamitu? — zapytała Annika.

— Wszystko między niebem a ziemią. Wysadza się, żeby zrobić miejsce na drogi, w kopalniach głębinowych i odkrywkowych, za pomocą dynamitu zamienia się skały w żwir, wyrównuje teren pod zabudowę... Kiedy koło naszego domku letniskowego chcieliśmy zrobić oczyszczalnię, wezwaliśmy fachowca z dynamitem. To codzienna praktyka.

— Prawda — przypomniała sobie Annika. — Kiedy budowali domy koło szpitali na Sankt Erik, zaraz obok mnie na Kungsholmen, wysadzali jak cholera.

— To nie koniec, posłuchajcie: „Ładunek zdetonowano za pomocą elektrycznych spłonek, sprzężonych z mechanizmem opóźniającym tzw. timerem i podłączonych do akumulatora samochodowego..."

Patrik odłożył kartkę i spojrzał na swoje koleżanki.

— Cholera, co za wyrafinowanie.

Siedzieli przez chwilę w milczeniu, zastanawiając się nad tym, co usłyszeli. W końcu Annika otrząsnęła się i zdjęła nogi ze stołu.

— Okropność, ale człowiek ma robotę — powiedziała.

— To co kto bierze? Berit, weźmiesz rodzinę ofiary? Patrik, zrobisz analizę i policyjne śledztwo?

Reporterzy kiwnęli głowami, więc Annika kontynuowała.

— Napisałam piętnaście centymetrów o robotnikach budowlanych, którzy przyszli do hali i uczcili pamięć zmarłego kolegi minutą milczenia. Zacytowałam ich, jak bardzo są wstrząśnięci śmiercią przyjaciela.

— Ciężko tam było? — zapytała Berit.

— Tak sobie. Spotkałam jakąś zapłakaną kobietę, która nie mogła się uspokoić. Mówiła bez ładu i składu o winie, karze i złu, trochę to było nieprzyjemne. Nie napisałam o niej. Mam uczucie, że byłoby nie w porządku wystawiać ją na widok publiczny.

— Z pewnością postępujesz słusznie — powiedziała Berit.

— Nie zapomnieliśmy o czymś? Jest coś jeszcze na teraz?

Reporterzy potrząsnęli głowami i poszli do swoich telefonów i komputerów. Annika wsadziła swój tekst do puszki, ubrała się i wyszła z redakcji. Było dopiero wpół do drugiej, ale dzisiaj nie zamierzała dłużej pracować.

Wciąż padał śnieg, kiedy Annika szła do przystanku autobusu 56 na ulicy Fyrverkarbacken. Ponieważ temperatura wynosiła około zera stopni, płatki zamieniały się w szarobrązową breję, gdy tylko dotknęły ulicy. Jako taką białą pokrywę tworzyły tylko na trawniku przy rosyjskiej ambasadzie.

Na przystanku Annika opadła ciężko na ławkę. Była sama, co skłoniło ją do przypuszczenia, że właśnie uciekł jej autobus. Zaraz potem odkryła, że siadła w czymś mokrym, wodzie albo śniegu. Podłożyła sobie rękawiczkę.

Święta spędzali w Sztokholmie, na Wigilię mieli przyjechać rodzice Thomasa. Ze swoją rodziną Annika prawie nie miała kontaktu. Tata nie żył, mama mieszkała nadal w Hälleforsnäs w Sörmlandii, gdzie Annika się wychowała. Jej siostra mieszkała we Flen i pracowała dorywczo jako kasjerka w „Dobrej Cenie". Prawie się nie widywały. Trudno było tego żałować, bo nic ich nie łączyło poza czasem, który spędziły razem w zanikającym środowisku robotników przemysłowych. Czasami Annika zastanawiała się, czy faktycznie wyrosły w tym samym miejscu, tak różne były ich wspomnienia z tej małej społeczności.

Autobus był niemal pusty. Annika usiadła z tyłu i dojechała do placu Hötorget. Weszła do domu towarowego PUB i nakupiła zabawek za 3218 koron, zapłaciła kartą Visa i pocieszyła się, że przynajmniej nazbierała punktów na karcie rabatowej. Dla Thomasa kupiła „Nową księgę sosów" i koszulę od Stenströma, a dla jego mamy wełniany szal. Dla teścia Thomas musiał sam coś kupić, ale ten zazwyczaj chciał tylko koniak. W mieszkaniu na Hantverkargatan Annika była o wpół do trzeciej. Po chwili wahania ukryła rzeczy głęboko w garderobie. Wprawdzie właśnie tam Kalle znalazł prezenty w zeszłym roku, ale w tej chwili nie miała siły na wymyślenie innego schowka.

Wyszła ponownie na ulicę w śnieżną breję i wiedziona nagłym impulsem wstąpiła do antykwariatu w sąsiedniej kamienicy. Znajdował się tam najdziwniejszy w Sztokholmie zbiór sztucznej biżuterii: naszyjników i kolczyków tak wielkich, jakie nosiły gwiazdy filmowe w latach czterdziestych. Annika kupiła dla Anne Snapphane klasyczną platerowaną złotem broszkę z granatami. Sympatyczny sprzedawca zapakował ją w błyszczący złocony papier, który owinął połyskującym niebieskim sznurkiem.

Dzieci uszczęśliwione ruszyły ku niej biegiem, gdy tylko weszła do przedszkola. Wyrzuty sumienia dopadły ją niczym zgraja wilków. Czy prawdziwa mama nie powinna codziennie odbierać dzieci?

Poszli do „Konsumu" na rogu Scheelegatan i Kungsholmsgatan i kupili masę migdałową, śmietanę, syrop, posiekane migdały, ciasto piernikowe i blok czekolady. Dzieci szczebiotały jak małe skowronki.

— Co będziemy robić, mamo, co z tego będzie? Dostaniemy dzisiaj cukierki, mamo?

Annika zaśmiała się i uściskała je w kolejce do kasy.

— Tak, dostaniecie dzisiaj cukierki. Sami zrobimy cukierki, to chyba fajnie?

— Ja lubię „Słone Koty" — oświadczył Kalle.

Kiedy wrócili do domu, Annika nałożyła dzieciom duże fartuszki i postanowiła machnąć ręką na rezultat, byleby maluchy miały zabawę. Najpierw stopiła czekoladę w mikrofalówce, tak by miała odpowiednią konsystencję, a potem Kalle i Ellen lepili kulki z masy migdałowej i obtaczali je czekoladą. Nie wyszło ich zbyt wiele i nie należały do najforemniejszych. Teściowa z pewnością skrzywiłaby się na ich widok, ale dzieci dobrze się bawiły, zwłaszcza Kalle. Annika miała zamiar zrobić również karmelki, ale zorientowała się, że dzieci nie mogą w tym uczestniczyć, masa karmelowa będzie stanowczo za gorąca. Zamiast tego włączyła więc piekarnik i zabrała się za ciasto piernikowe. Ellen była wniebowzięta. Wałkowała ciasto, wycinała figury i zjadała skrawki. W efekcie tak się objadła, że nie mogła się ruszać. Pieczenie skończyło się kilkoma całkiem udanymi blachami.

— Ale jesteście zdolne! — powiedziała Annika do dzieci. — Zobaczcie, jak wam się udały pierniki, na pewno są bardzo smaczne.

Kalle pęczniał z dumy. Wziął piernik i szklankę mleka, mimo że właściwie nie miał na nie miejsca.

Annika posadziła dzieci przed telewizorem i puściła im kasetę, a sama posprzątała kuchnię. Zajęło jej to trzy kwadranse. Najstraszniejszy fragment filmu, kiedy umarł tata Simby, obejrzała razem z dziećmi. Gdy kuchnia lśniła czystością, „Król Lew" jeszcze trwał. Annika skorzystała z okazji i zadzwoniła do Anne Snapphane. Anne mieszkała z córeczką na piętrze willi w Lidingö. Dziewczynka, mająca na imię Miranda, co drugi tydzień przenosiła się do swojego taty. Kiedy Annika zadzwoniła, obie były w domu.

— Nie miałam siły zabrać się za te cholerne święta — jęknęła Anne. — Dlaczego ty sobie z tym radzisz, a ja nie?

W tle Annika usłyszała muzykę z „Dzwonnika z Notre Dame". Na Liding też oglądano film Disneya.

— To przecież ja się nigdy nie wyrabiam. Ty masz zawsze idealnie posprzątane. Jak jestem u ciebie, mam wyrzuty sumienia.

— Mówię tylko tej Toni z Polski, co ma zrobić — powiedziała Anne. — Poza tym wszystko w porządku?

Annika westchnęła.

— Mam dosyć ciężko w pracy. Jest tam taka mała ekipa, która ciągle na mnie nastaje.

— Wiem, na początku ma się przerąbane jako szef. Gdy zostałam producentem, przez pierwsze pół roku myślałam, że umrę, codziennie bolało mnie serce. Zawsze znajdzie się jakiś sfrustrowany sukinsyn, który postanowi uprzykrzyć człowiekowi życie.

Annika zagryzła wargi.

— Czasami zastanawiam się, czy warto. Właściwie powinnam robić to, co dzisiaj: piec z dziećmi pierniki i towarzyszyć im przy oglądaniu strasznych scen w telewizji...

— Po tygodniu dostałabyś szału — powiedziała Anne.

— Chyba masz rację. Chociaż mimo wszystko dzieci są najważniejsze, tego nie da się zmienić. Ta kobieta, co została zamordowana, Christina Furhage, miała syna, który zmarł w wieku pięciu lat. Nigdy się z tym nie pogodziła. Myślisz, że jej praca czy sukcesy mogły kiedykolwiek wymazać owo wspomnienie?

— Boże, to straszne. Na co umarł?

— Czerniak, rak skóry. Okropne, co?

— Nie, Miranda, zejdź stamtąd... Powiedziałaś, że ile miał lat?

— Pięć, tyle samo co Kalle.

— I zmarł na czerniaka? Nigdy w życiu!

Annika nie zrozumiała.

— Jak to?

— Nie mógł umrzeć na czerniaka, jeśli miał pięć lat. To niemożliwe.

— Skąd wiesz? — zapytała zdumiona Annika.

— Myślisz, że mam na ciele chociaż jedno znamię? No? Jak myślisz? Czy też kazałam usunąć wszystkie co do jednego, zanim skończyłam dwadzieścia lat? No? Myślisz, że ze wszystkich ludzi akurat ja myliłabym się w takiej sprawie? Kochana!

Annika czuła rosnącą konsternację. Czyżby źle zrozumiała Helenę Starke?

— Dlaczego nie mógł mieć czerniaka? — zapytała niezbyt mądrze.

— Dlatego, że złośliwa odmiana nowotworu skóry nigdy nie występuje przed okresem pokwitania. Chociaż chłopiec mógł cholernie wcześnie dojrzeć. Jest taka choroba, to się nazywa...

Annika myślała intensywnie. Anne miała z pewnością rację. Była hipochondrykiem z krwi i kości, nie istniała choroba, której by sobie nie wmawiała, nie było badania lekarskiego, którego by nie przeszła. Niezliczone razy jechała karetką na ostry dyżur do szpitala Danderyd, a jeszcze częściej udawała się na piechotę do różnych izb przyjęć w mieście, zarówno publicznych, jak i prywatnych. Wiedziała wszystko o formach raka, obudzona potrafiła wyliczyć różnice między objawami stwardnienia rozsianego a dziedziczną amyloidozą. Anne na pewno się nie myliła, a więc mylić musiała się Helena Starke. Albo kłamać.

— ...Annika...?

— Ty, muszę kończyć.

Odłożyła słuchawkę i poczuła ciarki przebiegające po plecach. Intuicja mówiła jej, że tu tkwił klucz do zagadki. Syn Christiny Furhage nie zmarł na czerniaka, może umarł w zupełnie inny sposób? Na inną chorobę, w wypadku albo wręcz został zamordowany? Albo wcale nie umarł. Może nadal żyje.

Annika podniosła się podniecona i zaczęła chodzić tam i z powrotem po kuchni. Czuła rosnący poziom adrenaliny.

Niech to diabli, niech to diabli, chyba natrafiła na jakiś ślad.
Nagle zesztywniała. Jej informator! Wiedział, że Furhage
miała syna, powiedział to przed odłożeniem słuchawki.
Policja też była na tym tropie! Tak, tak, to jest to!

— Mama, „Król Lew" się skończył.

Weszli do kuchni gęsiego, Kalle z przodu, a Ellen krok
za nim. Annika zdecydowanie odsunęła od siebie myśli
o Christinie Furhage.

— Podobał się wam? Jesteście głodni? Nie, na dzisiaj
dosyć pierników. Chcecie spaghetti? A może pizzę?

Zadzwoniła do „La Solo" po drugiej stronie ulicy
i zamówiła jedną capriccosę, mielone z czosnkiem i po-
lędwicę wieprzową zapiekaną w cieście. Wiedziała, że
Thomas się rozgniewa, ale nie było na to rady. Jeśli chciał
mieć i dziś potrawkę z łosia, to mógł przecież wrócić do
domu koło drugiej i zacząć opiekać mięso.

Evert Danielsson skręcił z drogi na Sollentunę na stację
benzynową OK w Helenelund. Znajdowała się tutaj duża
samoobsługowa myjnia samochodowa, do której przyjeż-
dżał na ogół raz w tygodniu, żeby umyć samochód. Jego
sekretarka zarezerwowała trzy godziny od 19.00.

Rezerwacja w zasadzie nie była konieczna, ale Danielsson nie chciał ryzykować. Trudno było liczyć na wolną halę
przez tak długi czas, jeśli przyjeżdżało się w ciemno.

Najpierw wszedł do sklepu i zgromadził, co mu było
potrzebne: naturalny odtłuszczacz w sprayu, szampon
samochodowy OK bez wosku, dwie butelki oryginalnego
wosku „Turtle" i paczkę szmat. Zapłacił w kasie 31,50 za
odtłuszczacz, 29,50 za szampon i 188 koron za dwie butelki
wosku. Korzystanie z myjni kosztowało stałych klientów 64
korony za godzinę. Łącznie ten wieczór wyniósł niecałe 500
koron. Evert Danielsson uśmiechnął się do dziewczyny
w kasie i zapłacił kartą firmową.

Wyszedł na zewnątrz i wjechał samochodem do tej
samej hali co zwykle, zamknął bramę, wyjął kempingowe
krzesełko, a na ławce w rogu postawił swoje małe, prze-
nośne stereo. Wybrał CD z ariami ze znanych oper:

„Aida", „Czarodziejski flet", „Carmen" i „Madame Butterfly".

Kiedy Królowa Nocy sięgała po górne „F", Danielsson spłukiwał samochód — mieszanina błota, żwiru i lodu spływała małymi strumykami do studzienki ściekowej. Potem obficie spryskał samochód środkiem odtłuszczającym. Czekając aż zacznie działać, usiadł na krzesełku i słuchał „Töraviaty" Verdiego. Niekoniecznie musiał słuchać w myjni akurat opery, czasami puszczał sobie starego bluesa, na przykład Muddy'ego Watersa, lub muzykę country w wykonaniu Hanka Williamsa. Niekiedy wybierał też całkiem nowoczesne melodie, lubił Rebeckę Törnqvist i niektóre piosenki Evy Dahlgren.

Pozwalał myślom swobodnie płynąć, ale szybko zboczyły na temat, który najbardziej go teraz zajmował: jego przyszłe obowiązki. Spędził dzień na próbie określenia, jak mogłaby wyglądać jego praca, wytypowania zadań, które trzeba było niezwłocznie wykonać, i zastanawianiu się nad dalszymi przedsięwzięciami. Gdzieś w głębi ducha czuł pewną ulgę, że Christiny już nie ma. Ten, kto podłożył bombę, może nawet wyświadczył światu dużą przysługę.

Kiedy utwór dobiegł końca, Danielsson zmienił płytę i włożył CD z muzyką fortepianową Erica Satie. Smutne tony wypełniły halę, a Danielsson ponownie chwycił za węża i zaczął spłukiwać samochód. Chlapanie wodą nie było takie przyjemne, cieszył się natomiast na samo zakończenie — woskowanie i polerowanie lakieru, tak żeby skrzył się i błyszczał. Przeciągnął ręką po dachu samochodu. Przepełniało go uczucie, że wszystko będzie dobrze.

Thomas położył dzieci tuż po wpół do ósmej. Annika poczytała im „Piątek Madde", książkę z obrazkami o małej dziewczynce i jej mamie. Mama opowiadała opiekunom w przedszkolu Madde o swoim szefie, którego nikt nie chciał słuchać, i wszyscy dorośli uważali, że to bardzo zabawne.

— Szykanowanie przełożonych jest wszędzie dobrze widziane, nawet w książkach dla dzieci — powiedziała Annika.

— Do czego zmierzasz? — zapytał Thomas, otwierając „Svenska Dagbladet" na wiadomościach gospodarczych.

— Spójrz na ten test — Annika podsunęła mu błyszczący magazyn dla kobiet. — Trzeba tu odpowiedzieć na masę pytań, żeby dowiedzieć się, jakie się ma warunki w pracy. Popatrz na pytanie czternaste. Jaki jest twój szef? Do wyboru masz: strachliwy i niekompetentny, pretensjonalny i niedouczony, zadufany w sobie. Co to za pieprzone podejście? A zobacz tutaj, na następnej stronie, tu są rady, jak samemu zostać szefem. Puenta jest taka, że wszyscy przełożeni to idioci, a ci, którzy chcą szefami zostać, muszą zidiocieć. To przecież nieprawda.

— Oczywiście, że nieprawda — powiedział Thomas przewracając stronę.

— Ale całe społeczeństwo karmi się tymi mitami!

— Sama wcześniej byłaś cholernie krytyczna wobec swoich szefów w gazecie, już o tym zapomniałaś?

Annika opuściła miesięcznik na kolana i spojrzała na Thomasa z wyrzutem.

— To zupełnie co innego, oni kompletnie nie nadawali się na swoje stanowiska.

— No widzisz — odrzekł Thomas nie przerywając lektury.

Annika siedziała przez chwilę w milczeniu i zastanawiała się, podczas gdy John Pohlman przedstawiał prognozę pogody na święta. W całym kraju miał być śnieg, przynajmniej do pierwszego dnia świąt. Potem z zachodu miały nadejść opady deszczu, pierwsze ulewy mogły przejść nad Bohuslän już w Wigilię wieczorem.

— Przecież sam miałeś bardzo ciężko w Związku Gmin, zanim się nieco otrzaskałeś — powiedziała Annika.

Thomas odłożył gazetę, wyłączył pilotem telewizor i wyciągnął ręce do Anniki.

— Chodź tu, kruszyno!

Kiedy telewizor zgasł, zapadła całkowita cisza. Annika zeszła z fotela i wsunęła się w objęcia Thomasa na kanapie. Skuliła się, plecami do jego klatki piersiowej i położyła nogi na stoliku. Thomas przytulił ją, pogłaskał po ramionach, podmuchał na szyję i pocałował w dołek koło obojczyka. Poczuła łaskotanie w podbrzuszu, może będą dzisiaj się kochać.

W tej właśnie chwili zadzwoniła komórka Anniki, delikatne tony dobywały się z torby i docierały do pokoju.

— Nie odbieraj — szepnął Thomas i ugryzł ją w płatek ucha, ale było już za późno. Nastrój intymności prysł, Annika usiadła na kanapie sztywna i spięta.

— Zobaczę tylko, kto dzwoni — wymruczała, wstając z pewnym trudem.

— Musisz zmienić sygnał w tym telefonie — rzucił za nią Thomas. — Co to za cholerna melodia?

Annika nie rozpoznała numeru, jaki pojawił się na wyświetlaczu i zdecydowała się odebrać.

— Annika Bengtzon? Dobry wieczór, mówi Beata Ekesjö. Spotkałyśmy się dzisiaj rano w hali Sätra. Powiedziała pani, że mogę zadzwonić, gdyby było coś szczególnego...

Annika jęknęła w duchu. Przeklęta wizytówka.

— Oczywiście — powiedziała krótko. — O co chodzi?

— Cóż, zastanawiam się, co napisze pani o mnie w jutrzejszej gazecie.

Głos kobiety brzmiał pogodnie i radośnie.

— Dlaczego? — zapytała Annika, siadając na ławie w przedpokoju.

— Tak się tylko zastanawiam, bo to ważne, żeby wszystko było jak należy.

Annika westchnęła.

— Może pani mówić konkretniej? — poprosiła i spojrzała na zegarek.

— Mogłabym opowiedzieć więcej o sobie, na przykład jak pracuję. Mam bardzo piękny dom, chętnie panią zaproszę, obejrzałaby pani, jak mieszkam.

Annika usłyszała, że Thomas ponownie włącza telewizor.

— To chyba nie będzie potrzebne — powiedziała Annika. — Ilość miejsca w gazecie jest mocno ograniczona, z czego pewnie zdaje sobie pani sprawę. Tak że w ogóle nie będziemy pani cytować.

W słuchawce na kilka sekund zapadła cisza.

— Jak mam to rozumieć? — zapytała kobieta.

— W ogóle pani o mnie nie napisze?

— Nie tym razem.

— Ale... przecież rozmawiała pani ze mną! Fotograf zrobił mi zdjęcie.

— Rozmawiamy z bardzo wieloma osobami, o których potem nie piszemy — wyjaśniła Annika, starając się zachować w miarę przyjazny ton głosu. — Dziękuję jeszcze raz, że poświęciła nam pani rano swój czas, ale nasza rozmowa nie będzie opublikowana.

Cisza w słuchawce narastała.

— Chcę, żeby napisała pani, co powiedziałam rano — zażądała cicho kobieta.

— Przykro mi — odparła Annika.

Beata Ekesjö westchnęła.

— No cóż — zrezygnowała. — Mimo wszystko dziękuję.

— Dziękuję i do widzenia — pożegnała się Annika i rozłączyła się. Pośpiesznie wróciła do Thomasa na kanapie, wyjęła mu pilota z ręki i wyłączyła telewizor.

— Na czym skończyliśmy?

— Kto to był? — zapytał Thomas.

— Dziewczyna, z którą rozmawiałam rano, sprawia wrażenie lekko stukniętej. Jest kierownikiem budowy w hali Sätra.

— No to ma tam pewnie cholernie nieciekawie, przynajmniej z punktu widzenia statystyki — stwierdził Thomas. — Młode kobiety w miejscach pracy zdominowanych przez mężczyzn mają najgorzej.

— Chcesz powiedzieć, że jest to udowodnione? — zapytała Annika zdziwiona.

— No. Tak było napisane w raporcie, który właśnie do nas dotarł. Liczne badania pokazują, że kobiety, które wykonują męskie zawody, mają najciężej ze wszystkich na rynku pracy. Są szykanowane, zastraszane i molestowane seksualnie częściej niż pozostali mężczyźni i kobiety razem wzięci. Badania wykonane w Instytucie Nautyki na Politechnice Chalmers w Göteborgu wykazały, że cztery z pięciu kobiet marynarzy są szykanowane ze względu na płeć — nawijał Thomas.

— Jak ty to wszystko pamiętasz?

Thomas uśmiechnął się.

— Na tej samej zasadzie, co ty pamiętasz szczegóły artykułów Berit Hamrin. Jest więcej przykładów, wojsko jest tylko jednym z nich. Wiele kobiet rezygnuje ze służby, mimo że zgłosiły się na ochotnika. Głównym powodem są problemy z kolegami płci męskiej. Kobiety na stanowiskach kierowniczych są podatniejsze na choroby, zwłaszcza jeśli są napastowane przez kolegów.

— No to jest temat, powinniśmy o tym napisać — powiedziała Annika, próbując wstać.

— Powinniście, ale nie teraz. Teraz wymasuję ci plecy. Zdejmij sweter, o tak. Rozepniemy jeszcze tutaj, precz z tym.

Annika zaprotestowała lekko, kiedy opadł jej biustonosz.

— Sąsiedzi patrzą...

Thomas podniósł się i zgasił górne światło. Do pokoju wpadała jedynie poświata od kołyszącej się ulicznej latarni w dole. Śnieg wciąż padał olbrzymimi płatkami. Annika przyciągnęła do siebie męża. Zaczęli spokojnie, leżeli na kanapie, pieścili się i lizali, ściągając z siebie nawzajem ubrania.

— Doprowadzasz mnie do szału — wymruczał Thomas.

Osunęli się na podłogę i zaczęli się kochać, najpierw niezwykle powoli, potem ostro i głośno. Annika krzyczała, kiedy miała orgazm, Thomas się nieco opanował. Po wszystkim Thomas przyniósł kołdrę, zawinęli się w nią oboje i położyli na kanapie. Wyczerpani i odprężeni słuchali nocnych odgłosów miasta. Daleko w dole zatrzymał się autobus 48 z piszczącymi hamulcami, u sąsiada grał telewizor, na ulicy ktoś wrzeszczał i przeklinał.

— Cholera, jak to będzie fajnie mieć wolne — powiedziała Annika.

Thomas pocałował ją.

— Jesteś najlepsza na świecie.

Kłamstwa

Od samego początku żyłam w przeświadczeniu, że świat wokół mnie jest sceną, a ludzie aktorami grającymi w dramacie. Celem tej sztuki było oszukanie mnie, sprawienie, bym uwierzyła, że wszystko jest prawdziwe: ziemia, lasy, pola, traktor Nymana, wieś, sklepik, listonosz. Świat za niebieszczącą się górą Furuberget był niewyraźną kulisą. Bez przerwy nasłuchiwałam fałszywych tonów, czekałam cierpliwie, aż ktoś się zdradzi. Kiedy wychodziłam z pokoju, odwracałam się nagle w drzwiach, żeby zobaczyć ludzi takimi, jacy naprawdę są. Nigdy nie zdążyłam. Zimą wdrapywałam się na zaspy śniegu pod oknami i zaglądałam do środka. Kiedy nie byłam obecna, ludzie zdejmowali maski, opierali zmęczone głowy na rękach i odpoczywali. Rozmawiali cicho, wreszcie poważnie, naturalnie, zażyle, prawdziwie. Kiedy się pojawiałam, wszyscy zmuszeni byli wstąpić w swoje niewygodne ciała, w skorupy, które im nie leżały, mieli zgorzkniałe twarze i zakłamane języki.

Byłam całkowicie pewna, że w dniu, w którym skończę dziesięć lat, zostanę wtajemniczona. Wtedy wszyscy ludzie mieli przyjść do mnie rano w swoich prawdziwych, pięknych ciałach i ubrać mnie na biało. Ich twarze byłyby spokojne i szczere. Zanieśliby mnie w procesji do stodoły w lasku po drugiej stronie drogi. Tam przy wejściu miał czekać Reżyser, który ująłby mnie za rękę i wprowadził do oświeconego Królestwa.

Opowiedziałby mi, jaki jest właściwie porządek rzeczy. Czasami szukałam schronienia w tamtej starej stodole. Nie umiem powiedzieć, ile miałam lat, ale nogi miałam krótkie, wełniane spodnie drapały, ciężki materiał usztywniał kroki. Któregoś razu ugrzęzłam w śniegu, zapadając się po pas.

Stodoła leżała głęboko w młodniku, na skrawku zarośniętej polany. Dach się zawalił, szare drewniane ściany połyskiwały srebrzyście między zaroślami. Kawałek ściany szczytowej wystawał ku niebu niczym rodzaj sygnału.

Czworokątne wejście znajdowało się po drugiej stronie, obchodząc stodołę ocierałam się o chropowate ściany. Otwór wejściowy umieszczony był kawałek nad ziemią, miałam trudności z dostaniem się do środka.

Wewnątrz czas się zatrzymał, kurz unosił się w powietrzu przecinany skośnymi smugami światła. Dwojakie wrażenie — przytulnych ścian i wolnego nieba — było upajające. Światło sączyło się między rozcapierzonymi koronami drzew i resztkami dachu. Podłoga też zaczynała się zapadać, musiałam uważać, kiedy po niej chodziłam.

Tam w dole, pod podłogą, znajdowało się wejście na scenę. Wiedziałam to. Gdzieś pod tymi zbutwiałymi deskami leżała Prawda i czekała na mnie. Któregoś razu zebrałam się na odwagę i zeszłam tam, przeszukałam grunt, żeby odkryć drogę do światła. Znalazłam jedynie siano i martwe szczury.

Środa, 22 grudnia

Tym razem była kolej Anniki, żeby odprowadzić dzieci do przedszkola, więc mogła się trochę powylegiwać, kiedy Thomas wyszedł do pracy. Do Wigilii zostały już tylko dwa dni. Annika była znowu na prostej, to zadziwiające, jak niewiele potrzebowała, by nabrać energii. Godzina w mieście, trochę pierników, dobry seks i była gotowa zmierzyć się z sępami. Wyjątkowo przespała całą noc bez dzieci w łóżku, ale teraz już się obudziły i przybiegły do sypialni. Wzięła je w ramiona i figlowała z nimi, aż zrobiło się późno. Ellen wymyśliła zabawę o nazwie „klopsiki", która polegała na łaskotaniu się nawzajem w palce u nóg i wołaniu „klopsik, klopsik". Kalle uwielbiał zabawę w samolot, kiedy Annika, leżąc na plecach, podnosiła go na nogach. Co jakiś czas samolot rozbijał się ku ogólnej radości. Na koniec zbudowali szałas ze wszystkich poduszek, kołdry i dużej piżamy Thomasa. Zjedli szybko śniadanie — zsiadłe mleko o smaku truskawkowym z ryżowymi poduszeczkami — przygotowali kanapki na wycieczkę i tylko trochę spóźnili się na apel. Annika nie została z dziećmi, wyszła, gdy tylko umieściła je na kolanach opiekunek.

Śnieg wciąż padał, brudna masa tworzyła zaspy wzdłuż chodników. Odkąd gmina Sztokholm przekazała lwią część kompetencji radom dzielnicowym, skończyło się odśnieżanie ulic. Annika pożałowała, że nie ma sił, aby się politycznie angażować.

Na autobus praktycznie nie czekała, w wejściu wzięła gazetę, wjechała windą na górę, rzuciła „cześć" portierom, siedzącym przy drzwiach do redakcji. W myślach posłała naczelnemu wyrazy wdzięczności, kiedy zobaczyła pracownika dźwigającego naręcze drugiej tury dzisiejszej poczty. Życie stało się znacznie łatwiejsze, odkąd Eva-Britt Qvist ponownie przejęła sortowanie.

Przy pulpicie Annika wzięła po jednym egzemplarzu „Konkurenta" i porannych gazet, a po drodze do swojego pokoju kubek kawy z automatu. Eva-Britt siedziała na swoim zwykłym miejscu i przywitała ją kwaśno. Czyli innymi słowy, wszystko było jak co dzień.

Berit zrobiła fantastyczny wywiad z żoną zamordowanego Stefana Bjurlinga. Artykuł znajdował się na rozkładówce w środku, zilustrowany był tylko jednym dużym zdjęciem kobiety i jej trojga dzieci, siedzących na brązowej skórzanej kanapie w domku szeregowym w Farsta. „Życie musi toczyć się dalej" głosił tytuł. Eva Bjurling, trzydziestosiedmioletnia żona Stefana, wyglądała na opanowaną i poważną. Dzieci, w wieku jedenastu, ośmiu i sześciu lat, szeroko otwartymi oczami patrzyły w obiektyw.

„Zło występuje na ziemi pod wieloma postaciami" mówiła Eva Bjurling w wywiadzie. „Głupotą jest myśleć, że nam w Szwecji będzie oszczędzone tylko dlatego, że nie mieliśmy wojny od 1809 roku. Przemoc i złość są tam, gdzie człowiek się ich najmniej spodziewa."

Smażyła właśnie naleśniki, kiedy policja zadzwoniła do drzwi, przynosząc jej wiadomość o śmierci męża.

„Nie można się załamać, kiedy się ma troje dzieci", mówiła dalej w tekście. „Teraz musimy radzić sobie jak najlepiej i żyć dalej."

Annika przez długą chwilę wpatrywała się w zdjęcie. Powoli ogarniało ją niejasne wrażenie, że coś jest nie tak. Czy ta kobieta nie jest zbyt opanowana? Dlaczego nie wyrażała żalu, dlaczego nie rozpaczała? No cóż, tekst był dobry, zdjęcie pasowało, wyszła z tego znakomita rzecz. Annika odsunęła od siebie uczucie, że jest w tym jakiś dysonans.

Patrik wykonał jak zwykle rzetelną robotę, opisując techniczną analizę i poszukiwania Zamachowca. Policja podtrzymała teorię, że obie detonacje były dziełem jednego mordercy, chociaż stwierdzono, że ładunek wybuchowy nie był dokładnie taki sam.

„Siła eksplozji była tym razem znacznie mniejsza", powiedział rzecznik prasowy policji. „Ze wstępnych analiz wynika, że albo sam materiał wybuchowy był inny, albo że użyto mniejszej ilości."

Annika postanowiła, że podczas następnej dyskusji w kierownictwie zaproponuje, żeby Patrik został zatrudniony na stałe.

Jej własny tekst ze zdjęciem budowlańców zrobionym przez Johana Henrikssona w hali Sätra dostał całą stronę. Wyszło wcale udanie.

Wertowała dalej gazetę, zostawiła Zamachowca i dotarła do działu K&W. Skrót pochodził od „Kobieta i wiedza" — w redakcji oczywiście nie nazywano tych stron inaczej jak „kurwą". Dzisiaj „kurwa" sięgnęła po oklepany chwyt i napisała o nowej quasi-psychologicznej amerykańskiej książce dla kobiet, okraszając recenzję przykładami znanych Szwedek. Książka nosiła tytuł „Kobieta idealna", a napisała ją paniusia o dwuczłonowym nazwisku i tak wąskim nosie, jaki można uzyskać tylko przez chirurgiczne wycięcie połowy. Ilustrację artykułu stanowiło, poza niewielką fotografią autorki, pięcioszpaltowe zdjęcie Christiny Furhage wykonane w studiu. Tekst opowiadał o książce, która WRESZCIE dawała wszystkim kobietom szansę na zostanie KOBIETĄ IDEALNĄ. W krótkim oddzielnym artykule schematycznie nagromadzono informacje o Christinie Furhage i Annika zrozumiała, że wokół zamordowanej przewodniczącej komitetu olimpijskiego zaczął tworzyć się mit. Christina Furhage była — jak napisano — kobietą, której wszystko się udało. Zrobiła fantastyczną karierę zawodową, miała wspaniały dom, szczęśliwe małżeństwo i udaną córkę. Poza tym dbała o swój wygląd, była szczupła i wysportowana, wyglądała na piętnaście lat młodszą niż była w rzeczywistości. Annika poczuła mdły smak w ustach i to nie tylko z powodu wystygłej kawy z automatu. Nie do końca odpowiadało to prawdzie. Pierwsze małżeństwo Furhage rozpadło się, jej pierwsze dziecko zmarło albo zaginęło w inny sposób, drugie było zwichnięte psychicznie, a ona sama została rozerwana na strzępy na pustych trybunach stadionu przez ładunek, który podłożył ktoś, kto jej nienawidził. Tak to się odbyło, tego Annika była pewna. I niemal mogła przysiąc, że ten ktoś nienawidził również Stefana Bjurlinga.

Miała właśnie pójść po drugi kubek kawy, kiedy zadzwonił telefon.

— Niech pani do mnie przyjdzie — zapłakał mężczyzna w słuchawce. — Wszystko pani opowiem.

To był Evert Danielsson.

Annika włożyła notes i ołówek do torby i zatelefonowała po taksówkę.

Helena Starke obudziła się na podłodze w kuchni. Z początku nie bardzo zdawała sobie sprawę, gdzie się znajduje. W ustach miała sucho, język jak papier ścierny, marzła i bolało ją jedno biodro. Skóra na twarzy była napięta od łez.

Uniosła się z trudem i pozostała w pozycji siedzącej, plecami oparta o szafkę pod zlewem. Spojrzała przez brudne okno i zobaczyła opadające płatki śniegu. Oddychała powoli i z namaszczeniem, wmuszała powietrze do płuc. Czuła się, jakby wciągała gruby papier ścierny, nie była przyzwyczajona do palenia. To zdumiewające, pomyślała. Życie sprawia wrażenie zupełnie nowego. Mózg jest pusty, niebo białe, serce spokojne. Dno zostało osiągnięte.

Wzbierał w niej jakiś wewnętrzny spokój. Długo siedziała na podłodze i patrzyła na mokry śnieg lepiący się do szyby. Wspomnienia z ostatnich dni przelatywały jak szare duchy gdzieś głęboko w jej świadomości. Pomyślała, że chyba musi być głodna. O ile mogła sobie przypomnieć, nie jadła przez całą wieczność, wypiła tylko trochę wody i jedno słabe piwo.

Poniedziałkowa rozmowa z dziennikarką zerwała wszystkie tamy. Po raz pierwszy w życiu Helena Starke doznała prawdziwej, wielkiej rozpaczy. Uświadomiła sobie, że naprawdę kochała i że była to jej jedyna prawdziwa miłość. Minionej nocy powoli dotarło do niej, iż rzeczywiście była zdolna do miłości i to odkrycie pogrążyło ją w jeszcze głębszym smutku. Szok i tęsknota za Christiną ustąpiły miejsca ogromnemu współczuciu dla samej siebie. Helena zrozumiała, że musi się nauczyć je akceptować. Była po prostu pogrążoną w żałobie wdową, z tą różnicą, że nie mogła liczyć na zrozumienie i wsparcie otoczenia. Te były zastrzeżone dla uznanych form heteroseksualnych związków.

Starke z trudem podniosła się na nogi. Miała nieprawdopodobnie zesztywniałe stawy. Wczoraj długo siedziała na krześle w kuchni i paliła jednego papierosa za drugim, odpalając każdy następny od niedopałka poprzedniego. Około północy nie miała już siły siedzieć na krześle i osunęła się na podłogę. W końcu musiała zasnąć.

Wzięła jakąś starą szklankę ze zlewozmywaka, wypłukała ją, napiła się wody i poczuła ściskanie w żołądku. Przypomniała sobie, co Christina miała zwyczaj powtarzać, niemal słyszała jej głos w swojej głowie:

„Musisz jeść, Heleno, musisz o siebie dbać."

Wiedziała, że była ważna dla Christiny, może nawet była najważniejszym człowiekiem w życiu przewodniczącej komitetu. Ale świadomość złych cech Christiny Furhage sprawiała, że Helena nie miała złudzeń, co to właściwie oznaczało. Dla Christiny ludzie po prostu nie byli istotni.

Otworzyła lodówkę i ku własnemu zdumieniu znalazła mały jogurt delikatesowy, przeterminowany tylko o dwa dni. Wzięła łyżeczkę, usiadła przy stole i zaczęła jeść. Waniliowy, jej ulubiony. Wyjrzała przez okno, śnieżna breja była naprawdę przygnębiająca. Z Ringvägen wdzierał się jak zwykle uliczny hałas. Helena zastanowiła się, dlaczego właściwie to wytrzymuje. Nagle uświadomiła sobie, że już dłużej nie musi. Zasługiwała na coś lepszego. Miała sporo pieniędzy na koncie, mogła przeprowadzić się do dowolnego miejsca na świecie. Odłożyła łyżeczkę na stół i wybrała resztę jogurtu palcem.

Czas wyjechać.

Restauracja „Sorbet" leżała na siódmym piętrze Lumahuset w Södra Hammarbyhamnen, serwowano tam tradycyjne szwedzkie i indyjskie potrawy. Prowadzący restaurację nie trzymali się kurczowo wyznaczonych godzin, Danielsson mógł wejść i zamówić kawę, mimo że do otwarcia kuchni zostało blisko pięćdziesiąt minut.

Annika znalazła szefa kancelarii za kratą oplecioną bluszczem po prawej stronie lokalu. Był szary na twarzy.

— Co się na Boga stało? — zapytała Annika i usiadła za stołem naprzeciwko Danielssona. Zdjęła szalik, rękawiczki i płaszcz, ubranie i torbę rzuciła na sąsiednie krzesło.

Evert Danielsson westchnął i spojrzał na swoje dłonie. Jak to miał w zwyczaju, umieścił je na brzegu stołu i chwycił mocno za blat.

— Okłamali mnie — powiedział zduszonym głosem.

— Kto?

Podniósł wzrok.

— Garnitur.

— A co to jest?

Mężczyźnie zbierało się na płacz.

— Zarząd i Hans Bjällra, wszyscy kłamali. Powiedzieli, że będę miał inne obowiązki, że będę musiał zająć się masą praktycznych szczegółów po śmierci Christiny. Ale oszukali mnie!

Annika rozejrzała się zakłopotana, nie miała czasu, żeby bawić się w urzędniczą niańkę.

— Niech pan opowie, co się wydarzyło — powiedziała szorstko i odniosło to zamierzony skutek. Mężczyzna opanował się.

— Hans Bjällra, przewodniczący zarządu, obiecał, że określenie moich nowych obowiązków nastąpi w porozumieniu ze mną, ale tak się wcale nie stało. Dzisiaj, kiedy przyszedłem do pracy, czekał na mnie list. Przyniesiono go wcześnie rano...

Zamilkł i spojrzał na swoje zbielałe knykcie.

— I co? — ponagliła Annika.

— Było w nim napisane, że mam uprzątnąć swoje biuro przed lunchem. Komitet nie zamierza w przyszłości korzystać z moich usług. Z tego względu nie muszę być do dyspozycji, lecz mogę swobodnie szukać nowego zajęcia. Moja odprawa zostanie wypłacona dwudziestego siódmego grudnia.

— Jak duża jest odprawa?

— Pięć rocznych pensji.

— No to faktycznie trzeba pana żałować — powiedziała Annika kwaśno.

— Tak, czy to nie okropne? Kiedy czytałem list, przyszedł chłopak z administracji, nawet nie zapukał, tylko po prostu wszedł do środka i zażądał kluczy...

— Przecież miał pan czas do lunchu na uprzątniecie?

— ...ków. Do samochodu. Zabrali mi samochód służbowy.

Mężczyzna pochylił się nad stołem i rozpłakał się. Annika przyglądała się w milczeniu jego szpakowatym włosom. Wyglądały nieco sztywno, jakby je układał suszarką i spryskiwał lakierem, zaczęły się przerzedzać na ciemieniu.

— Dostanie pan przecież odprawę, może pan sobie kupić nowy samochód — spróbowała go pocieszyć, ale od razu uświadomiła sobie, że to na nic. Człowiekowi, któremu właśnie zdechło ukochane zwierzątko, nie można powiedzieć, żeby kupił sobie nowe, identyczne.

Mężczyzna wyczyścił nos i odchrząknął.

— Dlatego nie ma powodu, żebym dłużej wykazywał lojalność. Christina nie żyje, jej nie mogę zaszkodzić.

Annika wyciągnęła z torby notes i ołówek.

— Co chce pan opowiedzieć?

Evert Danielsson spojrzał na nią zmęczonym wzrokiem.

— Wiem niemal wszystko. Kandydatura Christiny na przewodniczącą komitetu organizacyjnego igrzysk wcale nie była oczywista, na koordynatorkę kampanii promocyjnej Sztokholmu w MKO1 zresztą też nie. Było wiele innych osób, głównie mężczyzn, które się bardziej nadawały.

— Skąd znał pan Furhage?

— Christina przyszła z bankowości, to chyba pani wie. Poznałem ją jedenaście lat temu, pracowałem wówczas jako kierownik działu administracyjnego w banku, którego była wiceprezesem. Wręcz znienawidzonym przez szeregowych pracowników. W powszechnej opinii miała żelazną rękę i była niesprawiedliwa. Ta pierwsza ocena jest zgodna z prawdą, druga nie. Christina charakteryzowała się niesamowitą konsekwencją, nie pozbywała się nikogo, jeśli naprawdę sobie nie zasłużył. Lubiła natomiast publiczne egzekucje, co sprawiało, że ludzie panicznie bali się wpadki. Możliwe, że w jakimś stopniu miało to pozytywny wpływ na wyniki banku, ale fatalny na atmosferę. Związek zawodowy rozważał głosowanie wotum zaufania wobec niej, a musi pani wiedzieć, że w bankowości praktycznie się to nie zdarza. Christina zablokowała głosowanie. Związkowi aktywiści, którzy stali za całą sprawą, złożyli wypowiedzenia i opuścili bank tego samego dnia. Nie wiem, jak Christina się ich pozbyła, ale już nikt nigdy nie składał podobnego wniosku.

Jeden z właścicieli restauracji podszedł z filiżanką kawy dla Anniki, dolał też Danielssonowi. Annika podziękowała. Wydało się jej, że rozpoznaje mężczyznę z reklamówki karty kredytowej. Miała pamięć do twarzy i pewnie się nie myliła. Telewizje w budynku często brały na statystów ludzi będących pod ręką.

— Jak to się stało, że zachowała swoje stanowisko, skoro była tak znienawidzona? — zapytała Annika, kiedy mężczyzna z reklamówki odszedł.

— Też się nad tym zastanawiałem. Christina była wiceprezesem banku od blisko dziesięciu lat, kiedy tam przyszedłem. W tym czasie nie raz i nie dwa zmieniano prezesa i nigdy nie brano pod uwagę jej kandydatury. Miała niezagrożoną pozycję, ale nie awansowała.

— Dlaczego? — zapytała Annika.

— Nie wiem, niby wszystko było w porządku, ale coś jednak stało na przeszkodzie. Zarząd bał się chyba dać jej pełnię władzy do ręki. Musieli się zorientować, z jakiego materiału jest zrobiona. — Danielsson wziął kostkę cukru. Annika zaczekała, aż pomiesza kawę. — W końcu Christina uświadomiła sobie chyba, że nie awansuje. Kiedy Sztokholm zdecydował się ubiegać o organizację letnich igrzysk, zadbała o to, żeby bank został jednym z największych sponsorów. Myślę, że już wówczas miała określone plany.

— Jakie plany?

— Stanięcie na czele organizacji igrzysk. Mocno angażowała się w prace przygotowawcze. Po jakimś czasie dostała urlop bezpłatny z banku i została p.o. dyrektorem naczelnym Komitetu Organizacyjnego, koordynującym prace związane ze składaniem wniosków. W jej mianowaniu trudno dopatrzyć się czegoś niezwykłego, mimo że była mało znaną postacią, zajmującą niezbyt eksponowane stanowisko. Pensja była dość kiepska, o wiele niższa od jej zarobków w banku. Dlatego grube ryby biznesu nie interesowały się jakoś szczególnie tym stanowiskiem. Które ponadto nie gwarantowało bynajmniej prostej drogi do sukcesu, pamięta może pani początkowe niezadowolenie i debaty? Ludzie byli przeciwni organizowaniu igrzysk, to dopiero Christina sprawiła, że opinia publiczna zmieniła zdanie.

— Wszyscy mówią, że wykonała fantastyczną robotę — wtrąciła Annika.

— No tak — skrzywił się Danielsson. — Zręcznie prowadziła lobbing, a jego koszty potrafiła ukryć w różnych budżetach. Doprowadzenie do zmiany opinii Szwedów o igrzyskach było najdroższą kampanią, jaką przeprowadzono w tym kraju.

— Nic o tym nie czytałam — powiedziała Annika sceptycznie.

— Oczywiście, że nie. Christina nie pozwoliłaby, żeby coś wydostało się na zewnątrz.

Annika zanotowała i pomyślała przez chwilę.

— Kiedy pan zaczął pracować przy organizacji igrzysk? — zapytała.

Evert Danielsson uśmiechnął się.

— Zastanawia się pani, na ile wiem, o czym mówię, i ile brudów sam zgarnąłem pod dywan? Sporo. Kiedy Christina odeszła do kampanii na rzecz igrzysk, ja zostałem w banku i przejąłem część jej obowiązków. Głównie pomniejszych zadań natury czysto administracyjnej. A przy olimpiadzie zacząłem pracować za sprawą przypadku.

Mężczyzna odchylił się na krześle, wyglądało na to, że nastrój mu się poprawił.

— Kiedy Christina zdobyła igrzyska dla Sztokholmu, sytuacja uległa całkowitej zmianie. Stanowisko przewodniczącego Komitetu było prestiżowe. Wszyscy byli zgodni, że powinien objąć je kompetentny człowiek z dużym doświadczeniem w gospodarce.

— W grę wchodziło kilku kandydatów, sami mężczyźni, prawda? — powiedziała Annika.

— Tak, zwłaszcza jeden, wówczas dyrektor naczelny jednego z naszych największych państwowych przedsiębiorstw.

Annika poszukała w pamięci i zobaczyła przed sobą sympatyczną twarz mężczyzny.

— Zgadza się. Wycofał się ze względów osobistych i zamiast tego został wojewodą, tak było?

Evert Danielsson uśmiechnął się.

— Tak, dokładnie tak się to odbyło. Ale te względy osobiste stanowił rachunek z burdelu w Berlinie. Rachunek wylądował na moim biurku w banku, zaraz po tym jak Sztokholm otrzymał organizację igrzysk.

Annika zdumiona podniosła wzrok. Były szef kancelarii miał zadowoloną minę.

— Nie wiem, jak się to Christinie udało, ale jakimś cudem dowiedziała się, że gość poszedł z kolegami do klubu porno w czasie większej konferencji socjalistów w Niemczech. Wygrzebała skądś wyciąg z karty kredytowej, a ponieważ rachunek zapłacono oczywiście pieniędzmi podatników, facet był ugotowany.

— Jak to? W jaki sposób rachunek trafił do pana?

Evert Danielsson odsunął filiżankę i pochylił się nad stołem.

— Kiedy uzyskaliśmy igrzyska, Christina miała wrócić do banku. Szwedzki oddział MKOl-u działał szybko i przekierował jej pocztę z powrotem do nas, a ponieważ ja przejąłem część jej obowiązków, to niejako siłą rzeczy zajmowałem się również wpływającymi rachunkami.

— Czy w ramach przejęcia obowiązków Furhage dostał pan też upoważnienie do otwierania jej poczty? — zapytała niewinnie Annika.

Uśmiech zamarł na twarzy mężczyzny.

— Nie twierdzę, że jestem kryształowy. Przekazałem Christinie oryginalny rachunek, nie komentując tego w żaden sposób, ale zrobiłem sobie kopię. Następnego dnia niemal pewny kandydat na przewodniczącego Komitetu ogłosił, że nie zamierza przyjąć tego stanowiska i zarekomendował na nie Christinę Furhage.

— A jak pan trafił do kancelarii?

Evert Danielsson odchylił się na krześle i westchnął.

— Miałem już serdecznie dosyć banku. Zlecenie mi błahych obowiązków Christiny ujawniło, jaką kierownictwo ma o mnie opinię. Nie miałem tam przyszłości. Pokazałem więc Christinie kopię rachunku i powiedziałem, że chcę pracę w kancelarii komitetu olimpijskiego, i to dobrą. Zaledwie po miesiącu byłem szefem kancelarii.

Annika pochyliła głowę i zastanawiała się. To mogła być prawda. Jeśli dyrektor naczelny poszedł do burdelu z kolegami w czasie międzynarodowej konferencji, nie tylko on położyłby głowę pod topór. Owi „koledzy" musieli być wpływowymi socjalistami, w grę wchodziły ich kariery i wizerunek. Mogło tu chodzić o lokalnych lub krajowych polityków, wysokich urzędników albo aktywistów związkowych. Niewątpliwie mieli wiele do stracenia, gdyby ujawniono ich burdelową eskapadę. Z pewnością zdjęto by ich z publicznych stanowisk lub wyrzucono z pracy; oskarżenie o oszustwo czy nadużycie zaufania było pewne jak amen w pacierzu. Cierpiałyby ich rodziny, rozpadły się małżeństwa. Dla dyrektora naczelnego wybór musiał być prosty: zrezygnować ze stanowiska przewodniczącego komitetu olimpijskiego albo zniszczyć życie swoje i kolegów.

— Ma pan jeszcze kopię tego rachunku? — zapytała Annika.

Evert Danielsson wzruszył ramionami.

— Niestety nie. Musiałem oddać ją Christinie w zamian za pracę.

Annika przyjrzała się mężczyźnie przed sobą. Może mówił prawdę, historia była logiczna, a jego samego stawiała w niezbyt pochlebnym świetle. Nagle Annika skojarzyła, gdzie ostatnio widziała uśmiechniętą, sympatyczną twarz dyrektora naczelnego: na zdjęciu razem z Christiną Furhage w jakimś dodatku wspomnieniowym.

— Czy ten dyrektor nie zasiada w zarządzie? — zapytała.

Evert Danielsson kiwnął głową.

— Tak, ale teraz jako wojewoda.

Annikę ogarnęły wątpliwości. Może Evert Danielsson chciał się zemścić? Może próbował ją oszukać? Dla Furhage nie miało to już znaczenia, jak sam powiedział, ale nadal mógł zaszkodzić członkom zarządu, którzy go wyrzucili. Zdecydowała się kontynuować rozmowę i zobaczyć, co z niej wyniknie.

— Jak Furhage radziła sobie na swoim stanowisku? — zapytała.

— Oczywiście śpiewająco. Znała wszystkie sztuczki. Cieszyła się zaufaniem najważniejszych członków MKOl-u. Nie wiem dokładnie, jak to zrobiła, ale miała mocne haki na wielu z nich. Domyślam się, że chodziło o pieniądze, seks albo prochy, a może wszystko naraz. Christina nie zdawała się na przypadek.

Annika notowała, starając się zachować neutralny wyraz twarzy.

— Dał pan wcześniej do zrozumienia, że miała wielu wrogów.

Evert Danielsson wydał z siebie krótki, suchy śmiech.

— O tak. Potrafię wyobrazić sobie cały szereg osób od naszych czasów w banku aż do teraz, które chętnie widziałyby ją martwą. Wszystkich facetów, którzy zgrywali macho w jej obecności, poniżała często tak, że załamywali się publicznie. Niekiedy myślę, że sprawiało jej to przyjemność.

— Nie lubiła mężczyzn?

— W ogóle nie lubiła ludzi, ale wolała kobiety. Przynajmniej w łóżku.

Annika zamrugała oczami.

— Dlaczego tak pan sądzi?

— Miała romans z Heleną Starke, mogę się założyć.

— Czyli nie wie pan tego na pewno?

Mężczyzna spojrzał na Annikę.

— Po ludziach widać, kiedy łączy ich seks. Stoją nieco za blisko siebie, ich osobiste strefy się przenikają, ich dłonie muskają się przy pracy. Drobne rzeczy, ale rozstrzygające.

— Ale nie było tak, że lubiła wszystkie kobiety?

— Nie, absolutnie nie. Nienawidziła kokietek. Ścierała je na proch, krytykowała wszystkie ich poczynania i szykanowała tak długo, aż odchodziły. Czasami myślę, że sprawiało jej przyjemność publiczne wyrzucanie ludzi. Jednym z takich złośliwszych przedstawień było wylanie młodej dziewczyny, Beaty Ekesjö, na oczach całego tłumu...

Annika otworzyła szeroko oczy.

— Chce pan przez to powiedzieć, że Beata Ekesjö nienawidziła Christiny Furhage?

— Bezwzględnie i żarliwie — potwierdził Danielsson, a Annika poczuła, jak jeżą się jej włosy na karku. Teraz wiedziała, że mężczyzna kłamie. Nie dalej jak wczoraj Beata Ekesjö powiedziała, że Christina Furhage była dla niej wzorem, że ją podziwiała, że była załamana jej śmiercią. Co do tego nie było wątpliwości. Evert Danielsson sam się wystawił rufą do wiatru, nie mógł przecież wiedzieć, że Annika zna właśnie tę osobę.

Było już wpół do dwunastej i restauracja powoli wypełniała się gośćmi. Evert Danielsson zaczął się wiercić i rozglądać z zakłopotaniem. Przychodziło tu na pewno wiele osób pracujących przy organizacji igrzysk, a Danielsson najwyraźniej nie chciał być widziany z dziennikarką. Annika zdecydowała się zadać ostatnie i zasadnicze pytania.

— Jak pan myśli, kto zamordował Christinę Furhage i dlaczego?

Danielsson zwilżył językiem wargi i ponownie złapał za brzeg stołu.

— Nie wiem, kto to mógł być, nie mam bladego pojęcia. Ale morderca jej nienawidził. Człowiek, który wysadza w powietrze połowę stadionu, żeby kogoś zabić, musi być naprawdę wściekły.

— Czy wedle pana wiedzy coś łączyło Christinę Furhage i Stefana Bjurlinga?

Evert Danielsson wyglądał na zaskoczonego.

— Kim jest Stefan Bjurling?

— Ta druga ofiara śmiertelna. Pracował dla jednego z waszych podwykonawców, Bygg&Rör AB.

— Aha, Bygg&Rör, jedni z najlepszych. Brali udział chyba we wszystkich naszych budowach na przestrzeni ostatnich siedmiu lat. Czy to jeden z ich chłopców zginął?

— Nie czyta pan gazet? — odpowiedziała Annika pytaniem. — Był tam brygadzistą, trzydzieści dziewięć lat, popielaty blondyn, mocno zbudowany...

— Ach, on — skojarzył Danielsson. — Tak, wiem o kogo chodzi, to Steffe... Jest... był bardzo nieprzyjemnym człowiekiem.

— Koledzy z pracy opisali go jako pogodnego i sympatycznego.

Evert Danielsson zaśmiał się.

— Na Boga, czego to nie mówi się o zmarłych!

— Czy jest coś, co łączy go z Christiną Furhage? — Annika wróciła do swojego pytania.

Szef kancelarii zwinął wargi w trąbkę i zastanawiał się. Przesunął wzrokiem po grupie, która właśnie weszła do restauracji, zesztywniał, ale zaraz się odprężył. Najwyraźniej nie było w niej znajomych.

— Owszem, jest.

Annika czekała z nieporuszoną miną.

— Furhage i Bjurling siedzieli koło siebie na wielkim przyjęciu wigilijnym w zeszłym tygodniu. Rozmawiali ze sobą długo po tym, jak my odeszliśmy od stołu.

— To było w tej baskijskiej restauracji? — zapytała Annika.

— Nie, nie, tam było przyjęcie wigilijne kancelarii, a ja mówię o wielkim przyjęciu ze wszystkimi funkcyjnymi, wolontariuszami, pracownikami firm budowlanych... Drugą taką imprezę będziemy mieli najwcześniej po zakończeniu igrzysk.

— Czyli Christina Furhage i Stefan Bjurling znali się? — powiedziała Annika zdziwiona.

Evert Danielsson nagle spochmurniał. Przypomniał sobie, że nie może już mówić „my" i że najprawdopodobniej nie weźmie udziału w następnej imprezie.

— Zaraz tam „znali się". Rozmawiali tamtego wieczoru. Muszę już chyba...

— Jak to się stało, że akurat Bjurling znalazł się koło przewodniczącej? — zapytała szybko Annika. — Dlaczego nie siedział koło niej prezes zarządu albo jakaś inna szycha?

Evert Danielsson spojrzał na nią zirytowany.

— Bo ich tam nie było, to była impreza dla szeregowych pracowników. Ale naprawdę udana. Christina sama wyznaczyła miejsce, Niebieską Salę w Ratuszu.

Podniósł się, odsuwając krzesło nogami.

— Jak pan myśli, o czym rozmawiali?

— Nie mam bladego pojęcia. Naprawdę muszę już iść.

Annika też wstała, zebrała swoje rzeczy z sąsiedniego krzesła i podała rękę byłemu szefowi kancelarii.

— Proszę do mnie zadzwonić, jeśli będzie chciał pan jeszcze coś opowiedzieć.

Mężczyzna kiwnął głową i pośpiesznie wyszedł z restauracji.

Annika zamiast skręcić przy wyjściu w prawo, zeszła piętro niżej do Anne Snapphane. Dowiedziała się, że przyjaciółka wzięła świąteczny urlop. Należał się jej. Recepcjonistka zadzwoniła po taksówkę dla Anniki.

Kiedy samochód mknął w padającym śniegu z powrotem do redakcji, Annika układała sobie w głowie uzyskane informacje. Nie mogła ujawnić ich policji, konstytucja chroniła jej informatorów, ale mogła wykorzystać wypowiedź Everta Danielssona do zadawania pytań, nawet takich, które dotyczyły jego samego.

Lena słyszała, jak Sigrid, pomoc domowa, nuci sobie w kuchni wkładając wczorajsze naczynia do zmywarki. Sigrid dobiegała pięćdziesiątki. Jej mąż opuścił dom, kiedy córki dorosły, a żona utyła. Sigrid sprzątała, zmywała naczynia, robiła zakupy, prała i gotowała rodzinie Furhage--Milander na pełny etat z kawałkiem już od blisko dwóch lat. Mama cieszyła się ze słabej koniunktury, wcześniej mieli problemy zarówno ze znalezieniem pomocy domowej, jak i jej zatrzymaniem. Ale w ostatnich latach ludzie nie wypowiadali tak łatwo. Prawdę mówiąc wszystkie te zobowiązania do milczenia, które mama kazała podpisywać służbie, i zagrożenie pozwem mogły działać odstręczająco na kandydatów. Sigrid sprawiała jednak wrażenie zadowolonej, a nigdy nie była tak zadowolona jak w ostatnich dniach. Znajdowanie się w centrum wydarzeń i możliwość swobodnego poruszania się w domu światowej sławy, która została zamordowana, najwyraźniej sprawiało jej przyjemność. Zapewne zgrzytała zębami, że podpisała zobowiązanie do zachowania tajemnicy — gdyby mogła, dawno już udzielałaby wywiadów mediom. Płakała czasami efektownie tutaj w domu, ale Lena poznała, że to był ten sam rodzaj łez, jakie ludzie wylewali z powodu księżnej Diany. Bo Sigrid praktycznie nie spotykała swojej chlebodawczyni, chociaż przez prawie dwa lata wycierała po niej plamy po paście do zębów z lustra w łazience i prała jej brudne majtki. Może to dawało jakieś poczucie zażyłości.

Sigrid kupiła pierwsze wydania obu popołudniówek i położyła je na stoliku pod lustrem w przedpokoju. Lena wzięła gazety do biblioteki, gdzie jej biedny tata spał na kanapie z otwartymi ustami. Usiadła na fotelu i oparła nogi na antycznym stoliku. Oba brukowce prześcigały się oczywiście w pisaniu o nowym morderstwie, ale miały też trochę informacji o śmierci mamy. Lena nie mogła się powstrzymać od przeczytania szczegółów o materiale wybuchowym. Może jednak psycholog w Huddinge, który nie zaklasyfikował jej jako piromanki, mylił się. Lena była świadoma, że ogień sprawia jej przyjemność, podobnie jak wszystko, co związane z wybuchami i pożarami. Także wozy strażackie, gaśnice, hydranty i maski gazowe przyprawiały ją o rausz i wywoływały łaskotanie w ciele. No cóż, w każdym razie została uznana za zdrową i nie miała zamiaru powiadamiać lekarzy, że prawdopodobnie postawili błędną diagnozę.

Przewertowała gazetę i sięgnęła po drugą. Dotarła do rozkładówki przed środkiem i nagle poczuła się, jakby ktoś uderzył ją pięścią w brzuch. Ze stron popołudniówki spoglądała na nią mama, jej oczy się uśmiechały, a podpis pod zdjęciem głosił wielkimi literami „KOBIETA IDEALNA". Lena odrzuciła gazetę i zaczęła krzyczeć. Był to ryk, który przeciął pogodną ciszę secesyjnego mieszkania. Biedny tata obudził się i rozejrzał zaskoczony z plwociną zwisającą w kąciku ust. Lena zerwała się, rzuciła stolikiem w drzwi i pociągnęła za najbliżej stojący regał, przewracając go. Drewno i książki spadały z ogłuszającym hukiem, miażdżąc telewizor i wieżę stereo.

— Lena! — przez mgłę nienawiści usłyszała zrozpaczone wołanie ojca i zatrzymała się bezradnie.

— Lena, Lena, co ty robisz?

Bertil Milander wyciągnął ramiona do swojej córki, jego zrezygnowany wyraz twarzy sprawił, że rozpacz młodej kobiety znalazła ujście.

— Och, tatusiu — powiedziała i rzuciła się mu w objęcia.

Sigrid zamknęła ostrożnie drzwi do biblioteki i poszła po worki na śmieci, miotłę i odkurzacz.

Kiedy Annika wróciła do redakcji, wpadła prosto na Patrika i Evę-Britt. Schodzili do stołówki, postanowiła do nich dołączyć. Spostrzegła, że sekretarka spochmurniała, miała zapewne zamiar poplotkować na jej temat. Stołówka, która właściwie nazywała się „Trzy Korony", nosiła nieoficjalne miano „Siedem Szczurów" po obrosłej w legendy kontroli sanepidu. Teraz była tak przepełniona, że zmieściłoby się tam najwyżej jedno małe szczurzątko.

— Cholernie dobra robota wczoraj — powiedziała Annika Patrikowi, biorąc pomarańczową tacę przy bufecie.

— Tak uważasz? Super! — rozpromienił się reporter.

— Dzięki tobie analiza była interesująca, mimo że tak przeładowana technicznymi szczegółami. Gdzie znalazłeś tego eksperta od wybuchów, który tak świetnie opowiada o różnych rodzajach dynamitu?

— W książce telefonicznej pod „materiałami wybuchowymi". Był fantastyczny! Wiecie, co zrobił? Zdetonował mi przez telefon trzy próbne ładunki, żebym mógł usłyszeć, jak różnią się hukiem w zależności od marki.

Annika zaśmiała się, ale Eva-Britt Qvist nie.

Na danie dnia składały się sałatka śledziowa z szynką i czarniak po szwedzku. Annika wzięła cheeseburgera z frytkami. Wolne miejsca były jedynie w kafeterii, w części dla palących. Dlatego zjedli szybko, w milczeniu i wrócili do redakcji, żeby wypić kawę i przedyskutować dzisiejsze zadania.

W drodze na górę natknęli się na Nilsa Langeby'ego, który był z powrotem po wykorzystaniu wolnego za nadgodziny z zeszłego weekendu. Mężczyzna na widok Anniki i pozostałych wyprostował się.

— Będziemy mieć dzisiaj odprawę? — zapytał wyzywająco.

— Tak, za kwadrans w moim pokoju — powiedziała Annika.

Najpierw chciała pójść do toalety i przemyśleć podział prac.

— No to dobrze. Uważam, że ostatnio strasznie zaniedbujemy odprawy — stwierdził Langeby.

Annika udała, że nie słyszy i poszła w stronę damskiej toalety. Musiała naprawdę ugryźć się w język, żeby nie powiedzieć czegoś dosadnie staremu reporterowi. Jej zdaniem był cholernie zgorzkniały, niewiarygodnie złośliwy i tępy. Ale stanowił część zespołu, któremu przewodziła, i dlatego musiała się starać, by ich współpraca się układała. Wiedziała, że Langeby chce sprowokować ją do popełniania błędów, i nie zamierzała dać mu się podpuścić.

Kiedy Annika wróciła z toalety, Nils Langeby siedział już wygodnie rozparty na jej kanapie. To, że wszedł do pokoju pod jej nieobecność, zirytowało ją, ale postanowiła nie dać nic po sobie poznać.

— Gdzie są Patrik i Eva-Britt? — zapytała.

— Ty powinnaś to wiedzieć, myślałem, że ty jesteś tu szefem, nie ja — odparł Langeby.

Annika wyszła i poprosiła Patrika i Evę-Britt do środka, potem udała się do szefa działu wiadomości Ingvara Johanssona z prośbą, żeby też się zjawił. Idąc z powrotem wzięła sobie kubek kawy.

— A mnie nie przyniosłaś? — zapytał obrażony Langeby.

Annika nakazała sobie spokój i usiadła za biurkiem.

— Nie, nie wiedziałam, że chcesz. Ale zdążysz sobie przynieść, jeśli się pośpieszysz.

Mężczyzna nie ruszył się. Wchodzili inni i zajmowali miejsca.

— Okej — powiedziała Annika. — Cztery rzeczy. Poszukiwania Zamachowca, w tej chwili policja musi już mieć jakiś ślad. Trzeba spróbować się dzisiaj tego dowiedzieć. Ktoś ma jakieś dobre wejścia?

Annika nie wskazała osoby, która ma odpowiedzieć, tylko przesunęła wzrokiem po obecnych: Patrik intensywnie się zastanawiający, Ingvar Johansson sceptyczny, ale bezstronny, Eva-Britt Qvist i Nils Langeby czekający na potknięcie.

— Mogę trochę powęszyć — powiedział Patrik.

— Co mówiła policja w nocy? — zapytała Annika.

— Czy miałeś wrażenie, że szukają powiązań między ofiarami?

— Tak, zdecydowanie — odpowiedział Patrik. — Może to być cokolwiek, równie dobrze same igrzyska, ale mój szósty zmysł podpowiada mi, że mają coś więcej. Są niezwykle skoncentrowani i cholernie małomówni, to może wskazywać, że lada moment kogoś zatrzymają.

— Musimy się przyłożyć. Nie wystarczy nasłuchiwać policyjnego radia i liczyć na czujki, musimy spróbować się wywiedzieć, czy są bliscy zatrzymania. Zdjęcia Zamachowca wsiadającego w kajdankach do radiowozu byłyby światowym hitem.

— Spróbuję coś wydobyć — obiecał Patrik.

— Dobra, ja też trochę podzwonię. Druga rzecz: wiem już, że ofiary coś łączyło. Znali się, siedzieli koło siebie i rozmawiali na imprezie wigilijnej w zeszłym tygodniu.

— Boże święty — powiedział Patrik. — To rewelacja!

Obudził się też Ingvar Johansson.

— Może zrobiono zdjęcia! Niesamowite! Wyobraźcie sobie: ofiary wybuchów ściskają się pod jemiołą i podpis „Teraz oboje nie żyją".

— Ustalę, czy są jakieś zdjęcia — zadeklarowała się Annika. — Może być więcej nici łączących ofiary. Przed południem spotkałam się z Evertem Danielssonem i kiedy opisałam Bjurlinga, szef kancelarii od razu wiedział, o kogo chodzi. Powiedział o nim „Steffe". Christina Furhage też mogła go znać, niekoniecznie tylko z imprezy.

— Dlaczego spotkałaś się z Danielssonem? — zapytał Johansson.

— Chciał pogadać.

— O czym? — nie odpuścił Johansson i Annika spostrzegła, że znalazła się w pułapce. Teraz musiała coś powiedzieć, inaczej wpadłaby w taką samą kabałę jak na poniedziałkowej osiemnastce, a tego chciała uniknąć, zwłaszcza, że byli tutaj Nils Langeby i Eva-Britt Qvist.

— O tym, że jego zdaniem Christina Furhage była lesbijką. Rzekomo miała romans z pracownicą kancelarii, Heleną Starke. Nie przedstawił jednak żadnych dowodów, odniósł tylko takie wrażenie, jak sam powiedział.

Nikt się nie odezwał.

— Po trzecie, czy Bjurlingowi grożono? Coś do was dotarło? Nie? Dobra, sama poszukam. I ostatnia rzecz:

bezpieczeństwo, zawody, czy wszystko będzie gotowe na czas, sprawdzane ugrupowania terrorystyczne itd. itp., pracujecie nad tym na ogólnym?

Ingvar Johansson westchnął.

— Nie, cholera, praktycznie nie mam reporterów, wszyscy wzięli świąteczne urlopy.

— Nils, możesz to zrobić? — powiedziała Annika używając formy pytającej, chociaż właściwie wydawała polecenie.

— No więc — odezwał się Langeby — zastanawiam się, jak długo będziemy musieli tego wysłuchiwać.

— Co masz na myśli? — Annika wyprostowała się.

— Czy mamy tu siedzieć jak dziatwa szkolna i dawać sobie narzucać robotę? I gdzie do cholery jest analiza? Refleksja? Przemyślenia? To, co kiedyś było znakiem rozpoznawczym „Kvällspressen". No gdzie?

Annika zastanowiła się przez chwilę, jak ma zareagować. Mogła podjąć rękawicę, poprosić Langeby'ego, żeby sprecyzował zarzuty, przygwoździć go, kiedy nie będzie umiał tego zrobić, zagonić do narożnika i sprawić, że będzie się bał. Zajęłoby to przynajmniej godzinę i Annika czuła w całym ciele, że nie ma siły na taką potyczkę.

— Przecież możesz sam tego dopilnować — powiedziała więc tylko i podniosła się. — Czy coś jeszcze?

Ingvar i Patrik wychodzili pierwsi, Eva-Britt i Nils za nimi. Jednak Langeby zatrzymał się i obrócił w drzwiach.

— Uważam, że aż przykro patrzeć, jak ten dział zszedł na psy — oświadczył. — Obecnie robimy tylko szmirę. Nie widzisz, jak wszystkie inne media cały czas nas wyprzedzają?

Annika podeszła do niego i przytrzymała drzwi.

— Nie mam w tej chwili na to czasu — powiedziała zduszonym głosem. — Wyjdź stąd.

— Uważam, że to żałosne, kiedy przełożony nie potrafi podjąć prostej dyskusji — odparował Langeby i oddalił się prowokacyjnie wolnym krokiem.

— Powoli brakuje mi pomysłów, jak z gościem postępować — powiedziała do siebie Annika. — Następnym razem, jak zacznie zrzędzić, wybiję mu kopniakiem zęby.

Zamknęła drzwi, żeby móc spokojnie pomyśleć, potem usiadła za biurkiem. Odszukała w książce telefonicznej firmę Bygg&Rör i zadzwoniła pod pierwszy numer telefonu komórkowego z listy. Jak słusznie założyła, odebrał dyrektor naczelny, mężczyzna wchodzący w wiek średni. Znajdował się akurat na jakiejś budowie.

— Tak, byłem na przyjęciu wigilijnym.

— Miał pan może ze sobą aparat fotograficzny? — zapytała Annika.

Mężczyzna powiedział coś do osoby stojącej koło niego.

— Aparat? Nie, nie miałem. A co?

— A ktoś inny miał? Czy ktoś robił zdjęcia na tym przyjęciu?

— Co? Leży tam, za rusztowaniem. Zdjęcia? Tak, chyba tak. Dlaczego pani pyta?

— Wie pan, czy Stefan Bjurling miał ze sobą aparat?

Dyrektor zamilkł na chwilę, słychać było tylko hałasującą koparkę w tle. Kiedy odezwał się ponownie, przybrał inny ton.

— Powiedziała pani, że skąd pani dzwoni?

— Z gazety „Kvällspressen", mówiłam przecież, nazywam się Annika Be...

Mężczyzna rozłączył się.

Annika odłożyła słuchawkę i pomyślała chwilę. Kto, według wszelkiego prawdopodobieństwa, mógł zrobić zdjęcie Stefanowi Bjurlingowi razem ze słynną przewodniczącą komitetu olimpijskiego?

Odetchnęła głęboko kilka razy, a potem wybrała domowy numer do Evy Bjurling w Farsta. Głos kobiety był zmęczony, ale opanowany, kiedy odebrała. Annika zaczęła od zwykłych kondolencyjnych formułek, ale Eva Bjurling przerwała jej:

— Czego pani chce?

— Chciałabym się dowiedzieć, czy pani albo pani mąż znaliście osobiście przewodniczącą Christinę Furhage — wyjaśniła Annika.

Kobieta pomyślała.

— Ja w każdym razie nie. Ale Steffe na pewno ją spotkał, czasami o niej mówił.

Annika włączyła magnetofon.

— A co mówił?

Eva Bjurling westchnęła.

— Nie wiem. Mówił, że to twarda babka i takie rzeczy. Dokładnie nie pamiętam...

— Ale nie odniosła pani wrażenia, że znali się osobiście?

— Nie, tego nie mogę powiedzieć. Dlaczego tak pani sądzi?

— Tak tylko. Siedzieli koło siebie na przyjęciu wigilijnym w zeszłym tygodniu.

— Naprawdę? O tym Steffe nic nie wspomniał. Powiedział, że przyjęcie było dosyć nudne.

— Miał tam ze sobą aparat?

— Steffe? Nie, absolutnie nie. Uważał, że fotografowanie to coś dla pajaców.

Annika zawahała się na kilka sekund, ale jednak zdecydowała się zadać pytanie, które chodziło jej po głowie.

— Przepraszam, jeśli poczuje się pani dotknięta, ale jak to się dzieje, że jest pani taka opanowana?

Kobieta westchnęła ponownie.

— To oczywiste, że jestem smutna, ale Steffe nie był ideałem. Prawdę mówiąc, małżeństwo z nim nie należało do najłatwiejszych. Dwa razy wystąpiłam o rozwód, ale wycofałam pozwy. Nie dało się go pozbyć. Wracał zawsze, nigdy się nie poddawał.

Scenariusz brzmiał znajomo, Annika wiedziała, jakie ma postawić następne pytanie.

— Bił panią?

Kobieta zawahała się na moment, ale najwyraźniej postanowiła być szczera.

— Raz skazano go za maltretowanie mniejszej wagi i bezprawne groźby. Prokurator wydał zakaz odwiedzin, który Stefan ciągle łamał. W końcu nie miałam już siły i przyjęłam go z powrotem — powiedziała spokojnie.

— Liczyła pani na to, że się poprawi?

— Nawet przestał obiecywać, ten etap mieliśmy dawno za sobą. Ale faktycznie potem było lepiej. W ostatnim roku dało się wytrzymać.

— Zgłaszała się pani do Domu Pomocy Kobietom? Annika zadała pytanie zupełnie naturalnie, przez lata postawiła je ze sto razy. Eva Bjurling znowu się zawahała, ale zdecydowała się odpowiedzieć i tym razem.

— Kilkakrotnie, ale to było bardzo uciążliwe dla dzieci. Nie mogły chodzić do przedszkola i do szkoły tak, jak były przyzwyczajone. Za dużo zamieszania.

Annika czekała w milczeniu.

— Zastanawia się pani, dlaczego nie jestem zdruzgotana? — powiedziała Eva Bjurling. — Oczywiście, że jestem smutna, głównie z powodu dzieci. Bardzo kochały swojego tatę, ale teraz, gdy go nie ma, będzie im lepiej. Czasami dosyć dużo pił. Tak to było...

Przez chwilę obie milczały.

— Nie będę pani dłużej przeszkadzała — powiedziała Annika. — Dziękuję za szczerość, to ważne, żebym miała jasny obraz sytuacji.

Kobieta nagle się zaniepokoiła.

— Ma pani zamiar o tym napisać? Sąsiedzi nie bardzo się orientują, co się u nas działo.

— Nie — powiedziała Annika. — Nie zamierzam nic pisać, ale dobrze, że o tym wiem, bo może innym razem będę mogła zapobiec popełnieniu gafy.

Zakończyły rozmowę i Annika wyłączyła magnetofon. Przez chwilę siedziała przy biurku i patrzyła przed siebie. Kobiety maltretowano wszędzie, tę wiedzę uzyskała z biegiem lat. Napisała wiele długich artykułów o kobietach i przemocy, na jaką były narażone. Annika pozwoliła myślom swobodnie płynąć i nagle odkryła coś zupełnie innego. Jeszcze jeden wspólny mianownik łączący ofiary wybuchów: wychwalane przez osoby słabo je znające, okazywały się potem prawdziwymi świniami. O ile Evert Danielsson nie kłamał o Furhage.

Annika westchnęła i włączyła swojego macintosha. W zasadzie mogła spisać wszystko od razu, póki miała to świeżo w głowie. Podczas gdy komputer uruchamiał kolejne programy, wyjęła z torby notes. Nie bardzo wiedziała, co ma sądzić o Danielssonie. W jednej chwili sprawiał wrażenie profesjonalnego i kompetentnego, w następnej płakał, bo zabrano mu samochód służbowy. Czy mężczyźni u władzy naprawdę są tak przewrażliwieni i naiwni? Odpowiedź brzmiała prawdopodobnie twierdząco. Ci mający władzę nie są dziwniejsi od innych. Jeśli stracą pracę lub coś dla nich ważnego, przechodzą kryzys. A zestresowany człowiek przechodzący kryzys nie postępuje racjonalnie bez względu na posiadany tytuł.

Zdążyła spisać niemal wszystko ze swojego notatnika, kiedy zadzwonił telefon.

— Powiedziała pani, że mam zwrócić wam uwagę, jeśli napiszecie coś nie tak.

Głos należał do młodej kobiety, ale Annika nie mogła go skojarzyć z osobą.

— Tak, oczywiście — odrzekła, starając się zachować neutralny ton. — W czym mogę pomóc?

— Powiedziała to pani, jak była u nas w niedzielę. Że mogę zadzwonić, kiedy coś w gazecie będzie nie tak, a teraz naprawdę przekroczyliście wszelkie granice.

To była Lena Milander. Annice zaokrągliły się oczy, poszukała przycisku magnetofonu.

— Co konkretnie ma pani na myśli? — zapytała.

— Czytała pani chyba własną gazetę. Daliście moją mamę na olbrzymim zdjęciu, a pod spodem napisaliście KOBIETA IDEALNA. Co możecie o tym wiedzieć?

— A co pani zdaniem mieliśmy napisać?

— Nic — odparła Lena Milander. — Zostawcie moją mamę w spokoju. Jeszcze nawet nie została pochowana.

— Z tego, co wiemy, pani mama była kobietą idealną. Jak mamy dowiedzieć się czegoś innego, jeśli nikt nie chce nam opowiedzieć?

— Dlaczego w ogóle musicie o niej pisać?

— Pani mama była osobą publiczną na bardzo wysokim stanowisku. Sama zdecydowała się nią zostać. Sama też stworzyła obraz swojej osoby. I jest to jedyny obraz, jakim dysponujemy, przynajmniej dopóki ktoś nie poinformuje nas, że jest fałszywy.

Lena Milander milczała przez chwilę, po czym powiedziała:

— Proszę przyjść do „Pelikana" na Söder za pół godziny. Potem obieca mi pani, że już nigdy więcej nie napiszecie takich bzdur.

Rozłączyła się, a Annika spojrzała zdumiona na słuchawkę. Szybko zapisała tekst ze spotkania z Danielssonem na dyskietce, skasowała dokument w komputerze, wzięła torbę i rzeczy, i wyszła.

Anders Schyman siedział w swoim gabinecie i studiował statystyki sprzedaży z ubiegłego weekendu. Był w dobrym humorze, tak powinno to wyglądać. W sobotę „Konkurent" sprzedał jak zwykle więcej egzemplarzy niż „Kvällspressen", ale w niedzielę nastąpiła zmiana trendu. Po raz pierwszy od ponad roku wojnę o nakład wygrał „Kvällspressen", mimo że „Konkurent" miał obszerniejszy i efektowniejszy dodatek. To wiadomości dotyczące wybuchu na stadionie olimpijskim w Sztokholmie sprawiły, że „Kvällspressen" sprzedawał się lepiej, a rozstrzygający był oczywiście artykuł na pierwszej stronie, którego tytuł trafił na afisze: odkrycie Anniki, że ktoś groził śmiercią Christinie Furhage.

Rozległo się pukanie i w drzwiach stanęła Eva-Britt Qvist przestępując z nogi na nogę.

— Ależ proszę wejść — powiedział redaktor naczelny i wskazał na krzesło po drugiej stronie biurka.

Sekretarka uśmiechnęła się lekko, wygładziła spódnicę i odchrząknęła.

— Hm, muszę z panem porozmawiać w pewnej sprawie.

— Słucham — Schyman odchylił się na krześle, założył ręce na kark i przyglądał się Evie-Britt Qvist spod na wpół przymkniętych powiek. Teraz miało nastąpić coś nieprzyjemnego, był tego pewien.

— Uważam, że ostatnio w dziale kryminalnym zapanowała bardzo przykra atmosfera — powiedziała sekretarka.

— Człowiek nie ma już radości z pracy. Pracuję tutaj bardzo długo i jestem zdania, że byłoby błędem akceptowanie takiej sytuacji.

— Tak, nie możemy do tego dopuszczać — zgodził się Anders Schyman. — Mogłaby pani podać jakiś przykład ilustrujący tę przykrą atmosferę?

Sekretarka powierciła się na krześle, zastanawiając się.

— Tak, cóż, to raczej przykre być wzywanym do pracy w ostrych słowach, gdy człowiek właśnie piecze ciasto, tuż przed świętami i w ogóle. Musi przecież panować jakaś elastyczność tu w redakcji.

— Została pani wezwana telefonicznie do pracy, gdy piekła pani ciasto? — upewnił się Schyman.

— Tak, przez Annikę Bengtzon.

— Miało to może coś wspólnego z zamachem na stadionie?

— Tak. Uważam, że ona jest strasznie nieelastyczna.

— Czyli uważa pani, że nie na miejscu jest, by pracowała pani po godzinach, kiedy wszyscy inni to robią? — powiedział spokojnie. — Tragiczne wydarzenia tej miary zdarzają się w naszym kraju na szczęście niezwykle rzadko.

Kobieta poczerwieniała lekko na policzkach i zdecydowała się przejść do ataku.

— Annika Bengtzon nie potrafi się zachować! Wie pan, co powiedziała dzisiaj po lunchu? Że wybije kopniakiem zęby Nilsowi Langeby'emu!

Anders Schyman z trudem powstrzymał się od śmiechu.

— Ach tak, doprawdy? Powiedziała to rzeczywiście do Nilsa Langeby'ego?

— Nie, nie do kogoś, raczej do siebie, ale ja usłyszałam. To było naprawdę niepotrzebne, tak nie powinno się wyrażać w pracy.

Redaktor naczelny pochylił się do przodu i położył splecione ręce niemal na przeciwległym brzegu biurka.

— Ma pani całkowitą rację, ta wypowiedź była nie na miejscu. Ale wie pani, co moim zdaniem jest o wiele gorsze?

Powiem pani: to, że ludzie biegają do szefa jak małe dzieci i skarżą na kolegów z pracy.

Eva-Britt Qvist zrobiła się zupełnie biała na twarzy, potem płomieniście czerwona. Anders Schyman nie spuszczał z niej wzroku: najpierw spojrzała na swoje kolana, później na niego, potem znowu w dół, a na koniec wstała i wyszła. Przypuszczalnie najbliższy kwadrans przepłacze w toalecie.

Redaktor naczelny odchylił się i westchnął. Wydawało mu się, że wypełnił tygodniową normę zajmowania się przedszkolnymi problemami, ale najwyraźniej się mylił.

Annika wyskoczyła z taksówki na Blekingegatan 40 i na sekundę zdumiała się wyborem lokalu dokonanym przez pannę Milander z Östermalm. „Pelikan" był klasyczną piwiarnią, tyle że podawano tu dobre jedzenie. Różnorodna klientela hałasowała do późna w nocy, ale teraz w dużej sali było jeszcze dość spokojnie; ludzie rozmawiali ze sobą przy stolikach pod ścianami, zamawiając jedno piwo lub kanapkę. Lena Milander dopiero co przyszła, siedziała oparta plecami o przeciwległą ścianę i zachłannie paliła ręcznie skręconego papierosa bez filtra. Ze swoimi krótkimi włosami, czarnym strojem i ponurym wyrazem twarzy pasowała idealnie do tego miejsca. Mogła być tutaj stałym bywalcem. Teoria ta potwierdziła się, kiedy kelnerka, która podeszła przyjąć zamówienie, zapytała Lenę:

— To co zwykle?

Annika wzięła kawę i kanapkę z szynką i serem, „to co zwykle" okazało się piwem i przysmażką. Młoda kobieta zgasiła na wpół wypalonego papierosa, spojrzała na Annikę i uśmiechnęła się krzywo.

— Właściwie nie palę, ale lubię zapalać papierosy — powiedziała, przypatrując się uważnie Annice.

— Wiem, że lubi pani podpalać — Annika podmuchała na kawę. — Zakład w Botkyrka na przykład.

Lena nie mrugnęła nawet.

— Jak długo będziecie kłamać o mojej mamie?

— Dopóty, dopóki nie dowiemy się prawdy — odparła Annika.

Lena znowu zapaliła papierosa i dmuchnęła Annice dymem prosto w twarz. Annika nie odwróciła głowy.

— Kupiła już pani prezenty pod choinkę? — zapytała Lena i wyjęła z ust okruch tytoniu.

— Część. A pani, kupiła pani coś dla Olofa?

Spojrzenie Leny zesztywniało, zaciągnęła się głęboko.

— Dla pani brata — mówiła Annika. — Możemy chyba od tego zacząć?

— Nie mamy ze sobą kontaktu. — Lena spojrzała w okno.

Annika poczuła dreszcz przebiegający jej po plecach. Olof żył!

— Dlaczego nie macie kontaktu? — zapytała tak beznamiętnie, jak potrafiła.

— Nigdy nie mieliśmy, mama nie chciała.

Annika wyciągnęła notes i ołówek, a także kopię rodzinnego zdjęcia z dwuletnim Olofem i położyła ją na stole przed Leną. Ta długo patrzyła na fotografię.

— Nigdy nie widziałam tego zdjęcia. Skąd je pani ma?

— Z archiwum „Gazety Porannej". Może je pani sobie wziąć.

Lena potrząsnęła odmownie głową.

— To nie ma sensu, zaraz bym je spaliła.

Annika schowała kopię z powrotem do torby.

— Co chciałaby pani opowiedzieć o swojej mamie?

Lena pomiętosiła papierosa.

— Wszyscy piszą, że była taka wspaniała. Dzisiaj w waszej gazecie niemal ogłosiliście ją świętą. A tak naprawdę moja mama to cholernie tragiczna postać. Masa rzeczy jej się nie udawała. Ukrywała wszystkie wpadki grożąc ludziom i ich oszukując. Czasami myślę, że coś było z nią nie w porządku, była tak cholernie złośliwa.

Młoda kobieta zamilkła i ponownie spojrzała przez okno. Zaczęło się już ściemniać, śnieg nie chciał przestać padać.

— Mogłaby pani wyjaśnić trochę dokładniej? — powiedziała ostrożnie Annika.

— Weźmy na przykład Ollego — ciągnęła Lena. — Nie wiedziałam nawet, że istnieje, dopiero babcia mi powiedziała. Jak miałam jedenaście lat.

Annika zanotowała i czekała w milczeniu.

— Dziadek umarł, kiedy mama była mała. Babcia oddała ją na wychowanie jakimś krewnym w północnej Norrlandii. Krewni za nią nie przepadali, ale babcia im płaciła. Potem, kiedy mama skończyła dwanaście lat, trafiła do internatu, gdzie mieszkała aż do ślubu z Carlem. Właśnie z tym starcem na zdjęciu. Był prawie czterdzieści lat starszy od mamy, ale pochodził z dobrej rodziny, co się liczyło dla babci. To ona doprowadziła do tego małżeństwa.

Lena zaczęła skręcać nowego papierosa. Robiła to ręką, dość niezgrabnie, rozsypywała tytoń na swoje nie ruszone jedzenie.

— Mama miała niecałe dwadzieścia lat, kiedy urodził się Olle. Obleśny staruszek lubił pokazywać się ze swoją młodą rodziną. No, ale potem diabli wzięli firmę Carla, skończyły się pieniądze i goła żona z bachorem przestała być atrakcyjna. Sukinsyn porzucił mamę i Ollego i ożenił się z bogatą starą jędzą.

— Z Doroteą Adelcroną — powiedziała Annika, a Lena kiwnęła głową.

— Dorotea była wdową po właścicielu lasów koło Sundsvall. Kąpała się w forsie, na której Carl położył łapę. Starucha wkrótce zmarła i Carl został najbogatszym wdowcem w Norrlandii. Ufundował dużą nagrodę za jakieś idiotyczne osiągnięcia w leśnictwie.

Annika przytaknęła skinieniem.

— Zgadza się. Nadal przyznawana jest co roku.

— Tak czy owak, mama nie dostała ani grosza. Jeśli chodzi o pozycję społeczną, znalazła się oczywiście na marginesie. Samotnej matki, rozwódki bez grosza przy duszy w latach pięćdziesiątych raczej nie zapraszano na salony, a dla mamy było to cholernie ważne. Miała jakieś tam ekonomiczne wykształcenie, które zdobyła w internacie, więc przeprowadziła się do Malmö i przyjęła posadę prywatnej asystentki u dyrektora firmy złomującej. Ollego zostawiła u pewnej starszej pary w Tungelsta.

Annika podniosła wzrok znad notatek.

— Oddała chłopca?

— No. Miał pięć lat. Nie wiem, czy jeszcze kiedykolwiek go spotkała.

— Ale dlaczego? — Annika była lekko zszokowana. Na samą myśl, że mogłaby oddać Kallego, robiło się jej niedobrze.

— Ona twierdziła, że był trudnym dzieckiem. Ale prawdziwą przyczynę stanowiło oczywiście to, że chciała pracować, a nie wlec ze sobą jakiegoś cholernego bachora. Miała przecież robić karierę.

— No i faktycznie zrobiła — wymruczała Annika.

— Z początku miała przerąbane. Pierwszy szef zmusił ją, żeby mu uległa — tak przynajmniej twierdziła — i zaszła w ciążę. Wyjechała do Polski, żeby zrobić skrobankę, która skończyła się jakimiś potwornymi komplikacjami. Lekarze myśleli, że nie będzie mogła mieć więcej dzieci. Oczywiście wyleciała z pracy, ale dostała nową w banku w Skara. Z czasem awansowała do głównej siedziby w Sztokholmie. Pięła się szybko po szczeblach kariery i gdzieś po drodze spotkała tatę, który śmiertelnie się zakochał. Pobrali się po kilku latach i wtedy tata zaczął marudzić, że chce mieć dziecko. Mama odmówiła, potem jednak przestała brać pigułki, żeby wykazać dobrą wolę. Wiedziała przecież, że najprawdopodobniej i tak nie będzie mogła zajść w ciążę.

— Ale zaszła — powiedziała Annika.

Lena kiwnęła głową.

— Miała już ponad czterdzieści lat. Może pani sobie wyobrazić, jak się wściekła. Aborcja była już wtedy dozwolona, ale wyjątkowo tata postawił na swoim. Nie zgodził się na usunięcie, zagroził, że wtedy ją zostawi. Chcąc nie chcąc, urodziła mnie.

Młoda kobieta skrzywiła się i popiła piwo.

— Kto pani to wszystko opowiedział? — zapytała Annika.

— Mama oczywiście. Nie kryła się z tym, co o mnie myśli. Zawsze mówiła, że mnie nie znosi. Moje pierwsze wspomnienie jest takie, że mnie odepchnęła, a ja upadłam i uderzyłam się. Tata mnie kochał, ale nigdy nie odważył się w pełni tego okazać. Strasznie bał się mamy.

Zastanowiła się przez chwilę nad własnymi słowami, potem dodała:

— Myślę, że większość ludzi bała się mamy. Posiadała umiejętność napędzania ludziom strachu. Wszyscy, którzy kiedykolwiek znaleźli się w jej otoczeniu, musieli podpisywać zobowiązanie do zachowania całkowitej tajemnicy. Nie mogli wypowiadać się o niej publicznie bez jej pozwolenia.

— Miało to jakieś podstawy prawne? — zapytała Annika.

Lena Milander wzruszyła ramionami.

— Nie ma znaczenia, skoro ludzie tak sądzili i milczeli ze strachu.

— Nic dziwnego, że nie mogliśmy się zbyt wiele dowiedzieć.

— Mama bała się tylko dwóch osób: mnie i Ollego.

Jakie to przykre, pomyślała Annika.

— Żyła w ciągłej obawie, że ją spalę — Lena uśmiechnęła się krzywo. — Odkąd podpaliłam parkiet w salonie w Tyresö, chodziła na palcach koło mnie i moich zapałek. Wysłała mnie do zakładu dla niezrównoważonej młodzieży, ale kiedy puściłam go z dymem, pozwolono mi wrócić do domu. Tak państwo postępuje z dzieciakami, z którymi nie daje sobie rady. Po prostu odsyła te małe zakały rodzicom.

Zapaliła nowo zrobionego, wymiętego papierosa.

— Kiedyś eksperymentowałam w garażu z ładunkiem wybuchowym domowej roboty. Eksplodował za wcześnie i rozwalił bramę. Dostałam odłamkiem w nogę. Mama ubzdurała sobie, że podłożę jej pod samochód bombę, która rozerwie ją na kawałki i od tego czasu histerycznie bała się bomby w samochodzie. — Lena zaśmiała się bez śladu wesołości.

— Skąd pani wiedziała, jak zrobić ładunek wybuchowy? — zapytała Annika.

— Instrukcje były w obiegu jeszcze przed Internetem,
to nie takie trudne. Nauczyć panią?

— Dziękuję, nie trzeba. Dlaczego pani mama bała się
Olofa?

— Nie wiem, nigdy o tym nie mówiła. Powiedziała
tylko, że muszę uważać na Ollego, bo jest niebezpieczny.
Musiał w jakiś sposób jej zagrażać.

— Spotkała go pani kiedyś?

Kobieta potrząsnęła głową, a jej oczy zrobiły się szkli-
ste. Wypuściła dym i strząsnęła nieznaczny słupek popiołu
na brzeg talerza.

— Nie wiem, gdzie mieszka.

— Ale myśli pani, że on żyje?

Lena zaciągnęła się głęboko i spojrzała na Annikę.

— W przeciwnym razie mama nie miałaby się czego
bać — powiedziała. — Gdyby Olle umarł, nie musieli-
byśmy się ukrywać.

Fakt, pomyślała Annika. Wahała się przez chwilę, ale
zadała to nieprzyjemne pytanie:

— Myśli pani, że pani mama pokochała kogoś
w życiu?

Lena wzruszyła ramionami.

— Mam to w dupie — stwierdziła. — Chociaż nie
sądzę. Mama nienawidziła facetów. Czasami myślę, że
nienawidziła też taty.

Annika nie podjęła tematu.

— Jak pani widzi, daleko jej było do „kobiety idealnej"
— podsumowała Lena.

— Rzeczywiście — zgodziła się Annika.

— Więc już o niej tak nie napiszecie?

— Mam nadzieję, że tego unikniemy. Z tym że ja
odnoszę wrażenie, że pani mama również była ofiarą.

— Jak to? — Lena od razu zrobiła się czujna.

— Też oddano ją z domu, zupełnie jak Olofa.

— To było co innego. Babcia nie mogła się nią zająć, na
świecie toczyła się wojna, a babcia naprawdę ją kochała.

Była to jej wielka klęska życiowa, że mama nie mogła się wychowywać u niej w domu.

— Pani babcia żyje?

— Nie, zmarła w zeszłym roku. Mama poszła na pogrzeb, powiedziała, że inaczej źle by to wyglądało. Ale kiedy mama była mała, spędzała z babcią wszystkie święta i ferie, babcia zawsze przyjeżdżała na jej urodziny.

— Z pani słów można wnioskować, że potrafi pani przebaczyć babci, ale nie swojej mamie — zauważyła Annika.

— Od kiedy to jest pani jakimś cholernym psychologiem?

Annika podniosła ręce w obronnym geście.

— Przepraszam.

Lena popatrzyła na nią wyczekująco.

— Okej — powiedziała w końcu i dopiła resztę piwa. — Mam zamiar się tutaj upić. Chce się pani dołączyć, we mgłę w dół strumienia?

Annika uśmiechnęła się blado.

— Nie, dziękuję — odmówiła i zaczęła zbierać swoje rzeczy. Nałożyła płaszcz i przewiesiła torbę przez ramię. Wstrzymała się jednak i zapytała:

— Jak pani myśli, kto ją zabił?

Oczy Leny zwęziły się.

— Na pewno nie ja.

— Czy ona znała niejakiego Stefana Bjurlinga?

— Tę nową ofiarę? Nie mam pojęcia. Nie piszcie już więcej bzdur — powiedziała Lena i demonstracyjnie odwróciła głowę.

Annika zrozumiała gest, podeszła do kelnerki, zapłaciła za siebie i Lenę i wyszła z lokalu.

Kobieta weszła do ultranowoczesnego holu „Kvällspressen" starając się sprawiać wrażenie, jakby bywała tu codziennie. Ubrana była w średniej długości wełniany płaszcz, granatowy albo liliowy w zależności od oświetlenia, włosy schowała pod brązowym beretem. Na lewym ramieniu miała przewieszoną małą elegancką podróbkę

Chanel, w prawej ręce trzymała skórzaną aktówkę koloru byczej krwi. Nosiła rękawiczki. Kiedy zasunęły się za nią drzwi wejściowe, zatrzymała się i rozejrzała wokół. Jej wzrok wylądował na oszklonej recepcji w głębi po lewej stronie. Poprawiła cienki rzemyk torebki i ruszyła w kierunku szklanego boksu. W środku siedział portier Tore Brand, zastępujący stałego recepcjonistę, który wyszedł na papierosa i filiżankę kawy.

Kiedy kobieta zbliżyła się do okienka, Tore Brand wcisnął przycisk mechanizmu otwierającego szybkę, przybrał oficjalną minę i zapytał krótko:

— Tak?

Kobieta jeszcze raz poprawiła torebkę na ramieniu i odchrząknęła lekko.

— Otóż szukam pewnej dziennikarki, nazywa się Annika Bengtzon. Pracuje w...

— Tak, wiem — uciął portier. — Nie ma jej.

Położył palec na przycisku, gotowy do zamknięcia okienka. Stropiona kobieta przebierała palcami po rączce aktówki.

— Aha, nie ma jej. A kiedy wróci?

— Tego nigdy nie wiadomo — odparł Tore Brand. — Wyszła w teren i nie wiadomo, co się może zdarzyć albo ile czasu to zajmie.

Pochylił się do przodu i powiedział jakby w zaufaniu:

— To jest gazeta codzienna, rozumie pani.

Kobieta zaśmiała się nieco zakłopotana.

— Tak, wiem. Ale bardzo chciałabym się spotkać z panią Bengtzon. Chcę jej dać jedną rzecz.

— Tak, a co? — zapytał zaciekawiony portier. — Może na razie mogę to przechować?

Kobieta zrobiła krok w tył.

— Tylko dla pani Bengtzon do rąk własnych. Rozmawiałyśmy wczoraj ze sobą, to dość ważne.

— Jeśli chce pani zostawić jakieś dokumenty lub coś w tym rodzaju, to nie ma problemu, zajmę się nimi i dopilnuję, żeby przeczytała.

— Dziękuję, ale chyba przyjdę kiedy indziej.

— Tu codziennie przychodzą wariaci z pudłami pełnymi papierów, nieomylni, ofiary towarzystw ubezpieczeniowych i zwykli szaleńcy, ale przyjmujemy wszystkich. Proszę mi zostawić swoją przesyłkę, a zajmę się tym.

Kobieta obróciła się na pięcie i niemal wybiegła z budynku. Tore Brand zamknął okienko i poczuł, że ma straszną ochotę na papierosa.

Annika przeciskała się w przedświątecznym tłoku na Götgatan, kiedy nagle odkryła, że jest zaledwie kilka przecznic od mieszkania Heleny Starke. Zamiast walczyć z falą płynącą od stacji metra Skanstull, zawróciła i poszła razem z tłumem. Na Ringvägen ślizgała się, było tu tak samo źle odśnieżone jak na Kungsholmen. Jej pamięć do liczb okazała się niezawodna, bez problemu przypomniała sobie kod do bramy numer 139. Tym razem Helena Starke otworzyła po pierwszym, krótkim dzwonku.

— Pani się nie poddaje, co? — powiedziała, kiedy zobaczyła gościa.

— Czy mogę zadać tylko kilka pytań? — poprosiła Annika.

Helena Starke głośno jęknęła.

— Czego do cholery pani ode mnie chce?

— Nie na schodach, proszę...

— Co za różnica? Wyprowadzam się stąd.

Ostatnie słowa wykrzyczała, tak żeby staruchy usłyszały. Teraz będą miały o czym plotkować.

Annika spojrzała kobiecie przez ramię, rzeczywiście wyglądało na to, że się pakuje. Helena Starke westchnęła.

— Niech pani wejdzie, do cholery! Tylko krótko, wieczorem wyjeżdżam.

Annika zdecydowała się przejść od razu do rzeczy.

— Wiem, że skłamała pani o chłopcu, o Olofie, ale mam to w nosie. Przyszłam, żeby po prostu zapytać panią, czy prawdą jest, że miała pani romans z Christiną Furhage.

— Jeśli nawet miałam, co to do cholery panią obchodzi? — powiedziała spokojnie Starke.

— Nic poza tym, że próbuję ustalić fakty. Byłyście razem?

Helena Starke westchnęła.

— Jeśli potwierdzę, ta wiadomość będzie jutro na pierwszych stronach gazet w całym kraju?

— Oczywiście, że nie — zaprzeczyła Annika. — Seksualność Furhage nie miała nic wspólnego z jej publiczną rolą.

— No dobra — Starke była niemal rozbawiona. — Potwierdzam. Zadowolona?

Annika na moment straciła wątek.

— O co teraz pani zapyta? — powiedziała kwaśno Starke. — Jak się pieprzyłyśmy? Czy używałyśmy wibratorów czy palców? Czy Christina krzyczała, kiedy miała orgazm?

Annika opuściła wzrok, poczuła się idiotycznie. Rzeczywiście nie powinno było to jej obchodzić.

— Przepraszam, nie chciałam wściubiać nosa w nie swoje sprawy.

— Ale to właśnie pani robi — zauważyła Starke. — Coś jeszcze?

— Znała pani Stefana Bjurlinga? — Annika znowu podniosła wzrok.

— Prawdziwa świnia. Jeśli ktoś zasługiwał na paczkę dynamitu na nerkach, to właśnie on.

— Furhage go znała?

— Wiedziała, kto to jest.

Annika zamknęła drzwi, które dotąd były uchylone.

— Czy mogłaby mi pani opowiedzieć, jaka właściwie była Christina Furhage?

— Boże święty, przecież od tygodnia wypełniacie gazety artykułami, jaka to ona nie była.

— Mam na myśli Christinę Furhage jako człowieka, nie szablonowy wizerunek.

Helena Starke oparła się o futrynę drzwi do pokoju i spojrzała zaintrygowana na Annikę.

— Dlaczego jest pani tego ciekawa?

Annika wciągnęła nosem powietrze, faktycznie było tutaj stęchłe.

LIZA MARKLUND

— Za każdym razem, kiedy rozmawiam z człowiekiem z otoczenia Christiny Furhage, zmienia się jej obraz. Myślę, że była pani jedyną osobą, która naprawdę dobrze ją znała.

— Myli się pani — Helena Starke odwróciła się i usiadła na kanapie w niewielkim saloniku. Annika weszła za nią, nie czekając na zaproszenie.

— Więc kto ją znał?

— Nikt — odpowiedziała Starke. — Ona sama też nie. Czasami bała się tego, kim była, czy raczej kim się stała. Christina nosiła w sobie straszne demony.

Annika przypatrywała się na wpół odwróconej twarzy rozmówczyni. Światło z przedpokoju padało na jej kark i profil. Helena Starke była naprawdę uderzająco ładna. Głębiej w pokoju panowała ciemność, z Ringvägen dochodził hałas uliczny.

— Jak zrodziły się te demony? — zapytała Annika cicho.

Helena Starke westchnęła.

— Miała piekło od samego początku, od dzieciństwa. Była niezwykle inteligentna, ale to się nie liczyło. Ciągle musiała się użerać z ludźmi. Poradziła sobie w ten sposób, że stała się zimna i nieosiągalna.

— Co ma pani na myśli, mówiąc, że użerała się z ludźmi?

— Była pionierką jako kobieta szef w prywatnym biznesie, bankowości, w zarządach. Mężczyźni próbowali ją zniszczyć, ale nigdy im się to nie udało.

— Czy naprawdę im się nie udało? Człowiek może być zdruzgotany, nawet jeśli z pozoru wszystko jest w porządku.

Helena Starke nie odpowiedziała. Patrzyła niewidzącym wzrokiem w ciemność, po chwili podniosła rękę do oczu i coś z nich otarła.

— Czy inni wiedzieli, że wy... byłyście razem?

Starke potrząsnęła przecząco głową.

— Nie. Nie wiedział absolutnie nikt. Plotkowano wprawdzie na ten temat, ale nikt nie zapytał wprost.

Christina strasznie się bała, że nasz związek wyjdzie na jaw, co osiem tygodni zmieniała kierowcę, żeby nie zorientowali się, dlaczego tak często tu przyjeżdża.

— Dlaczego tak się tego bała? Przecież obecnie wiele osób na publicznych stanowiskach przyznaje się do swojej homoseksualności?

— Nie chodziło tylko o to — wyjaśniła Starke. — Miłość między zatrudnionymi w kancelarii komitetu olimpijskiego była całkowicie zabroniona. Sama Christina wprowadziła ten zakaz. Gdyby ujawniono nasz romans, przypuszczalnie nie tylko ja musiałabym odejść. Christina nie mogłaby zostać na stanowisku przewodniczącej po złamaniu jednej ze swoich najważniejszych reguł.

Annika analizowała usłyszane słowa. Była to kolejna rzecz, której bała się Furhage. Annika przyglądała się z profilu pochylonej Helenie Starke i uświadomiła sobie paradoks: dla tej kobiety Christina Furhage zaryzykowała wszystko, o co w życiu walczyła.

— Była tutaj ostatniego wieczoru, prawda?

Starke kiwnęła głową.

— Przyjechałyśmy taryfą, Christina zapłaciła chyba gotówką. Nie jestem pewna, ale tak zazwyczaj robiła. Spiłam się w sztok, ale pamiętam, że Christina była zła. Nie lubiła, gdy paliłam i piłam. Ostro się kochałyśmy, a potem odpłynęłam. Kiedy się obudziłam, nie było jej.

Zamilkła, coś sobie uświadamiając.

— Kiedy się obudziłam, Christina już nie żyła.

— Pamięta pani, o której stąd wyszła?

Kobieta w mroku westchnęła.

— Nie, ale policja mówi, że ktoś zadzwonił do niej na komórkę o 2.53. Odebrała i rozmawiała trzy minuty. To musiało być po tym, jak skończyłyśmy się pieprzyć, bo Christina nie mogła rozmawiać przez telefon, kiedy byłyśmy w trakcie...

Odwróciła twarz do Anniki i uśmiechnęła się krzywo.

— To na pewno straszne, kiedy nie można otwarcie mówić o swoich uczuciach — powiedziała Annika.

Helena Starke wzruszyła ramionami.

— Kiedy zakochałam się w Christinie, wiedziałam, co mnie czeka. Nie było łatwo wywabić ją ze skorupy, zajęło mi to ponad rok.

Zaśmiała się lekko.

— Christina była wyjątkowo niedoświadczona. Jakby wcześniej seks nie sprawiał jej rozkoszy. Ale kiedy wreszcie odkryła, jakie to przyjemne, wciąż jej było mało. Nigdy nie miałam tak fantastycznej kochanki.

Annika poczuła się nieswojo, to jej nie obchodziło. Nie chciała widzieć w wyobraźni, jak ta ładna czterdziestolatka kocha się z lodowatą babką po sześćdziesiątce. Otrząsnęła się, by pozbyć się tego obrazu.

— Dziękuję, że pani o tym opowiedziała — rzekła tylko.

Helena Starke milczała. Annika odwróciła się i ruszyła ku drzwiom.

— A dokąd się pani przeprowadza? — zapytała.

— Do Los Angeles — odpowiedziała Starke.

Annika zatrzymała się i spojrzała przez ramię.

— Czy to nie trochę nagła decyzja?

Helena Starke wlepiła wzrok w Annikę.

— To nie ja ich zabiłam.

Annika znalazła się z powrotem w redakcji akurat na wiadomości „Echa" za kwadrans piąta. Na pierwszym miejscu mieli rewelację, przynajmniej z ekonomicznego punktu widzenia. Dotarli do rządowej propozycji budżetu na politykę regionalną, który miał zostać przedłożony pod koniec stycznia. Ten temat nie brzmiał zbyt interesująco w uszach Anniki, ale następny był o wiele ciekawszy. „Echo" zdobyło wyniki wstępnej analizy materiału wybuchowego, jakiego użyto do zamordowania Stefana Bjurlinga. Skład był najprawdopodobniej ten sam co na stadionie: mieszanina nitrogliceryny i nitroglikolu o wysokiej gęstości, ale inne były opakowanie i rozmiar. Według „Echa" ładunek wybuchowy umieszczono przypuszczalnie w papierowych tutkach o najmniejszych rozmiarach, ich średnica wynosiła od 22 do 29 milimetrów. Policja nie chciała komentować tych danych, mówiąc, że analiza techniczna jest jeszcze daleka od ukończenia.

Patrik będzie musiał się tym zająć, pomyślała Annika, robiąc adnotację w notesie.

„Echo" nie miało więcej informacji związanych z jej tematem, wyłączyła więc radio, żeby potelefonować. Robotnicy, którzy pracowali razem ze Stefanem Bjurlingiem, powinni być już w domu. Otworzyła gazetę na zdjęciu do własnego artykułu i zaczęła od biura numerów. Jak wynikało z podpisu, kilku mężczyzn nazywało się Sven Andersson, inni nosili równie typowe nazwiska, na szczęście pięć było na tyle rzadkich, że nie musiała dzwonić do pół setki osób, pytając, czy dobrze trafiła. Czwarta rozmowa okazała się strzałem w dziesiątkę.

— Tak, miałem ze sobą aparat — powiedział hydraulik Herman Ösel.

— Zrobił pan może jakieś zdjęcia Christinie Furhage?

— W rzeczy samej zrobiłem.

Annika poczuła żywsze bicie serca.

— A Stefanowi Bjurlingowi?

— Hm, jemu samemu to nie, ale jest chyba na jednym, które zrobiłem pani Furhage.

To nie może być prawda, co za cholerne szczęście, pomyślała Annika.

— Czyli jeszcze pan nie wie? — zapytała.

— Nie, jeszcze nie wywołałem filmu. Chciałem porobić trochę zdjęć wnukom podczas świąt...

— Panie Ösel, „Kvällspressen" pomógłby panu wywołać film. Oczywiście dostałby pan od nas w zamian nowy. Gdyby na filmie było zdjęcie, które chcielibyśmy opublikować, czy byłby pan skłonny je nam sprzedać?

Hydraulik nie do końca zrozumiał.

— Chcecie kupić ode mnie film? — zapytał niepewnie.

— Nie, film jest oczywiście pański. Oddamy go panu. Ale może będziemy zainteresowani kupieniem praw do jednego z pańskich zdjęć. Tak zwykle robimy, kiedy kupujemy zdjęcia od współpracujących z nami fotografów. W tym przypadku byłby pan naszym fotografem.

— Hm, no nie wiem...

Annika wzięła głęboki, bezgłośny oddech i postanowiła podejść do sprawy pedagogicznie.

— Sytuacja przedstawia się następująco — powiedziała. — My w „Kvällspressen" uważamy, że jest sprawą niezwykłej wagi, by zamachowiec, który zamordował Christinę Furhage i Stefana Bjurlinga, został ujęty i skazany. Jest to ważne dla rodzin ofiar, dla kolegów z pracy, dla całego narodu, ba, dla całego świata. Igrzyska są zagrożone, tego musimy być świadomi. Środki masowego przekazu wykonujące swoje obowiązki dla dobra ogółu to zdecydowanie najlepszy sposób na rozpowszechnianie informacji i kształtowanie opinii. Dla nas w „Kvällspressen" oznacza to konkretnie, że piszemy o ofiarach i pracy policji. Częściowo współpracujemy z policją i prokuraturą, częściowo opieramy się na własnych ustaleniach. Są to na przykład rozmowy ze współpracownikami zabitych. Dlatego właśnie pytam, czy moglibyśmy opublikować zdjęcie przedstawiające razem Stefana i panią Furhage, jeśli takowe jest na pańskim filmie...

Annika miała sucho w gardle po tym wykładzie, ale najwyraźniej nie perorowała na próżno.

— Aha, no to niech będzie. Tylko jak zrobimy? Poczta już stąd wyszła.

— Gdzie pan mieszka? — zapytała Annika, bo nie wzięła adresów z biura numerów.

— W Vallentunie.

— Panie Ösel, poproszę jednego z pracowników, żeby podjechał do pana i wziął film...

— Ale na nim jest jeszcze dużo wolnych zdjęć.

— Dostanie pan od nas zupełnie nowy film, gratis. Jutro rano oddamy panu wywołany film. Jeśli znajdziemy jakieś zdjęcie do publikacji, zapłacimy panu dziewięćset trzydzieści koron, co stanowi cenę za zdjęcia do archiwum zgodnie z cennikiem Związku Twórców Obrazu. W takim przypadku nasz redaktor graficzny zadzwoni do pana jutro i spisze dane, żebyśmy mogli wypłacić panu pieniądze. Zgoda?

— Dziewięćset trzydzieści koron? Za jedno zdjęcie?

— Tak, według cennika ZTO.

— Dlaczego do cholery człowiek nie został fotografem? Jasne, że może pani wziąć mój film. Kiedy przyjedziecie?

Annika zapisała sobie adres mężczyzny, wskazówki, jak dojechać, i odłożyła słuchawkę. Wzięła film z działu fotograficznego i poszła do Torego Branda w dyżurce, żeby posłał jednego z kierowców do Vallentuny. Brand zapewnił ją, że wszystko załatwi, jak należy.

— Aha, szukała pani jakaś kobieta — poinformował odchodzącą Annikę.

— Tak, a kto?

— Nie przedstawiła się. Chciała coś pani dać.

— Tak, a co?

— Tego też nie powiedziała. Powiedziała, że przyjdzie jeszcze raz.

Annika uśmiechnęła się lekko, ale w duchu jęknęła. Portierzy musieli się nauczyć lepszego zdobywania informacji. Każda z nich mogła być naprawdę ważna.

Wracając do swojego pokoju, zajrzała do Patrika, ale był gdzieś w terenie. Będzie musiała zadzwonić do niego przed osiemnastką na komórkę, żeby zlecić mu zadania. Kiedy przechodziła koło biurka Evy-Britt Qvist, w pokoju rozległ się brzęczyk telefonu. Ostatni kawałek przebiegła. Dzwonił Thomas.

— Kiedy przyjdziesz do domu?

— Nie wiem, raczej późno. Może koło dziewiątej.

— Muszę wrócić do pracy, o szóstej mamy zebranie.

Annika poczuła, jak ogarnia ją wściekłość.

— O szóstej? Przecież ja pracuję. Też mam wtedy zebranie! Dlaczego nie zadzwoniłeś wcześniej?

Ton głosu Thomasa był spokojny, ale Annika słyszała, że także zaczyna się denerwować.

— „Echo" podało po południu informację o rządowej propozycji budżetu na politykę regionalną. Dla Związku Gmin był to grom z jasnego nieba, wielu polityków z komisji jest już w drodze tutaj. Muszę tam być, chyba to rozumiesz?

Annika zamknęła oczy i oddychała głęboko. Cholera, cholera, musi pojechać do domu.

— Uzgodniliśmy, że będę pracowała w poniedziałek i środę, a ty we wtorek i czwartek. Ja dotrzymałam mojej części umowy. Moja praca jest równie ważna jak twoja.

Thomas spuścił z tonu i przeszedł do próśb:

— Kochanie, wiem, że masz rację. Ale muszę tam wrócić, spróbuj zrozumieć. To jest zebranie na gwałtu rety, nie zajmie zbyt dużo czasu. Przygotowałem kolację, możesz przyjechać do domu i zjeść z dziećmi, a ja wrócę zaraz po zebraniu. Skończymy pewnie koło ósmej, właściwie jest niewiele do omówienia. Pojedziesz z powrotem do pracy, kiedy wrócę do domu.

Annika westchnęła i zamknęła oczy, przycisnęła rękę do czoła.

— Dobra — powiedziała. — Wezmę od razu taksówkę.

Wyszła, żeby poinformować Ingvara Johanssona o zdjęciu od Ösela, ale szefa działu wiadomości nie było. Foto-Pelle rozmawiał przez telefon. Annika stanęła przed nim i pomachała mu ręką przed twarzą.

— Co jest? — zapytał kwaśno, opierając słuchawkę na ramieniu.

— Z Vallentuny przyjadą zdjęcia Christiny Furhage i Stefana Bjurlinga. Wywołaj film i zrób komplet odbitek. Teraz muszę wyjść, ale będę koło ósmej, dobra?

Foto-Pelle kiwnął głową i wrócił do rozmowy.

Annika nie zawracała sobie głowy dzwonieniem, tylko wzięła taksówkę z postoju na Rålambsvägen. Czuła stres w postaci dużej kluchy w okolicach przepony, narastającej tak, że Annika w pewnym momencie miała trudności z oddychaniem. Jeszcze tylko tego jej było potrzeba!

W domu dzieci podbiegły do niej z pocałunkami i rysunkami. Thomas musnął ją wargami wychodząc, wziął tę samą taksówkę, którą przyjechała Annika.

— Przestańcie, przecież muszę się rozebrać, słyszycie, uspokójcie się...

Ellen i Kalle zatrzymali się, zdziwieni jej zirytowanym tonem. Annika pochyliła się, uściskała ich nieco za mocno i za szybko i poszła do telefonu. Zadzwoniła do Ingvara Johanssona, ale był już na kolegium. Jęknęła głośno, nie zdążyła poinformować pozostałych, co jej dział zrobił w ciągu dnia. Nic, będzie musiała porozmawiać później z Gwoździem.

Kolacja stała na stole, dzieci już zjadły. Annika usiadła i próbowała wmusić w siebie udko kurczaka, ale tak rosło jej w ustach, że wszystko wypluła. Zjadła kilka łyżek ryżu, a resztę wyrzuciła; kiedy była tak zestresowana, nie mogła nic przełknąć.

— Nie można zostawiać jedzenia — powiedział Kalle z wyrzutem.

Annika posadziła dzieci przed telewizorem, żeby obejrzały „Kalendarz świąteczny", zamknęła drzwi do pokoju i zatelefonowała do Patrika.

— Tygrys dzwonił — wrzasnął reporter. — Wściekły jak cholera.

— Dlaczego? — zainteresowała się Annika.

— Jest w podróży poślubnej na Teneryfie, w Playa de las Americas, wyjechał w zeszły czwartek i wraca jutro. Mówi, że gliniarze doskonale wiedzieli, gdzie jest, bo sprawdzili wszystkie wyloty z Arlandy, a on był na liście pasażerów. A tak wyłuskała go hiszpańska policja i trzymała na przesłuchaniu całe popołudnie. Przepadło mu przyjęcie z pieczonym świniakiem i darmowy drink przy basenie. Możesz wyobrazić sobie coś bardziej wkurzającego?

Annika uśmiechnęła się blado.

— Napiszesz o tym?

— Jasne.

— Słyszałeś, co „Echo" miało o analizie materiału wybuchowego?

— Tak, właśnie teraz się tym zajmuję. Dostaliśmy się z Ulfem Olssonem do arsenału i robimy foty różnych materiałów wybuchowych. Wiesz, tych co wyglądają jak grube parówki!

Kochany Patrik! Był pełen entuzjazmu w każdej sytuacji i sam znajdował dobre tematy na artykuły.

— Ustaliłeś coś na temat poszukiwań Zamachowca?

— Nic, policja milczy jak zaklęta. Myślę, że są bliscy schwytania tego skubańca.

— Musimy zdobyć jakieś potwierdzenie. Spróbuję to załatwić wieczorem — powiedziała Annika.

— Musimy stąd wychodzić, bo inaczej może rozboleć nas czaszka, jak twierdzi nasz strzałowy. To na razie.

„Kalendarz" najwyraźniej się skończył, bo dzieci zaczęły kłócić się o komiks z Bamsem. Annika poszła do nich i przełączyła telewizor na drügi program, żeby zobaczyć wiadomości regionalne.

— Mama, możemy poukładać puzzle?

Usiedli na podłodze i wysypali z pudełka drewnianą układankę, dwadzieścia pięć kawałków z Alfonsem Åbergiem i Millą w drewnianej chacie. Annika grzebała wśród elementów nieobecna myślami, ale towarzyszyła dzieciom aż do chwili, gdy dziesięć po siódmej rozległ się sygnał ABC. Wtedy zarządziła mycie zębów, a sama patrzyła, co zebrali dziennikarze ABC. Byli w hali Sätra i pozwolono im wejść do sędziowskiej przebieralni. Zdjęcia nie były szczególnie dramatyczne, samo pomieszczenie ucierpiało raczej niewiele. Wszystkie ślady po biednym Steffem starannie usunięto. Żadnych informacji o bliskim ujęciu sprawcy ABC nie miało. Kiedy zaczął się reportaż o świątecznych zakupach, Annika poszła do łazienki, żeby pomóc dzieciom w myciu zębów.

— Ubierzcie się w piżamy, to poczytam wam o Filonku Bezogonku. Nie zapomnijcie o tabletkach z fluorem.

Pozwoliła im dokazywać w sypialni, kiedy „Raport" nadawał swoje wiadomości. Skupiał się na informacjach „Echa" o propozycji budżetu na politykę regionalną. Nie musiała tego oglądać. Poczytała dzieciom książkę i położyła je do łóżek. Rozrabiały, nie chciały słuchać ani spać.

— Niedługo jest Wigilia i wszystkie dzieci muszą być grzeczne, bo inaczej Gwiazdor nie przyjdzie — zagroziła.

To podziałało. Kiedy zasnęły, Annika zadzwoniła do Thomasa do pracy i na komórkę, oczywiście nie odebrał. Włączyła stary komputer w sypialni i szybko spisała z pamięci informacje z rozmowy z Heleną Starke. Zapisała dokument na dyskietce i zaczęła się coraz bardziej denerwować. Gdzie do cholery podziewał się Thomas?

Pojawił się tuż po wpół do dziewiątej.

— Dziękuję, kochanie — wysapał w drzwiach.

— Poprosiłeś taksówkarza, żeby zaczekał? — zapytała krótko.

— Nie, psiakrew, zapomniałem.

Annika zbiegła po schodach, żeby złapać taksówkę, ale ta zdążyła oczywiście odjechać. Skierowała się na postój przy Kungsholmstorg, ale był rzecz jasna pusty. Poszła dalej koło apteki „Paw" w kierunku Kungsholmsgatan, na Scheelegatan znajdował się jeszcze jeden postój. Stała tam zaledwie jedna taksówka z jakiejś dziwnej korporacji na przedmieściach. Annika dotarła do redakcji za pięć dziewiąta. W środku było cicho i pusto. Ingvar Johansson już dawno wyszedł do domu, a nocny zespół jadł kolację w stołówce. Annika poszła do swojego pokoju i zaczęła telefonować.

— Robisz się cholernie namolna — powiedział jej informator.

— Przestań być taki nieprzystępny — odrzekła zmęczona. — Jestem w robocie od czternastu godzin i zaczynam powoli mieć dosyć. Znasz mnie i wiesz, czego się możesz po mnie spodziewać. Daj już spokój. Zawieszenie broni?

Policjant po drugiej stronie linii westchnął ciężko.

— Nie jesteś jedyna, która haruje od siódmej rano.

— Praktycznie go macie, prawda?

— Co cię skłania do takiego przypuszczenia?

— Zazwyczaj nie siedzisz po godzinach, a już na pewno nie przed świętami. Nad czymś pracujecie.

— Jasne, że tak, zawsze nad czymś pracujemy.

Annika jęknęła głośno.

— Jezu Chryste.

— Do cholery, przecież nie możemy ujawnić informacji, że jesteśmy na tropie Zamachowca, chyba to pojmujesz. Przecież wtedy nam zwieje.

— Ale depczecie mu po piętach?

— Tego nie powiedziałem.

— Ale tak jest?

Mężczyzna nie odpowiedział.

— Ile mogę napisać? — zapytała ostrożnie Annika.

— Ani jednej cholernej linijki, wtedy pewnie wszystko diabli wezmą.

— Kiedy go zatrzymacie?

Policjant milczał przez kilka sekund.

— Jak tylko go znajdziemy.

— Znajdziecie?

— Bo zniknął.

Annika poczuła, że jeżą się jej włosy na karku.

— Czyli wiecie, kto to jest?

— Tak, tak sądzimy.

— Boże — wyszeptała Annika. — Od kiedy wiecie?

— Domyślaliśmy się od dwóch dni, a teraz jesteśmy na tyle pewni, że chcemy wziąć tę osobę na przesłuchanie.

— Możemy być przy tym obecni? — zapytała szybko.

— Przy zatrzymaniu? Trudno mi to sobie wyobrazić. Nie mamy bladego pojęcia, gdzie ten człowiek się podział.

— Dużo was szuka?

— Jeszcze nie, na razie sprawdzamy te miejsca, gdzie według naszej wiedzy może przebywać.

— Kiedy rozszerzycie zakres poszukiwań?

— Odpowiedź brzmi: nie wiem.

Annika intensywnie myślała. Jak ma zrobić, żeby o tym napisać, a jednocześnie nie napisać?

— Wiem, co myślisz — powiedział policjant w słuchawce — i możesz sobie odpuścić. Potraktuj to jako test. Obdarzyłem cię teraz zaufaniem i cholernie dobrze się zastanów, nim je zawiedziesz.

Rozmowa była skończona. Annika siedziała w swoim zakurzonym pokoju, serce jej łomotało. Była chyba jedynym dziennikarzem, który wiedział o bliskim zatrzymaniu i nie mogła tego wykorzystać.

Wyszła z pokoju, żeby ochłonąć i porozmawiać z Gwoździem. Pierwszym, co rzuciło się jej w oczy, była „szczotka" — czarno-biały wydruk komputerowy jutrzejszej czolówki. Widniało na nim: „CHRISTINA FURHAGE LESBIJKĄ — kochanka opowiada o ostatnich uniesieniach".

Pomieszczenie zawirowało jej przed oczami. To nie może być prawda, pomyślała. Boże, skąd to się wzięło? Nie widząc nic poza wydrukiem podeszła do listwy, do której był przymocowany, i oderwała go jednym ruchem. Rzuciła wydruk Gwoździowi na stół.

— Co to do cholery jest?

— Jutrzejszy hit — odpowiedział szef nocnej zmiany nieporuszony.

— Przecież nie możemy tego opublikować — powiedziała Annika głosem, który wymykał się jej spod kontroli.

— Nie ma to nic wspólnego ze sprawą. Furhage nie mówiła nigdy publicznie o swoich preferencjach seksualnych. Nie mamy prawa wystawiać jej w ten sposób. Nie chciała opowiadać o tym fakcie za życia i dlatego nie wolno nam ujawniać go po jej śmierci.

Szef nocnej zmiany wyprostował się, złączył ręce za głową i odchylił się do tyłu tak, że obrotowe krzesło było bliskie wywrócenia się.

— Przecież to żaden wstyd lubić dziewczęta. Ja też je lubię — wyszczerzył zęby i obejrzał się przez ramię, oczekując aplauzu od mężczyzn redagujących przy pulpicie.

Annika zmusiła się do rzeczowej argumentacji.

— Furhage miała męża i dzieci. Weźmiesz to na swoje sumienie i spojrzysz im jutro w oczy, jeśli wydrukujesz ten tekst?

— Była przecież osobą publiczną.

— To nie ma, kurwa, znaczenia! — Annika nie potrafiła zapanować nad wzburzeniem. — Ta kobieta została zamordowana! I kto do cholery napisał ten artykuł?

Szef nocnej zmiany podniósł się ociężale. Teraz był zły.

— Nils zdobył bardzo dobre informacje. Uzyskał potwierdzenie od znanego z nazwiska informatora, że Furhage była lesbą. Żyła z machobabsztylem Starke...

— To są przecież moje informacje! — wściekła się Annika. — Rzuciłam to jako plotkę na odprawie po lunchu. Niby jaki znany z nazwiska informator?

Szef nocnej zmiany zbliżył twarz na odległość dziesięciu centymetrów do twarzy Anniki.

— Mam gdzieś, skąd pochodzą informacje — wysyczał. — Nils napisał naszą najlepszą rzecz na jutro. Jeśli ty miałaś te informacje, dlaczego, do diabła, nie napisałaś artykułu? Czas dorosnąć, moja droga.

Annika poczuła, jak słowa się w nią zapadają, lądują gdzieś nad przeponą i powiększają kluchę wywołaną stresem, tak że płucom brakuje miejsca. Zmusiła się do pominięcia osobistego ataku i skupienia na dziennikarskiej dyskusji. Czy naprawdę mogła się aż tak mylić? Czy orientacja seksualna Christiny Furhage rzeczywiście nadawała się na jutrzejszą czołówkę? Odsunęła od siebie taką myśl.

— Jest zupełnie nieistotne, z kim pieprzyła się Furhage — powiedziała cicho. — Nas interesuje, kto ją zamordował, a także jakie to będzie miało konsekwencje dla igrzysk olimpijskich i sportu w ogóle, a także dla reputacji Szwecji w świecie. Ważne jest też ustalenie, dlaczego ją zamordowano, kim jest morderca i jakimi motywami się kierował. Nie obchodzi mnie, z kim sypiała, o ile nie ma to związku z jej śmiercią. I ciebie też nie powinno.

Szef nocnej zmiany tak wciągnął nosem powietrze, że zabrzmiało to jak furkot wentylatora.

— Wiesz co, szefowo? Jesteś, kurwa, w błędzie. Powinnaś była sprawdzić, czy potrafisz zagrać tę rolę, zanim ją wzięłaś. Nils Langeby ma rację, najwyraźniej nie radzisz sobie ze swoją robotą. Nie słyszysz, jaka jesteś patetyczna?

Nagromadzony stres eksplodował, poczuła to czysto fizycznie, jakby się rozpadała. Dźwięki umilkły i błysnęło jej przed oczami. Ku swemu zdumieniu odkryła, że nadal stoi, że odbiera wrażenia wzrokowe, że wciąż oddycha. Obróciła się na pięcie i poszła w stronę swojego pokoju, koncentrując się na tym, by przebyć redakcyjną salę. Czuła oczy innych dziennikarzy wbijające się w jej plecy niczym strzały. Dotarła do pokoju, zamknęła za sobą drzwi i osunęła się na podłogę. Trzęsła się na całym ciele. Nie umrę, nie umrę, nie umrę, myślała. To przejdzie, przejdzie, przejdzie. Zaczęło jej brakować powietrza, zrobiła gwałtowny wdech, mimo to powietrze nie spłynęło do płuc, zaczerpnęła go jeszcze raz, jeszcze raz... W końcu poczuła, że łapią ją skurcze w mięśniach ramion. Przedobrzyła i miała teraz za dużo tlenu we krwi. Podniosła się, chwiejnym krokiem podeszła do biurka, wyszarpnęła reklamówkę z dolnej szuflady i zaczęła do niej oddychać. Przywołała głos Thomasa, spokojny i łagodny, spokojny i łagodny, spokojny i łagodny, wszystko będzie dobrze, moja mała, oddychaj powoli, nie rozpadniesz się, kochanie, moja mała Ankan, spokojny i łagodny, spokojny i łagodny...

Drgawki ustąpiły i Annika usiadła na krześle. Czuła, że musi się rozpłakać, ale przemogła się i zadzwoniła do Andersa Schymana do domu. Odebrała jego żona, Annika starała się zachować normalny ton głosu.

— Jest na wigilijnej kolacji na reprezentacyjnym piętrze — poinformowała ją pani Schyman.

Annika zadzwoniła na centralę i poprosiła o połączenie z dyrektorskim piętrem. Słyszała samą siebie, że nie mówi już składnie, że ledwo można ją zrozumieć. Przez dłuższą chwilę do słuchawki docierał tylko rozgwar i brzęk półmisków, potem usłyszała głos Andersa Schymana.

— Przepraszam, przepraszam... że przeszkadzam ci w kolacji — powiedziała cicho.

— Na pewno masz dobry powód — odrzekł krótko Schyman.

W tle słychać było gwar i śmiechy.

— Przepraszam też, że nie mogłam być dzisiaj na kolegium, musiałam nagle pojechać do domu...

Rozpłakała się głośnym, niekontrolowanym płaczem.

— Co się stało? Coś z twoimi dziećmi? — zapytał przestraszony Schyman.

Annika nieco się opanowała.

— Nie, nie, u mnie nic się nie stało... ale muszę zapytać, czy na kolegium dyskutowaliście o tym, co Gwóźdź dał na pierwszą stronę, że Christina Furhage była lesbijką?

Przez kilka sekund Annika słyszała tylko gwar i śmiechy.

— Że co? — zapytał w końcu Schyman.

Annika położyła rękę na piersi i zmusiła się, żeby oddychać spokojnie i normalnie.

— Kochanka opowiada o ich ostatniej randce, taki z grubsza jest tytuł.

— Jezu Chryste i wszyscy święci. Już tam schodzę — powiedział naczelny i odłożył słuchawkę.

Annika położyła się na biurku i płakała dalej. Tusz rozmazywał się na jej notatkach, trzęsła się na całym ciele. Nie mam siły, nie dam rady, nie mogę, umrę, myślała. Zdała sobie sprawę, że wystawia się na pośmiewisko, że pali za sobą mosty, że jest skończona na swoim stanowisku. Odgłosy jej rozpaczy przenikały przez drzwi na salę redakcyjną, wszyscy mogli usłyszeć, że nie wytrzymała napięcia, że była człowiekiem na niewłaściwym miejscu, że jej nominacja okazała się fiaskiem. Mimo tej świadomości nie przestawała płakać. Stres i zmęczenie zapanowały nad jej ciałem, nie mogła powstrzymać ani drgawek, ani łez.

Nagle poczuła czyjąś dłoń na ramieniu, a uspokajający głos powiedział wysoko w górze:

— Annika! Annika, już dobrze, poradzimy sobie z tym wszystkim. Anniko, słyszysz, co mówię?

Annika wstrzymała oddech i podniosła głowę. Przed oczami jej błyskało, czuła ból. To był Anders Schyman.

— Przepraszam, ja... — powiedziała, próbując grzbietem dłoni zetrzeć z twarzy szminkę. — Przepraszam...

— Proszę, weź moją chusteczkę. Usiądź prosto i wytrzyj się, a ja przyniosę ci szklankę wody.

Redaktor naczelny wyszedł, a Annika mechanicznie zrobiła, co jej kazał. Schyman wrócił z plastikowym kubkiem napełnionym zimną wodą i zamknął za sobą drzwi.

— Wypij trochę i opowiedz, co się wydarzyło.

— Rozmawiałeś z Gwoździem o artykule? — zapytała.

— Zajmę się tym później, to nie takie ważne. Martwię się natomiast o ciebie. Co cię tak wytrąciło z równowagi?

Zaczęła znowu płakać, tym razem bezgłośnie. Schyman czekał w milczeniu.

— Głównie to chyba jestem wykończona — powiedziała, powoli się opanowując. — No i Gwóźdź mówił te wszystkie rzeczy, których człowiek nie spodziewa się w najgorszych snach, że jestem beznadziejną idiotką, która nie dorosła do swojej roli i tak dalej...

Odchyliła się na krześle, po wyrzuceniu tego z siebie o dziwo poczuła się spokojniejsza.

— On w ogóle nie ma zaufania do mnie jako szefa, to jasne jak słońce. Przypuszczalnie wielu innych ma taką samą opinię.

— Możliwe — powiedział Schyman — ale to bez znaczenia. Ważne, że ja mam do ciebie zaufanie. Osobiście jestem całkowicie przekonany, że jesteś najwłaściwszą osobą na tym stanowisku.

Annika wzięła głęboki oddech.

— Chcę odejść — oznajmiła.

— Nie możesz.

— Składam wypowiedzenie — upierała się Annika.

— Nie przyjmuję twojego wypowiedzenia.

— Chcę odejść, jeszcze dziś wieczorem.

— To niestety niemożliwe. Myślałem o awansie dla ciebie.

Annika zbita z tropu spojrzała na swojego szefa.

— Dlaczego? — zapytała zdumiona.

— Nie chciałem ci jeszcze o tym mówić, ale widzę, że nie mam wyboru. Wiążę z tobą wielkie nadzieje, Anniko. Chyba muszę ci je wyjawić teraz, zanim zdecydujesz się odejść z firmy.

Annika wpatrywała się sceptycznie w Schymana.

— Tę gazetę czekają ogromne zmiany — zaczął naczelny. — Nie sądzę, by dzisiaj pracownicy zdawali sobie sprawę, jak ogromne. Musimy otworzyć się na zupełnie nowe branże i społeczeństwo informatyczne, stawić czoło rosnącej konkurencji ze strony bezpłatnych gazet, a przede wszystkim doskonalić warsztat dziennikarski. Żeby osiągnąć to wszystko, musimy mieć na czele redakcji kompetentnych ludzi otwartych na tę tematykę. Tacy nie rodzą się na kamieniu. Możemy więc albo czekać w nadziei, że pojawi się ktoś taki, albo po prostu przygotować na te wyzwania ludzi, którzy naszym zdaniem najlepiej się do tego nadają.

Annika słuchała zdumiona.

— Ja będę pracował jeszcze przez góra dziesięć, może nawet tylko pięć lat. Muszę przygotować ludzi, którzy przejmą po mnie pałeczkę. Nie mówię, że to będziesz ty, ale jesteś jedną z trzech osób, które moim zdaniem wchodzą w grę. Wiele do tego czasu musisz się nauczyć, na przykład lepiej trzymać nerwy na wodzy. Ale to są drobnostki; wziąwszy pod uwagę całość, jesteś najbardziej prawdopodobnym kandydatem na mojego następcę. Jesteś kreatywna i błyskotliwa, muszę powiedzieć, że jeszcze nie zetknąłem się z kimś podobnym. Przejmujesz odpowiedzialność i rozwiązujesz konflikty z niezachwianym autorytetem, jesteś uporządkowana i kompetentna, wykazujesz inicjatywę. Nie zamierzam pozwolić, by wyrugował cię stąd jakiś zidiociały szef nocnej zmiany, mam nadzieję, że to rozumiesz. To idioci muszą opuścić redakcję, nie ty.

Ewentualna redaktorka naczelna zamrugała oczami.

— Byłbym więc wdzięczny, gdybyś zaczekała ze swoim wypowiedzeniem do stycznia — ciągnął Schyman. — W redakcji jest kilka osób, które czekają na twoje potknięcia, a trudno jest bronić się przed czyjąś złą wolą. Trzeba jednak temu przeciwdziałać. Pozwól, że na razie podejmę pewne kroki, a wrócimy do tematu, kiedy uspokoi się zamieszanie z Zamachowcem. Chciałbym również przedyskutować twoje teoretyczne przygotowanie i zastanowić się nad odpowiednim dla ciebie dalszym kształceniem. Należałoby też sporządzić listę stanowisk, jakie powinnaś objąć, zanim nadejdzie ta chwila. To ważne, żebyś zapoznała się z pracą redakcji na wszystkich poziomach, musisz też zaznajomić się ze sprawami technicznymi i organizacyjnymi całej firmy. Niezwykle istotne jest, żebyś była wszędzie akceptowana i darzona szacunkiem, i będziesz, jeśli właściwie to rozegramy.

Annika tylko otworzyła usta. Nie wierzyła w to, co słyszy.

— Naprawdę się nad tym zastanawiałeś — powiedziała zaskoczona.

— To oczywiście nie jest propozycja objęcia stanowiska redaktora naczelnego, lecz zachęta do dalszego kształcenia i zdobywania doświadczenia, tak żebyś w przyszłości mogła kandydować na naczelnego. Chciałbym też, żebyś na razie zachowała to dla siebie, możesz opowiedzieć tylko swojemu mężowi. Co ty na to?

Annika otrząsnęła się.

— Dziękuję — powiedziała.

Anders Schyman uśmiechnął się.

— Weź sobie wolne do końca roku. Godzin nadliczbowych zebrało ci się chyba na parę lat urlopu.

— Zamierzałam popracować jutro do południa i nie chcę zmieniać planów z powodu głupoty Gwoździa. Mam nadzieję, że do jutra będę miała gotowy obraz Christiny Furhage.

— Coś nadającego się do publikacji?

Annika potrząsnęła zafrasowana głową.

— Naprawdę nie wiem. Musimy to dokładnie omówić. Cholernie tragiczna historia.

— Tym ciekawsza. Dobrze, zajmiemy się tym później.

Anders Schyman podniósł się i wyszedł. Annikę przepełniało uczucie spokoju i zdumienia. Tak niewiele było trzeba, żeby znowu się dobrze poczuć, wymazanie czarnej rozpaczy okazało się takie proste. Kilka porządnych słów otuchy, a publiczne poniżenie przy pulpicie stało się wyblakłym wspomnieniem.

Annika ubrała się i wyszła tylnymi drzwiami, wzięła taksówkę z postoju i pojechała do domu.

Thomas już spał. Annika zmyła resztki makijażu, wyczyściła zęby i wsunęła się do łóżka koło swojego męża. Dopiero wtedy, w ciemności, nad którą unosił się sufit, przypomniała sobie, czego dowiedziała się od policji.

Wiedzieli, kim jest Zamachowiec, i wkrótce mieli go zatrzymać.

Zło

Intuicja wcześnie podpowiadała mi, że zło istnieje i jest silne. Rozsądek wokół mnie, reprezentowany przez bajki i dorosłych, próbował mi tę mądrość odebrać. „To tylko na niby", mówili. „W rzeczywistości tak się nie dzieje, a poza tym na końcu zawsze zwycięża dobro." Wiedziałam, że to kłamstwo, bo słyszałam bajkę o Jasiu i Małgosi. Zwyciężało w niej zło, nawet jeśli z perspektywy pisarskiej rzekomo na warunkach dobra. Zło wypędziło małe dzieci do lasu, zło utuczyło Jasia i rozpaliło w piecu. Lecz najbardziej zła ze wszystkich okazała się Małgosia, bo jako jedyna rzeczywiście dokonała mordu.

Bajki tego rodzaju nie przerażały mnie. Człowiek nie boi się rzeczy dobrze mu znanych. Dawało mi to przewagę nad otoczeniem.

Moje późniejsze doświadczenia potwierdziły oczywiście, że miałam rację. W naszym kraju popełniliśmy ten poważny błąd, że zlikwidowaliśmy zło. Oficjalnie nie istnieje. Szwecja jest państwem prawa, zrozumienie i logika zajęły miejsce zła, które przeniosło się pod ziemię. A tam, w ciemnościach, czuje się najlepiej. Narastało więc, żywiąc się zazdrością i stłumioną nienawiścią, stało się nieprzeniknione i tak czarne, że z czasem nie było go widać. Ale rozpoznawałam je. Kto raz zapoznał się z jego istotą, wywącha je, gdziekolwiek by się schowało.

Kto pobierał nauki u Małgosi, wie, jak dać radę złu. Trzeba je zwalczać złem, nic innego go nie wygryzie.

Widziałam zło w niechętnych twarzach w moim miejscu pracy, w oczach członków zarządu, w wymuszonych uśmiechach kolegów. Odwzajemniałam te uśmiechy. Nigdzie nie było widać siedmiogłowego potwora, krył się za związkowymi negocjacjami i jakoby rzeczowymi dyskusjami. Ale ja wiedziałam. I brałam udział w tej grze. Mnie zło nie mogło oszukać. Zasłaniałam się lustrem, od którego odbijały się jego siły.

Widziałam też, jak podbija społeczeństwo. Odnotowywałam, że przemoc wobec wielu moich podwładnych była lekceważona przez policję i prokuraturę. Pracownica mojego działu składała skargę na swojego byłego męża około dwudziestu razy, policja klasyfikowała każde zgłoszenie jako „kłótnię rodzinną". Wyznaczono kuratora, ale wiedziałam, że to bezcelowe. Czułam odór zła, byłam świadoma, że czas minął. Ta kobieta miała umrzeć — dlatego, że nikt nie potraktował jej poważnie. „On nie ma złych zamiarów, chce tylko widywać dzieci", powiedział raz kurator, na tyle głośno, że usłyszałam. Kazałam sekretarce zamknąć drzwi, bo ludzka bezradność wprawia mnie w fatalny nastrój.

Kiedy mąż poderżnął tej kobiecie gardło kuchennym nożem, reakcją otoczenia było zdumienie i szok. Szukano różnych wyjaśnień, zamykając oczy na te najbardziej oczywiste.

Zło znowu uszło niepokonane.

Czwartek, 23 grudnia

W mieszkaniu było pusto, kiedy się obudziła. Zegar wskazywał wpół do dziewiątej, a przez okno sypialni wpadało słońce. Na drzwiczkach lodówki Annika znalazła dużą kartkę przytwierdzoną magnesami w kształcie Mikołaja.

„Dziękuję, że jesteś.
Całusy od Twojego męża.
PS. Wziąłem dzieci do przedszkola. Twoja kolej, żeby je odebrać."

Zjadła kanapkę z serem, przeglądając jednocześnie poranne gazety. Dzienniki też skupiły się na propozycji budżetu na politykę regionalną oraz ruszyły ze świątecznym materiałem: Boże Narodzenie w historycznej perspektywie i tym podobne. Nie miały nic nowego o Zamachowcu. Annika wzięła szybki prysznic, podgrzała wodę w mikrofalówce i rozmieszała w niej neskę. Wypiła ubierając się. Podjechała autobusem 62 do dawnego wejścia „Gazety Porannej" i weszła do redakcji od tyłu. Nie chciała nikogo widzieć, dopóki nie przeczyta, co opublikowano o orientacji seksualnej Furhage.

W gazecie nie było ani jednej nieprzyzwoitej linijki o Christinie Furhage i Helenie Starke. Annika włączyła komputer i odnalazła tak zwaną „historyczną listę". Przez dobę można było tam przeczytać odrzucone artykuły.

Nils Langeby rzeczywiście napisał artykuł zatytułowany „Furhage lesbijką". Artykuł skasowano wczoraj wieczorem o godzinie 22.50. Annika wyświetliła go na ekranie i przesunęła wzrokiem po tekście. Niemal zrobiło się jej słabo. Owym wymienionym z nazwiska informatorem, który jakoby potwierdzał, że Christina Furhage była lesbijką, okazała się jakaś kobieta z kancelarii komitetu olimpijskiego. Annika nigdy o niej nie słyszała. Cytat brzmiał następująco: „Oczywiście, że się nad tym zastanawialiśmy. Furhage chciała zawsze pracować z Heleną Starke i wielu uważało, że to trochę dziwne. Wszyscy wiedzieli przecież, że Starke była tą... Niektórzy podejrzewali je o romans." Reporter przytoczył potem kilka wypowiedzi anonimowych osób, które widziały obie kobiety razem w mieście.

Na samym końcu artykułu udzielono głosu Helenie Starke: „Ostatni raz spotkałam się z Christiną w piątek wieczorem w restauracji»Vildsvin« na Fleminggatan. Z lokalu wyszłyśmy około północy i potem każda pojechała do siebie."

To było wszystko. Nic dziwnego, że Schyman zatrzymał artykuł.

Annika czytała dalej, gdy nagle uderzyła ją nieprzyjemna myśl, skąd do cholery Nils Langeby wziął zastrzeżony numer Heleny Starke, zakładając, że w ogóle z nią rozmawiał?

Otworzyła redakcyjną książkę telefoniczną i spostrzegła, że pomyliła się wpisując do komputera zastrzeżony numer. Umieściła go w ogólnym spisie, zamiast w swoim prywatnym. Bez zastanowienia podniosła słuchawkę i zadzwoniła do Starke, żeby przeprosić ją w imieniu Nilsa Langeby'ego. Odezwał się automatyczny komunikat Telii: „Numer zlikwidowano na życzenie abonenta. Nowego numeru nie podano." Helena Starke wyjechała z kraju.

Annika westchnęła i przejrzała opublikowane artykuły. Zdecydowano się zdjąć zamach z czołówki. Na pierwszej stronie znalazła się informacja o nieuleczalnej chorobie gwiazdora telewizyjnej redakcji sportowej. Dziennikarz cierpiał na enteropatię glutenową, czyli miał alergię na produkty mączne, i opowiadał, jak jego życie zmieniło się po odkryciu choroby przed rokiem. Temat pasował na czołówkę na dzień przed Wigilią. Anne Snapphane z pewnością się na niego rzuci. Zdjęcie Hermana Ösela przedstawiające Christinę Furhage i Stefana Bjurlinga było słabej jakości, ale wystarczało. Obie ofiary morderstwa siedziały koło siebie w ciemnym lokalu, Furhage miała czerwone oczy i błyszczące zęby — efekt lampy błyskowej, Bjurling zrobił grymas. Fotografia była trochę nieostra. Znajdowała się na rozkładówce szóstej i siódmej strony, pod spodem zamieszczono tekst Patrika o efektach pracy policji. Tytuł był ten sam, na jaki momentalnie wpadł Ingvar Johansson: „Teraz oboje nie żyją". Artykuł Patrika o materiale wybuchowym znajdował się na stronie ósmej. Annika stwierdziła, że musi koniecznie pochwalić swojego reportera, gdy tylko go zobaczy.

Annika przejrzała „Konkurenta", który postawił na poradę finansową: „Nie zwlekaj z PIT-em — zaoszczędzisz tysiące". Taki tytuł zawsze można było dać pod koniec grudnia, bo zazwyczaj na przełomie roku zmieniał się jakiś przepis podatkowy i możliwości odliczeń. Annika nie miała siły czytać artykułu. Te rady nigdy jej nie dotyczyły — nie należała do ludzi oszczędzających w funduszach, posiadających nieruchomości czy jeżdżących do pracy samochodem służbowym. Jej zdaniem należało być ostrożnym z taką czołówką, mimo że dobrze się sprzedawała.

Annika wyciągnęła dyskietkę, na której kochanka Christiny Furhage faktycznie mówiła o ich ostatnich godzinach, i włożyła do szuflady, gdzie trzymała resztę poufnych materiałów. Zadzwoniła do swojego informatora, ale ten był w domu i wysypiał się. Nie mogąc się skoncentrować wyszła z pokoju, ustaliła, że Berit jeszcze nie ma, poprosiła dział fotograficzny o skontaktowanie się z Hermanem Öselem w sprawie zapłaty, wzięła sobie kawy i przywitała się z Evą-Britt.

— Co to za awantura była wczoraj? — zapytała sekretarka, starając się ukryć zadowolenie.

— Awantura? — Annika udała, że usiłuje sobie przypomnieć. — Co masz na myśli?

— No tutaj, w redakcji. Między tobą a Gwoździem?

— Aha, chodzi ci o tę chorą czołówkę Gwoździa z Furhage jako lesbijką? Nie wiem dokładnie, co się stało, ale Anders Schyman musiał ją zatrzymać. Biedny Gwóźdź, taki blamaż — powiedziała Annika i weszła do siebie, zamykając drzwi. Była jednak na tyle wredna, że nie powstrzymała się od okazania swego triumfu.

Wypiła kawę i zaczęła planować zajęcia na dzisiejszy dzień. Policja mogła zatrzymać Zamachowca, ale wątpliwe, by mówili o tym przez radio. Trzeba było liczyć na inne źródła niż nasłuch. Annika uznała, że musi porozmawiać o tym z Berit i Ingvarem Johanssonem. Sama miała zamiar dokończyć układanie obrazu, jaki stanowiła przeszłość Christiny Furhage. Zdecydowała się podjąć próbę odnalezienia jej syna Olofa.

Zamknęła notatnik i weszła do Internetu. Jeśli miała czas, nie dzwoniła do biura numerów, tylko szukała w sieci na stronach Telii. Trwało to dłużej, ale było znacznie tańsze i dawało pewniejsze rezultaty. Czasami biuro numerów nie dysponowało podstawowymi informacjami. Wpisała do wyszukiwarki nazwisko Olofa Furhage, komputer szukał i sortował, a wynik był jednoznaczny. W całej Szwecji żył tylko jeden człowiek o takim nazwisku, a mieszkał w Tungelsta na południe od Sztokholmu.

— Bingo — powiedziała Annika.

To w Tungelsta Christina Furhage blisko czterdzieści lat temu zostawiła swojego pięcioletniego synka, a teraz mieszkał tam mężczyzna o tym samym nazwisku. Annika zastanowiła się przez chwilę, czy najpierw nie zadzwonić, ale w końcu zdecydowała się pojechać. Musiała na jakiś czas wyjść z redakcji.

W tej chwili ktoś zapukał do drzwi. Był to redaktor naczelny, wyglądał okropnie, w ręku trzymał dużą karafkę z wodą.

— Coś się stało? — zaniepokoiła się Annika.

— Migrena — wyjaśnił krótko Schyman. — Wypiłem wczoraj kieliszek czerwonego wina do pieczeni z dziczyzny, więc pretensje mogę mieć tylko do siebie. Jak twoje samopoczucie?

Zamknął za sobą drzwi.

— Dziękuję, zupełnie w porządku. Widziałam, że zatrzymałeś artykuł o lesbijskich skłonnościach Christiny Furhage.

— Co zresztą okazało się dość proste, bo nie zawierał żadnego konkretnego potwierdzenia.

— Jak to się więc stało, że Gwóźdź go przepuścił? — zapytała Annika.

Redaktor naczelny usiadł na biurku Anniki.

— Nie czytał samego artykułu, oparł się tylko na opisie Langeby'ego. Kiedy poszliśmy do Nilsa i zażądaliśmy tekstu, sprawa była jasna. W artykule nie było faktów, a nawet gdyby były i tak byśmy go nie opublikowali. Co innego, gdyby Furhage się ujawniła i opowiedziała o swojej miłości. Pisanie o najskrytszych tajemnicach zmarłej osoby jest chyba najgorszym szarganiem świętości życia prywatnego. Myślę, że Gwóźdź zrozumiał, kiedy mu to powiedziałem.

Annika pochyliła głowę, stwierdzając, że nie pomyliła się w swoim pierwszym odczuciu.

— To zresztą jest prawda.

— Co takiego?

— Miały romans, ale nikt o tym nie wiedział. Helena Starke była zupełnie zdruzgotana. Nawiasem mówiąc, wyjechała do USA.

— No proszę. Czego się jeszcze dowiedziałaś z rzeczy nie nadających się do druku?

— Furhage nienawidziła swoich dzieci i terroryzowała otoczenie. Stefan Bjurling był pijakiem i bił żonę.

— Co za towarzystwo. Co robisz dzisiaj? — zapytał naczelny.

— Jadę porozmawiać z jednym gościem, potem sprawdzę coś u mojego informatora. Praktycznie mają już zamachowca.

Anders Schyman uniósł brwi.

— Czy będzie można przeczytać jutro o tym w gazecie?

— Mam nadzieję, że będzie można. — Annika uśmiechnęła się.

— Co powiedział twój mąż o naszych planach na przyszłość?

— Jeszcze z nim nie rozmawiałam.

Redaktor naczelny podniósł się i wyszedł. Annika spakowała notes i ołówek, spostrzegła, że bateria w komórce jest na wyczerpaniu, wrzuciła więc do torby świeżo naładowaną na zapas.

— Wychodzę na jakiś czas — powiedziała do Evy--Britt, którą ledwie było widać zza sterty poczty.

W dyżurce dostała kluczyki i zeszła do garażu. Wzięła redakcyjny samochód pozbawiony logo. Był naprawdę piękny zimowy dzień. Głęboki śnieg okrywał miasto jak na widokówce. Annika pomyślała, że śnieg na Boże Narodzenie jest jak znalazł, dzieci będą mogły pojeździć na sankach w Kronobergsparken.

Wyjechała na Essingeleden w kierunku trasy Årstalänken. Włączyła radio i odszukała jeden z komercyjnych kanałów. Trafiła w sam środek dawnego przeboju Supremes: *„You can't hurry love, no, you just have to wait, love don't come easy, it's a game of give and take…".* Annika śpiewała na cały głos, podczas gdy samochód mknął w kierunku Nynäsvägen. Radio przez cały czas nadawało znane piosenki. Annika krzyknęła i roześmiała się. Było super, teraz będzie miała tydzień urlopu, a potem zostanie redaktorką naczelną! No, może nie, ale będzie się dokształcać i rozwijać, a kierownictwo w nią wierzy. Z czasem pewnie jeszcze nie raz dostanie po głowie, ale taka była kolej rzeczy i należało przyjmować to ze spokojem. Podgłośniła, kiedy Paul Simon i Art Garfunkel zaczęli śpiewać *„I am just a poor boy and my story's seldom told…"*

Tungelsta była miastem z licznymi ogrodami, niecałe trzydzieści pięć kilometrów na południe od Sztokholmu. Sprawiała wrażenie cichej oazy po kamiennej pustyni w centrum Västerhaninge. Miasto zaczęto budować w drugiej dekadzie XX wieku, dzisiaj nie różniło się właściwie od innych willowych miejscowości z tamtego okresu, z jednym wyjątkiem: we wszystkich ogrodach stały szklarnie. Niektóre piękne i dobrze utrzymane, inne chylące się ku upadkowi.

Annika dotarła na miejsce wczesnym przedpołudniem. Staruszkowie odgarniali śnieg i przyjaźnie machali, kiedy przejeżdżała. Olof Furhage mieszkał na Älvvägen, Annika musiała zatrzymać się przed pizzerią i zapytać o drogę. Starszy mężczyzna, który jak się okazało, był przez całe życie listonoszem w Tungelsta, opowiadał żywo o starych dzielnicach i wiedział dokładnie, gdzie mieszka Olof Furhage.

— Niebieski dom z dużą szklarnią — poinformował.

Annika minęła tory kolejowe i już z daleka spostrzegła, że dobrze trafiła. Szklarnia położona była przy samej drodze, w głębi, bliżej lasu stała pomalowana na niebiesko willa. Annika wjechała na podwórze, zatrzymała samochód w połowie piosenki Abby, przewiesiła torbę przez ramię i wysiadła. Zobaczyła, że telefon komórkowy leży na siedzeniu pasażera, gdzie położyła go, żeby słyszeć dzwonek, ale jakoś nie zdecydowała się po niego sięgnąć. Spojrzała na dwupoziomowy dom o spadzistym dachu, pokrytym wypukłą dachówką. Przypominał starą, dwuizbową chałupę ze strychem. Na podstawie okien i fasady doszła do wniosku, że zbudowano go w latach trzydziestych. Dom był mały, ale elegancki i dobrze utrzymany.

Annika ruszyła w stronę budynku, kiedy usłyszała za sobą czyjś głos.

— Mógłbym pani w czymś pomóc?

Był to mężczyzna po czterdziestce, szatyn o średniej długości włosach i jasnych, niebieskich oczach. Miał na sobie sweter zrobiony na drutach i powalane ziemią dżinsy.

— Tak, w rzeczy samej. Szukam osoby o nazwisku Olof Furhage — powiedziała Annika i wyciągnęła rękę na powitanie. Mężczyzna uśmiechnął się i podał jej rękę.

— Dobrze pani trafiła. To ja jestem Olof Furhage.

Annika odwzajemniła uśmiech. Chyba czekało ją niełatwe zadanie.

— Jestem z gazety „Kvällspressen". Chciałabym zadać panu kilka osobistych pytań.

Mężczyzna zaśmiał się.

— Ach tak, jakich na przykład?

— Szukam tego Olofa Furhage, który jest synem przewodniczącej komitetu organizacyjnego igrzysk, Christiny Furhage — powiedziała spokojnie Annika. — To może pan?

Mężczyzna spojrzał w dół, potem podniósł wzrok i odgarnął włosy.

— Tak. To ja.

Stali w milczeniu przez kilka sekund. Słońce raziło w oczy. Annika czuła, jak zimno przenika przez cienkie podeszwy jej butów.

— Nie chciałabym być natrętna, ale w ostatnich dniach rozmawiałam z wieloma ludźmi z otoczenia Christiny Furhage i uznałam za ważne, żeby porozmawiać też z panem.

— Po co pani z nimi rozmawiała? — zapytał wyczekująco, ale nie wrogo.

— Pana matka była bardzo znaną postacią, jej śmierć wstrząsnęła całym światem. Mimo swej popularności była praktycznie całkowicie anonimowa jako osoba prywatna. To skłoniło nas do rozmów z jej najbliższymi.

— Dlaczego? Przecież chciała być anonimowa. Nie potraficie tego uszanować?

Mężczyzna nie był głupi, to nie ulegało wątpliwości.

— Potrafimy — powiedziała Annika. — Robię to właśnie przez wzgląd na jej najbliższych i biorąc pod uwagę jej chęć zachowania anonimowości. Ponieważ nic o pana matce nie wiemy, istnieje duże ryzyko, że pisząc o niej popełnimy zasadnicze błędy, błędy, które zaszkodzą jej rodzinie. Niestety raz się już tak stało. Wczoraj zamieściliśmy obszerny artykuł, w którym opisaliśmy pana matkę jako kobietę idealną. Pańską siostrę, Lenę, wytrąciło to zupełnie z równowagi. Lena zadzwoniła do mnie, spotkałyśmy się i długo ze sobą rozmawiałyśmy. Chcę się zabezpieczyć, żeby podobnej gafy nie popełnić wobec pana.

Mężczyzna spojrzał na nią zdumiony.

— Co za swada — powiedział z podziwem. — Potrafiłaby pani przekonać kamień.

Annika nie wiedziała, czy ma się uśmiechnąć czy zachować powagę. Mężczyzna dostrzegł jej zmieszanie i zaśmiał się.

— No dobrze, mogę odpowiedzieć na pani pytania. Napije się pani kawy czy się pani śpieszy?

— Jedno i drugie — odrzekła Annika i też się zaśmiała.

— Może chce pani najpierw obejrzeć moją szklarnię?

— Z przyjemnością — powiedziała Annika, mając nadzieję, że w środku będzie cieplej.

Faktycznie było. Nagrzane powietrze pachniało ziemią i wilgocią. Szklarnia była duża, starego typu, miała co najmniej pięćdziesiąt metrów długości i dziesięć szerokości. Ziemię pokrywały olbrzymie ciemnozielone płachty. Wzdłuż biegły dwie równoległe ścieżki.

— Uprawiam ekologiczne pomidory — powiedział Olof Furhage.

— Chyba nie w grudniu — rzekła Annika.

Mężczyzna znowu się zaśmiał, miał pogodne usposobienie.

— Nie, nie w tej chwili. Usunąłem krzaki w październiku, ziemia odpoczywa zimą. Jeśli się prowadzi ekologiczną uprawę, bardzo ważne jest, żeby szklarnia i ziemia były wolne od bakterii i grzybów. Nowocześni hodowcy stosują często wełnę mineralną albo torf, ale ja trzymam się ziemi. Proszę podejść, coś pani pokażę.

Poszedł szybko wzdłuż ścieżki i zatrzymał się przy przeciwległej ścianie. Na zewnątrz stał duży blaszany aparat.

— To maszyna parowa — wyjaśnił Furhage. — Rurami, które idą tędy, proszę zobaczyć jakie grube, wtłaczam parę, która wchodzi pod ziemię i ogrzewa ją. To zabija grzyby. Rano uruchomiłem ją na trochę, dlatego jest tutaj tak ciepło.

Annika spoglądała zaciekawiona. Tylu rzeczy człowiek nie wie.

— To kiedy będą pomidory? — zapytała, żeby okazać zainteresowanie.

— Nie można ruszać z uprawą za wcześnie, bo wyjdzie ich mało i słabe. Zaczynam pod koniec lutego, w październiku krzaki sięgają sześciu metrów.

Annika rozejrzała się po szklarni.

— Jakim cudem? Przecież tu nie ma miejsca.

Olof Furhage znowu się zaśmiał.

— Owszem, jest. Widzi pani ten drut tam na górze? Kiedy krzak do niego dosięgnie, przekłada się łodygę przez drut. Mniej więcej pół metra na ziemią jest kolejny drut. Znowu przekłada się krzak, który z powrotem rośnie do góry.

— Sprytne — przyznała Annika.

— To co, napijemy się kawy?

Wyszli ze szklarni i skierowali się w stronę domu.

— Wychował się pan tutaj, w Tungelsta, prawda? — zapytała Annika.

Mężczyzna skinął głową i przytrzymał drzwi.

— Może pani zdjąć buty. Tak, dorastałem tutaj, mieszkałem na Kvarnvägen. Hej, szkrabie, jak się czujesz?

To ostatnie krzyknął w głąb domu. Cichy dziewczęcy głos odpowiedział z góry:

— Dobrze, tato, ale nie umiem przejść dalej. Pomożesz mi?

— Tak, za chwilę. Teraz mam gościa.

Olof Furhage ściągnął swoje ciężkie gumowce.

— Ma grypę i czuła się naprawdę fatalnie. Kupiłem jej na pocieszenie nową grę komputerową. Proszę wejść, tędy...

Na schodach prowadzących na piętro pojawiła się mała twarzyczka.

— Dzień dobry — powiedziała dziewczynka. — Mam na imię Alice.

Miała dziewięć lub dziesięć lat.

— Ja jestem Annika — przywitała się Annika.

Alice zniknęła, wracając do swojej gry komputerowej.

— Mieszka u mnie co drugi tydzień, jej siostra Petra przeprowadziła się tu na stałe. Petra ma czternaście lat — powiedział Olof Furhage nalewając wody do ekspresu.

— Czyli jest pan rozwiedziony? — Annika usiadła przy kuchennym stole.

— Tak, już od kilku lat. Z mlekiem czy cukrem?

— Poproszę czarną bez cukru.

Olof Furhage nastawił ekspres i postawił filiżanki na stole, a potem usiadł naprzeciwko Anniki. Kuchnia była przytulna, z drewnianą podłogą, lustrami na szafkach, czerwono-białym kraciastym obrusem i gwiazdą adwentową w oknie, z którego doskonale widać było szklarnię.

— Ile pani wie? — zapytał mężczyzna.

Annika wyciągnęła z torby notes i ołówek.

— Nie ma pan nic przeciwko temu, żebym notowała? Wiem, że pana ojciec miał na imię Carl i że matka oddała pana do jakiejś rodziny w Tungelsta, kiedy miał pan pięć lat. Wiem również, że kilka lat temu nawiązał pan kontakt z matką. Strasznie się pana bała.

Olof Furhage zaśmiał się ponownie, ale tym razem był to smutny śmiech.

— Tak, biedna mama, nigdy nie pojąłem, dlaczego wpadła w taką panikę. Napisałem do niej list, zaraz po rozwodzie, głównie z tego powodu, że byłem wtedy w potwornym dołku. Zadałem jej te pytania, które zawsze mnie nurtowały, a na które nigdy nie dostałem odpowiedzi. Dlaczego mnie oddała, czy kiedykolwiek mnie kochała, dlaczego mnie nie odwiedzała, dlaczego nie zgodziła się, by Gustaw i Elna mnie adoptowali... Odpowiedź nie przyszła.

— Więc pojechał pan do niej?

Mężczyzna westchnął.

— Tak, zacząłem jeździć do Tyresö i przesiadywałem pod jej domem, w tych tygodniach, kiedy dziewczynki były u mamy. Chciałem zobaczyć, jak wygląda, jak mieszka, jak żyje. Jako przewodnicząca komitetu olimpijskiego stała się znana, gazety pisały o niej bez przerwy.

Ekspres zabulgotał, Olof Furhage podniósł się i postawił kawę na stole.

— Niech jeszcze naciągnie przez chwilę — rzekł, podając ciasto. — Któregoś wieczoru wróciła sama, pamiętam, że było to wiosną. Szła do drzwi, kiedy wysiadłem z samochodu i do niej podszedłem. Gdy powiedziałem, kim jestem, omal nie zemdlała. Przynajmniej takie odniosłem wrażenie. Wpatrywała się we mnie, jakbym był duchem. Zapytałem, dlaczego nie odpowiedziała na mój list, ale w ogóle się nie odezwała. Kiedy zacząłem zadawać pytania, które postawiłem w liście, odwróciła się bez słowa i ruszyła ku drzwiom. Szlag mnie trafił i krzyknąłem do niej: „Cholerna babo, możesz mi chyba poświęcić kilka minut swojego czasu" albo coś w tym rodzaju. Zaczęła biec i potknęła się na schodach przed drzwiami, ruszyłem za nią, chwyciłem ją, obróciłem do siebie i wrzasnąłem: „Popatrz na mnie" lub coś podobnego.

Mężczyzna pochylił głowę, jakby wspomnienie sprawiało mu ból.

— Nic nie powiedziała? — zapytała Annika.

— Owszem, dwa słowa: „Wynoś się." Potem weszła do środka, zamknęła drzwi na klucz i zadzwoniła na policję. Zatrzymali mnie tutaj w kuchni tego samego wieczoru.

Nalał kawy, swoją posłodził.

— Nie miał pan z nią w ogóle kontaktu?

— Odkąd zostawiła mnie u Gustawa i Elny, żadnego. Doskonale pamiętam tamten wieczór, kiedy do nich przyjechaliśmy. Mama wzięła taksówkę, mnie wydawało się to strasznie daleką podróżą. Byłem rozradowany, bo mama przedstawiła mi wyjazd jako przygodę, wspaniałą wycieczkę.

— Lubił pan swoją matkę? — zapytała Annika.

— Tak, oczywiście. Kochałem ją. Była moją mamą, czytała mi bajki i śpiewała, często mnie przytulała, co wieczór odmawiała ze mną pacierz. Miała w sobie coś z anioła.

Zamilkł i spuścił wzrok.

— Kiedy przyjechaliśmy do Gustawa i Elny, dostaliśmy kolację: parówki z brukwią i ziemniakami. Pamiętam do dziś. Nie smakowało mi, ale mama nakazała, żebym wszystko zjadł. Potem wzięła mnie do przedpokoju i powiedziała, że muszę zostać u Gustawa i Elny, bo ona wyjeżdża. Wpadłem w histerię, byłem chyba jednak mocno przywiązany do matki. Gustaw przytrzymał mnie, a mama chwyciła swoje rzeczy i wybiegła. Wydaje mi się, że płakała, ale mogę się mylić.

Wypił trochę kawy.

— Trząsłem się przez całą noc, krzyczałem i płakałem, ile tylko miałem siły. Z czasem było oczywiście lepiej. Elna i Gustaw nie mieli własnych dzieci, a byli już po pięćdziesiątce. Można spokojnie powiedzieć, że mnie rozpieszczali. Pokochali mnie nade wszystko, lepszych rodziców trudno sobie wyobrazić. Teraz już oboje nie żyją.

— Nie spotkał pan więcej matki?

— Raz, kiedy miałem trzynaście lat. Gustaw i Elna napisali do niej, bo chcieli mnie adoptować. Pamiętam, że dołączyłem swój list i rysunek. Wtedy przyjechała tutaj któregoś wieczoru i powiedziała, że mamy zostawić ją w spokoju. Poznałem ją od razu, chociaż nie widziałem jej, odkąd byłem mały. Powiedziała, że o żadnej adopcji nie ma mowy i że w przyszłości nie chce dostawać ani listów, ani rysunków.

Annice zabrakło słów.

— Boże święty — powiedziała tylko.

— Byłem oczywiście zdruzgotany, chyba każde dziecko na moim miejscu tak by się czuło. Wkrótce po tej wizycie wyszła za mąż, może dlatego była tak zestresowana.

— Dlaczego nie zgodziła się na adopcję?

— Zastanawiałem się nad tym — Olof Furhage dolał sobie i Annice kawy. — Jedyny powód, jaki przychodzi mi do głowy, to ten, że miałem odziedziczyć bardzo dużo pieniędzy. Carl Furhage nie miał poza mną innych dzieci, a po śmierci trzeciej żony był niesamowicie bogaty, pewnie pani o tym wie? Tak, no to wie pani też, że większą część majątku przeznaczył na ufundowanie stypendium. Dostałem zachowek, którym miała zarządzać mama. Zadbała o niego aż nazbyt starannie. Kiedy osiągnąłem pełnoletność, już niemal nic nie zostało.

Annika nie wierzyła własnym uszom.

— To nie może być prawda.

Olof Furhage westchnął.

— Niestety. Pieniądze starczyły na ten dom i na nowy samochód. Akurat się przydały. Studiowałem i właśnie spotkałem Karin. Przeprowadziliśmy się tutaj i zaczęliśmy remontować, bo na początku dom nie nadawał się zamieszkania. Kiedy się rozeszliśmy, Karin pozwoliła mi go zatrzymać, można powiedzieć, że rozstaliśmy się w zgodzie.

— Powinien pan był pozwać matkę! — stwierdziła Annika wzburzona. — Roztrwoniła przecież pana pieniądze!

— Szczerze powiedziawszy, było mi to obojętne — odrzekł Furhage i uśmiechnął się. — Nie chciałem mieć z nią nic wspólnego. Ale kiedy rozpadło się moje małżeństwo, przyczyny niepowodzenia szukałem u siebie i w swojej przeszłości i dzieciństwo stanęło mi przed oczami. Dlatego nawiązałem kontakt z matką. Jak zapewne się pani domyśla, nic to oczywiście nie pomogło.

— Jak pan sobie poradził?

— Postanowiłem wziąć byka za rogi i poszedłem na terapię. Chciałem przerwać to błędne koło złego rodzicielstwa w naszej rodzinie.

W tej chwili do kuchni weszła Alice. Ubrana była w różową piżamę i podomkę, w objęciach trzymała lalkę Barbie. Popatrzyła nieśmiało na Annikę, po czym wdrapała się na kolana taty.

— Jak się czujesz? — zapytał Olof Furhage i pocałował dziecko we włosy. — Dużo dzisiaj kaszlałaś?

Dziewczynka potrząsnęła głową i wtuliła twarz w sweter ojca.

— Chyba już zdrowiejesz?

Alice wzięła kawałek ciasta i wybiegła do pokoju. Po chwili przez otwarte drzwi usłyszeli melodię z czołówki „Różowej Pantery".

— To wspaniałe uczucie spędzać razem z nią Wigilię — powiedział Furhage i sięgnął po ciasto. — Proszę się częstować, Petra je upiekła, jest całkiem dobre.

Annika posmakowała, było znakomite.

— Alice przyszła tu w piątek po szkole, wieczorem zachorowała. Około północy zadzwoniłem po lekarza, bo miała ponad czterdzieści jeden stopni gorączki. Siedziałem z tym rozpalonym dzieckiem w ramionach do dziesięć po trzeciej nad ranem, wtedy przyszedł doktor. Kiedy więc policja przyjechała w sobotę po południu, miałem niepodważalne alibi.

Annika kiwnęła głową, ten wniosek już wyciągnęła. Przez chwilę siedzieli w milczeniu, nasłuchując wyczynów pantery.

— Cóż, muszę wracać — powiedziała Annika. — Bardzo panu dziękuję, że poświęcił pan swój czas na rozmowę ze mną.

Olof Furhage uśmiechnął się.

— Drobnostka. Jako hodowca pomidorów nie mam w zimie zbyt wiele roboty.

— Żyje pan z pomidorów?

Mężczyzna zaśmiał się.

— Nie, powiem pani, że ledwie się wychodzi na swoje. Biznes na warzywach ze szklarni jest praktycznie niemożliwy. Z trudem radzą sobie nawet uprawiający pomidory daleko na południu, w cieple, z dotacjami i tanią siłą roboczą. Zajmuję się tym, bo lubię, nie kosztuje mnie to nic poza zaangażowaniem i pracą. No i mam jakiś swój udział w ochronie środowiska.

— Z czego więc pan żyje?

— Pracuję naukowo na Politechnice Królewskiej, technika produktów odpadowych.

— Kompost i takie rzeczy?

Uśmiechnął się.

— Między innymi.

— Kiedy dostanie pan profesurę? — zapytała Annika.

— Prawdopodobnie nigdy. Jedyny etat został właśnie obsadzony, drugi jest na politechnice w Luleå, a ja nie chcę się przeprowadzać ze względu na córki. Poza tym może jednak ułoży się między mną a Karin. Petra jest teraz u niej, a święta będziemy spędzać wspólnie.

Annika uśmiechnęła się, a uśmiech dobył się gdzieś z głębi.

Anders Schyman siedział w swoim gabinecie z łokciami opartymi na biurku, obejmując się obiema rękami za głowę. Ból był nieprawdopodobny. Migrena dopadała go kilka razy w roku, zawsze kiedy następowało odprężenie po okresie wzmożonego stresu. Wczoraj na dodatek zrobił błąd pijąc wino. Czasami obywało się bez konsekwencji, ale nie tuż przed urlopem. Teraz Schyman czuł się okropnie, nie tylko z powodu bólu głowy, ale i czekającej go rozmowy. Zamierzał zrobić coś, czego jeszcze nigdy nie robił i wątpił, aby było to przyjemne doświadczenie. Większą część przedpołudnia spędził przy telefonie, konsultując się najpierw z dyrektorem naczelnym, a potem z adwokatem gazety. Ból głowy wzmagał się z każdą minutą. Schyman westchnął i oparł dłonie wśród stert papierów na biurku. Oczy miał przekrwione, włosy rozczochrane. Przez chwilę wpatrywał się przed siebie niewidzącym wzrokiem, potem sięgnął po tabletki i szklankę wody i zażył jeszcze jeden distalgesic. Jazda samochodem do domu była wykluczona.

Rozległo się pukanie do drzwi i Nils Langeby wetknął głowę.

— Chciałeś ze mną rozmawiać? — powiedział głosem pełnym nadziei.

— Tak, zgadza się, wejdź — Anders Schyman podniósł się z trudem, wyszedł zza biurka i wskazał reporterowi, żeby zajął miejsce na którejś z kanap. Nils Langeby rozparł się pośrodku największej — był zdenerwowany i starał się za wszelką cenę to ukryć. Spojrzał na niski stolik przed sobą takim wzrokiem, jakby spodziewał się na nim kawy i bułeczek. Schyman usiadł w fotelu naprzeciwko.

— Chciałem z tobą porozmawiać Nils, bo mam dla ciebie pewną propozycję...

Reporter pojaśniał, w oczach zapaliła się mu iskierka. Był przekonany, że otrzyma awans, że zostanie w jakiś sposób doceniony. Naczelny spostrzegł to i poczuł się podle.

— Tak... — ponaglił Langeby, kiedy szef milczał przez chwilę.

— Jak zapatrywałbyś się na kontynuowanie współpracy z gazetą jako wolny strzelec?

Zostało to powiedziane. Zabrzmiało jak całkowicie niewinne pytanie, zadane zupełnie normalnym głosem. Redaktor naczelny wysilił się, żeby wyglądać na spokojnego i opanowanego.

Nils Langeby nie zrozumiał.

— Wolny strzelec? Nie, ale... dlaczego? Wolny... jak...? Mam przecież etat!

Naczelny podniósł się, żeby przynieść szklankę z wodą ze swojego biurka.

— Tak, wiem oczywiście, że jesteś zatrudniony na etacie, Nils. Pracujesz tutaj od wielu lat i możesz pracować jeszcze długo, dziesięć, dwanaście, aż do emerytury. Proponuję ci tylko luźniejszą formę współpracy w ostatnich latach twojego zawodowego życia.

Langeby bezładnie wodził wokół wzrokiem.

— Co masz na myśli? — zapytał. Broda mu opadła, sprawiając, że usta wyglądały jak czarna dziura. Schyman westchnął i z powrotem usiadł na fotelu ze szklanką w dłoni.

— Pytam, czy chciałbyś mieć korzystną umowę z gazetą o wolnej współpracy i pomoc w założeniu własnej firmy czy może nawet spółki. Potem pracowałbyś dla nas jako wolny strzelec.

Reporter otworzył usta i zamrugał oczami. Schymanowi skojarzył się z rybą wyrzuconą na ląd.

— Co do cholery... Co to do cholery ma znaczyć?

— Dokładnie to, co mówię — powiedział naczelny zmęczonym głosem. — Składam ci ofertę nowej formy zatrudnienia. Nigdy nie myślałeś o tym, by podjąć nowe wyzwania?

Nils Langeby zamknął usta i wsunął nogi pod kanapę. Podczas gdy znaczenie tych niesłychanych słów docierało do jego mózgu, zwrócił wzrok ku biurowcowi naprzeciwko, zacisnął szczęki i przełknął ślinę.

— Pomoglibyśmy ci znaleźć biuro w mieście. Gwarantujemy przez pięć lat dochód za pięć zakontraktowanych dni w miesiącu, czyli 12 500 koron plus składki na ubezpieczenia i dodatek urlopowy. Nadal będziesz zajmował się tą samą tematyką: przestępczość w szkole i...

— To ta cipa, prawda? — powiedział ochrypłym głosem Langeby.

— Słucham...? — Schyman utracił nieco swój pozorowany spokój.

Langeby zwrócił ku niemu wzrok, a Schyman aż się cofnął, kiedy zobaczył, ile było w nim nienawiści.

— Cipa, pizda, dziwka. To ona za tym stoi.

— O czym ty mówisz? — Schyman zauważył, że podniósł głos.

Reporter zacisnął pięści i oddychał spazmatycznie przez nos.

— Dziwka, dziwka! Ta pizda chce mnie wykopać!

— Nie powiedziałem ani słowa o wyrzucaniu... — zaczął Schyman.

— Gówno prawda! — krzyknął Langeby i podniósł się tak szybko, że zakołysał się jego duży brzuch. Zrobił się zupełnie czerwony na twarzy, wymachiwał pięściami.

— Usiądź — powiedział Schyman cichym i zimnym głosem. — Niech to nie będzie bardziej nieprzyjemne niż musi być.

— Nieprzyjemne? — wrzasnął Langeby.

Naczelny też wstał, zrobił dwa kroki w kierunku Langeby'ego i zbliżył do niego twarz na dwadzieścia centymetrów.

— Usiądź, człowieku, żebym mógł dokończyć — syknął.

Langeby nie posłuchał, tylko podszedł do okna i wyjrzał na zewnątrz. Panował mróz, ale niebo było bezchmurne i słońce oświetlało rosyjską ambasadę.

— Kogo masz na myśli, używając tych obraźliwych słów? — zapytał Schyman. — Czy twoją bezpośrednią przełożoną Annikę Bengtzon?

Nils Langeby wydał z siebie krótki, pozbawiony wesołości śmiech.

— Moją bezpośrednią przełożoną, rany boskie, tak. To ją mam na myśli. Najbardziej niekompetentną cipę, z jaką się zetknąłem. Ona niczego nie pojmuje! Nic nie umie! Zraża do siebie każdego człowieka w redakcji! Tak samo uważa Eva-Britt Qvist. Bengtzon wrzeszczy na ludzi. Nikt z nas nie rozumie, dlaczego dostała tę pracę. Brak jej autorytetu, nie ma doświadczenia redaktorskiego.

— Doświadczenia redaktorskiego? A co to ma do rzeczy?

— Powiem ci, że wszyscy wiedzą o tym gościu, który umarł. Ona nigdy o tym nie mówi, ale i tak wszyscy wiedzą.

Naczelny wciągnął powietrze, nozdrza mu się poszerzyły.

— Jeśli masz na myśli zdarzenie, które nastąpiło, zanim Annika Bengtzon została zatrudniona na stałe, to sąd uznał je za wypadek. Wyciąganie tej sprawy jest chwytem poniżej pasa — powiedział lodowatym tonem.

Nils Langeby nie odpowiedział, tylko kołysał się na piętach i walczył ze łzami. Schyman zdecydował się pójść za ciosem.

— Uważam, że sposób, w jaki wypowiadasz się o swojej przełożonej, jest co najmniej kuriozalny — stwierdził.

— Faktem jest, że tego rodzaju wyzwiska, które przed chwilą z siebie wyrzuciłeś, mogą być podstawą do udzielenia pisemnej nagany.

Nils Langeby nie zareagował, tylko wciąż kołysał się przy oknie.

— Musimy przedyskutować twoją pracę w gazecie, Nils. Twój wczorajszy artykuł, o ile w ogóle można nazwać go artykułem, był prawdziwą katastrofą. Sam w sobie nie stanowiłby może podstawy do nagany, ale w ostatnim czasie wielokrotnie wykazywałeś się zadziwiająco złym rozeznaniem. Jeśli chodzi o twój niedzielny artykuł o podejrzeniach policji, że pierwszy wybuch był zamachem terrorystycznym, nie potrafiłeś wskazać ani jednego źródła, z którego zaczerpnąłeś te informacje.

— Nie muszę ujawniać swoich źródeł — powiedział Langeby zduszonym głosem.

— Owszem, przede mną. Jestem przecież do cholery wydawcą tej gazety. Jeśli ty popełniasz błąd, skrupia się to na mnie, nie pojąłeś tego po tylu latach?

Langeby dalej się kołysał.

— Nie kontaktowałem się jeszcze ze związkiem zawodowym — kontynuował Schyman — najpierw chciałem porozmawiać z tobą. Możemy to załatwić, jak chcesz, ze związkiem lub bez, z awanturą lub bezkonfliktowo, wszystko zależy od ciebie.

Reporter wzruszył ramionami, lecz nic nie powiedział.

— Możesz stać tam dalej, ale jeśli usiądziesz, wyjaśnię ci, jak to widzę.

Langeby przestał się kołysać, przez chwilę nie mógł się zdecydować, lecz potem powoli się odwrócił. Schyman spostrzegł, że reporter płakał. Obaj mężczyźni usiedli z powrotem na kanapach.

— Nie chcę cię poniżać — powiedział cicho naczelny.

— Chcę, żeby wszyscy wyszli z tego z godnością.

— Nie możesz mnie wyrzucić — pociągnął nosem Langeby.

— Owszem, mogę. W Sądzie Pracy skończyłoby się na trzech, może czterech rocznych pensjach. Byłaby to cholernie nieprzyjemna i zawikłana sprawa, z wyciąganiem brudów i wzajemnymi oskarżeniami, co nie przysłużyłoby się ani tobie, ani gazecie. Najprawdopodobniej nie dostałbyś już potem żadnej pracy. Gazeta z kolei wyszłaby na nieustępliwego i bezlitosnego pracodawcę, ale nie byłaby to znów taka wielka szkoda. Może nawet zrobiłoby to dobrze naszemu wizerunkowi. Będziemy potrafili przekonująco uzasadnić, dlaczego cię zwalniamy. Natychmiast, jeszcze dzisiaj, dostałbyś pisemną naganę, na którą byśmy się powołali. Argumentowalibyśmy, że sabotujesz wydawanie gazety, szykanujesz swoją bezpośrednią przełożoną, posuwając się do wyzwisk. Wskazalibyśmy na twoją niekompetencję i słabe rozeznanie, wystarczyłoby tylko przytoczyć zdarzenia z ostatnich dni i policzyć, ile twoich artykułów jest w archiwum. Ile mogło ich być w ostatnich dziesięciu latach? Trzydzieści? Trzydzieści pięć? Wychodzi trzy i pół artykułu na rok, Langeby.

— Powiedziałeś... w sobotę powiedziałeś, że moje artykuły jeszcze przez wiele lat będą trafiały na pierwszą stronę „Kvällspressen", to było tylko takie gadanie?

Anders Schyman westchnął.

— Nie, bynajmniej. Dlatego proponuję ci dalszą współpracę z gazetą, ale na innych zasadach. Otworzymy ci spółkę, załatwimy lokal i wykupimy pięć dni twojego czasu w miesiącu w najbliższych pięciu latach. Dzienne honorarium niezależnego dziennikarza wynosi dwa i pół tysiąca koron plus dodatek urlopowy i składka na ubezpieczenie społeczne. Dzięki temu będziesz miał zagwarantowane ponad pół pensji, a jednocześnie będziesz mógł pracować dla innych.

Langeby wytarł nos wierzchem dłoni i wbił wzrok w podłogę. Po chwili milczenia zapytał:

— A jeśli pójdę do innej gazety?

— Wtedy dostaniesz pieniądze jako odprawę, 169 500 rocznie albo 508 500 za trzy lata. Większej odprawy nie możemy wypłacić.

— Powiedziałeś: pięć lat! — Langeby nabrał nagle ochoty do walki.

— Tak, ale w takim przypadku spodziewamy się, że będziesz dla nas pisał. Umowa o wolnej współpracy to nie odprawa. Nadal dla nas pracujesz, tylko w innej formie.

Langeby ponownie spuścił wzrok. Schyman odczekał chwilę, potem przeszedł do następnego etapu — łagodzenia szoku.

— Widzę, Nils, że źle się czujesz w redakcji. Nie odnalazłeś się w nowej kulturze. Moim zdaniem to przykra sytuacja, że jesteś niezadowolony ze zmian w swoim miejscu pracy. Trzeba temu zaradzić i stąd propozycja bardzo korzystnego układu, który daje ci odskocznię do rozpoczęcia kariery jako samodzielny dziennikarz. Nie odpowiada ci Annika Bengtzon jako twoja przełożona, uważam, że szkoda, ale Annika zostanie. Wiążę z nią spore nadzieje. Moja ocena zupełnie nie pokrywa się z twoją. Moim zdaniem Annika jest odważna i inteligentna. Czasami za łatwo się unosi, ale z wiekiem jej przejdzie. W ostatnim czasie była w dużym stresie, w znacznej mierze z twojego powodu, Nils. Chcę, żeby umiejętności twoje i Anniki służyły gazecie i myślę, że umowa, którą ci proponuję, jest optymalna dla wszystkich...

— 508 tysięcy to tylko dwie roczne pensje — zauważył Langeby.

— Tak, dwie pełne roczne pensje, dostaniesz je bez żadnych przepychanek czy ostrych słów. Nikt nawet nie musi wiedzieć o tych pieniądzach. Ogłosisz tylko, że wstępujesz na następny szczebel kariery zawodowej i zakładasz własną firmę jako samodzielny dziennikarz. Gazeta wyrazi ubolewanie z powodu utraty tak doświadczonego pracownika, ale także zadowolenie, że chcesz z nami dalej współpracować...

Nils Langeby spojrzał na naczelnego z wyrazem niekłamanej odrazy w oczach.

— Cholera z tobą. Jesteś fałszywym, zakłamanym gadem. Cholera!

Langeby podniósł się i nie mówiąc nic więcej wyszedł z gabinetu, zatrzaskując za sobą drzwi. Schyman słyszał jego kroki, które powoli zmieszały się z innymi w redakcji.

Redaktor naczelny podszedł do biurka i wypił jeszcze jedną szklankę wody. Ostatnia tabletka przytłumiła nieco ból, nadal jednak pulsował w skroniach. Schyman wydał z siebie głębokie westchnięcie. Poszło całkiem nieźle. Pytanie brzmiało tylko, czy już dopiął swego. Jedna rzecz była bowiem pewna: Nils Langeby musiał odejść. Musiał opuścić redakcję bez prawa powrotu. Niestety na to, że zwolni się dobrowolnie, nie można było liczyć. Zatruwałby atmosferę w redakcji przez następne dwanaście lat, nie robiąc nic innego poza sabotowaniem.

Schyman usiadł na fotelu za biurkiem i wyjrzał na teren ambasady. Kilkoro dzieci próbowało jeździć na sankach w błocie na wzniesieniu.

Rano dyrektor naczelny zgodził się, by Schyman dokonał przesunięć w budżecie i zebrał pieniądze na odprawę dla Nilsa Langeby'ego do wysokości czterech rocznych pensji. Wychodziło taniej niż płacenie mu przez następnych dwanaście lat, jakie miał do emerytury. Gdyby Nils Langeby miał trochę oleju w głowie, czego w gruncie rzeczy nie można było o nim powiedzieć, przyjąłby ofertę. Jeśli ją odrzuci, można zastosować inne, bardziej czasochłonne metody. Na przykład przeniesienie na ranny dyżur do korekty. Skończyłoby się oczywiście na związku zawodowym i cholerną awanturą, ale związek nie mógłby temu przeszkodzić ani wykazać, że firma dopuściła się jakichś formalnych wykroczeń. Reporter z definicji musi posiadać kwalifikacje do pracy w korekcie, nie powinno więc być żadnych problemów.

Związek nie miał w ogóle podstaw do wszczynania sporu, bo Schyman tylko złożył reporterowi ofertę. W tej branży ludziom często składano propozycje odejścia za odprawą, nawet jeśli akurat w „Kvällspressen" były to sporadyczne przypadki. Związek Dziennikarzy mógł jedynie wesprzeć swojego członka w negocjacjach i przypilnować, żeby uzyskał możliwie korzystną umowę.

Gdyby naprawdę wszystko poszło jak po grudzie, w blokach startowych czekał jeden z adwokatów gazety, ekspert od prawa pracy, by poprowadzić rzeczywiście paskudną sprawę w Sądzie Pracy. Langeby'ego na rozprawie reprezentowaliby pełnomocnicy Związku Dziennikarzy, ale gazeta nie mogła przegrać. Celem Schymana było pozbycie się tego niedojdy i wiedział, że mu się uda.

Redaktor naczelny wypił jeszcze łyk wody, podniósł słuchawkę i poprosił do siebie Evę-Britt Qvist. Najlepiej było załatwić wszystko na raz. Gwoździowi zmył głowę wczoraj wieczorem i nie spodziewał się już po nim problemów.

Telefon od czujki Leifa zadzwonił w redakcji o godzinie 11.47, zaledwie trzy minuty po wydarzeniu. Odebrała Berit.

— Terminal pocztowy Sztokholm-Klara wyleciał w powietrze, co najmniej cztery osoby są ranne — powiedział Leif i odłożył słuchawkę. Zanim informacja dotarła do mózgu Berit, Leif wybrał już numer do następnej gazety. Musiał być pierwszy, inaczej nie dostawał pieniędzy.

Berit nie odłożyła słuchawki, wcisnęła tylko widełki i wybrała bezpośredni numer do oficera dyżurnego policji.

— Czy to prawda, że nastąpił wybuch w terminalu pocztowym? — zapytała szybko.

— Jeszcze nic nie wiemy — powiedział wyjątkowo zestresowany policjant.

— Ale był wybuch? — nalegała Berit.

— Na to wygląda — odrzekł policjant.

Rozmowa była skończona. Berit wyrzuciła niedojedzoną kanapkę do pojemnika na makulaturę.

O godzinie 12.00 Radio Sztokholm pierwsze podało informację o wybuchu.

Annika wyjechała z Tungelsta z uczuciem przedziwnego ciepła w sercu. Ludzka psychika miała mimo wszystko fantastyczną zdolność samoregeneracji. Pomachała do Olofa i Alice, potem skręciła w Älvvägen w kierunku Allévägen, jadąc powoli przez urocze uliczki w stronę drogi nr 257. Tutaj naprawdę mogłaby zamieszkać. Minęła Krigslida, Glasberga i Norrskogen, by dotrzeć do rozwidlenia dróg w Västerhaninge i autostrady do Sztokholmu.

Kiedy na Nynäsvägen wjechała na właściwy pas, wzięła komórkę, która dotąd leżała na siedzeniu pasażera. Na wyświetlaczu widniało „rozmowa nieodebrana". Annika wcisnęła opcję „pokaż numer" i zobaczyła, że próbowano się do niej dodzwonić z centrali gazety. Westchnęła lekko i odłożyła telefon z powrotem na siedzenie. Jak to pięknie, że nadchodzą święta.

Ponownie włączyła radio i zaśpiewała wraz z Alphaville „Forever young".

Tuż za zjazdem na Dalarö telefon zadzwonił. Annika westchnęła, ściszyła radio, włożyła słuchawkę do ucha i wcisnęła „odbierz".

— Annika Bengtzon? Dzień dobry, mówi Beata Ekesjö, rozmawiała pani ze mną we wtorek. Spotkałyśmy się w hali sportowej, a potem dzwoniłam wieczorem...

Annika jęknęła w duchu, niech to, ta kopnięta budowlanka.

— Słucham? — powiedziała, wyprzedzając rosyjskiego TIR-a.

— Hm, chciałam zapytać, czy miałaby pani czas na chwilę rozmowy?

— Właściwie nie — odpowiedziała Annika, zjeżdżając z powrotem na prawy pas.

— To naprawdę ważne — nalegała Beata Ekesjö.

Annika westchnęła ponownie.

— A o co chodzi?

— Myślę, że wiem, kto zamordował Christinę Furhage.

Annika omal nie wpadła do rowu.

— Wie pani? Skąd?

— Znalazłam jedną rzecz — powiedziała Ekesjö.

W głowie Anniki pracowały wszystkie szare komórki.

— Co takiego?

— Nie mogę powiedzieć.

— Poinformowała pani o tym policję?

— Nie, najpierw chciałam pokazać pani.

— Mnie? Dlaczego?

— Bo pani pisze o tej sprawie.

Annika zwolniła, żeby pomyśleć i rosyjski TIR od razu ją wyprzedził. Tumany śniegu pojawiły się przed przednią szybą.

— To nie ja prowadzę śledztwo, tylko policja.

— Nie chce pani o mnie napisać? — Babka nie rezygnowała, koniecznie chciała trafić do gazety.

Annika rozważała za i przeciw, kobieta była stuknięta i pewnie nic nie wiedziała, a Annika chciała już pojechać do domu. Z drugiej strony, nie odkłada się tak po prostu słuchawki, jeśli ktoś dzwoni z informacją, że zna mordercę.

— Proszę powiedzieć, co pani znalazła, to powiem, czy o tym napiszę.

Tumany śniegu niesłychanie utrudniały jazdę. Annika zjechała na lewy pas i ponownie wyprzedziła rosyjską ciężarówkę.

— Mogę pani pokazać.

Annika jęknęła cicho i spojrzała na zegarek. Za piętnaście pierwsza.

— A gdzie pani jest?

— Tutaj, koło stadionu olimpijskiego.

Samochód przejeżdżał koło Trångsund i Annika uświadomiła sobie, że Stadion Victorii ma praktycznie po drodze do redakcji.

— Okej — powiedziała. — Będę tam za kwadrans.

— Znakomicie — ucieszyła się Ekesjö. — Czekam na panią pod stadionem...

Telefon wydał z siebie trzy krótkie piknięcia i przerwał rozmowę. Wyczerpała się bateria. Annika zaczęła grzebać w torbie w poszukiwaniu zapasowej, ale zrezygnowała, kiedy przez nieuwagę zjechała na lewy pas. Z komórką musiała zaczekać, aż wysiądzie z samochodu. Podgłośniła za to radio i ku swej radości usłyszała, że puszczano właśnie stary feministyczny przebój Glorii Gaynor „I will survive":

„First I was afraid,
I was petrified
kept thinking I could never live without you by my side,
but then I spent so many nights thinking how you did me
wrong
And I grew strong,
And I learned how to get along..."

Przy terminalu pocztowym Sztokholm-Klara zdążyło się już zebrać wielu dziennikarzy i fotografów, kiedy zjawili się tam Berit i Johan Henriksson. Berit zmrużyła oczy patrząc na futurystyczną fasadę, słońce odbijało się w chromie i szkle.

— Nasz Zamachowiec się rozwija — powiedziała.

— Dotąd nie przesyłał bomb pocztą.

Kiedy wchodzili po schodach prowadzących do głównego wejścia, Henriksson zakładał filmy do aparatów. Pozostali dziennikarze czekali w jasnym westybulu. Berit rozejrzała się w środku: budynek był typowy dla lat osiemdziesiątych — marmur, ruchome schody, niebotycznie wysoki sufit.

— Czy jest tutaj ktoś z „Kvällspressen"? — zapytał jakiś mężczyzna przy windach.

Berit i Henriksson spojrzeli na siebie zdziwieni.

— Tak, my — powiedziała Berit.

— Pozwolą państwo ze mną.

Barierki były już usunięte, podjazd odśnieżony i Annika mogła wjechać aż do samych schodów na stadion. Przymrużyła oczy ze względu na słońce, rozejrzała się wokół, ale nigdzie nie dostrzegła żywego ducha. Została w samochodzie, na jałowym biegu i dosłuchała do końca Dusty Springfield „I only wanna be with you". Kiedy rozległo się pukanie w szybę tuż nad jej uchem, podskoczyła przerażona.

— Boże, ale mnie pani przestraszyła — powiedziała otwierając drzwi.

Beata Ekesjö uśmiechnęła się.

— Nie ma się czego bać.

Annika zgasiła silnik i włożyła komórkę do torby.

— Nie może pani tu parkować — powiedziała Ekesjö. — Od razu dostanie pani mandat.

— Ale wcale nie zamierzam tak długo stać — zaprotestowała Annika.

— Nie, ale mamy kawałek do przejścia. A tutaj mandat wynosi siedemset koron.

Annika jęknęła w duchu.

— Gdzie mogę więc stanąć?

Beata Ekesjö wskazała ręką.

— Tam, po drugiej stronie kładki. Ja tu zaczekam.

Annika wsiadła ponownie do samochodu. Dlaczego pozwalam ludziom, żeby mną komenderowali, pomyślała. Wróciła tą samą drogą i zaparkowała wśród aut pod blokiem. No cóż, przyda się jej kilka minut spaceru w słońcu, niecodziennie ma okazję. Grunt, żeby nie spóźniła się do przedszkola. Wyjęła komórkę i zmieniła baterię. Kiedy włożyła nową, rozległ się sygnał i na wyświetlaczu zaczął migać komunikat „odebrana wiadomość". Wcisnęła „C", aby go usunąć i zadzwoniła do przedszkola. Zamykali o piątej, godzinę wcześniej niż zwykle, ale i tak później niż myślała.

Odetchnęła i przeszła przez most.

Beata Ekesjö czekała na nią i uśmiechała się, wydychane powietrze tworzyło wokół niej biały obłok.

— Co chciała mi pani pokazać? — Annika usłyszała samą siebie, jak pyta kwaśnym tonem.

Ekesjö nie przestała się uśmiechać.

— Znalazłam tam coś bardzo dziwnego — powiedziała pokazując ręką. — To nie zajmie dużo czasu.

Annika westchnęła cicho i ruszyła w tamtą stronę. Ekesjö podążyła za nią.

W chwili gdy Berit i Henriksson wsiadali do windy w terminalu Sztokholm-Klara, do redakcji zadzwonił prokurator okręgowy Kjell Lindström. Chciał rozmawiać z redaktorem naczelnym, połączono go z sekretarką.

— Niestety, właśnie wyszedł na lunch — powiedziała sekretarka, kiedy Schyman zamachał odmownie rękami. — Mogę przekazać jakąś wiadomość? Aha? Taak, proszę chwilę zaczekać, zobaczę, może go dogonię...

Migrena nie ustępowała. Schyman marzył tylko o tym, by położyć się na godzinę w ciemnym pokoju i przespać się. Mimo bólu głowy udało mu się przed południem załatwić kilka spraw. Rozmowa z Evą-Britt Qvist poszła nadspodziewanie łatwo. Sekretarka powiedziała, że jej zdaniem Annika Bengtzon jest bardzo obiecującym szefem, którego ma zamiar wspierać na wszelkie sposoby i że zdecydowanie chce przyłożyć się do tego, by dział kryminalny pod kierownictwem Anniki pracował jak najlepiej.

— To jakiś prokurator, strasznie się upiera, by z panem porozmawiać. — Sekretarka zaakcentowała słowo „strasznie".

Anders Schyman jęknął i wziął słuchawkę.

— Widzę, że siły porządku czuwają dzień przed Wigilią — powiedział. — Choć te poszukiwania idą w złym kierunku, bo to my powinniśmy się do was dobijać...

— Dzwonię w sprawie wybuchu w terminalu pocztowym Sztokholm-Klara — przerwał mu Kjell Lindström.

— Tak, wysłaliśmy tam ekipę...

— Wiemy, właśnie z nimi rozmawiamy. Ładunek był przeznaczony dla jednego z waszych pracowników, reporterki o nazwisku Annika Bengtzon. Trzeba natychmiast otoczyć ją ochroną.

Słowa przedzierały się do mózgu Schymana otępionego przez distalgesic.

— Annikę Bengtzon?

— Przesyłka była przeznaczona dla niej, przypadkowo uległa zdetonowaniu na poczcie. Myślimy, że wysłała ją ta sama osoba, która stoi za wybuchami na stadionie olimpijskim i w hali lekkoatletycznej Sätra.

Anders Schyman poczuł, że uginają się pod nim kolana, przysiadł na biurku sekretarki.

— Boże święty — powiedział.

— Gdzie Annika Bengtzon jest teraz? Jest w redakcji?

— Nie, nie sądzę. Wyszła rano, miała przeprowadzić z kimś wywiad. Nie widziałem, żeby wróciła.

— Z kobietą czy z mężczyzną?

— Ten wywiad? Chyba z mężczyzną. Dlaczego pan pyta?

— Jest sprawą niesłychanej wagi, żeby Annika Bengtzon bezzwłocznie została objęta ochroną. Nie powinna przebywać ani w domu, ani w pracy do czasu ujęcia podejrzanego.

— Skąd wiecie, że bomba była przeznaczona dla Anniki?

— Była w zaadresowanym do niej liście poleconym. Właśnie ustalamy szczegóły. Najważniejsze jest, by Annika Bengtzon natychmiast znalazła się w bezpiecznym miejscu. Wysłaliśmy do gazety patrol, powinien tam być lada moment. Przypilnują, by udała się pod chroniony adres. Czy ona ma rodzinę?

Anders Schyman zacisnął powieki i przeciągnął dłonią po twarzy. To nie może być prawda, pomyślał, czując, jak krew odpływa mu z mózgu.

— Tak, męża i dwójkę małych dzieci.

— Czy dzieci są w przedszkolu? W którym? Kto to wie? Gdzie pracuje jej mąż? Możecie do niego dotrzeć?

Schyman obiecał, że osobiście przypilnuje, by rodzina Anniki została poinformowana i otoczona opieką. Podał prokuratorowi numer telefonu komórkowego Anniki i poprosił, by zrobili, co w ich mocy.

Oddaliły się od kanału Sickla, minęły niewielki zagajnik koło stadionu. Drobne sosenki ucierpiały wskutek eksplozji, jedna leżała wyrwana z korzeniami, pozostałe miały rozcapierzone gałęzie. Śnieg miał około dwudziestu centymetrów głębokości i dostał się Annice do butów.

— Daleko jeszcze? — zapytała.

— Nie tak strasznie — odpowiedziała Ekesjö.

Brnęły dalej w śniegu i Annika zaczęła się naprawdę irytować. Nad nimi wznosił się obiekt treningowy, Annika mogła dostrzec majaczące w oddali górne piętra budynku telewizyjnego.

— Jak dostaniemy się na górę, przecież tu nie ma schodów? — powiedziała, patrząc na trzymetrowej wysokości betonowy mur biegnący wzdłuż prostego odcinka bieżni.

Beata Ekesjö dogoniła ją i stanęła obok.

— Nie idziemy na górę. Proszę iść wzdłuż muru.

Wskazała kierunek i Annika poszła dalej. Stres zaczął pulsować jej w żyłach, przed pójściem do domu musiała jeszcze napisać artykuł o bliskim zatrzymaniu Zamachowca, no i nie zapakowała prezentów dla dzieci. Cóż, mogła zrobić to wieczorem, kiedy pójdą spać. A odkrycie Ekesjö może skłoni policję do uchylenia rąbka tajemnicy.

— Widzi pani, że tam mur znika? — zapytała Ekesjö z tyłu. — Można wejść kilka metrów pod stadion, tam właśnie idziemy.

Annika zadygotała, w cieniu muru było zimno. Słyszała swój własny oddech i szum dochodzący z obwodnicy, poza tym panowała zupełna cisza. Teraz przynajmniej wiedziała, dokąd idą.

Policyjny patrol składał się z dwóch umundurowanych funkcjonariuszy i dwóch komisarzy w cywilu. Anders Schyman przyjął ich w swoim gabinecie.

LIZA MARKLUND

— Dwie ekipy antyterrorystów z psami są w drodze — powiedział jeden z komisarzy. — Istnieje duże ryzyko, że podłożyła więcej bomb, może nawet tu w redakcji. Trzeba natychmiast opróżnić i przeszukać pomieszczenia.

— Czy to konieczne? Nie mieliśmy żadnych telefonów o bombie — sprzeciwił się Schyman.

Policjant spojrzał na niego z powagą w oczach.

— Nigdy dotąd nie ostrzegała.

— Ostrzegała? Ona?

Drugi z komisarzy zrobił krok do przodu.

— Tak, myślimy, że zamachowcem jest kobieta.

Anders Schyman przenosił wzrok z jednego mężczyzny na drugiego.

— Dlaczego tak uważacie?

— Tego niestety nie możemy na razie wyjawić.

— Ale dlaczego jej nie zatrzymacie?

— Bo zniknęła — odpowiedział pierwszy komisarz i zmienił temat. — Nie udało się nam skontaktować z Anniką Bengtzon. Czy wiecie, gdzie ona jest?

Schyman potrząsnął głową, usta miał zupełnie suche.

— Nie, powiedziała tylko, że wychodzi zrobić wywiad.

— Z kim?

— Tego nie powiedziała. Z jakimś mężczyzną.

— Czy porusza się własnym samochodem?

— Nie sądzę.

Policjanci wymienili spojrzenia. Nie można było powiedzieć, żeby ten facet trzymał rękę na pulsie.

— Dobra, musimy ustalić, jakim samochodem pojechała i zacząć go szukać. Teraz opróżniamy tę chałupę.

— Na górze zawodnicy będą rozgrzewać się przed poszczególnymi konkurencjami — powiedziała Ekesjö, kiedy zeszły pod obiekt treningowy. Pod betonowym dachem było ciemno, a nawet mroczno. Annika wyjrzała przez podłużny, niski otwór. Po drugiej stronie leżała wioska olimpijska, białe domy mieniły się w słońcu, błyszczały wszystkie szyby. Były zupełnie nowe. Ich wsta-

306

wienie po wybuchu było sprawą priorytetową, w przeciwnym razie zamarzająca woda mogła rozsadzić wodociągi.

— Zawodnicy muszą potem szybko dostać się na stadion olimpijski — wyjaśniała Ekesjö — a teren jest otwarty dla publiczności. Żeby więc zawodnicy nie stali w kolejce do głównego wejścia, zbudowaliśmy podziemne przejście stąd do samego stadionu.

Annika odwróciła się i spojrzała w ciemność.

— Gdzie? — zapytała zdziwiona.

Beata Ekesjö uśmiechnęła się.

— No, nie wieszaliśmy szyldu, bo ludzie chcieliby tędy przechodzić. Tutaj w rogu, pokażę pani.

Weszły głębiej pod dach, Annika zamrugała, żeby przyzwyczaić oczy do ciemności.

— To tutaj — powiedziała Ekesjö.

Annika stała przed pomalowaną na szaro żelazną bramą, ledwie widoczną w mroku. Brama wydawała się prowadzić do śmietnika lub jakiegoś składu. Zamknięta była na żelazną sztabę, nad którą znajdowała się blaszana płytka. Ekesjö otworzyła ją i Annika zobaczyła, jak wyciąga z kieszeni kartę, którą przeciąga przez czytnik.

— Ma pani kartę do tego przejścia? — zapytała zdziwiona.

— Wszyscy mają — odpowiedziała Ekesjö, podnosząc sztabę.

— Co pani robi?

— Otwieram — Ekesjö odciągnęła żelazne drzwi. Zawiasy pracowały zupełnie bezgłośnie, w środku panowała nieprzeniknona ciemność.

— Można tak po prostu otworzyć, alarm nie jest włączony? — zdziwiła się Annika i poczuła, że robi się jej nieswojo.

— Nie, w dzień alarmy nie są włączone. Na stadionie prace idą pełną parą. Proszę wejść, to pokażę pani coś szalenie dziwnego. Proszę zaczekać, zapalę światło.

Beata Ekesjö przekręciła duży wyłącznik tuż przy samym wejściu i na suficie zapalił się szereg świetlówek. Korytarz o wysokości mniej więcej dwóch i pół metra prowadził między betonowymi ścianami jakieś dwadzieścia metrów w przód, potem skręcał w lewo i znikał w kierunku stadionu olimpijskiego. Na podłodze leżało zwykłe żółte linoleum. Annika wzięła głęboki oddech, weszła w korytarz. Obejrzała się za siebie i spostrzegła, że Ekesjö zamyka bramę.

— Zgodnie z regulaminem nie może stać otwarta — wyjaśniła Ekesjö i uśmiechnęła się ponownie.

Annika odwzajemniła uśmiech, odwróciła się i ruszyła dalej korytarzem.

— Czy to tutaj?

— Tak, za rogiem.

Annika poczuła żywsze bicie serca, ogarnęły ją emocje. Szła szybkimi krokami, stukot obcasów odbijał się echem w tunelu. Weszła w zakręt, kawałek przed nimi ukazało się skupisko jakichś rzeczy.

— Tam coś jest! — odwróciła się do Beaty Ekesjö.

— To właśnie chciałam pani pokazać. To naprawdę ciekawe.

Annika poprawiła torbę na ramieniu i podbiegła. Był tam materac, dwa składane krzesła, stolik turystyczny i torba-lodówka. Annika przyglądała się temu wyposażeniu.

— Ktoś tutaj nocował — powiedziała i w tym momencie spostrzegła skrzynkę z dynamitem. Małą, białego koloru z napisem „Minex". Annika sapnęła, a w następnej chwili coś spadło na jej szyję. Wyrzuciła ręce do gardła, ale nie udało się jej złapać pętli. Chciała krzyczeć, ale sznur cisnął już zbyt mocno. Zaczęła się szarpać, próbowała biec, położyła się na ziemi, żeby się wywinąć, ale w efekcie pętla tylko mocniej i szybciej się ściągała.

Na koniec, zanim zrobiło się jej czarno przed oczami, zobaczyła jeszcze Beatę Ekesjö w rękawiczkach ze sznurem w dłoniach, unoszącą się wysoko nad nią pod betonowym sufitem.

Ewakuacja budynku, w którym mieściła się redakcja „Kvällspressen", przebiegła stosunkowo szybko i sprawnie. Włączono alarm pożarowy i po dziewięciu minutach pomieszczenia opustoszały. Ostatni wyszedł szef działu wiadomości Ingvar Johansson, który — jak oświadczył — miał ważniejsze rzeczy do roboty niż udział w ćwiczeniach przeciwpożarowych. Po ostrej reprymendzie ze strony naczelnego wyraził wprawdzie protest, ale opuścił swoje miejsce.

Pracownicy byli na ogół spokojni. Nie wiedzieli, że bomba w terminalu pocztowym była przeznaczona dla jednej z ich koleżanek. W stołówce w budynku obok podawano kawę i kanapki. Tymczasem ekipy policyjne szukały bomby we wszystkich redakcyjnych pomieszczeniach. Anders Schyman spostrzegł nagle, że migrena ustąpiła, naczynia krwionośne zwęziły się i ból ustąpił. Schyman siedział razem ze swoją sekretarką i kierowniczką centrali telefonicznej w kantorku koło kuchni w sąsiednim budynku. Dotarcie do męża Anniki okazało się znacznie trudniejsze, niż myśleli. Centrala w Szwedzkim Związku Gmin pracowała tylko do pierwszej, a nikt w gazecie nie znał ani bezpośredniego numeru Thomasa, ani numeru jego komórki. Żaden Thomas Samuelsson z Hantverkargatan nie figurował wśród abonentów Telii, Comviqu czy Europolitanu. Nikt nie wiedział również, do jakiego przedszkola chodzą dzieci. Sekretarka obdzwaniała właśnie wszystkie przedszkola w trzecim rejonie, czyli na Kungsholmen, pytając, czy chodzą tam dzieci pani Bengtzon. Nie wiedziała niestety, że przedszkole nie ujawnia nikomu informacji o dzieciach Anniki. Nie było ich nawet na liście z numerami telefonów rozdawanej wszystkim rodzicom. Po serii artykułów o fundacji „Raj" Annice grożono śmiercią i odtąd oboje z Thomasem byli ostrożni w ujawnianiu swojego adresu. Pracownicy przedszkola oczywiście doskonale to rozumieli i kiedy dodzwoniła się do nich sekretarka Schymana, spokojnie zaprzeczyli, jakoby dzieci pani Bengtzon znajdowały się u nich. Zaraz potem kierownik przedszkola zadzwonił do Anniki na komórkę, lecz nie odebrała.

Anders Schyman odczuwał stres jako metaliczny smak w ustach. Kazał kierowniczce centrali wypróbować wszystkie możliwe numery do Związku Gmin, najpierw centralę, potem 01, 02 i tak dalej, aż natrafi na kogoś, kto skontaktuje ją z Thomasem. Policja wysłała już patrol, który pilnował domu Anniki. Schyman nie wiedział, za co jeszcze się wziąć. Wyszedł do policjantów, by zapytać o postęp w poszukiwaniach.

— Jak dotąd nic nie znaleźliśmy. Będziemy gotowi za pół godziny — poinformował go dowódca.

Wrócił więc, żeby pomóc sekretarce w obdzwanianiu przedszkoli na Kungsholmen.

Annika powoli uświadamiała sobie, że odzyskała przytomność. Słyszała, jak ktoś głośno jęczy i po chwili zrozumiała, że to ona sama. Kiedy otworzyła oczy, wpadła w całkowitą panikę. Oślepła. Zaczęła krzyczeć jak opętana, wytrzeszczając z całych sił oczy w nieprzeniknioną ciemność. Strach nasilił się, kiedy głos okazał się zaledwie skrzeczącym falsetem. Spostrzegła, że owe kalekie dźwięki odbijają się echem w ciemności niczym przerażone ptaki o szybę i wracają. Wtedy przypomniała sobie podziemny tunel prowadzący na stadion. Przestała krzyczeć i przez kilka minut nasłuchiwała swojego przyśpieszonego oddechu. Musiała nadal znajdować się w tunelu. Skoncentrowała się na sprawdzaniu swego ciała, czy wszystko jest w porządku. Najpierw podniosła głowę — bolała, ale była cała. Annika zauważyła, że leży na czymś stosunkowo miękkim, przypuszczalnie materacu, który wcześniej widziała.

— Ekesjö — szepnęła.

Leżała przez chwilę spokojnie w ciemności i oddychała. Beata Ekesjö ją tu ściągnęła i coś z nią zrobiła, tak to było. Zarzuciła jej sznur na szyję, a teraz zniknęła. Czyżby myślała, że Annika nie żyje?

Annika uświadomiła sobie, że boli ją ramię, które miała pod sobą. Kiedy spróbowała je przesunąć, spostrzegła, że jest unieruchomione. Była związana. Leżała na boku z rękami skrępowanymi na plecach. Spróbowała podnieść nogi, ale okazało się, że też są przywiązane. Nie tylko do siebie, ale i do ściany. Ruszając nogami, odkryła jeszcze jedną rzecz: kiedy była nieprzytomna, zwieracze ustąpiły, zawartość jelita i pęcherza wydostała się na zewnątrz. Mocz był zimny, a stolec się kleił. Annika rozpłakała się. Co zrobiła? Dlaczego spotykało to właśnie ją? Płakała tak, że aż się trzęsła. W korytarzu panował chłód, jej płacz sączył się w zimną ciemność. Zaczęła powoli kołysać się na materacu, w przód i w tył, w przód i w tył, w przód i w tył.

Nie chcę, pomyślała. Nie chcę, nie chcę, nie chcę...

Anders Schyman siedział z powrotem w swoim gabinecie i wpatrywał się w ciemną fasadę rosyjskiej ambasady. W pomieszczeniach redakcji nie było bomby. Słońce zaszło za dawną carską flagą, nadając niebu na kilka minut jaskrawoczerwony kolor. Dziennikarze wrócili już do pracy, ale nadal nikt poza nim, sekretarką i kierowniczką centrali nie wiedział, że bomba w terminalu pocztowym była wymierzona w Annikę. Schyman otrzymał krótką informację o wybuchu, dotychczasowa wiedza policji potwierdzała, że Zamachowiec jest bezwzględnym mordercą.

Przesyłka z ładunkiem wybuchowym dotarła do sortowni Sztokholm-Klara w środę wieczorem o 18.50. Nadano ją jako list polecony w placówce Sztokholm 17, czyli na poczcie przy Rosenlundsgatan 11 na Södermalm, o godzinie 16.53. Ponieważ był to list polecony, potraktowano go jako przesyłkę specjalną i wysłano nie zwykłym transportem, lecz późniejszym z przesyłkami wartościowymi.

Brązowa koperta nie wzbudziła oczywiście jakiegoś szczególnego zainteresowania. Terminal pocztowy Sztokholm-Klara, leżący na Klarabergsviadukten w centrum Sztokholmu, to największa sortownia Szwecji, codziennie przechodzi przez nią półtora miliona przesyłek. Siedmiopiętrowy budynek zajmuje przestrzeń między terminalem autobusowym, Ratuszem i Dworcem Centralnym.

List, po wyładowaniu przy jednej z czterech ramp sortowni, trafił do działu przesyłek wartościowych na trzecim piętrze, gdzie pracował specjalnie przeszkolony personel. Ponieważ „Kvällspressen" miał własny kod pocztowy, awizo wysłano do zwykłej skrytki pocztowej gazety. Skrytkę opróżniano wielokrotnie w ciągu dnia, a pocztę zawożono do redakcji „Kvällspressen" w Marieberg. W terminalu znajdowały się liczne pełnomocnictwa, które umożliwiały portierom z gazety odbiór przesyłek dla pozostałych pracowników. Listy polecone i wartościowe odbierano później, raz dziennie, zazwyczaj zaraz po lunchu.

W czwartek rano w pierwszej partii poczty znajdowały się liczne awiza listów poleconych i przesyłek od firm, był przecież okres kupowania prezentów gwiazdkowych. Awizo listu dla Anniki Bengtzon trafiło z całym plikiem innych do teczki portiera.

Wybuch nastąpił, kiedy Tore Brand czekał w recepcji, żeby odebrać poleconą pocztę. Jeden z pracowników w dziale przesyłek wartościowych poślizgnął się i upuścił list. Ten spadł nie więcej niż pół metra, do tej samej skrzynki, w której leżał w nocy, ale to wystarczyło, by mechanizm zadziałał. Cztery osoby zostały ranne, w tym trzy ciężko. Nie wiadomo jeszcze, czy mężczyzna będący najbliżej, ten, który upuścił kopertę, przeżyje.

Anders Schyman westchnął. Rozległo się pukanie do drzwi i jeden z policjantów wszedł do środka, nie czekając na odpowiedź.

— Thomasa Samuelssona też nie możemy znaleźć — powiedział policjant. — Wysłaliśmy patrol do Związku Gmin, ale Samuelssona tam nie było. Współpracownicy myślą, że pojechał porozmawiać z jakimś zamiejscowym politykiem z komisji. Dzwoniliśmy na jego komórkę, ale nikt nie odbiera.

— Znaleźliście Annikę albo samochód? — zapytał Schyman.

Policjant potrząsnął przecząco głową.

Redaktor naczelny odwrócił się i ponownie spojrzał ponad dachem ambasady.

Dobry Boże, pomodlił się, nie pozwól jej umrzeć.

*

Nagle wzrok powrócił. Światło zapaliło się z lekkim trzaskiem, świetlówki zamigotały, oślepiając na chwilę Annikę. Stukot obcasów zbliżał się korytarzem, Annika zwinęła się w kłębek i mocno zacisnęła powieki. Kroki zbliżyły się i zatrzymały nad jej uchem.

— Obudziłaś się? — zapytał głos w górze.

Annika otworzyła oczy i zamrugała. Widziała żółte linoleum i czubki kozaków z Pertti Palmroth.

— To dobrze. Mamy trochę roboty.

Ktoś szarpnął nią tak, że wylądowała z plecami opartymi o betonową ścianę, z podkurczonymi nogami wygiętymi w jedną stronę. Była to bardzo niewygodna pozycja.

Beata Ekesjö pochyliła się nad nią i pociągnęła nosem.

— Zrobiłaś pod siebie? Obrzydliwe!

Annika nie reagowała. Wpatrywała się w przeciwległą ścianę, kwiląc cicho.

— Trochę cię oporządzimy — powiedziała Ekesjö i chwyciła Annikę pod pachy. Szturchając ją i podnosząc, zmusiła do przyjęcia pochylonej pozycji z głową przy kolanach. — Poprzednim razem poszło dobrze. To przyjemne, kiedy człowiek nabiera w czymś wprawy, nie uważasz?

Annika nie słyszała, co kobieta do niej mówi. Strach przygniatał ją niczym gruba pokrywa, paraliżował wszelką aktywność mózgu. Nie czuła nawet smrodu własnych odchodów. Płakała cicho, gdy tymczasem Ekesjö dłubała przy jej boku, nucąc jakiś stary przebój. Annika spróbowała zaśpiewać, ale nie dała rady.

— Na razie nie próbuj mówić — powiedziała Ekesjö. — Sznur nadwerężył trochę twoje struny głosowe. Zobacz teraz.

Stanęła przed Anniką. W jednej ręce trzymała rolkę szerokiej taśmy klejącej, w drugiej paczkę różowoliliowych świec.

— To jest minex, dwadzieścia papierowych tutek 22 na 200 milimetrów, po sto gramów sztuka. Dwa kilo. To wystarczy, sprawdziłam na Bjurlingu. Rozpadł się wpół.

Annika zrozumiała, o czym kobieta mówi. Uświadomiła sobie, co się stanie, pochyliła się i zwymiotowała. Konwulsje wstrząsały całym jej ciałem, w wymiocinach pojawiła się żółć.

— Ale napaskudziłaś! — powiedziała Ekesjö z niezadowoleniem. — Właściwie powinnam ci kazać posprzątać.

Annika oddychała zdyszana, czuła, jak żółć kapie jej z ust. Umrę, pomyślała. Że też tak się to skończy. Na filmach jest zawsze inaczej.

— A czego się do cholery spodziewałaś? — powiedziała skrzekliwie.

— No proszę, odzyskujesz głos — stwierdziła radośnie Beata. — To znakomicie, bo mam do ciebie parę pytań.

— Możesz mnie pocałować w dupę, pieprznięta idiotko. Nie rozmawiam z tobą.

Beata nie odpowiedziała, tylko pochyliła się do przodu i przyłożyła coś do pleców Anniki poniżej żeber. Annika myślała intensywnie, oddychała, poczuła zapach wilgoci i materiału wybuchowego.

— Dynamit? — zapytała.

— No. Przymocuję go taśmą.

Beata owinęła kilka razy taśmę klejącą wokół korpusu Anniki. Musiała ją przy tym objąć i Annika zdała sobie sprawę, że byłaby to właściwa chwila na próbę uwolnienia się, ale nie wiedziała, jak to zrobić. Ręce nadal miała skrępowane, a kostki unieruchomione łańcuchem przytwierdzonym do ściany.

— O tak, teraz gotowe — powiedziała Beata i wstała. — Sam materiał wybuchowy jest dość bezpieczny, ale detonator może być niestabilny, więc trzeba trochę uważać. Wezmę teraz przewód, widzisz? Używam go do detonowania ładunków. Przeciągam tutaj i... zobacz. Bateryjka od latarki. Wystarczy, żeby uruchomić detonator. Wspaniałe, nie?

Annika spoglądała na cienki, żółto-zielony kabel, który ciągnął się do stolika turystycznego. Uświadomiła sobie, że nie ma bladego pojęcia o ładunkach wybuchowych i nie jest w stanie ocenić, czy Beata blefuje, czy mówi prawdę. Przy

morderstwie Furhage użyła całego akumulatora samochodowego. Po co, jeśli wystarczała bateryjka od latarki?

— To przykre, że musiało do tego dojść — powiedziała Beata. — Uniknęłybyśmy tego, gdybyś siedziała
wczoraj po południu w pracy. Tak byłoby lepiej dla
wszystkich. Finał powinien następować we właściwym
miejscu, w twoim przypadku w redakcji „Kvällspressen".
A tak wybuchło na poczcie i uważam, że to niezwykle
przykre.

Annika wpatrywała się w kobietę, która rzeczywiście nie
była w pełni normalna.

— O czym ty mówisz? Był jeszcze jeden wybuch?

Ekesjö westchnęła.

— Nie ściągnęłam cię tu przecież dla zabawy. Zrobimy
tak: zostawię cię na jakiś czas. Na twoim miejscu starała-
bym się trochę odpocząć. Ale nie kładź się na plecach i nie
próbuj wyrwać łańcucha ze ściany. Gwałtowne ruchy mogą
spowodować detonację.

— Dlaczego? — zapytała Annika.

Beata spoglądała na nią zupełnie obojętnie przez kilka
sekund.

— Zobaczymy się za parę godzin — powiedziała i stukając obcasami oddaliła się w kierunku obiektu treningowego. Annika wsłuchiwała się w kroki cichnące za
rogiem, potem zgasło światło.

Annika ostrożnie odwróciła się od wymiocin i niesłychanie powoli położyła się na lewym boku plecami do
ściany. Wpatrywała się w ciemność, niemal bała się oddychać. Eksplodował jeszcze jeden ładunek, czy ktoś
zginął? Czy bomba była przeznaczona dla niej? Jak do
cholery miała się stąd wydostać?

Beata powiedziała, że na stadionie prace idą pełną parą.
Na drugim końcu korytarza powinni być ludzie. Jeśli
będzie krzyczała wystarczająco głośno, może ją usłyszą.

— Pomocy! — krzyknęła tak głośno, jak tylko mogła,
ale jej struny głosowe nadal były w kiepskim stanie.
Odczekała kilka sekund i krzyknęła znowu. Zrozumiała, że
nikt jej nie usłyszy.

Opuściła głowę i poczuła, że ogarnia ją panika. Wydawało się jej, że słyszy piski biegających wokół gryzoni, ale spostrzegła, że to jedynie szczękają łańcuchy oplatające kostki. Gdyby tylko Beata zostawiła światło, mogłaby spróbować je zdjąć.

— Pomocy! — krzyknęła znowu, z jeszcze gorszym efektem. Nie wpaść w panikę, nie wpaść w panikę, nie wpaść w panikę... — Pomocy!

Oddychała szybko i intensywnie. Nie oddychaj za szybko, bo dostaniesz skurczów, spokojnie, wstrzymaj oddech, jeden, dwa, trzy, cztery, oddech, wstrzymaj oddech, jeden, dwa, trzy, cztery, widzisz, dobrze idzie, spokojnie, poradzisz sobie, z każdej sytuacji jest wyjście...

Nagle gdzieś w ciemności rozległa się pierwsza fraza 40. symfonii Mozarta. Elektroniczne dźwięki wprawiły Annikę w takie zdumienie, że zaprzestała ćwiczeń oddechowych. Jej komórka! Działała w tym podziemiu! Niech Bóg błogosławi Comviq! Podźwignęła się w kucki. Dźwięk dochodził stłumiony z prawej strony. Takt po takcie całej frazy. Annika była jedyną osobą w mieście, która miała ten właśnie sygnał, typ 18 w Nokii 3110. Ostrożnie zaczęła czołgać się w stronę dźwięku. Fraza rozpoczęła się na nowo, co oznaczało, że kończy się czas na odebranie. Za chwilę rozmowę przejmie poczta głosowa. W tym momencie skończył się łańcuch. Torba była poza jej zasięgiem.

Telefon zamilkł, Annika oddychała głośno w ciemności. Przez chwilę klęczała na żółtym linoleum i myślała. Potem ostrożnie ruszyła z powrotem w stronę materaca. Tam było cieplej i miękko.

— Wszystko będzie w porządku — powiedziała głośno do siebie. — Dopóki tej wariatki tutaj nie ma, jest spokojnie. Może trochę niewygodnie, ale jeśli tylko będę się ostrożnie poruszała, nie ma niebezpieczeństwa. Wszystko dobrze się skończy.

Położyła się i zaśpiewała cicho, niczym zaklęcie, stary przebój Glorii „First I was afraid, I was petrified...”

Potem płakała bezgłośnie w ciemność.

*

Thomas szedł długimi krokami z Dworca Centralnego, kiedy zadzwoniła komórka. Ledwie zdążył z wyjęciem telefonu z wewnętrznej kieszeni, zanim pocztowa głosowa przejęła rozmowę.

— Powiedzieliśmy przecież, że zamykamy dzisiaj o piątej — powiedział jeden z przedszkolnych opiekunów.

— Zjawią się państwo czy nie?

Ruch na Vasagatan był tak hałaśliwy, że Thomas prawie nie słyszał swoich myśli, wszedł do bramy przed sklepem futrzarskim i zapytał, o co chodzi.

— Proszę o odebranie dzieci — powiedział mężczyzna w słuchawce.

Złość wezbrała w Thomasie z gwałtownością, która go zaskoczyła. Cholerna Annika! Pozwolił jej się rano wyspać, wyszedł z dziećmi, a teraz punktualnie wracał do domu mimo przecieku o propozycji budżetu na politykę regionalną, a ona nie raczyła nawet odebrać swoich dzieci z przedszkola o czasie.

— Przepraszam za spóźnienie. Będę za pięć minut — zapewnił i rozłączył się.

Niemal biegiem ruszył w kierunku mostu Kungsbron. Okrążył Burger Kinga, ledwo uniknął zderzenia z dziecięcym wózkiem wypełnionym świątecznymi paczkami i w pośpiechu przeszedł koło teatru Oscars. Przed „Fasching" stała grupa czarnych mężczyzn, musiał zejść na jezdnię, żeby ich wyminąć.

Taki los spotykał go za to, że był wyrozumiały i uznawał równouprawnienie. Jego dzieci ugrzęzły w komunalnym przedszkolu dzień przed Wigilią, ponieważ jego żona stawiała pracę wyżej od rodziny.

Kiedyś mieli na ten temat dyskusję. Przez miejski rozgwar mógł usłyszeć jej głos.

— Praca jest dla mnie ważna — powtarzała.

— Ważniejsza niż dzieci? — wykrzyczał pewnego razu. Zbladła na twarzy i odpowiedziała „oczywiście nie", ale nie bardzo jej wierzył. Mieli z tego powodu kilka wyjątkowo gwałtownych kłótni, zwłaszcza raz, gdy jego rodzice zaprosili ich na Midsommar do domku na szkierach. Gdzieś wtedy zdarzyło się morderstwo i Annika oczywiście natychmiast zarzuciła wszelkie urlopowe plany, by się nim zająć.

— Nie robię tego tylko dla przyjemności — powiedziała. — Oczywiście lubię pracować, ale teraz załatwiłam sobie tak, że jeśli wezmę tę sprawę, dostanę cały tydzień dodatkowego urlopu.

— W ogóle nie myślisz o dzieciach — powiedział wściekły, na co Annika przybrała zimny i odpychający ton.

— Jesteś cholernie niesprawiedliwy. Będę miała dodatkowy tydzień tylko dla nich. Na wyspie nie będzie im mnie brakowało ani przez chwilę, bo przyjedzie masa ludzi. Będą tam miały ciebie, babcię i dziadka, i wszystkich kuzynów...

— Egoistka — powiedział.

Kiedy odpowiadała, była zupełnie spokojna:

— Nie, to ty jesteś egoistą. Chcesz, żebym pojechała, żeby pokazać swoim rodzicom, jaką masz wspaniałą rodzinę i że wcale żonka nie pracuje na okrągło... wiem, że twoja matka tak uważa. I że dzieci stanowczo za długo są w przedszkolu. Nie protestuj, sama ją słyszałam.

— Dla ciebie praca jest ważniejsza od rodziny — wyrzucił z siebie tylko po to, by ją zranić.

Popatrzyła na niego z niesmakiem.

— Kto wziął urlop wychowawczy i przez dwa lata siedział z dziećmi w domu? Kto najczęściej zostaje z nimi, kiedy są chore? Kto odprowadza je codziennie do przedszkola i z reguły odbiera?

Podeszła bardzo blisko niego.

— Tak, Thomas, masz całkowitą rację. Tym razem zamierzam wybrać pracę. Ten jeden raz zamierzam to zrobić i to twój cholerny problem, jeśli masz coś przeciwko temu.

Obróciła się na pięcie i wyszła z mieszkania, nie mając ze sobą nic poza szczoteczką do zębów.

Zepsuło mu to oczywiście całe Midsommar. Dzieciom bynajmniej nie, jak przepowiedziała Annika, nie tęskniły za nią ani sekundy. Za to kiedy wróciły do miasta, szalały z radości, że mama czeka na nie w domu z bułeczkami i prezentami. Po fakcie musiał więc jej przyznać rację. Praca nie była dla niej ważniejsza od rodziny, tylko czasami, zresztą tak samo było w jego przypadku. Ta konstatacja w niczym nie osłabiła wściekłości, jaką odczuwał w tej chwili. Przez ostatnie dwa miesiące wszystko kręciło się wokół gazety. Stanowisko szefa działu wcale Annice nie służyło, nie była przygotowana na taką presję ze strony innych.

Thomas dostrzegał też inne oznaki, że Annika nie czuje się dobrze, zaniedbywała na przykład posiłki. Po pewnym masowym morderstwie, kiedy nie było jej przez osiem dni, schudła pięć kilo. Odrabiała to przez następne pięć miesięcy. W ośrodku zdrowia ostrzegli ją, że grozi jej niedowaga. Potraktowała to jako komplement i z dumą opowiadała o tym przez telefon wszystkim przyjaciółkom. Na dodatek potrafiła sobie czasami ubzdurać, że powinna się odchudzać.

Thomas skręcił z Fleminggatan na schody koło restauracji „Klara Sjö", poszedł wzdłuż nadbrzeżnej promenady Kungsholms Strand i wszedł do przedszkola od tyłu. Dzieci siedziały ubrane przy drzwiach, były zmęczone, Ellen trzymała w objęciach swego niebieskiego misia.

— To mama miała nas dzisiaj odebrać — stwierdził niezadowolony Kalle. — Gdzie jest mama?

Opiekun, który został z dziećmi, był naprawdę zły.

— Tego kwadransa nikt mi nie zwróci — powiedział.

— Ogromnie przepraszam — rzekł Thomas spostrzegając, jak bardzo jest zadyszany. — Nie mam pojęcia, dlaczego żona nie przyszła.

Szybko wyszedł z dziećmi; przed barem „Pousette à Vis" dogonili autobus nr 40.

— Nie należy biec do autobusu — powiedział rozeźlony kierowca. — Jak mamy nauczyć tego dzieci, skoro rodzice dają zły przykład?

Thomas czuł, że jest bliski uderzenia drania za kierownicą. Pokazał bilet miesięczny i popchnął dzieci, by szły do tyłu. Ellen przewróciła się i zaczęła płakać. Oszaleję, pomyślał Thomas. Musieli stanąć w przejściu, w tłoku między świątecznymi prezentami, psami i trzema wózkami. Kiedy dojechali do Kungsholmstorg, ledwie zdążyli przepchnąć się do wyjścia. Thomas jęknął głośno, otwierając bramę numer 32. Gdy strzepywał śnieg z butów na wycieraczkę, usłyszał, że ktoś wymawia jego nazwisko. Zdziwiony podniósł wzrok i zobaczył dwóch umundurowanych policjantów na schodach.

— Pan Thomas Samuelsson, prawda? Musimy niestety prosić pana, by wziął pan dzieci i poszedł z nami.

Thomas wpatrywał się w policjanta.

— Szukaliśmy pana przez całe popołudnie. Nie odebrał pan żadnej wiadomości od nas albo od gazety?

— Tata, dokąd idziemy? — zapytał Kalle i wziął ojca za rękę. Świadomość, że wydarzyło się coś strasznego, nagle dotarła do Thomasa. Annika! Boże święty!

— Co z moją żoną...?

— Nie wiemy, gdzie jest. Zniknęła przed południem. Nasi śledczy powiedzą panu więcej. Gdyby był pan uprzejmy pójść z nami...

— Ale dlaczego?

— Obawiamy się, że w pańskim mieszkaniu jest bomba.

Thomas pochylił się i wziął dzieci na ręce.

— Chodźmy więc — powiedział zduszonym głosem.

Podobnego kolegium nie było w gazecie od wielu lat. Anders Schyman czuł narastającą panikę, instynkt podpowiadał mu, że gazeta nie powinna się ukazać, że muszą szukać Anniki, wspierać jej rodzinę, ścigać Zamachowca, cokolwiek.

— Sprzedamy cholernie dużo gazet — powiedział Ingvar Johansson, wchodząc do pokoju. W jego głosie nie było zadowolenia ani triumfu, tylko smutna konstatacja. Ale Schyman wybuchnął.

— Nie waż się tego mówić! — krzyknął i szarpnął Johanssona, tak że ten upuścił kubek z kawą, opryskując sobie udo.

Johansson był tak zszokowany, że nawet nie poczuł oparzenia — nigdy nie widział, by Anders Schyman stracił panowanie nad sobą. Naczelny przez kilka chwil sapał szefowi działu wiadomości w twarz, ale potem się zreflektował.

— Przepraszam — powiedział, zwolnił uścisk i odwrócił się, zasłaniając rękami twarz. — Nie jestem sobą, przepraszam.

Jansson tradycyjnie przyszedł ostatni, ale bez swoich zwykłych okrzyków. Szef nocnej zmiany był blady, miał zaciśnięte zęby. Zdawał sobie sprawę, że to będzie jego najtrudniejsze wydanie.

— Okej — Schyman spojrzał na mężczyzn zgromadzonych wokół stołu: Foto-Pelle, Jansson i Ingvar Johansson. Szefowie kultury i sportu poszli do domu. — Jak robimy?

Na kilka sekund w pomieszczeniu zapadło milczenie. Wszyscy mieli pochylone głowy. Krzesło, na którym zazwyczaj siedziała Annika, rosło, aż zajęło cały pokój. Anders Schyman odwrócił się ku ciemności za oknem.

Ingvar Johansson zaczął mówić, cichym i skoncentrowanym głosem:

— Tak, dotychczasowe ustalenia to zaledwie zaczątek, można powiedzieć, trzeba podjąć liczne decyzje odnośnie do wydania w tej... — niepewnie przewertował papiery. Sytuacja wydawała się absurdalna i nierzeczywista. Niezwykle rzadko zdarzało się, by kwestie omawiane w tym pomieszczeniu dotykały osobiście zgromadzonych w nim ludzi. A teraz dyskusja dotyczyła ich koleżanki. Gdy Ingvar Johansson powoli referował swoją listę i wykonaną pracę, mężczyźni mimo wszystko znaleźli pociechę w codziennej rutynie. Nie załamali się, jedyne, co mogli w tej chwili zrobić, to kontynuować swoją pracę, najlepiej jak tylko potrafili. A więc tak się człowiek czuje, kiedy kolega z pracy zostaje ofiarą, pomyślał Schyman, wpatrując się w okno. Nie od rzeczy będzie zapamiętać to uczucie.

— Przede wszystkim mamy bombę w terminalu pocztowym, musimy się tym zająć — powiedział Johansson.

— Jeden artykuł musi być o ofiarach, najciężej ranny mężczyzna zmarł godzinę temu. Był samotny, mieszkał w Solnie. Życiu pozostałych nie zagraża niebezpieczeństwo. Ich nazwiska zostaną ujawnione wieczorem albo w nocy, liczymy oczywiście na zdjęcia paszportowe. Potem mamy zniszczenia...

— Zostawcie krewnych w spokoju — rzekł Schyman.

— Co?

— Rodziny rannych pocztowców. Zostawcie je w spokoju.

— Jeszcze nie mamy ich nazwisk — przypomniał Johansson.

Schyman odwrócił się do zebranych. Niepewnym gestem przesunął ręką po włosach, burząc fryzurę.

— Okej — powiedział. — Przepraszam. Mów dalej.

Ingvar Johansson odetchnął kilka razy, zebrał się w sobie i kontynuował.

— Weszliśmy do pomieszczenia, w którym wybuchła bomba. Przyznam się, że nie wiem, jak Henrikssonowi się to udało, ale dostał się do środka i zrobił cały film zniszczeń. Pomieszczenie jest normalnie zamknięte nawet dla pracowników spoza działu, leżą tam tylko wartościowe przesyłki. No, ale mamy zdjęcia.

— Do tego możemy dołożyć zasadniczą dyskusję — Schyman zaczął wolno przechadzać się wokół stołu. — Jaką odpowiedzialność w takiej sytuacji ponosi poczta? W jakim stopniu mają kontrolować przesyłki? Gdzie przebiega granica między prawem ludzi do prywatności a bezpieczeństwem personelu pocztowego? Trzeba porozmawiać z dyrektorem generalnym poczty, związkiem zawodowym i właściwym ministrem.

Redaktor naczelny zatrzymał się przy oknie i spojrzał w ciemną noc. Słyszał szum wentylatora i nasłuchiwał odgłosów ruchu ulicznego, ale samochody były za daleko. Ingvar Johansson i Jansson notowali. Po krótkiej chwili szef działu wiadomości ponownie zabrał głos.

— Potem mamy rzecz, która nas dotyczy: bomba była wymierzona przeciwko szefowej działu kryminalnego naszej gazety. Musimy to zrelacjonować w całości, od pory lunchu, kiedy Tore Brand miał odebrać list, do pracy policji w prześledzeniu drogi przesyłki.

Mężczyźni notowali, redaktor naczelny słuchał odwrócony plecami.

— Annika zaginęła — powiedział cicho Johansson.

— Musimy to przyjąć do wiadomości i chyba o tym napisać, czy nie?

Anders Schyman odwrócił się. Ingvar Johansson miał niepewną minę.

— Pytanie brzmi, czy w ogóle mamy pisać, że bomba była wymierzona w nas — rozważał szef działu wiadomości.

— Możemy potem być zasypywani listami z bombami, możemy ściągnąć na siebie jakiś gang naśladowców, który zacznie porywać wszystkich naszych reporterów i grozić im bombami...

— Nie wolno nam myśleć w ten sposób — sprzeciwił się Schyman. — Wtedy w ogóle nie moglibyśmy pisać o przestępstwach. Zrelacjonujemy wszystkie wydarzenia, włącznie z tymi, które dotyczą nas samych i naszej szefowej działu kryminalnego. Porozmawiam natomiast z mężem Anniki, Thomasem, co napisać o niej jako osobie prywatnej.

— Czy on już wie? — zapytał Jansson, a Anders Schyman westchnął.

— Policja dotarła do niego tuż po wpół do szóstej. Był cały dzień w Falun i wyłączył komórkę. Nie ma pojęcia, co Annika miała dzisiaj robić.

— Czyli zamieszczamy artykuł o zaginięciu Anniki — powiedział Jansson.

Schyman kiwnął głową i ponownie się odwrócił.

— Przedstawiamy jej pracę, ale ostrożnie podchodzimy do informacji o niej jako osobie prywatnej — podsumował Ingvar Johansson. — Następną rzeczą muszą być teorie policji, dlaczego właśnie Annikę to... spotkało.

— Wiedzą dlaczego? — zapytał Foto-Pelle.

Szef działu wiadomości potrząsnął przecząco głową.

— Nie ma żadnego związku między nią a pozostałymi ofiarami, nigdy się nie spotkali. Według teorii policji Annika dogrzebała się do czegoś, do czego nie powinna. Od pierwszej sekundy tej historii trzymała rękę na pulsie, motyw musi być gdzieś po drodze. Po prostu za dużo wiedziała.

Mężczyźni zamilkli i wsłuchiwali się we własne oddechy.

— Niekoniecznie — zaoponował Schyman. — Ta łajdaczka nie działa racjonalnie. Mogła wysłać bombę z jakiegokolwiek powodu, zrozumiałego tylko dla niej.

Pozostali jednocześnie podnieśli wzrok. Naczelny westchnął.

— Tak, policja sądzi, że to kobieta. Myślę, że z tym wyjdziemy, pal licho policję i ich cholerne śledztwo. Annika wiedziała rano, że policja ustaliła, kim jest Zamachowiec, ale nie powiedzieli jej, kto to jest. Napiszemy, że policja szuka podejrzanego, kobiety, która się ukrywa.

Anders Schyman usiadł przy stole i ukrył twarz w dłoniach.

— Co do cholery zrobimy, jeśli dostała się w ręce Zamachowca? Co zrobimy, jeśli umrze?

Pozostali nie odpowiedzieli. Gdzieś w redakcji grał telewizor, przez gipsowe ściany słyszeli głos spikera „Aktualności".

— Musimy przedstawić w skrócie dwa poprzednie wybuchy — przejął inicjatywę Jansson. — Ktoś dociekliwy musi porozmawiać z policją, jak doszli do tej właśnie kobiety. Na pewno są szczegóły, które powinniśmy...

Zamilkł. Nagle przestało być oczywiste, co jest jeszcze interesujące. Horyzont się załamał, punkt zerowy przesunął. Wszelkie punkty odniesienia zniknęły, skala przewróciła się do góry nogami.

— Musimy spróbować podejść do tego na tyle normalnie, na ile się da — powiedział Schyman. — Zachowujcie się rutynowo. Ja zostanę tutaj na noc. Jakie mamy zdjęcia do artykułów?

Głos zabrał redaktor graficzny.

— Zdjęć Anniki mamy mało, ale latem robiliśmy zdjęcia portretowe do galerii pracowniczej. To powinno się nadać jako ilustracja.

— Mamy jakieś, które pokazuje ją w pracy? — zapytał Schyman.

Jansson strzelił palcami.

— Mamy jedno zdjęcie Anniki z Panmundżonu, tej zdemilitaryzowanej strefy między Koreą Północną a Południową. Stoi na nim koło prezydenta USA. Była tam jesienią na stypendium i dołączyła do delegacji prasowej przed rozmowami czwórki w Waszyngtonie, pamiętacie? Wyszła z autobusu akurat, gdy prezydent wysiadał z limuzyny i AP zrobiła zdjęcie, na którym stoją koło siebie...

— Bierzemy je — zadecydował Schyman.

— Zebrałem archiwalne zdjęcia uszkodzonego stadionu, hali Sätra, Furhage i tego budowlańca Bjurlinga — powiedział Foto-Pelle.

— Okej — rzekł Schyman. — Co dajemy na jedynkę?

Wszyscy milczeli w oczekiwaniu, że sam naczelny powie to głośno.

— Zdjęcie portretowe Anniki, najlepiej takie, na którym wygląda radośnie i sympatycznie. To ona jest wiadomością dnia, bomba była wymierzona w nią, potem Annika zniknęła. Tylko my o tym wiemy. Myślę, że zachowamy logiczny i chronologiczny porządek, szóstka-siódemka: zamach bombowy w terminalu pocztowym Sztokholm--Klara; ósemka-dziewiątka: nowe ofiary; dziesiątka-jedenastka: nasza reporterka zaginęła; dwunastka-trzynastka: Zamachowiec jest kobietą, policja ustaliła, kto to jest, czternastka-piętnastka: przypomnienie zamachów, dyskusja o bezpieczeństwie przesyłek pocztowych w konfrontacji z tajemnicą korespondencji; środek: artykuł o Annice i jej pracy, zdjęcie ze strefy zdemilitaryzowanej...

Schyman umilkł i podniósł się zniesmaczony własnymi decyzjami. Ponownie stanął przy oknie i zaczął wpatrywać się w punkt nad ciemną ambasadą. Właściwie nie powinni tego robić. Właściwie gazeta nie powinna się ukazać. Właściwie nie powinni w ogóle pisać o Zamachowcu. Czuł się jak potwór.

Pozostali szybko omówili resztę zawartości gazety. Kiedy wychodzili z pokoju, nikt nie odezwał się ani słowem.

Annika marzła. W korytarzu było dosyć zimno, na jej wyczucie jakieś osiem do dziesięciu stopni. Na szczęście rano nałożyła rajtuzy, ponieważ po pracy chciała wrócić do domu na piechotę, więc przynajmniej nie zamarznie na śmierć. Skarpety miała jednak przemoczone od brnięcia w śniegu, ziębiły jej stopy. Próbowała poruszać palcami, żeby zatrzymać ciepło. Robiła to ostrożnie, bała się zbyt gwałtownych ruchów, ładunek wybuchowy na plecach mógł eksplodować. W nieregularnych odstępach czasu zmieniała pozycję, żeby dać odpocząć różnym częściom ciała. Jeśli leżała na boku, jedno ramię było przygniecione, kiedy kładła się na brzuchu, bolał ją kark, od klęczenia lub siedzenia w kucki drętwiały jej nogi. Momentami płakała, ale z upływem czasu była coraz bardziej opanowana. Wciąż jeszcze żyje. Panika ustąpiła, powróciła zdolność logicznego myślenia. Annika zaczęła się zastanawiać, jak ma postępować, żeby wyjść z tego cało. Uwolnienie się z więzów i ucieczka były nierealne, przynajmniej w tej chwili. Wykluczone było również zwrócenie na siebie uwagi robotników na stadionie. Zresztą Beata przypuszczalnie kłamała mówiąc, że prace idą pełną parą. Zaczynaliby remont dzień przed Wigilią? Poza tym Annika nie widziała koło stadionu ani jednego człowieka czy samochodu. Gdyby robotnicy rzeczywiście pracowali, przed stadionem parkowałyby różne pojazdy. Wszystko jedno, i tak już dawno poszliby do domu, tymczasem musiał zapaść wieczór. Oznaczało to, że chyba już zaczęto jej szukać. Annika rozpłakała się, kiedy uświadomiła sobie, że nikt nie odebrał dzieci z przedszkola. Wiedziała, że personel potrafi być niemiły, przekonał się raz o tym Thomas mniej więcej rok temu. Dzieci czekały, żeby pójść do domu i ubrać choinkę, a ona nie przyszła. Może nigdy nie wróci do domu. Może nie zobaczy, jak dorastają. Ellen pewnie nawet nie będzie jej pamiętała. Kalle może zachowa jakieś mgliste wspomnienie mamy, zwłaszcza gdy będzie oglądał zdjęcia z zeszłego lata, które spędzili w domku na wsi. Łzy ciekły jej ciurkiem. To było tak strasznie niesprawiedliwe.

Po jakimś czasie łzy przestały płynąć, nie miała już siły płakać. Nie wolno jej myśleć o śmierci, bo jeszcze okaże się to samospełniającą się przepowiednią. Wydostanie się z tego. Będzie w domu na Kaczora Donalda o trzeciej. Nie wszystko stracone. Ekesjö ma wobec niej jakieś plany, w przeciwnym razie Annika już by nie żyła, tego była pewna. Poza tym redakcja i Thomas z pewnością podnieśli alarm, że zaginęła, i policja szuka jej samochodu. Niestety ten stał prawidłowo i dyskretnie zaparkowany w szeregu innych aut, pod blokiem oddalonym pół kilometra od stadionu. Kto zresztą wpadłby na to, żeby zejść do tego korytarza? Dotąd nikt tego nie zrobił, inaczej ujawniono by tę kryjówkę. Jak mogła ona ujść uwagi policji? Wejście od strony stadionu musiało być dobrze zamaskowane.

Telefon komórkowy dzwonił w regularnych odstępach. Annika szukała patyka lub czegoś podobnego, czym mogłaby przyciągnąć do siebie torbę, ale nic nie znalazła. Mogła się poruszać w promieniu mniej niż trzech metrów, melodia sprawiała wrażenie, jakby dochodziła z odległości dziesięciu. Cóż, świadczyło to przynajmniej o tym, że próbują się z nią skontaktować.

Nie wiedziała właściwie, która jest godzina, ani ile czasu przebywa w tunelu. Kiedy tutaj weszła, było prawie wpół do drugiej, ale nie wiedziała, jak długo leżała nieprzytomna. Nie potrafiła też ocenić, ile trwał pierwszy napad paniki, ale od tej chwili musiało minąć przynajmniej pięć godzin. O ile więc mogła oszacować, było co najmniej wpół do siódmej, ale równie dobrze mogło być znacznie później: wpół do dziewiątej czy dziesiątej. Doskwierały jej głód i pragnienie, zsiusiała się jeszcze raz. Nie było się nad czym zastanawiać. Stolec stwardniał i drapał, było to dość nieprzyjemne. Tak muszą czuć się dzieci w pieluchach, pomyślała Annika. Tyle że pieluchy się oczywiście zmienia.

Nagle uderzyła ją inna myśl: co będzie, jeśli Beata nie wróci! Jeśli zostawiła ją tutaj, by umarła! Nikomu nie przyjdzie do głowy, by zaglądać tu w czasie świąt. Człowiek może przeżyć bez wody tylko kilka dni. Drugiego dnia świąt będzie po wszystkim. Znowu zaczęła płakać — tym razem cicho, była wyczerpana. Później jednak zmusiła się, żeby przestać. Morderczyni wróci. Miała jakiś cel w tym, by więzić Annikę.

Annika znowu zmieniła pozycję. Musi jasno pomyśleć. Spotkała już wcześniej Beatę Ekesjö, musi posłużyć się swą wiedzą o niej. Podczas tej krótkiej rozmowy w hali Sätra Beata okazała się niezwykle uczuciowa. Szczerze coś opłakiwała — cokolwiek to było — i czuła potrzebę mówienia. Annika mogła to wykorzystać. Pytanie tylko jak. Nie miała pojęcia, jak powinien zachowywać się człowiek więziony przez szaleńca. Gdzieś słyszała, że uczono tego na kursach. Albo czytała o tym? Albo widziała w telewizji? Tak, w telewizji!

W serialu policyjnym „Cagney i Lacey" jedna z policjantek dostała się w ręce szaleńca. Cagney, a może to była Lacey, przeszła wcześniej szkolenie, jak należy postępować będąc zakładnikiem. Opowiadała o sobie, o swoich dzieciach, marzeniach i miłości, wszystko po to, by wzbudzić empatię u porywacza. Jeśli człowiek był odpowiednio rozmowny i przyjazny, porywaczowi trudniej przychodziło go zabić.

Annika ponownie zmieniła pozycję, przyklękła. Może ta recepta sprawdzała się w przypadku normalnej osoby, ale Ekesjö była wariatką. Wysadzała już ludzi w powietrze i nie wykazywała szczególnego współczucia wobec ich rodzin i dzieci. Annika musiała wymyślić coś innego, opierając się na wiedzy Cagney, że należy nawiązać porozumienie z porywaczem.

Co właściwie Beata powiedziała? Że Annika źle odczytała stan jej ducha? Czy rzeczywiście dlatego tu się znalazła? Sytuacja wymagała lepszego wczucia się w psychikę zbrodniarki. Musiała uważnie słuchać tej kobiety i starać się w niczym jej nie sprzeciwiać.

Tak postąpi, będzie prowadziła dialog, będzie udawała, że rozumie Beatę i że się z nią zgadza. Nie będzie protestować, tylko płynąć z prądem.

Położyła się na materacu, na prawym boku, twarzą do ściany i postanowiła się przespać. Nie bała się ciemności, mrok wokół niej nie był niebezpieczny. Szybko pojawiło się dobrze znane uczucie w ciele i chwilę później zasnęła.

Śmierć

Moja szkoła była dwupiętrowym drewnianym budynkiem. Im byliśmy starsi, tym wyżej mieliśmy lekcje. Co roku, wiosną, wszyscy uczniowie i nauczyciele musieli uczestniczyć w ćwiczeniach przeciwpożarowych. Stare szkoły płonęły w owych czasach jak pochodnie, nikt więc nie mógł się wymigać czy tylko markować udziału.

W mojej klasie był chłopiec — zapomniałam jego imienia — który chorował na epilepsję. Z jakiegoś powodu nie mógł trzymać rąk nad głową. Mimo to brał udział w ćwiczeniach rok po zakończeniu wojny. Dokładnie pamiętam tamten dzień. Słońce świeciło zimnym, bladym światłem, wiatr był silny i porywisty. Nienawidzę wysokości i byłam zesztywniała ze strachu, kiedy wychodziłam na gzyms. Świat w oddali, przy rzece, omal się nie wywrócił. Chwyciłam za drabinę. Powoli odwróciłam się. Schodząc wpatrywałam się w ciemnoczerwoną fasadę szkoły, każdy szczebel chwytałam w taki sam kurczowy uścisk. Kiedy dotarłam do ziemi, byłam zupełnie wykończona. Nogi mi się trzęsły i podczas gdy moi koledzy wracali do klasy, ja zostałam, starając się dojść do siebie. Wtedy podniosłam wzrok i zobaczyłam, jak ów chory chłopiec schodzi powoli po drabinie. Kiedy dotarł do ostatniego szczebla, usłyszałam, jak mówi: „Nie mam już siły." Położył się na ziemi, odwrócił twarzą do ściany i umarł na naszych oczach.

Przyjechała karetka i zabrała go. Nigdy wcześniej nie widziałam takiego pojazdu. Stałam przy drzwiach, kiedy *kładli go na noszach. Wyglądał dokładnie tak samo jak zawsze, był tylko trochę bledszy, miał zamknięte oczy i sine wargi. Jego ręce lekko się zatrzęsły, kiedy nosze z głuchym odgłosem umieszczono w tym dużym samochodzie, przed zamknięciem drzwi ostatni powiew wiatru zmierzwił mu kręcone blond włosy.*

Wciąż pamiętam swoje zdumienie faktem, że nie odczuwałam przerażenia. Widziałam zwłoki człowieka w moim wieku i wcale to mną nie wstrząsnęło. Chłopiec nie był ani nieprzyjemny, ani tragiczny, tylko spokojny.

Później często zastanawiałam się, co właściwie sprawia, że dany człowiek jest istotą żywą. Nasza świadomość nie jest w zasadzie niczym innym jak substancjami przenoszącymi impulsy nerwowe i elektrycznością. Fakt, że jeszcze dzisiaj myślę o tym chorym chłopcu, powoduje, że on nadal istnieje. Jest obecny w tym wymiarze, który nazywamy rzeczywistością, nie w postaci swojej elektryczności, lecz mojej.

Pytanie brzmi, czy nie można wyrządzić człowiekowi większego zła, niż zabijając go. Czasami podejrzewam, że sama niszczyłam ludzi na inne sposoby niż ten nauczyciel, który zmusił owego chłopca do zejścia po drabinie.

Ostateczne pytanie brzmi, czy w takim razie potrzebuję rozgrzeszenia, a jeśli tak, to od kogo.

Piątek, 24 grudnia

Thomas siedział przy oknie i spoglądał na Strömmen. Było bezchmurnie i mroźno, woda zamarzła i leżała w dole niczym czarne lustro. Szarobrązowa fasada Zamku była oświetlona, tworząc jakby dekorację na tle zimowego nieba, na Skeppsbron taksówki przesuwały się w stronę restauracji-browaru „Gamla Stans Bryggeri". Widać było kolejkę przed „Café Opera".

Znajdował się w salonie narożnego apartamentu na piątym piętrze hotelu „Grand". Apartament był wielkości przeciętnego dwupokojowego mieszkania, z przedpokojem, salonem, sypialnią i ogromną łazienką. Przywiozła ich tu policja, która uważała „Grand" za najwłaściwszy hotel w Sztokholmie do zakwaterowywania zagrożonych osób. W czasie wizyt państwowych mieszkali w nim często królowie i prezydenci, personel był więc nawykły do radzenia sobie w sytuacjach wymagających zachowania ostrożności. Thomasa zameldowano oczywiście pod obcym nazwiskiem. W apartamencie obok przebywali dwaj funkcjonariusze ochrony.

Godzinę wcześniej policja poinformowała, że w ich mieszkaniu na Hantverkargatan nie znaleziono żadnego ładunku wybuchowego. Musieli jednak pozostać w ukryciu do czasu ujęcia Zamachowca. Anders Schyman zadecydował, że Thomas z dziećmi, jeśli zajdzie taka potrzeba, spędzi święta w hotelu na koszt gazety. Thomas odwrócił wzrok od okna i rozejrzał się po pogrążonym w półmroku pokoju. Chciałby, żeby Annika była tutaj, żeby razem mogli rozkoszować się luksusem. Drogie meble błyszczały, zielona wykładzina była gruba jak materac. Thomas podniósł się i zajrzał do dzieci śpiących w pokoju obok. Ich świszczące oddechy świadczyły o tym, że niespodziewana wycieczka zupełnie je wykończyła. Wykąpały się w tej pięknej łazience, zachlapując całą podłogę. Thomas nie zaprzątał sobie głowy wycieraniem. Na kolację zjedli klopsiki z gotowanymi ziemniakami, przyniesione przez hotelową obsługę. Kalle uznał ziemniaki za ohydne, był przyzwyczajony do proszkowych wariantów Anniki. Thomas nie lubił, kiedy Annika podawała na obiad smażoną kiełbasę z purée, raz nazwał to świńskim żarciem. Kiedy przypomniał sobie tę idiotyczną kłótnię, rozpłakał się, co zdarzało mu się niezwykle rzadko.

Policja nie natrafiła na żaden ślad Anniki, która jakby zapadła się pod ziemię. Jej samochód też zniknął. Kobieta, która zdaniem policji była Zamachowcem, nie pokazała się w pobliżu swojego domu, odkąd nabrali wobec niej podejrzeń, czyli od wtorku wieczorem. Obecnie poszukiwania objęły cały okręg sztokholmski. Policja nie ujawniła nazwiska kobiety, podała tylko, że podejrzana kierowała budową stadionu olimpijskiego w Södra Hammarbyhamnen.

Thomas krążył niespokojnie po grubych dywanach, w końcu zmusił się, żeby usiąść przed telewizorem. Hotel oferował oczywiście siedemdziesiąt kanałów cyfrowych i szereg wewnętrznych kanałów filmowych, ale Thomas nie był w nastroju do oglądania. Poszedł przez przedpokój do łazienki, rzucił prześcieradło kąpielowe na podłogę, przemył twarz lodowatą wodą i umył zęby hotelową szczoteczką. Grube frotté pod jego nogami wchłonęło wodę. Rozebrał się po drodze do sypialni, cisnął rzeczy bezładnie na krzesło w przedpokoju i poszedł do dzieci. Jak zwykle zrzuciły z siebie kołdrę. Thomas przypatrywał się im przez chwilę. Kalle rozłożył ręce i nogi, tak że zajmował większą część podwójnego łóżka, Ellen leżała skulona między poduszkami. Jeden z ochroniarzy pojechał do „Åhléns", kupił dwie piżamy i kilka gier Game Boy. Thomas ułożył i przykrył Kallego, potem obszedł to duże łóżko i położył się obok Ellen. Włożył ostrożnie rękę pod głowę dziewczynki i przyciągnął ją do siebie. Mała poruszyła się we śnie i wetknęła kciuk do buzi. Thomas nie zareagował. Wciągnął głęboko powietrze, poczuł zapach dziewczynki i pozwolił popłynąć łzom.

W redakcji panowała pełna koncentracja i niemal zupełna cisza. Odkąd przed kilkoma laty gazetę skomputeryzowano, poziom hałasu zdecydowanie się obniżył, ale jeszcze nigdy nie było tak cicho jak tej nocy. Wszyscy zebrali się przy pulpicie, gdzie powstawała gazeta. Jansson jak zwykle rozmawiał nieprzerwanie przez telefon, tyle że ciszej i bardziej mrukliwie. Anders Schyman zabarykadował się w miejscu, gdzie w ciągu dnia siedział redaktor działu łączności z czytelnikami. Robił niewiele, głównie patrzył przed siebie albo rozmawiał cicho przez telefon. Berit i Janet Ullberg, które normalnie pracowały w głębi redakcji, tym razem pisały przy biurkach nocnych reporterów, żeby móc na bieżąco śledzić, co się dzieje. Patrik Nilsson też był na miejscu. Ingvar Johansson zadzwonił do niego po południu na komórkę. Reporter leciał właśnie samolotem do Jönköpingu, ale odebrał.

— Nie wolno mieć włączonej komórki podczas lotu samolotem — pouczył go Johansson.

— Wiem o tym! — wrzasnął zachwycony Patrik.

— Chciałem tylko sprawdzić, czy samolot rzeczywiście spadnie, jeśli ma się włączoną komórkę.

— I co? Spada? — zapytał Johansson cierpkim głosem.

— Jeszcze nie, ale jak spadnie, to będziesz miał jutro wyłączność na światowy hit: „Reporter «Kvällspressen» w tragedii lotniczej — jego ostatnie słowa". — Patrik aż zawył z radości.

Ingvar Johansson przewrócił oczami.

— Myślę, że zaczekamy z tą tragedią lotniczą, mamy już reportera, który gra główną rolę w tragedii. Bombowej. Kiedy możesz tutaj być?

Patrik nawet nie wysiadł w Jönköpingu, tylko wrócił tym samym samolotem do Sztokholmu. Zjawił się w redakcji o piątej po południu. Teraz pisał artykuł o poszukiwaniach Zamachowca przez policję. Anders Schyman przypatrywał mu się ukradkiem. Podziwiał sprawność działania i zaangażowanie owego młodego człowieka, było w tym niemal coś niesamowitego. Jedyne, co go raziło, to nieskrywana radość reportera na wieść o jakimkolwiek wypadku, zabójstwie czy innym nieszczęściu. Doświadczenie życiowe powinno jednak z czasem osłabić tę wątpliwą radość. Patrik zapowiadał się na znakomitego reportera.

Anders Schyman podniósł się, żeby przynieść sobie jeszcze kawy. Było mu niedobrze po kilku kawach, które wypił dotąd, ale musiał się ruszyć. Obrócił się plecami do sali i począłpał powoli w stronę okien za działem dodatku niedzielnego. Wyjrzał na kamienice sąsiadujące z redakcją. W wielu oknach nadal paliło się światło, mimo że było już po północy. Ludzie oglądali thriller w TV3 i popijali grzane wino, niektórzy pakowali ostatnie prezenty. Dużo balkonów udekorowanych było choinkami, w oknach mieniły się świąteczne lampki.

Schyman wielokrotnie w ciągu wieczoru rozmawiał z policją. Stał się niejako naturalnym łącznikiem między redakcją a oficerami śledczymi. Gdy Annika nie zjawiła się w przedszkolu o piątej, policja zaczęła traktować sprawę jako zaginięcie. Po rozmowie z Thomasem uznano za całkowicie wykluczone, by gdzieś dobrowolnie wyjechała. Wieczorem zaklasyfikowano jej zaginięcie jako porwanie.

Wcześniej policja zakazała im dzwonić na telefon komórkowy Anniki. Schyman zapytał o powód, ale nie otrzymał odpowiedzi. Przekazał jednak dziennikarzom zakaz i, o ile było mu wiadomo, nikt już więcej do niej nie dzwonił.

Pracownicy byli zszokowani, Berit i Janet Ullberg popłakały się. To dziwne, pomyślał Anders Schyman. Codziennie piszemy o takich rzeczach, używamy cierpienia jako przyprawy, żeby wstrząsać i poruszać. A jednak jesteśmy zupełnie nieprzygotowani, kiedy dotyka to nas samych. Ruszył się, żeby wziąć jeszcze jeden kubek kawy.

Annikę obudził zimny powiew wiatru, ciągnący przez tunel. Uświadomiła sobie od razu, co on oznacza. Otwarto żelazną bramę, Ekesjö wracała. Strach sprawił, że Annika znowu skuliła się na materacu i zaczęła spazmatycznie oddychać. Na suficie zapaliły się świetlówki.

Odezwała się jej podświadomość, szepnęła: tylko spokojnie, słuchaj tej kobiety, zobacz, czego chce, rób, co ci każe, postaraj się zdobyć jej zaufanie.

Stukot obcasów zbliżał się. Annika usiadła.

— No nie, zobaczcie! Jak wspaniale, że nie śpisz — ucieszyła się Beata i podeszła do stolika. Zaczęła wypakowywać artykuły z reklamówki z logo 7-Eleven, ustawiała je wokół bateryjki i timera. Annika dostrzegła kilka puszek coca-coli, wodę mineralną Evian, kanapki i tabliczkę czekolady.

— Lubisz „Fazers Blå"? To moja ulubiona — powiedziała Beata.

— Moja też — odrzekła Annika, starając się uniknąć drżenia głosu. Nie lubiła czekolady i nigdy nie jadła „Fazers Blå".

Beata zwinęła reklamówkę i schowała do kieszeni płaszcza.

— Mamy trochę do zrobienia — oznajmiła i usiadła na jednym z składanych krzeselek.

Annika spróbowała się uśmiechnąć.

— Tak, a co?

Beata przyglądała się jej przez kilka sekund.

— Ujawnimy w końcu prawdę.

Annika starała się podążyć za tokiem rozumowania kobiety, ale się jej nie udało. Strach powodował, że miała zupełnie sucho w ustach.

— Jaką prawdę?

Beata obeszła stół i po coś się schyliła. Kiedy się wyprostowała, Annika spostrzegła, że trzyma w ręku pętlę, tę samą, którą wcześniej zarzuciła jej na szyję. Annika poczuła, jak przyśpiesza jej puls, ale zmusiła się, by spokojnie patrzeć na Beatę.

— Nie bój się — powiedziała Ekesjö uśmiechając się. Zbliżyła się do materaca z długim sznurem w dłoniach. Annika zaczęła szybciej oddychać, nie mogła powstrzymać paniki.

— Uspokój się, nałożę ci to tylko z powrotem na głowę — powiedziała Beata i zaśmiała się lekko. — Coś taka nerwowa?!

Annika wymogła na sobie uśmiech. Pętla otoczyła jej szyję, sznur zwisał niczym krawat, Beata trzymała za jego koniec.

— No, gotowe. Teraz cię obejdę, uspokój się, mówię ci, żebyś się odprężyła!

Annika widziała kątem oka, jak kobieta znika za nią, nadal ze sznurem w garści.

— Rozwiążę ci ręce, ale niczego nie próbuj. Najmniejsza sztuczka i zaciągnę pętlę na amen.

Annika gorączkowo myślała. Szybko uświadomiła sobie, że nic nie jest w stanie zrobić. Nogi miała przykute do ściany, na szyi pętlę, a na plecach ładunek wybuchowy. Beata rozwiązała sznur krępujący ręce Anniki, zmagała się z nim blisko pięć minut.

— Uch, mocno siedział — odetchnęła, kiedy w końcu jej się udało.

Annika od razu poczuła mrowienie w palcach, do których ponownie zaczęła napływać krew. Ostrożnie przesunęła ręce przed siebie i wzdrygnęła się, kiedy zobaczyła, jak wyglądają. Skóra na przegubach była otarta albo od sznura, albo od podłogi czy ściany. Dwa knykcie lewej dłoni krwawiły.

— Wstań — powiedziała Beata.

Trzymając się ściany, Annika zrobiła, jak jej kazano.

— Odsuń nogą materac — padło następne polecenie i Annika posłuchała.

Zaschnięte wymiociny zniknęły pod piankową gumą. W tej samej chwili Annika spostrzegła swoją torbę. Leżała oddalona o sześć, siedem metrów w korytarzu od strony obiektu treningowego.

Ekesjö wróciła do stolika tyłem, nadal trzymając sznur w prawej ręce. Zestawiła baterię i timer na podłogę, nie spuszczając wzroku z Anniki. Potem chwyciła za blat i przyciągnęła stolik do Anniki. Odgłos szurania o linoleum odbił się echem w korytarzu. Następnie cofnęła się jeszcze raz i przysunęła Annice krzesełko.

— Siadaj.

Annika ostrożnie usiadła. Poczuła, jak żołądek się jej wywraca, kiedy zobaczyła jedzenie na stole.

— Zjedz trochę — poleciła Beata.

Annika zaczęła od odkręcania butelki z wodą.

— Chcesz też? — zapytała Beatę.

— Pij, ja wezmę sobie później colę — powiedziała Beata. Annika napiła się, wzięła kawałek bagietki z serem i szynką i zmusiła się do dokładnego przeżuwania. W połowie kanapki musiała przestać, nie była w stanie więcej przełknąć.

— Gotowa? — zapytała Beata, a Annika uśmiechnęła się.

— Tak, dziękuję, było bardzo dobre.

— Fajnie, że ci smakowało — powiedziała Beata zadowolona i usiadła na drugim krzesełku. Po jednej ręce miała skrzynkę z mineksem, po drugiej otwarty brązowy karton.

— No, to byłaby pora — dodała uśmiechając się.

Annika odwzajemniła uśmiech.

— Mogę zapytać o jedną rzecz?

— Oczywiście.

— Dlaczego tu jestem?

Uśmiech Beaty momentalnie zgasł.

— Naprawdę tego nie rozumiesz?

Annika wstrzymała oddech.

— Nie. Rozumiem natomiast, że musiałam cię bardzo rozzłościć. Nie miałam takich intencji, więc przepraszam cię, że tak wyszło.

Beata przygryzła górną wargę.

— Nie dość na tym, że kłamałaś. Napisałaś w gazecie, że byłam zdruzgotana śmiercią parszywca. Poza tym upokorzyłaś mnie publicznie, przekręciłaś moje słowa tylko po to, żeby mieć lepszą historię. Nie chciałaś słuchać mnie i mojej prawdy, ale wysłuchałaś robotników.

— Przykro mi, że źle oceniłam twój stan ducha — powiedziała Annika tak spokojnie, jak tylko mogła. — Nie chciałam zacytować cię w sposób, który ci nie odpowiada, ale byłaś bardzo wstrząśnięta i płakałaś.

— Tak, byłam zrozpaczona z powodu ludzkiego zła, że takiej świni jak Stefanowi Bjurlingowi dane było żyć. Dlaczego los użył właśnie mnie, aby położyć kres niegodziwości? Dlaczego wszystko jest ciągle na moich barkach?

Annika uznała, że lepiej milczeć i słuchać. Beata znowu przygryzła wargę.

— Kłamałaś i rozpowszechniałaś fałszywy obraz parszywca — powiedziała po chwili. — Napisałaś, że był dobry, pogodny i ceniony przez kolegów w pracy. Im pozwoliłaś się wypowiedzieć, ale mnie nie. Dlaczego nie napisałaś tego, co powiedziałam?

Annika poczuła narastającą konsternację, ale wysiliła się, by zachować spokojny i przyjazny ton głosu.

— A co twoim zdaniem powinnam była napisać?

— Prawdę. Że to przykre, że Christina i Stefan musieli umrzeć. Że sami byli sobie winni i niesprawiedliwe jest, że ja musiałam to zrobić. Bynajmniej nie uważam tego za przyjemne, jeśli tak sądzisz.

Annika skorzystała z okazji, by wykazać się zrozumieniem.

— Nie, wcale tak nie sądzę. Wiem, że człowiek jest czasami zmuszony robić rzeczy, których nie chce.

— Skąd to wiesz? — zapytała Beata.

Annika pochyliła głowę, zawahała się, zanim wyjawiła:

— Kiedyś byłam zmuszona pozbyć się człowieka, wiem, jak to może być. — Podniosła wzrok. — No, ale nie mamy rozmawiać o mnie, tylko o tobie i twojej prawdzie.

Beata przypatrywała się jej przez chwilę w milczeniu.

— Może zastanawiałaś się, dlaczego cię jeszcze nie zabiłam? Najpierw napiszesz moją historię. Do opublikowania w „Kvällspressen", tak samo obszerną jak artykuły po śmierci Christiny Furhage.

Annika kiwnęła głową i uśmiechnęła się mechanicznie.

— Zobacz, co znalazłam — Beata wyciągnęła coś z brązowego kartonu. Był to mały przenośny komputer.

— Laptop Christiny Furhage — sapnęła Annika.

— Tak, bardzo go lubiła. Naładowałam porządnie baterię.

Beata podniosła się i podeszła do Anniki z komputerem w prawej ręce. Wyglądał na ciężki, ręka Beaty lekko drżała.

— Masz. Włącz go.

Annika wzięła laptop. Był to stosunkowo prosty macintosh ze stacją dyskietek i wejściem na mysz. Annika otworzyła go i włączyła. Zaszumiał, zaczął ładować programy. Było ich niewiele, między innymi Microsoft Word. Po kilku sekundach pojawił się pulpit, tło stanowił zachód słońca w kolorach różowym, błękitnym i liliowym. Na pulpicie znajdowały się trzy ikonki: twardego dysku, Worda i folderu o nazwie „Ja". Annika kliknęła dwukrotnie na ikonkę Worda, otworzyła się wersja 6.0.

— No, gotowe, możemy zaczynać — powiedziała. Palce miała sztywne z zimna i obolałe, rozcierała je dyskretnie pod stołem.

Beata wyprostowała się na swoim krzesełku odległym o parę metrów. W jednej ręce trzymała baterię, w drugiej żółto-zielony kabel. Plecami oparła się o ścianę, założyła nogę na nogę. Wyglądało na to, że siedzi wygodnie.

— Dobrze. Chcę, żeby artykuł był możliwie najlepszy.

— Jasne — odparła Annika i zaczęła pisać.

— Chcę, żebyś napisała, co powiem, zapisała moje słowa, żeby to była moja opowieść.

— Oczywiście — Annika pisała dalej.

— Chociaż musisz zrobić tak, żeby było ładne i dobrze się czytało, i stylistycznie bez zarzutu.

Annika przestała pisać i podniosła na nią wzrok.

— Zaufaj mi. Robię to codziennie. Możemy zacząć?

Ekesjö wyprostowała się.

„Zło jest wszędzie. Pożera ludzi od środka. Jego apostołowie na ziemi docierają do serca ludzkości i ukamienowują je na śmierć. Walka zostawia krwawe ślady w przestrzeni, bo Los stawia opór. Prawda ma po swojej stronie rycerza, człowieka z krwi i kości..."

— Przepraszam, że przerywam — powiedziała Annika. — To trochę zagmatwane. Czytelnik nie nadąży za twoim rozumowaniem.

Beata spojrzała na nią zdumiona.

— Dlaczego nie?

Annika zastanowiła się, teraz należało dobrać właściwe słowa.

— Wielu ludzi nie zastanawiało się nad tym tak długo jak ty i nie zdążyło dojść do tych samych wniosków. Nie zrozumieją cię, a wtedy artykuł nie ma sensu. Chodzi przecież o to, żeby zbliżyli się do prawdy, mam rację?

— Tak — potwierdziła Beata nieco zbita z tropu.

— Może zaczekamy odrobinę z Losem i Złem i podejdziemy do tego bardziej chronologicznie. Wtedy czytelnikowi łatwiej będzie dotrzeć do prawdy. Zgoda?

Beata kiwnęła gorliwie głową.

— Pomyślałam sobie, że może zadam ci kilka pytań, a ty odpowiesz, na które zechcesz.

— Okej — zgodziła się Beata.

— Czy możesz opowiedzieć, jak dorastałaś?

— Po co?

— Czytelnik będzie mógł cię zobaczyć jako dziecko i utożsamić się z tobą.

— Aha. To o czym mam opowiedzieć?

— O czym chcesz. Gdzie dorastałaś, kim byli twoi rodzice, czy miałaś rodzeństwo, czy miałaś zwierzęta domowe, ulubione zabawki, jak szło ci w szkole, tego rodzaju rzeczy...

Beata patrzyła na nią przez długą chwilę. Annika widziała w oczach kobiety, że myślami powędrowała gdzieś daleko. W końcu zaczęła mówić, a Annika spisywała jej opowieść.

„Dorastałam w Djursholm, moi rodzice byli lekarzami. Nadal zresztą są, oboje dalej pracują i wciąż mieszkają w swojej willi. Mam starszego brata i młodszą siostrę, dzieciństwo pamiętam jako raczej szczęśliwe. Mama pracowała na pół etatu jako psycholog dziecięcy, tata ma prywatną praktykę. Zajmowały się nami opiekunki, zresztą opiekunowie też. To były lata siedemdziesiąte, moi rodzice byli otwarci na nowe idee, opowiadali się za równouprawnieniem.

Wcześnie zainteresowałam się domami. W ogrodzie mieliśmy domek przeznaczony do zabawy. Moja siostra i jej koleżanki często mnie w nim zamykały. W ciągu tych długich popołudniowych godzin, które spędzałam w ciemności, zaczęliśmy ze sobą rozmawiać: mój mały dom i ja. Opiekunki wiedziały, że bywam więziona, po jakimś czasie zawsze więc przychodziły i zdejmowały skobel. Niekiedy krzyczały na moją siostrę, ale mnie to nie obchodziło."

Beata zamilkła i Annika przestała pisać. Pochuchała na dłonie, w tunelu było naprawdę zimno.

— Czy możesz opowiedzieć trochę o swoich młodzieńczych marzeniach? — powiedziała Annika. — Jak twoje rodzeństwo ułożyło sobie życie?

Ekesjö podjęła:

„Mój brat został lekarzem podobnie jak nasi rodzice, a siostra wykształciła się na rehabilitantkę. Wyszła za mąż za Nassego, kolegę z dzieciństwa, i nie musi pracować. Mieszkają z dziećmi w Täby.

Ja się nieco wyłamałam, bo studiowałam architekturę. Moi rodzice byli odrobinę sceptyczni, uważali, że lepiej pasowałby mi zawód przedszkolanki albo psychologa pracy. Ale nie sprzeciwiali się, byli przecież nowocześni. Studiowałam na Politechnice Królewskiej, którą ukończyłam jako jedna z najlepszych.

Dlaczego wybrałam pracę z domami? Kocham budowle! One tak bezpośrednio i szczerze mówią do człowieka. Uwielbiam podróżować tylko po to, by porozmawiać z domami w nowych miejscach, ich kształtami, oknami, kolorami i blaskiem. Tyły domów podniecają mnie seksualnie. Czuję mrowienie wzdłuż pleców, kiedy jadę pociągiem przez przedmieścia — to pranie suszące się przy torach, te pochylone balkony... Kiedy spaceruję, nigdy nie patrzę przed siebie, tylko do góry. Wpadałam na drogowskazy i wentylatory w całym mieście, bo studiowałam fasady. Budowle są po prostu moją wielką pasją i chciałam z nimi pracować. Studiowałam przez wiele lat, nauczyłam się projektować domy.

Kiedy skończyłam studia, odkryłam, że źle wybrałam. Domy na papierze nie mówią. Naszkicowane są tylko bladym odbiciem prawdziwych. Tak więc po zaledwie pół roku pracy znowu poszłam na studia, tym razem budowlane. Zajęły mi kilka dalszych lat, ale zostałam magistrem inżynierem budownictwa. Akurat wtedy szukano pracowników do komunalnej spółki, która miała budować nowy stadion olimpijski w Södra Hammarbyhamnen. Dostałam tam posadę i w ten sposób po raz pierwszy spotkałam Christinę Furhage."

Beata znowu zamilkła. Annika dłuższą chwilę czekała na dalszy ciąg.

— Chcesz przeczytać? — zapytała w końcu, ale Beata potrząsnęła głową.

— Wiem, że napiszesz tak, żeby dobrze brzmiało. Przeczytam później, kiedy będzie gotowe.

Westchnęła i mówiła dalej:

„Wiedziałam oczywiście, kim jest. Wiele razy widziałam ją w gazecie, odkąd ruszyła kampania na rzecz przyznania Szwecji igrzysk, a także potem, kiedy wygraliśmy i Furhage została przewodniczącą Komitetu Olimpijskiego.

Gdzie mieszkałam w tamtym czasie? Tam gdzie teraz, w cudownym małym domu koło Skinnarviksparken na Söder. Znasz rejon wokół ulicy Ytterstа Tvärgränd? Jest zaklasyfikowany jako zabytek, więc musiałam remontować bardzo ostrożnie. Mój dom, w którym oddycham i mieszkam, jest dla mnie bardzo ważny. Rozmawiamy ze sobą codziennie. Wymieniamy doświadczenia i mądrości. Nie muszę chyba dodawać, że to ja jestem nowicjuszką? Fundamenty mojego domu położono pod koniec XVIII wieku, toteż nasze rozmowy sprowadzają się zwykle do tego, że słucham i się uczę. Raz odwiedziła mnie Christina Furhage, byłam bardzo zadowolona, że mój dom mógł ją poznać. To pomogło mi później podjąć tę trudną decyzję."

Kobieta ponownie umilkła.
— Na czym polegała twoja praca? — zapytała Annika.
— Czy to naprawdę ważne? — zdziwiła się Beata.
Nie, ani trochę, ale zyskuję na czasie, pomyślała Annika.
— Tak, oczywiście — powiedziała głośno. — Wielu ludzi pracuje, więc chcą wiedzieć, jakie miałaś obowiązki, co myślałaś, kiedy wykonywałaś swoją pracę, wszystko na ten temat...
Beata wyprostowała się.
— Tak, jasne. Teraz rozumiem.
Ty egocentryczna kanalio, pomyślała Annika i uśmiechnęła się.

„Nie wiem, na ile jesteś zorientowana w branży budowlanej, pewnie nie wiesz, jak wygląda taki przetarg? Zresztą nie ma to większego znaczenia, bo budowa Stadionu Victorii była tak szczególnym przedsięwzięciem, że właściwie nie obowiązywały żadne ogólne zasady.

Sztokholm został gospodarzem letnich igrzysk olimpijskich, a Christina Furhage otrzymała stanowisko przewodniczącej Komitetu Organizacyjnego, o tym wiesz. Nie była to wcale oczywista decyzja, Furhage musiała je sobie wywalczyć.

Była rzeczywiście wspaniała. Tak dyrygowała facetami z komitetu, że jedli jej z ręki. My, kobiety, naprawdę cieszyłyśmy się z takiej szefowej. Nie spotykałam jej zbyt często, ale ponieważ osobiście interesowała się wszelkimi szczegółami, natykałam się na nią od czasu do czasu.

LIZA MARKLUND

Bezgranicznie ją podziwiałam. Jej obecność sprawiała, że ludzie się starali, dawali z siebie wszystko. Taki wywierała wpływ na innych. Jeśli ona nie wiedziała czegoś o organizacji igrzysk i budowie stadionu, to naprawdę nie warto było sobie zaprzątać tym głowy.

Zatrudniła mnie firma Arena Bygg AB. Ponieważ miałam uprawnienia zarówno architekta, jak i inżyniera budownictwa, od razu dostałam sporo dużych administracyjnych zadań. Brałam udział w negocjacjach, projektowałam i obliczałam, kontaktowałam się z podwykonawcami i sporządzałam umowy, taka osoba do wszystkiego na średnim szczeblu.

Budowa stadionu miała rozpocząć się pięć lat przed igrzyskami. Christina osobiście mianowała mnie kierowniczką budowy. Doskonale pamiętam, jak mi to zaproponowała. Wezwała mnie do swojego wspaniałego biura tuż przy Rosenbad z widokiem na Strömmen. Zaczęła mnie wypytywać, czym się zajmuję i jak mi to idzie. Miałam wrażenie, że nie wypadłam najlepiej, lekko się jąkałam i pociły mi się dłonie. Ona była niesamowita za tym swoim błyszczącym biurkiem, wielka, a jednak szczupła, ostra, a jednak piękna. Zapytała mnie, czy chciałabym wziąć na siebie odpowiedzialność za budowę stadionu olimpijskiego w Södra Hammarbyhamnen. Zawirowało mi przed oczami, kiedy wypowiedziała te słowa. Chciałam krzyknąć: «O, tak!», ale kiwnęłam tylko głową i powiedziałam, że będzie to wyzwanie, fascynująca odpowiedzialność, którą gotowa jestem wziąć na swoje barki. Christina wskazała pośpiesznie, że oczywiście będę miała licznych przełożonych z nią na samej górze. Potrzebowała jednak kogoś odpowiedzialnego na samej budowie do pilnowania, by prace toczyły się zgodnie z harmonogramem, by nie przekraczano limitu wydatków, by dostawy materiałów trafiały w wyznaczone miejsce o określonym czasie. Miałam oczywiście mieć pod sobą cały sztab kierowników odpowiedzialnych za poszczególne sektory, w których będą rozdzielać i nadzorować pracę. Ci kierownicy mieli na bieżąco składać mi raporty, tak bym ja z kolei mogła wykonywać swoją pracę i informować moich przełożonych i ją.

— Potrzebuję lojalności — powiedziała Christina i pochyliła się ku mnie. — Potrzebuję pani niezachwianego przekonania, że to, co robię, jest słuszne. To jest warunek dla osoby podejmującej się tego zadania. Czy mogę na panią liczyć?

Pamiętam jej aurę, jak objęła mnie światłem, napełniła swoją siłą i mocą. Chciałam krzyczeć: «TAK», ale kiwnęłam tylko głową. Bo zrozumiałam, co się stało. Przyjęła mnie do swojego kręgu. Uczyniła następczynią tronu. Byłam wybrana."

Beata rozpłakała się. Pochyliła głowę, cała się trzęsła. Sznur z pętlą leżał pod jej nogami, dłonie ściskały kurczowo baterię i kabel. Żeby tylko nie spowodowała spięcia w baterii i nie zdetonowała ładunku, pomyślała Annika.

— Przepraszam — Beata wytarła nos w rękaw płaszcza. — To dla mnie jest bardzo trudne.

Annika milczała.

„Ciążyła na mnie duża odpowiedzialność, ale sama praca nie była szczególnie skomplikowana. Najpierw uprzątano, wysadzano, kopano szyby, wypełniano i formowano. Potem zjawili się murarze i stolarze. Wszystko miało zająć cztery lata. Rok przed igrzyskami stadion miał być gotowy do próbnych zawodów.

Z początku szło całkiem nieźle. Robotnicy jeździli maszynami i robili, co do nich należało. Miałam własne biuro w jednym z baraków przy samym kanale, może widziałaś je kiedyś, gdy robiłaś tu rekonesans? Nie?

Mniejsza o to. Wykonywałam swoją pracę, rozmawiałam z koordynatorami na budowie, pilnowałam, by wypełniali swoje zadania. Mężczyźni bezpośrednio nadzorujący roboty nie byli specjalnie rozmowni, ale przynajmniej słuchali, gdy wydawałam polecenia, co kiedy ma być gotowe.

Raz w miesiącu musiałam stawić się w biurze Christiny i poinformować o przebiegu prac. Przyjmowała mnie zawsze serdecznie, z zainteresowaniem. Po przekazaniu każdej wiadomości miałam wrażenie, że Christina już o tym wiedziała, chciała tylko sprawdzić moją lojalność. Zawsze opuszczałam jej biuro z ćmiącym niepokojem w żołądku i dziwnie podniosłym uczuciem. Przepełniało mnie światło. Nadal byłam w kręgu, moja była siła, ale musiałam o nią walczyć.

Naprawdę kochałam swoją pracę. Czasem zostawałam wieczorami, kiedy wszyscy mężczyźni poszli do domu. Samotnie krążyłam wśród kamiennych resztek stoku narciarskiego i wyobrażałam sobie gotowy stadion, potężne trybuny wznoszące się ku niebu, te 75 000 zielonych krzesełek dla widzów, stalowe sklepienie dachu. Przesuwałam dłońmi po projektach, a na ścianie w baraku powiesiłam duże zdjęcie modelu. Od samego początku rozmawiałam ze stadionem. Jak nowo narodzone dziecko nie odpowiadał, ale byłam całkowicie pewna, że słuchał. Obserwowałam każdy szczegół jego rozwoju niczym karmiąca matka, którą zadziwia każdy postęp dziecka.

Prawdziwe problemy zaczęły się po położeniu fundamentów, kiedy pojawili się stolarze. Kilkuset mężczyzn mających wykonywać pracę, za którą ja byłam odpowiedzialna. Przewodził im sztab trzydziestu pięciu brygadzistów, mężczyzn w wieku od czterdziestu do pięćdziesięciu pięciu lat. W tej sytuacji miałam cztery razy więcej obowiązków niż na początku i na mój wniosek zatrudniono trzech majstrów, samych mężczyzn, którzy mieli przejąć część moich zadań.

Nie wiem, gdzie popełniłam błąd. Pracowałam w ten sam sposób co przez pierwsze lata, starałam się być zdecydowana i konkretna. Kalkulacje się zgadzały, harmonogram był przestrzegany, materiały docierały na właściwe miejsce w wyznaczonym czasie, prace postępowały, nie można było mieć zastrzeżeń do ich jakości. Starałam się być miła i uprzejma, okazywać mężczyznom szacunek. Nie umiem powiedzieć, kiedy pojawiły się pierwsze ostrzegawcze sygnały, ale nastąpiło to dosyć prędko. Rozmowy urywane w pół słowa, miny, których właściwie nie powinnam była dojrzeć, pobłażliwe uśmiechy, zimne oczy. Prowadziłam zebrania informacyjno-sprawozdawcze, które uważałam za konstruktywne, ale moje przesłanie nie docierało. W końcu brygadziści przestali przychodzić. Wychodziłam na budowę i usiłowałam ich sprowadzić, ale patrzyli tylko na mnie i mówili, że są zajęci. Czułam się oczywiście jak idiotka. Ci nieliczni, którzy przychodzili, kwestionowali wszystko, co mówiłam. Uważali, że zamawiam materiały w złej kolejności, do złych miejsc. Raz powiedzieli, że całe zamówienie jest bez sensu, ponieważ zdążyli już rozwiązać problem w inny sposób, za pomocą innego fabrykatu. Zdenerwowałam się oczywiście i zapytałam, jakie mają uprawnienia, żeby ignorować moje polecenia, na jakiej podstawie podejmują decyzje, przejmują władzę. Odpowiedzieli wtedy lekceważąco, że jeśli budowa ma zostać kiedykolwiek ukończona, to potrzebny jest ktoś, kto zna się na rzeczy. Pamiętam uczucie po usłyszeniu tych słów, coś się we mnie załamało. Nie mogę umrzeć, pomyślałam. Mężczyźni podnieśli się i wyszli, a w ich oczach błyszczała pogarda. Moi trzej majstrowie wyszli za brygadzistami i rozmawiali z nimi na zewnątrz. Słyszałam, jak przekazują moje słowa i znajdują posłuch. Moje polecenia były do przyjęcia, jeśli przekazywał je ktoś inny. Nie negowano mojej pracy, mojego rozeznania czy wiedzy, lecz mnie jako człowieka.

Po tym spotkaniu wezwałam majstrów i powiedziałam, że musimy przeanalizować nasze następne posunięcie. Chciałam, żebyśmy wspólnie we czwórkę kierowali zatrudnionymi i organizowali prace, tak by postępowały w wyznaczonym przez nas kierunku. Usiedli przy moim biurku, jeden naprzeciwko, pozostali po bokach.

— Nie radzi sobie pani z tą pracą — powiedział pierwszy.

— Nie zauważa pani, że staje się pani nie do zniesienia na budowie? — dodał drugi.

— Jest pani pośmiewiskiem na tym stanowisku — rzekł trzeci. — Nie wzbudza pani respektu, nie ma pani autorytetu, jest pani niekompetentna.

Patrzyłam na nich zdumiona. Nie mogłam uwierzyć w to, co słyszę. Wiedziałam, że się mylą, ale kiedy zaczęli, byli już nie do powstrzymania.

— Puszy się pani jak paw — mówił pierwszy.

— Stawia pani chłopakom za wysokie wymagania — rzekł drugi. — Oni to widzą, nie rozumie pani tego?

— Zostanie pani sama — powiedział trzeci. — Przyszła tu pani z niewłaściwych powodów i z niewłaściwego miejsca.

Pamiętam, że patrzyłam na nich, a ich twarze zmieniały się. Traciły rysy, stały się białe i rozmazane. Nie mogłam złapać powietrza, myślałam, że się uduszę. Wstałam więc i wyszłam. Obawiam się, że nie wyglądało to zbyt godnie.''

Kobieta zwiesiła głowę i pociągnęła lekko nosem.

Annika spojrzała na nią z niesmakiem. „I co z tego?'', chciała zapytać. „Wszystkie przez to przechodzimy''. Nie odezwała się jednak, a Beata mówiła dalej:

„Wieczorem, kiedy leżałam w łóżku, mój dom mówił do mnie, szeptał pocieszająco przez tapety w różane wzory. Następnego dnia nie mogłam tam pójść. Strach mnie sparaliżował, przywiązał do łóżka. Uratowała mnie Christina. Zadzwoniła i poprosiła, żebym następnego ranka przyszła do pracy. Miała do zakomunikowania wszystkim na budowie ważne informacje.

Rano przyszłam do swojego baraku pełna spokoju. Na jedenastą zostaliśmy wezwani na północne trybuny. Majstrowie nie rozmawiali ze mną, ale uśmiechałam się do nich, tak żeby mogli zrozumieć. Wkrótce miała przyjść Christina.

Zaczekałam, aż wszyscy zajmą swoje miejsca, i zadbałam, żeby wejść na trybuny razem z nią. Christina swoim jasnym, czystym głosem, który niósł się aż do najwyższych sektorów, powiedziała, że przyszła poinformować o zmianie kierownictwa na budowie stadionu olimpijskiego. Czułam jej ciepło i uśmiechnęłam się.

— Beata Ekesjö ustępuje ze stanowiska kierownika budowy, zastąpią ją trzej dotychczasowi majstrowie

— oznajmiła Christina. — Darzę jej następców pełnym zaufaniem i mam nadzieję, że prace będą postępowały tak sprawnie jak dotąd.

Miałam uczucie, jakby niebo zmieniło kolor, stało się białe i błyszczące. Dźwięki ulegały zniekształceniu, ludzie zamarzali w sople.

Tego dnia narodziła się we mnie świadomość, co muszę zrobić, chociaż jeszcze nie określiłam jasno celu. Opuściłam trybuny i stadion, gdy ludzie wciąż słuchali charyzmatycznego głosu Christiny. W baraku miałam torbę ze strojem sportowym, ponieważ od razu po pracy chciałam pojechać do siłowni. Wyjęłam go i wrzuciłam go do szafki, a pustą torbę zabrałam na tyły baraków. Tam przechowywano materiały wybuchowe, w składach odległych od siebie o mniej więcej sto metrów — przepisy określają, jak blisko siebie mogą stać ze względu na ryzyko detonacji. Paczka dynamitu mieści się idealnie w sportowej torbie, jakby właśnie w tym celu ją wyprodukowano. Torba była bardzo ciężka, dwadzieścia cztery kilo netto, ponad dwadzieścia pięć brutto, ale przecież tyle zwykle waży zapakowana walizka. Kawałek da się przenieść, zwłaszcza jeśli człowiek chodzi na siłownię trzy razy w tygodniu..."

— Chwileczkę — powiedziała Annika. — Czy przechowywanie dynamitu nie jest obłożone masą przepisów ochronnych? Mogłaś tak po prostu wejść i go wziąć?

Beata spojrzała na nią z politowaniem.

— Moja droga, to ja byłam szefem budowy. Miałam własne klucze do wszystkiego. Nie przerywaj mi.

„W tym pierwszym kartonie znajdowało się piętnaście ładunków owiniętych różowym plastikiem, 1600 gramów sztuka, 50 na 550 milimetrów. Włożyłam karton do bagażnika i pojechałam do domu. Ostrożnie wniosłam mój skarb do środka. Tego wieczoru pieściłam dłońmi ładunki. Na końcach miały małe metalowe zaciski. Plastik był chłodny, ładunki zarówno z wyglądu, jak i w dotyku przypominały grube parówki wyjęte z lodówki. Były dość miękkie, wieczorami bawiłam się nimi, wyginając je lekko tam i z powrotem. Tak, dokładnie jak parówki, tylko cięższe."

Beata zaśmiała się lekko na to wspomnienie. Annice robiło się niedobrze ze zmęczenia, ale również na widok oczywistego szaleństwa tej kobiety.

— Czy możemy zrobić przerwę? — zapytała Annika.
— Chciałabym napić się coli.

Ekesjö podniosła na nią wzrok.

— Hm, ale tylko chwilę. Musimy być gotowe do nocy.

Annika poczuła, jak przeszywa ją zimny dreszcz.

„Nie wiedzieli, co mają ze mną zrobić. Mój kontrakt obejmował budowę stadionu i wioski olimpijskiej. Wyrzucenie mnie oznaczało wypłatę odprawy, a takich kosztów chcieli uniknąć. Poza tym znałam się na rzeczy, więc byłoby szaleństwem płacić za utratę potrzebnego przecież kompetentnego pracownika. W końcu mianowano mnie kierownikiem budowy gmachu technicznego zaraz obok stadionu, zwykłego dziesięciopiętrowego budynku przeznaczonego na kable, pomieszczenia kontrolne i biura. Czy muszę nadmieniać, że budynek wydawał się głuchy i martwy w porównaniu z moim stadionem? Pusta betonowa skorupa pozbawiona linii i formy, nigdy nie nauczyła się mówić.

Był tam już jeden kierownik budowy, miał na imię Kurt. Okresami bardzo dużo pił i znienawidził mnie od pierwszej chwili. Twierdził, że zostałam nasłana, by go szpiegować. Już pierwszego dnia w budynku technicznym znikły mi rysy jego twarzy. Przestałam go widzieć.

Na budowie panował całkowity rozgardiasz. Wszystko było mocno spóźnione, budżet znacznie przekroczony. Ostrożnie zaczęłam uprzątać bałagan po Kurcie, nie dając mu jednak tego zauważyć. Kilka razy, kiedy przyłapał mnie na podejmowaniu decyzji, zwymyślał mnie. Ale odkąd się pojawiłam, palcem niczego nie tknął. Przez wiele dni w ogóle się nie pokazywał. Za pierwszym razem zgłosiłam jego nieobecność, ale tak się wściekł, że potem już się nie odważyłam.

Musiałam też wychodzić do robotników, czego nigdy wcześniej nie robiłam. Beton zmieniał często kolor, czasami swobodnie, pozbawiona ciężaru, unosiłam się w powietrzu, mniej więcej dziesięć centymetrów nad podłogą. Mężczyźni zmieniali kształty i masę. Gdy prosili mnie o zamówienie więcej kątów widzenia i pytali, gdzie leżą miarki «na oko», milkłam. Wiedziałam, że się ze mnie nabijają, ale nie umiałam się bronić. Starałam się być elastyczna, a jednocześnie silna. Rozmawiałam z facetami, ale nie z domem, który odmawiał odpowiedzi. Znowu pilnowałam harmonogramów i wydatków, wychodziłam do robotników, ale szklana klatka wokół mnie była szczelna. Zdążyliśmy na czas z minimalnym przekroczeniem budżetu.

Christina miała dokonać uroczystego otwarcia. Pamiętam swój zapał i dumę w tamtym dniu. Dokonałam tego, nie poddałam się, wróciłam. Dopilnowałam, żeby budynek techniczny był gotowy na próbne zawody. Nie znosiłam samej budowli, ale wypełniłam swój obowiązek. Christina wiedziała o tym, Christina to zobaczy, zrozumie, że ponownie jestem godna miejsca w świetle. Ujrzy moje prawdziwe «ja» i wskaże mi właściwe dla mnie miejsce — przy jej boku, jako jej towarzyszka i następczyni.

Starannie dobrałam tego dnia strój: bluzka, świeżo wyprasowane spodnie, mokasyny. Tym razem byłam pierwsza wśród czekających, chciałam zapewnić sobie miejsce przy samej bramie.

Dawno już nie widziałam Christiny, raz mignęła mi gdzieś tylko w oddali, kiedy dokonywała inspekcji na stadionie. Dowiedziałam się, że budowa nie szła najlepiej, były wątpliwości, czy zostanie ukończona na czas. Kiedy Christina zjawiła się u nas, emanowała silniejszym światłem i miała wyrazistsze rysy, niż pamiętałam. Pięknie mówiła o igrzyskach olimpijskich i naszej dumie — wiosce olimpijskiej, chwaliła robotników i tych, którzy przyczynili się do tak sprawnego przebiegu prac. Potem poprosiła do siebie kierownika budowy, dzięki któremu budynek techniczny był gotowy w terminie, a rezultat znakomity. I wywołała nazwisko Kurta. Zaklaskała, wszyscy klaskali, a Kurt podniósł się i podszedł do Christiny, uśmiechnął się i wymienił z nią uścisk dłoni, ona położyła mu rękę na ramieniu, ich usta śmiały się, ale dźwięk zaniknął, te kanalie, te kanalie...

Tego wieczoru poszłam do magazynu i wzięłam drugi karton oraz torebkę z elektrycznymi zapalnikami. Karton był pełen małych papierowych tutek, ważących po sto gramów różowoliliowych rurek przypominających lizaki, tak, właśnie takie masz na plecach. W kartonie było dwieście pięćdziesiąt sztuk. Mimo że część zużyłam, sporo jeszcze zostało."

Beata siedziała przez chwilę w milczeniu. Annika skorzystała z okazji, by oprzeć głowę na rękach i odpocząć. W korytarzu było zupełnie cicho, tylko pod sufitem ledwie słyszalnie brzęczały świetlówki. Nie dzwonią już na moją komórkę, pomyślała Annika. Czyżby przestali mnie szukać?

Beata znowu zaczęła mówić i Annika wyprostowała plecy.

„W ostatnim roku często przebywałam na zwolnieniu lekarskim. Formalnie moje obowiązki polegają na objeżdżaniu obiektów treningowych, dokonywaniu inspekcji i usuwaniu wszelkich niedociągnięć. Przez ostatnie dwa miesiące byłam oddelegowana do hali Sätra, ma to być obiekt treningowy dla skoczków o tyczce. Zobacz, jak mnie zdegradowano: od najdumniejszej budowli do babrania się w niedoróbkach w podstarzałych obiektach treningowych. Nie zdążam nawet podjąć rozmowy z budynkami, w których pracuję. Budynki szydzą ze mnie, podobnie jak mężczyźni. Najgorszy ze wszystkich był Stefan Bjurling, brygadzista u podwykonawcy, który remontował halę Sätra. Uśmiechał się głupawo, gdy tylko próbowałam z nim rozmawiać. Nigdy mnie nie słuchał. Nazywał mnie «dziewuszką» i ignorował wszystko, co mówiłam. Powołał się na mnie jeden jedyny raz, kiedy robotnicy zapytali go, gdzie mają wyrzucać śmieci czy rupiecie. «Dajcie je dziewuszce», powiedział. Śmiał się ze mnie, a ta piękna hala mu wtórowała. Dźwięki były nie do zniesienia."

Beata przerwała i siedziała w milczeniu tak długo, że Annika zaczęła się wiercić. Zmęczenie dawało o sobie znać bólem w mięśniach, bardzo mocno rozbolała ją głowa. Miała wrażenie, że jej ręce są z ołowiu, to paraliżujące uczucie pojawiało się zwykle po wpół do czwartej nad ranem. Annika przepracowała tak wiele nocy, że doskonale je rozpoznawała.

Potem pomyślała o dzieciach, gdzie są, czy za nią tęsknią. Ciekawe, czy Thomas znajdzie prezenty, nie zdążyłam mu powiedzieć, że schowałam je w garderobie, pomyślała.

Spojrzała na Beatę, która siedziała z głową opartą na rękach. Potem ostrożnie odwróciła głowę i zerknęła na torbę, leżącą z boku za jej plecami. Gdyby tylko mogła dotrzeć do telefonu, zadzwonić i powiedzieć, gdzie jest... Komórka działała, mimo że znajdowały się w tunelu. Wtedy byłaby wolna w ciągu kwadransa. Ale to nierealne, dopóki była związana i pilnowana przez Zamachowca. Beata musiałaby podać jej torbę, a potem zakryć uszy, gdy Annika będzie dzwonić...

Nagle zaczęła szybciej oddychać. Przypomniała sobie pewien artykuł, który napisała blisko dwa lata temu. Był piękny wiosenny dzień, tłumy ludzi wyszły na zamarznięte jeszcze wody...

— Śnisz na jawie? — zapytała Beata.

Annika wzdrygnęła się i uśmiechnęła.

— Nie, skąd. Czekam na dalszy ciąg — powiedziała.

„Kilka tygodni temu Christina zorganizowała duże przyjęcie w Niebieskiej Sali ratusza. Ostatnie duże przyjęcie przed igrzyskami, wszyscy byli zaproszeni. Naprawdę cieszyłam się na ten wieczór. Ratusz jest jednym z moich najlepszych przyjaciół. Często wchodzę na wieżę, wspinam się po schodach, pozwalam kamiennym ścianom tańczyć pod moimi dłońmi, czuję przeciąg z małych otworów w ścianach i wypoczywam na najwyższym piętrze. Dzielimy widok i wiatr, to oszałamiająco erotyczne doznanie. Przyszłam stanowczo za wcześnie i szybko spostrzegłam, że ubrałam się zbyt elegancko. Ale to nie miało znaczenia, Ratusz był moim partnerem i zajmował się mną. Spodziewano się Christiny; miałam nadzieję, że atmosfera przebaczenia panująca w budynku zniweluje wszelkie nieporozumienia. Przechadzałam się między ludźmi, wypiłam kieliszek wina i rozmawiałam z Ratuszem.

Nagle przytłumione głosy rozmów przerodziły się w podniecony rozgwar i wiedziałam, że przyszła Christina. Przyjęto ją jak królową — przecież nią była. Ja stanęłam na krześle, żeby dobrze widzieć. Trudno to wyjaśnić, ale Christynę otaczała jakby aura, dzięki której zawsze była skąpana w świetle. To było wspaniałe, ona była wspaniałym człowiekiem. Wszyscy ją pozdrawiali, ona z uśmiechem odpowiadała skinieniem głowy. Z każdym zamieniła słowo. Ściskała ręce jak amerykański prezydent na wiecu przedwyborczym. Stałam w głębi sali, ale Christina zbliżała się powoli w moją stronę. Zeskoczyłam z krzesła i straciłam ją z oczu, jestem przecież taka niska. Ale nagle stała przede mną, piękna i spokojna w swoim świetle. Poczułam, że na mojej twarzy pojawia się szeroki uśmiech, w oczach chyba zakręciły mi się łzy.

— Miło panią znów zobaczyć — powiedziałam wyciągając rękę. — Cieszę się, że mogła pani przyjść!

— Dziękuję — odpowiedziała. — Czy my się znamy?

Nasze oczy się spotkały. Christina się uśmiechała, ale jej uśmiech się zmieniał, jej twarz umierała. Zamiast zębów miała robaki, oczy pozbawione białek. Uśmiechała się, a jej oddech był martwy, był ściekiem. Musiałam się cofnąć. Nie poznała mnie, nie wiedziała, kim jestem. Nie dostrzegła swojej następczyni tronu. Mówiła, a jej głos dochodził z przepaści, głuchy i chrapliwy, jak ze zbyt wolno puszczonej taśmy.

— Idziemy dalej? — zagrzmiała; robaki wypełzły z jej głowy, a ja uświadomiłam sobie, że muszę ją zabić. Chyba to rozumiesz? Chyba musisz to rozumieć? Że nie mogła dłużej żyć? Była potworem, złym aniołem w aureoli. Zło ją pożarło, zniszczyło od środka i wydostało się na zewnątrz. Mój dom miał rację, to Christina Furhage była złem na ziemi, ja tego nie dostrzegłam, inni tego nie dostrzegali, widzieli to samo, co ja: zewnętrzne sukcesy, świetlaną aurę i rozjaśnione włosy. Ale ja zobaczyłam, odkryłam jej prawdziwe oblicze, przede mną ujawniła się jako potwór, którym była w rzeczywistości, śmierdzący trucizną i zgniłą krwią..."

Annika ledwie powstrzymała mdłości. Beata otworzyła puszkę coli i piła małymi, ostrożnymi łykami.

— Właściwie powinno się pić *light* ze względu na kalorie, ale uważam, że w smaku jest ohydna. A ty jak uważasz? — zapytała Annikę.

Annika przełknęła ślinę.

— Masz całkowitą rację.

Beata lekko się uśmiechnęła.

„Moja decyzja pozwoliła mi przeżyć wieczór, bo koszmar się jeszcze nie skończył. Wiesz, kogo wybrała na swojego księcia, na kawalera przy stole? No tak, doskonale wiesz, przecież zamieściliście ich zdjęcie. Nagle wszystko ułożyło się w logiczną całość. Zrozumiałam, czemu miały służyć te zimne skarby w moim domu. Wszystko zostało objawione. Ten duży karton był dla Christiny, małe ładunki dla idących w jej ślady.

Plan miałam prosty. Często śledziłam Christinę, niekiedy odnosiłam wrażenie, że ona to czuje. Rozglądała się niespokojnie wokół, by potem szybko wsiąść do swojego długiego samochodu, zawsze z komputerem pod pachą. Długo się zastanawiałam, co ona w nim pisze, czy pisze coś o mnie albo może o Helenie Starke. Wiedziałam, że często do niej jeździ. Wyczekiwałam pod oknami i mogłam zaobserwować, jak odjeżdża stamtąd nad ranem. Domyślałam się, że się kochają i wiedziałam, że gdyby romans wyszedł na jaw, skutki byłyby fatalne dla Christiny.

Dlatego było to takie proste, przynajmniej w teorii. Część rzeczy ogromnie się komplikuje, kiedy wprowadza się je w życie, nie sądzisz?

W piątek wieczorem, kiedy zobaczyłam Christinę wychodzącą ze Starke z przyjęcia wigilijnego, wiedziałam, że nadeszła pora. Pojechałam do domu i zabrałam mój wielki skarb. Był ciężki, położyłam go na przednim siedzeniu. Na podłodze stał akumulator, który kupiłam na stacji OK w Västberga. Timer nabyłam w IKE-i, taki sam, jakich ludzie używają w domkach letniskowych, żeby wprowadzać w błąd złodziei.

Zaparkowałam tam, gdzie stoi twój samochód. Torba była oczywiście ciężka, ale jestem silniejsza, niż wyglądam. Trochę się denerwowałam, nie wiedziałam, ile mam czasu, musiałam zdążyć z przygotowaniami, zanim Christina wyjdzie od Starke. Na szczęście poszło dosyć szybko. Podeszłam z torbą do tylnego wejścia, wyłączyłam alarm i otworzyłam. Miałam pecha, bo zobaczył mnie jakiś mężczyzna idący do tej okropnej meliny. Gdybym nadal była tu szefem, nie pozwoliłabym, żeby przy samym stadionie znajdował się taki przybytek.

Tej nocy stadion był po prostu wspaniały, uśmiechał się do mnie w świetle księżyca. Umieściłam karton na północnych trybunach, biały napis błyszczał w ciemności: «Minex 50 × 550, 24,0 kg, 15 szt. à 1600 g». Obok kartonu położyłam szeroką taśmę klejącą. Materiał był łatwy do uzbrojenia, wystarczyło wetknąć kawałek żelaza w jedną z parówek i poprowadzić kabel do głównego wejścia. Tam umieściłam akumulator i nastawiłam timer, jak wcześniej przećwiczyłam. Gdzie? W żwirowni koło Rimbo, w parafii Lohärad. Autobus jeździ tam tylko dwa razy dziennie, ale miałam dużo czasu i mogłam czekać. Detonowałam tylko małe ładunki, za każdym razem jeden lizak, starczą jeszcze na długo.

Kiedy zakończyłam przygotowania, otworzyłam główne wejście, lecz sama wyszłam tunelem, który od strony stadionu zaczyna się głęboko pod głównym wejściem. Na dół można zjechać dużą windą, ale wolałam zejść po schodach. Potem poszłam szybko w kierunku Ringvägen, bałam się, że nie zdążę. Moje obawy okazały się płonne, musiałam jeszcze długo czekać w bramie naprzeciwko. Kiedy Christina wyszła, zadzwoniłam do niej z komórki. Nie można mnie wyśledzić, bo kupiłam półgodzinną kartę bez abonamentu. Nawiasem mówiąc, nie można też ustalić, że dzwoniłam wczoraj do ciebie do samochodu, bo użyłam tej samej karty.

Przekonanie Christiny, żeby przyszła na stadion, było proste. Powiedziałam, że wiem wszystko o niej i o Starke, że zrobiłam im zdjęcia i przekażę negatywy Hansowi Bjällrze, przewodniczącemu zarządu, jeśli nie przyjdzie ze mną porozmawiać. Bjällra nienawidził Christiny, wiedzieli o tym wszyscy pracownicy kancelarii. Rzuciłby się na każdą okazję, by ją poniżyć. Przyszła więc, choć musiała bić się z myślami. Przyszła na piechotę przez most od strony Södermalm, zła jak osa. Trwało to dosyć długo i chwilami myślałam, że jednak się nie pojawi.

Czekałam przed głównym wejściem, schowana w cieniu dwóch posągów. Krew we mnie kipiała, w powietrzu unosiła się radość. Mój stadion był ze mną, wspierał mnie. Chciałam to zrobić jak należy. Christina miała umrzeć w tym samym miejscu, w którym mnie zdruzgotała, rozerwana na strzępy na północnych trybunach Stadionu Victorii. Najpierw chciałam ogłuszyć ją młotkiem, najbardziej klasycznym narzędziem robotnika budowlanego, potem zanieść na trybuny i nałożyć ładunek wybuchowy. Oplecionej różowymi plastikowymi wężami wyjaśniłabym, dlaczego się tu znalazła. Ujawniłabym, że zobaczyłam jej potwora. Moja przewaga świeciłaby niczym światło gwiazd przez noc. Christina poprosiłaby o przebaczenie, a eksplozja byłaby dopełnieniem."

Beata zamilkła na chwilę i popiła trochę coli, Annika czuła się bliska zemdlenia.

— Niestety, nie poszło po mojej myśli — powiedziała Beata cicho. — Prawda musi wyjść na jaw. Nie chcę uchodzić za bohaterkę. Wiem, że znajdą się ludzie, którzy uznają, że postąpiłam źle. Dlatego tak ważne jest, żebyśmy nie kłamały. Musisz napisać, jak było naprawdę, bez upiększania.

Annika skinęła gorliwie głową.

„Nic się nie udało. Po uderzeniu młotkiem Christina nie straciła przytomności, tylko wpadła we wściekłość. Zaczęła krzyczeć jak opętana, że jestem wariatką i mam zostawić ją w spokoju. Waliłam na oślep młotkiem, jeden z ciosów trafił w usta, wybijając jej zęby. Ciągle krzyczała, a ja nie przestawałam uderzać. Młotek tańczył na jej twarzy. Człowiek bardzo krwawi z oczu. W końcu się przewróciła i nie był to wcale miły widok. Nadal krzyczała. Zdruzgotałam jej kolana, żeby nie mogła z powrotem wstać. Nie było to przyjemne, tylko trudne i uciążliwe. Chyba to rozumiesz? Nie przestawała krzyczeć, więc uderzyłam ją młotkiem w szyję. Kiedy próbowałam wciągnąć ją na trybuny, wpiła się paznokciami w moje dłonie, tak że musiałam zdruzgotać jej też łokcie i palce. Powoli zaczęła się długa droga do miejsca, w którym stała tego dnia, gdy mnie zniszczyła. Spociłam się, ponieważ Christina była dość ciężka. Dalej krzyczała. Kiedy w końcu dotarłam do materiałów wybuchowych, trzęsły mi się ręce. Położyłam Christinę między krzesełkami i zaczęłam przymocowywać ładunki taśmą klejącą. Lecz ona nie rozumiała, że ma się poddać, że teraz przypadła jej rola słuchacza. Wiła się jak robak, którym w rzeczywistości była i dostała się do najbliższych schodów. Stoczyła się w dół trybun, cały czas krzycząc. Traciłam kontrolę nad swoim dziełem, to było straszne. Dogoniłam ją i uderzyłam młotkiem w kręgosłup, nie wiem, czy udało mi się go przetrącić. W końcu leżała na tyle spokojnie, że mogłam przymocować te piętnaście parówek. Nie było w tym jednak piękna. Zabrakło czasu na przebaczenie i refleksję. Wcisnęłam szybko metal w jedną z parówek i pobiegłam do akumulatora. Timer ustawiony był na pięć minut, zmniejszyłam do trzech. Christina krzyczała nieludzkim głosem, krzyczała jak potwór, którym była. Stałam przy wejściu i słuchałam jej przedśmiertnej pieśni. Kiedy zostało tylko trzydzieści sekund, zdołała zdjąć z siebie dwie parówki, mimo zmiażdżonych członków. To świadczy o jej sile, nie uważasz? Niestety nie mogłam obserwować spektaklu do końca. Nie zobaczyłam jej ostatnich sekund, bo musiałam skryć się w mojej grocie. Byłam w połowie schodów, kiedy nadeszła fala uderzeniowa — jej siła mnie zszokowała. Zniszczenia były ogromne, całe północne trybuny zniszczone. Nie miałam takiego zamiaru, chyba to rozumiesz? Nie chciałam zrobić krzywdy stadionowi. To, co się wydarzyło, nie było jego winą..."

Annika czuła, jak łzy cieknąjej po policzkach. Nigdy w życiu nie pisała czegoś równie obrzydliwego. Była bliska omdlenia. Siedziała nieruchomo na twardym stołku od wielu godzin, nogi bolały ją tak, że z trudem powstrzymywała jęk. Ładunek na plecach ciążył coraz bardziej. Była zmęczona, chciała się położyć, nawet jeśli miało to oznaczać eksplozję ładunku i śmierć.

— Dlaczego płaczesz? — zapytała podejrzliwie Beata.

Annika odetchnęła przez sekundę, zanim odpowiedziała:

— Myślę, jakie to musiało być dla ciebie trudne. Dlaczego nic nigdy nie wychodzi tak, jak powinno?

Beata kiwnęła głową i też otarła łzę.

— Właśnie — powiedziała. — To jest takie niesprawiedliwe.

„Ze Stefanem poszło łatwiej, mniej więcej tak, jak zaplanowałam. Zleciłam jego brygadzie dokończenie przebieralni dla sędziów jeszcze przed świętami. Wybór miejsca był prosty. To tam Stefan przyjął mnie za pierwszym razem i powiedział, że dla robotników z hali Sätra zawsze będę obca. Wiedziałam, że będzie pracował sam. Grał na wyścigach i brał wszystkie możliwe nadgodziny. Starał się zostać sam na budowie, żeby dopisać sobie fikcyjne godziny w raporcie. Musiał to robić przez lata. Nikt go nie sprawdzał, był przecież brygadzistą. Poza tym pracował szybko, kiedy chciał, ale dosyć niechlujnie.

W poniedziałek normalnie poszłam do pracy. Wszyscy mówili o tym, że Christina Furhage zginęła w wybuchu, ale ze mną nikt nie rozmawiał. Zresztą wcale tego nie oczekiwałam. Wieczorem zamarudziłam w biurze nad papierami. Kiedy w hali zrobiło się cicho, wyszłam na obchód i zobaczyłam, że Stefan Bjurling pracuje w przebieralni. Poszłam więc do swojej szafki po torbę, w której znajdowały się moje skarby: lizaki, żółto-zielone przewody, taśma klejąca i mały timer. Tym razem nie miałam młotka, za bardzo brudził. W zamian kupiłam w sklepie sznur, można go używać między innymi do dziecięcych huśtawek. Ten, który masz na szyi, jest z tej samej rolki. Kiedy Stefan wiercił w ścianie, podeszłam do niego, zarzuciłam mu sznur na szyję i zaciągnęłam. Tym razem byłam bardziej zdecydowana. Nie miało być żadnych krzyków i awantur. Bjurling upuścił wiertarkę i przewrócił się na plecy. Spodziewałam się tego i wykorzystałam okazję, żeby zacisnąć mocniej pętlę. Stracił przytomność, miałam problemy z posadzeniem go na krześle. Przywiązałam go i ubrałam na pogrzeb. Lizaki, kable, timer i bateria od latarki. Umocowałam mu wszystko na plecach i czekałam cierpliwie, aż się ocknie.

Nic nie powiedział, zauważyłam tylko, że drgają mu powieki. Wtedy wyjaśniłam mu, co się wydarzy i dlaczego. Czas Zła na ziemi dobiegł końca. Umrze, bo jest potworem. Poinformowałam go, że wielu pójdzie tą samą drogą co on. W mojej skrzyni było jeszcze dużo skarbów. Potem ustawiłam timer na pięć minut i wróciłam do siebie. Po drodze upewniłam się, że drzwi hali nie są pozamykane na klucz. Zamachowiec musiał mieć wiele możliwości dostania się do środka. Kiedy wybuchło, udałam zszokowaną i zadzwoniłam na policję. Skłamałam mówiąc, że ktoś inny dokonał mojego dzieła. Zawieźli mnie do Szpitala Południowego na ostry dyżur. Powiedzieli, że następnego dnia chcą mnie przesłuchać jako świadka. Zdecydowałam się dalej kłamać przez jakiś czas. Jeszcze nie nadeszła pora, by powiedzieć prawdę. Ta chwila jest teraz.

Lekarze mnie zbadali, powiedziałam im, że czuję się dobrze i na piechotę wróciłam do domu. Zdawałam sobie sprawę, że nadszedł czas opuszczenia go na zawsze. Tej nocy spałam w nim po raz ostatni. Pożegnanie było krótkie i powściągliwe. Już wtedy wiedziałam, że nigdy nie wrócę. Moja wędrówka skończy się w innym miejscu.

Wczesnym rankiem we wtorek poszłam do hali, żeby zabrać swoje rzeczy. Kiedy weszłam do środka, natychmiast spotkały mnie nieuzasadnione pretensje ze strony budowli. Strasznie mnie to przygnębiło i schowałam się w jednym z pomieszczeń, gdzie hala nie mogła mnie widzieć. Oczywiście na próżno, bo wtedy przyszłaś ty."

Annika poczuła, że nie jest w stanie pisać dalej. Położyła ręce na kolanach i schyliła głowę.

— Co jest? — zapytała Beata.

— Jestem taka zmęczona — powiedziała Annika.

— Czy mogę wstać, żeby rozprostować nogi? Zupełnie mi zdrętwiały.

Beata przypatrywała się jej w milczeniu przez kilka sekund.

— Dobrze, ale nie próbuj żadnych sztuczek.

Annika podniosła się ostrożnie; musiała złapać się ściany, żeby nie upaść. Wyprostowywała i zginała nogi, na ile pozwalały szczękające łańcuchy. Niepostrzeżenie zerknęła w dół i odkryła, że Beata użyła dwóch małych kłódek do spięcia łańcuchów. Gdyby tylko zdobyła kluczyki, mogłaby się uwolnić.

— Nie myśl, że możesz uciec — powiedziała Beata.

Annika podniosła wzrok.

— Oczywiście, że nie. Przecież artykuł nie jest jeszcze gotowy.

Odsunęła krzesełko kawałek od stołu, żeby mieć więcej miejsca na nogi.

— Nie zostało już dużo — powiedziała Beata.

Annika nie wiedziała, co właściwie myśleć.

— Chcesz przeczytać? — zapytała odwracając laptop ekranem w stronę Beaty.

Kobieta nie odpowiedziała.

— Byłoby dobrze, gdybyś przeczytała cały tekst, żeby zobaczyć, czy wszystko właściwie zrozumiałam; powinnaś też mieć możliwość oceny mojego stylu. Nie cytowałam dosłownie twoich słów, tylko nadałam opowiadaniu nieco bardziej literacką formę — powiedziała Annika.

Beata przyglądała jej się wnikliwie przez chwilę, potem podeszła do stolika i przyciągnęła go do siebie.

— Czy mogę trochę odpocząć? — zapytała Annika, a Beata kiwnęła głową.

Annika położyła się plecami do zbrodniarki. Musiała przemyśleć następne posunięcie.

Dwa lata temu sześćdziesięcioletni mężczyzna zaginął na lodzie wśród sztokholmskich szkierów. Była wiosenna słoneczna pogoda, mężczyzna wybrał się na spacer i zabłądził. Policja i straż nadbrzeżna szukały zaginionego przez trzy dni. Annika była w śmigłowcu, który go w końcu uratował.

Nagle dokładnie wiedziała, jak ma postąpić.

Thomas wstał z łóżka. Nie mógłby już zasnąć. Poszedł do łazienki, a potem znowu stanął przy oknie i wpatrywał się w zamek. Ruch uliczny zamarł. Oświetlone fasady pałaców, blask latarni ulicznych, głębia czarnego lustra —widok był naprawdę oszałamiająco piękny, Thomas czuł jednak, że nie zniesie go ani sekundy dłużej. Miał wrażenie, że w tym pokoju stracił Annikę. Tutaj zrozumiał, że ona może nie wrócić.

Potarł suche, zaczerwienione oczy i głęboko westchnął. Zdecydował się. Wymelduje się z hotelu, gdy tylko dzieci się obudzą, i pojedzie z nimi do swoich rodziców w Vaxholm. Tam spędzą święta. Musi zobaczyć, jak by wyglądało codzienne życie bez Anniki, musi się przygotować, inaczej nie da rady. Próbował wyobrazić sobie, jak zareagowałby na wiadomość o jej śmierci. Nie umiał. Widział jedynie czarną dziurę bez końca. Byłby zmuszony żyć dalej, dla dzieci, dla Anniki. Mieliby wszędzie zdjęcia mamy, ciągle by o niej rozmawiali i obchodzili jej urodziny...

Odwrócił się od okna i znowu się rozpłakał.

— Dlaczego jesteś smutny, tatusiu?

W drzwiach do sypialni stał Kalle. Thomas szybko się opanował.

— Jestem smutny dlatego, że nie ma z nami mamy. Po prostu za nią tęsknię.

— Duzi też są czasem smutni — powiedział Kalle.

Thomas podszedł do chłopca i wziął go w ramiona.

— Tak, też płaczemy, kiedy jest nam ciężko. Ale powinieneś jeszcze trochę pospać. Wiesz, jaki dzisiaj jest dzień?

— Wigilia! — wykrzyknął chłopiec.

— Pst, obudzisz Ellen. Tak, dzisiaj jest Wigilia, a wieczorem przyjdzie Gwiazdor. Musisz być wtedy w formie, więc połóż się jeszcze na chwilę.

— Muszę najpierw zrobić siusiu — powiedział Kalle i wyzwolił się z ramion Thomasa.

Kiedy chłopiec wrócił z łazienki, zapytał:

— Dlaczego mama nie przychodzi?

— Przyjdzie później — rzekł Thomas bez wahania.

— Dzisiaj jest Kaczor Donald, mama tak lubi Kaczora Donalda w Wigilię. Czy będzie w domu na Kaczora Donalda?

— Z pewnością. — Thomas pocałował malca we włosy.

— Marsz do łóżka!

Kiedy otulił syna puchową hotelową kołdrą, jego wzrok padł na radio-budzik przy łóżku. Czerwone cyfry rzucały różową poświatę na poszewkę. Była 5.49.

— Tak jest dobrze — powiedziała Beata zadowolona. — Dokładnie to, czego oczekiwałam.

Annika zapadła w rodzaj odrętwienia, ale usiadła od razu, kiedy Ekesjö zaczęła mówić.

— Miło mi, że ci się podoba. Naprawdę się starałam.

— To prawda — przyznała Beata i uśmiechnęła się. — Przyjemnie mieć do czynienia z profesjonalistami.

Annika odwzajemniła uśmiech i postanowiła wprowadzić swój plan w życie.

— Czy wiesz, jaki dzisiaj jest dzień? — zapytała, nadal się uśmiechając.

— Oczywiście Wigilia — zaśmiała się Beata. — Jasne, że wiem!

— Okres przedświąteczny zwykle upływa tak szybko. Rzadko udaje mi się kupić wszystkie prezenty. Chociaż wiesz co? Mam coś dla ciebie.

Kobieta z miejsca stała się podejrzliwa.

— Chyba nie powiesz, że kupiłaś mi prezent gwiazdkowy. Przecież mnie nie znasz.

Annika nadal się uśmiechała, tak że rozbolały ją szczęki.

— Teraz już cię znam. Prezent kupiłam dla przyjaciółki, ale ty bardziej go potrzebujesz.

Beata jej nie uwierzyła.

— Dlaczego miałabyś dawać mi prezenty? Jestem przecież Zamachowcem.

— Prezent nie jest dla Zamachowca — powiedziała Annika zdecydowanym głosem. — Jest dla Beaty, dziewczyny, która miała cholernie ciężko. Naprawdę należy ci się ładny prezent na gwiazdkę po tym wszystkim, przez co przeszłaś.

Te słowa zbiły kobietę z pantałyku. Wodziła bezładnie wzrokiem, miętosiła w palcach kabel.

— Kiedy go kupiłaś? — zapytała niepewnie.

— Przed kilkoma dniami. Jest bardzo ładny.

— Gdzie go masz?

— W torbie. Leży na dnie pod moimi podpaskami.

Beata wzdrygnęła się. Dokładnie tak, jak Annika przypuszczała, miała problemy z akceptacją swojej kobiecej fizjologii.

— W takiej małej ładnej paczuszce — dodała Annika. — Dam ci ją, jeśli podasz mi torbę.

Beata nie dała się nabrać.

— Nie próbuj żadnych sztuczek — powiedziała z groźbą w głosie i podniosła się.

Annika lekko westchnęła.

— To nie ja spaceruję po okolicy z dynamitem w torbie. Nie ma w niej nic poza notatnikiem, kilkoma ołówkami, paczką podpasek i prezentem dla ciebie. Weź go sobie sama!

Wstrzymała oddech, była to zagrywka va banque. Beata wahała się przez chwilę.

— Nie chcę ci grzebać w torbie — powiedziała.

Annika odetchnęła głęboko.

— Szkoda. Pasowałby ci.

To przekonało Beatę. Odłożyła baterię i kabel na podłogę, a chwyciła za sznur.

— Jeśli tylko będziesz czegoś próbowała, zaciągnę.

Annika podniosła ręce w obronnym geście i uśmiechnęła się. Beata podeszła tyłem do miejsca, w którym ponad szesnaście godzin temu wylądowała torba. Ujęła oba paski jedną ręką, w drugiej nadal trzymała sznur. Powoli zbliżyła się do Anniki.

— Będę tu stała przez cały czas — zapowiedziała, opuszczając torbę na kolana Anniki.

Annice tak waliło serce, że echo odzywało się w głowie. Drżała na całym ciele. To była jej jedyna szansa. Uśmiechnęła się do Beaty, mając nadzieję, że skronie za bardzo jej nie pulsują. Potem zniżyła wzrok na wysokość jej nóg. Ekesjö nadal trzymała oba paski torby. Annika ostrożnie włożyła rękę do środka i od razu natrafiła na paczuszkę, małe pudełko z granatową broszką dla Anne Snapphane. Szybko zaczęła grzebać wśród przedmiotów na dnie.

— Co ty robisz? — Beata pociągnęła do siebie torbę.

— Przepraszam. — Annika ledwo poznała swój głos zza grzmiących uderzeń serca. — Nie mogę go znaleźć. Daj mi spróbować jeszcze raz.

Beata wahała się przez długie sekundy. Annika zamarła. Nie wolno jej było prosić, wtedy wszystko było stracone. Musiała grać na ciekawości Beaty.

— Nie chcę zdradzać naprzód, co to jest, bo cała niespodzianka na nic. Ale myślę, że ci się spodoba.

Kobieta znowu podsunęła jej torbę. Annika wzięła głęboki oddech i zdecydowanie włożyła rękę, natrafiła na prezent, a zaraz obok znajdował się telefon. Dobry Boże, spraw, żeby kabel od zestawu głośnomówiącego był włożony. Pot wystąpił jej nad górną wargą. Telefon leżał baterią do góry, dobrze, bo inaczej byłoby widać, że zapala się zielone światło wyświetlacza. Annika przesunęła palcami po przyciskach, znalazła ten duży owalny i wcisnęła go szybko i lekko. Potem przesunęła palec dwa centymetry w dół na prawo, znalazła jedynkę, wcisnęła ją i wróciła palcem do owalnego przycisku, żeby nacisnąć po raz trzeci.

— Proszę, jest — powiedziała, sięgając po paczuszkę obok. Kiedy ją wyjmowała, trzęsła się jej cała ręka, ale Beata tego nie zauważyła. Widziała tylko złocony papier i niebieski sznurek błyszczące mimo skąpego oświetlenia. Z torby nie dochodził żaden dźwięk, czyli kabel był włożony. Beata cofnęła się i postawiła torbę obok skrzyni z dynamitem. Annika odczuła nieodpartą potrzebę hiperwentylacji, ale zmusiła się, żeby zrobić to bezgłośnie, z otwartymi ustami. Wcisnęła menu, jedynkę, menu. Książka telefoniczna, redakcja, wybierz połączenie.

— Mogę teraz otworzyć? — zapytała niecierpliwie Beata.

Annika nie miała siły odpowiedzieć. Kiwnęła tylko głową.

Jansson wysłał ostatnią stronę do drukarni. Kiedy pracował pierwszą noc po przerwie, był zazwyczaj mocno zmęczony, ale tego ranka czuł się wręcz sparaliżowany. Śniadanie jadł zwykle w kafeterii, kanapkę z serem i papryką, do tego duża filiżanka herbaty, ale dzisiaj postanowił sobie odpuścić. Właśnie wstał i zaczął nakładać płaszcz, kiedy zadzwonił telefon. Jansson jęknął głośno. Wahał się, czy w ogóle sprawdzać na wyświetlaczu, kto dzwoni. Ale to mogła być drukarnia, czasami nie dochodziły niektóre pliki z kolorami. Schylił się po słuchawkę i spostrzegł dobrze znany numer. Poczuł, że jeżą mu się włosy na całym ciele.

— To Annika! — wrzasnął. — Annika dzwoni na mój numer!

Anders Schyman, Patrik, Berit i Janet Ullberg odwrócili się ku niemu z działu fotograficznego.

— Annika dzwoni z komórki! — krzyczał Jansson.

— No to odbierz, do cholery! — odkrzyknął Schyman i ruszył do niego biegiem.

Jansson wziął głęboki oddech i odebrał.

— Annika!

W słuchawce było słychać lekkie trzaski i szum.

— Halo! Annika!

Pozostali podeszli i stłoczyli się wokół Janssona.

— Halo! Halo! Jesteś tam?

— Daj mi słuchawkę — powiedział Schyman.

Jansson podał słuchawkę naczelnemu. Anders Schyman przyłożył ją do ucha, a drugie zakrył palcem wskazującym. Usłyszał trzaski i szumy oraz wznoszące się i opadające dźwięki, które mogły być odgłosami rozmowy.

— Ona żyje — szepnął. Oddał słuchawkę Janssonowi i poszedł do siebie zadzwonić na policję.

— Och, ale piękna! Jest wspaniała!

W głosie Beaty słychać było prawdziwy zachwyt. To dodało Annice sił.

— Jest stara, to niemal antyk — powiedziała. — Prawdziwe granaty i srebro platerowane złotem. Sama chciałabym taką mieć, ale najprzyjemniej dawać właśnie takie prezenty, nie uważasz?

Kobieta nie odpowiedziała, wpatrzona w broszkę.

— Zawsze podobała mi się biżuteria — ciągnęła Annika. — Kiedy byłam mała, zbierałam przez wiele lat pieniądze, żeby kupić sobie serce z białego złota w wianuszku diamentów. Zobaczyłam je w katalogu od jubilera, takim, który rozsyła się masowo przed świętami. Kiedy w końcu stać mnie było na kupno, już wyrosłam i w zamian kupiłam sprzęt narciarski...

— Strasznie ci dziękuję — powiedziała cicho Ekesjö.

— Proszę. Moja babcia miała podobną, może dlatego tak mi się spodobała.

Beata rozpięła górne guziki płaszcza i przypięła broszkę do swetra.

— To może być to, czego potrzebujemy — powiedział policjant. — Możecie już odłożyć słuchawkę, rozmowa doszła. Resztę załatwimy z operatorem.

— Co zrobicie? — zapytał Schyman.

— Skontaktujemy się z centralą nadzoru Comviqu w Kista. Może uda się namierzyć, skąd przyszła rozmowa.

— Mogę przy tym być? — zapytał prędko Schyman.

Policjant wahał się tylko przez chwilę.

— Oczywiście.

Anders Schyman wyszedł szybko z gabinetu.

— Policja namierza rozmowę, możecie odłożyć słuchawkę — zawołał, nakładając płaszcz.

— Myślisz, że to coś szkodzi, jeżeli będziemy dalej słuchać? — zapytała Berit, która właśnie siedziała ze słuchawką przy uchu.

— Nie wiem, jeśli tak, to zadzwonię. Zostańcie tutaj wszyscy!

Zszedł do wyjścia schodami i spostrzegł, że nogi trzęsą mu się ze zmęczenia. To chyba nie najszczęśliwszy pomysł, żeby jechać teraz samochodem, pomyślał i pobiegł na postój przy Rålambsvägen.

Na dworze nadal panowały nocne ciemności, a droga do Kista była zupełnie pusta. Spotkali tylko kilka innych taksówek, kierowcy z tych samych firm pozdrawiali się przez uniesienie lewej dłoni. Dotarli na Borgarfjordsgatan i w chwili, gdy Anders Schyman płacił kartą, obok zaparkował nieoznakowany samochód. Schyman wysiadł z taksówki, podszedł i przywitał się z policjantem w cywilu.

— Jeśli będziemy mieli cholerne szczęście, to może dzięki tej rozmowie uda się nam ustalić, gdzie ona jest — powiedział policjant.

Był biały na twarzy ze zmęczenia, wokół ust rysowało się napięcie. Nagle Schyman uświadomił sobie, kim on musi być.

— Zna pan Annikę? — zapytał.

Policjant wziął głęboki oddech i spojrzał kątem oka na rozmówcę.

— Poniekąd.

W tej chwili pojawił się zmęczony strażnik i wpuścił ich do budynku, w którym mieściły się centrale Comviqu i Tele2. Poprowadził ich długimi korytarzami, aż w końcu weszli do olbrzymiej sali pełnej gigantycznych monitorów. Anders Schyman zagwizdał.

— Prawda, że wygląda jak na filmie szpiegowskim?

— Podszedł do nich jakiś mężczyzna.

Redaktor naczelny kiwnął głową i przywitał się.

— Przypomina też pomieszczenie kontrolne w elektrowni atomowej.

— Jestem tutaj operatorem. Proszę tędy — wskazał drogę przez środek sali.

Anders Schyman szedł powoli za operatorem i jednocześnie przyglądał się setkom komputerów. Dzięki projektorom ściany pełniły rolę potężnych monitorów.

— Stąd kontrolujemy całą sieć Comviqu — wyjaśnił operator. — W nocy dyżurują zawsze dwie osoby. Poszukiwanie, o jakim mówicie, jest bardzo proste, wystarczy jedno polecenie z terminalu.

Wskazał na swoje stanowisko. Anders Schyman nie rozumiał nic z tego, co widział.

— Potrwa do kwadransa, mimo że ograniczyłem zakres poszukiwań do piątej rano. Zacząłem ponad dziesięć minut temu, zobaczymy, czy już coś jest...

Pochylił się nad komputerem i postukał w klawiaturę.

— Nie, jeszcze nie.

— Kwadrans, czy to nie bardzo długo? — powiedział Schyman, zauważając, że ma sucho w ustach.

Operator spojrzał na niego wymownie.

— Kwadrans to bardzo szybko — odparł. — Jest Wigilia nad ranem i ruch w tej chwili jest minimalny. Dlatego myślę, że poszukiwanie może zakończyć się tak prędko.

W tej chwili na ekranie pokazał się szereg danych. Mężczyzna natychmiast odwrócił się plecami do Schymana i policjanta i usiadł na swoim krześle. Przez kilka minut stukał w klawiaturę, potem westchnął.

— Nic nie mogę znaleźć — powiedział. — Jesteście pewni, że rozmowa przyszła właśnie z jej komórki?

Schymanowi podskoczył puls. To nie mogło się tak skończyć! Poczuł narastającą złość: czy ten mężczyzna w ogóle wie, co się stało? Jakie to ważne?

LIZA MARKLUND

— Nasz nocny szef rozpoznaje numer Anniki we śnie. Kiedy wyjeżdżałem z gazety, koledzy nadal nasłuchiwali szumu z jej telefonu — powiedział i zwilżył językiem wargi.

— Aha, to wyjaśnia sprawę — rzekł operator i wpisał inne polecenie. Dane z ekranu zniknęły.

— Teraz możemy tylko czekać — mężczyzna ponownie odwrócił się do nich.

— Co się stało? — Schyman usłyszał, że mówi wzburzonym głosem.

— Jeśli połączenie wciąż trwa, to jeszcze nie dostaliśmy żadnej informacji. Informacja jest przechowywana w telefonie przez trzydzieści minut — wyjaśnił operator i wstał z krzesła. — Po półgodzinie telefon sporządza rachunek i przesyła do nas. Wśród danych na rachunku jest numer A i numer B, stacji bazowej i komórki.

Anders Schyman spoglądał na migoczące ekrany i czuł się zagubiony. Zmęczenie waliło młotem w mózgu, miał wrażenie, że znalazł się w surrealistycznym koszmarze.

— Co to... oznacza? — zapytał.

— Z tego, co powiedzieliście, Annika Bengtzon zadzwoniła do redakcji „Kvällspressen" tuż po godzinie 6.00. Jeśli połączenie nie zostało przerwane, pierwsza informacja na temat tej rozmowy spłynie tu zaraz po wpół do siódmej. Czyli za chwilę.

— Nie rozumiem tego — przyznał się Schyman. — Skąd będziemy wiedzieć, gdzie ona jest?

— Wyjaśnię panu — powiedział uprzejmie operator. — Telefony komórkowe działają dokładnie tak jak radionadajniki i odbiorniki. Sygnały wysyłane są przez sieć stacji bazowych, czyli z masztów w całym kraju. Każda stacja bazowa ma komórki, które odbierają sygnały z różnych miejsc i kierunków. Wszystkie włączone telefony nawiązują kontakt z centralą co cztery godziny. Już wczoraj wieczorem zaczęliśmy poszukiwania telefonu pani Bengtzon.

— Naprawdę? — zdziwił się Schyman. — Możecie tak dowolnie kogoś sobie szukać?

— Oczywiście, że nie — odpowiedział spokojnie operator. — Tylko na podstawie decyzji prokuratora, a przestępstwo, z którym związane są poszukiwania, musi być zagrożone karą powyżej dwóch lat więzienia.

Odszedł w bok i wystukał coś na innym komputerze. Potem stanął przy drukarce.

— Ostatnia rozmowa z telefonu pani Bengtzon, poza trwającą obecnie, rozpoczęła się o godzinie 13.09 — powiedział przeglądając wydruk. — Dzwoniono do przedszkola przy Scheelegatan 38B na Kungsholmen. — Położył sobie wydruk na kolanach. — Sygnał z telefonu pani Bengtzon został przekazany przez stację w Nacka.

Do rozmowy wtrącił się policjant:

— Kierownik przedszkola potwierdził, że Annika dzwoniła. Mówiła normalnie, nie sprawiała wrażenia zestresowanej. Z ulgą przyjęła wiadomość, że przedszkole otwarte jest do piątej. Z tego wynika, że tuż po pierwszej była jeszcze na wolności i znajdowała się nieco na południe od Danvikstull.

Operator nadal studiował wydruk.

— Następny sygnał z telefonu przyszedł o godzinie 17.09. Włączony telefon komórkowy kontaktuje się z główną centralą operatora co cztery godziny.

Anders Schyman ledwie miał siły słuchać. Usiadł na krześle i opuszkami palców potarł czoło.

— W każdym telefonie jest wewnętrzny zegar, który rozpoczyna odliczanie po włączeniu komórki — tłumaczył dalej operator. — Po czterech godzinach wysyłany jest sygnał, informujący system, gdzie znajduje się telefon. Ponieważ sygnały przychodziły przez całą noc, wynika z tego, że telefon pani Bengtzon był cały czas włączony. O ile wiemy, nie przemierzała w nocy jakichś większych odległości.

Schyman zastygł w bezruchu.

— Wiecie, gdzie jest? — powiedział zduszonym głosem.

— Wiemy, że jej telefon komórkowy znajduje się gdzieś w pobliżu sztokholmskiego City — powiedział operator. — Możemy wskazać tylko obszar, w tym przypadku dzielnice miasta w obrębie rogatek i najbliższe przedmieścia.

— Czyli może być gdzieś w pobliżu?

— Tak, jej komórka nie opuściła w nocy tego obszaru.

— Czy to dlatego mieliśmy do niej nie dzwonić?

Policjant zrobił krok naprzód.

— Tak, między innymi. Jeśli ktoś z nią jest i spostrzegłby, że dzwoni telefon, mógłby go wyłączyć, a wtedy nie wiedzielibyśmy, czy nie została przeniesiona.

— O ile jest tam, gdzie telefon — zauważył Schyman.

— Nie minął jeszcze kwadrans? — zapytał policjant.

— Jeszcze nie — odrzekł operator.

Skierowali wzrok na monitor i czekali. Anders Schyman poczuł, że musi wyjść do toalety i na kilka minut opuścił dużą salę. Kiedy opróżnił pęcherz, poczuł, jak trzęsą mu się nogi.

Po powrocie stwierdził, iż nic się nie zmieniło.

— Nacka — rzekł w zamyśleniu. — Co u diabła ona tam robiła?

— Są dane — odezwał się operator. — O tutaj. Numer A to telefon pani Bengtzon, numer B to centrala „Kvällspressen".

— Czy z tego wynika, gdzie ona się znajduje? — zapytał policjant w napięciu.

— Tak, tutaj mam kod, chwileczkę.

Wystukał coś na klawiaturze, a Schyman poczuł, że marznie.

— 527d — powiedział zdziwiony operator.

— Co jest? — zapytał policjant. — Coś nie tak?

— Zazwyczaj mamy tylko trzy komórki na stacji bazowej: a, b i c. Tutaj jest więcej. To bardzo rzadkie. Komórki d są komórkami specjalnymi.

— Gdzie ta się znajduje? — zapytał policjant.

— Chwileczkę. — Operator szybko wstał i przeszedł do innego terminalu.

— Co pan robi? — zapytał Schyman.

— Mamy ponad tysiąc słupków w całej Szwecji, nie da się niestety wszystkich spamiętać — powiedział operator przepraszająco. — Jest, stacja bazowa 527. Södra Hammarbyhamnen.

Anders Schyman poczuł zawroty głowy i zimno na karku. Cholera, przecież tam leży wioska olimpijska.

Operator szukał dalej.

— Komórka d znajduje się w tunelu między Stadionem Victorii a obiektem treningowym A.

Policjant zrobił się jeszcze bielszy na twarzy.

— W jakim znowu tunelu? — zapytał.

Operator spojrzał na nich z powagą.

— Tego niestety nie wiem, ale najwyraźniej między stadionem a pobliskim obiektem treningowym znajduje się jakiś tunel.

— Jest pan całkowicie pewien?

— Rozmowa została połączona przez komórkę znajdującą się w samym tunelu. Przeważnie obejmują większy obszar, ale akurat w tunelach zasięg jest bardzo ograniczony. Stąd na przykład komórka, która obsługuje tylko Söderledstunneln.

— Czyli Annika jest w tunelu pod wioską olimpijską? — powiedział policjant.

— W każdym razie jest tam jej telefon, to mogę zagwarantować — odrzekł operator.

Policjant był już w połowie drogi do wyjścia.

— Dziękuję — powiedział Schyman ściskając w dłoniach prawą rękę operatora. Potem pośpieszył za policjantem.

Annika drzemała, kiedy nagle poczuła, że Beata poprawia jej coś na plecach.

— Co robisz? — zapytała.

— Możesz spać dalej. Sprawdzam tylko, czy ładunek jest dobrze założony. Już pora.

Annika poczuła się, jakby ktoś wylał na nią wiadro lodowatej wody. Wszystkie nerwy zbiegły się w twardy węzeł w okolicach przepony. Próbowała coś powiedzieć, ale nie mogła. Zaczęła się gwałtownie trząść na całym ciele.

— Co z tobą? — powiedziała Beata. — Tylko nie mów, że będziesz się zachowywać jak Christina. Wiesz, że nie lubię się babrać.

Annika oddychała otwartymi ustami szybko i lekko, uspokój się, weź się w garść, rozmawiaj z nią, zyskaj na czasie.

— Ja tylko... tylko zastanawiam się... co zrobisz z moim artykułem — wydobyła z siebie.

— Zostanie opublikowany w „Kvällspressen". To bardzo dobry artykuł — stwierdziła Beata zadowolona.

— Zajmie tyle miejsca co artykuł po śmierci Christiny Furhage.

Annika uczepiła się tej ostatniej deski ratunku.

— To raczej niemożliwe — powiedziała.

Beata znieruchomiała.

— Dlaczego nie?

— Jak dostaną tekst? Tu nie ma modemu.

— Wyślę do gazety cały komputer.

— Naczelny nie będzie wiedział, że to ja napisałam. Niby skąd? Tekst jest sformułowany w pierwszej osobie. Wygląda jak list do gazety, a „Kvällspressen" nie publikuje takich długich listów.

Beata upierała się przy swoim.

— Ten opublikują.

— Dlaczego? Naczelny cię nie zna. Może nie zrozumieć, jak ważne jest, żeby ten artykuł został opublikowany. A kto mu o tym powie, jeśli... mnie nie będzie?

No to zabiłam jej ćwieka, pomyślała, kiedy Ekesjö usiadła z powrotem na krzesełku.

— Masz rację — przyznała. — Musisz dopisać początek artykułu i dokładnie wyjaśnić, co mają zrobić.

Annika jęknęła w duchu. Może zrobiła błąd, podsuwając kobiecie rozwiązanie. Może tylko pogorszyła sprawę. Potem odsunęła od siebie te myśli. Furhage stawiała opór i przypłaciła to zmasakrowaną twarzą i zdruzgotanymi stawami. Lepiej umrzeć pisząc na komputerze niż będąc torturowaną.

Usiadła, czuła ból w całym ciele. Podłoga się kołysała i Annika spostrzegła, że ma kłopoty z oceną odległości.

— Okej — powiedziała. — Daj komputer, to napiszę, co trzeba.

Beata przesunęła z powrotem stolik.

— Napisz, że to ty jesteś autorką artykułu i że muszą go wydrukować w całości.

Annika zaczęła pisać. Zdała sobie sprawę, że musi zyskać więcej czasu. Jeśli wszystko poszło jak należy, policja powinna już być w pobliżu. Annika nie wiedziała, z jaką dokładnością można namierzyć telefon, ale tego starego mężczyznę na lodzie dwa lata temu odnaleziono od razu. Stracono już nadzieję, krewni szykowali się do żałoby, kiedy nagle zadzwonił z komórki do syna. Był zupełnie wyczerpany i zagubiony. Nie wiedział, gdzie jest. Nie potrafił opisać żadnych charakterystycznych cech terenu. „Wszędzie jest biało", powiedział.

A mimo to uratowano go w niecałą godzinę. Z pomocą operatora sieci komórkowej policja zawęziła poszukiwania do kręgu o promieniu sześciuset metrów i mężczyzna faktycznie się tam znajdował. Operator wyznaczył ten krąg na podstawie sygnału z telefonu.

— Jak właściwie dostałaś się na stadion? — zapytała Annika.

— To żadna sztuka — powiedziała Beata z wyższością.
— Miałam przecież kartę i kod.

— Skąd? Przecież minęło kilka lat, odkąd tu pracowałaś.

Beata wstała.

— Już ci przecież o tym mówiłam — powiedziała zapalczywie. — Pracowałam w ekipie jeżdżącej do każdej rudery, która miała coś wspólnego z olimpiadą. Mieliśmy dostęp do centrali, gdzie przechowywano wszystkie karty i kody. Kwitowaliśmy ich pobranie, a potem musieliśmy je oczywiście zdać, ale część zwędziłam. Chciałam odwiedzać te budynki, które przyjaźnie ze mną rozmawiały. Ten stadion i ja dobrze się rozumieliśmy, zawsze więc miałam do niego kartę.

— A kod?

Beata westchnęła.

— Znam się na komputerach — wyjaśniła. — Kody alarmowe na stadionie zmienia się co miesiąc, a zmiany wprowadza do specjalnego pliku zabezpieczonego hasłem.

Dowcip polega na tym, że nigdy nie zmieniają hasła.
— Uśmiechnęła się krzywo.

Annika znowu zaczęła pisać. Musiała wymyślić więcej pytań.

— Co piszesz?

Annika podniosła wzrok.

— Wyjaśniam, jak ważne jest, żeby nadali temu artykułowi taką samą rangę jak artykułom o śmierci Christiny Furhage — powiedziała spokojnie.

— Kłamiesz! — krzyknęła Beata. Annika wzdrygnęła się.

— Czemu?

— To niemożliwe, żeby dali mi tyle stron co po śmierci Christiny. Wiesz, że to ty nazwałaś mnie „Zamachowcem"? Czy masz pojęcie, jak bardzo nienawidzę tego wyzwiska? Ty byłaś najgorsza, ty pisałaś zawsze na pierwszej stronie. Nienawidzę cię!

Oczy Beaty płonęły i Annika zdała sobie sprawę, że nie potrafi nic odpowiedzieć.

— Przyszłaś do pokoju, w którym ogarnął mnie smutek — powiedziała Beata podchodząc wolno do Anniki. — Widziałaś mnie pogrążoną w rozpaczy, a jednak mi nie pomogłaś. Słuchałaś innych, ale nie mnie. Tak było przez całe moje życie. Nikt nie słuchał, kiedy wołałam. Nikt poza moimi domami. Ale przebrała się miara. Wykończę was wszystkich. — Wyciągnęła rękę po sznur, który zwieszał się z szyi Anniki.

— Nie! — krzyknęła Annika.

Krzyk wytrącił Beatę z równowagi. Złapała za sznur i szarpnęła z całej siły, ale Annika była przygotowana. Zdążyła włożyć obie ręce między pętlę a szyję. Ekesjö szarpnęła jeszcze raz i Annika spadła z krzesełka. Udało się jej tak odwrócić, by spaść na bok, a nie na ładunek.

— Teraz umrzesz, ty dziwko! — krzyknęła Beata i wtedy Annika spostrzegła, że coś jest nie tak z echem. W następnej chwili poczuła zimny powiew na ziemi.

— Pomocy! — krzyknęła na całe gardło.

— Przestań krzyczeć! — wrzasnęła Beata i znowu szarpnęła za sznur, ciągnąc Annikę po ziemi.

— Tutaj jestem, za rogiem! — krzyknęła Annika trąc policzkiem o linoleum.

Beata musiała zobaczyć ich w następnej sekundzie. Puściła sznur, odwróciła się i szukała czegoś wzrokiem pod przeciwległą ścianą. Annika domyśliła się, czego. Jak w zwolnionym tempie zobaczyła Beatę ruszającą do baterii i kabla. Strzał padł ułamek sekundy później, rozrywając ubranie na plecach kobiety. Rzuciło ją do przodu, jak pod wpływem potężnego pchnięcia. Rozbrzmiał jeszcze jeden strzał i Annika instynktownie odwróciła plecy do ściany, chroniąc je przed strzałami.

— Nie strzelać! — krzyknęła. — Nie strzelajcie, na Boga! Możecie trafić w ładunek!

Ostatnie echo wybrzmiało, w powietrzu wisiał dym i kurz, Beata leżała nieruchomo kilka metrów dalej. Było zupełnie cicho, do Anniki docierało jedynie intensywne dzwonienie w uszach po huku wystrzałów. Nagle poczuła, że ktoś koło niej stoi, popatrzyła w górę i zobaczyła pochylonego nad nią bladego policjanta w cywilu z wyciągniętą bronią.

— Ty! — powiedziała zdziwiona.

Mężczyzna spojrzał na nią w napięciu i zaczął jej zdejmować pętlę z szyi.

— Właśnie ja. Jak się do cholery czujesz?

To był jej tajny informator, jej „deep throat". Uśmiechnęła się słabo, czując, jak pętla przechodzi jej przez głowę. Potem ku własnemu zdumieniu rozpłakała się. Policjant wyjął krótkofalówkę i podał swój numer.

— Potrzebuję dwie karetki — powiedział i spojrzał w przód i w tył tunelu.

— Nic mi nie jest — szepnęła Annika.

— Pośpieszcie się, mamy ranę postrzałową — zawołał przez radio.

— ...ale mam na plecach ładunek wybuchowy.

Mężczyzna opuścił krótkofalówkę.

— Co ty powiedziałaś?

— Z tyłu mam założony ładunek wybuchowy. Może ty się na tym znasz? — Odwróciła się i policjant zobaczył laski dynamitu na jej plecach.

— O Boże, nie ruszaj się — nakazał.

— Nie ma się czego obawiać — powiedziała Annika i otarła twarz wierzchem dłoni. — Miałam to na sobie całą noc i nie wybuchło.

— Opróżnić tunel — wrzasnął policjant w kierunku bramy. — Zaczekajcie z karetką! Mamy tu uzbrojony ładunek.

Pochylił się nad Anniką, która zamknęła oczy. Słyszała po krokach i głosach, że w pobliżu jest więcej osób.

— Spokojnie, Annika, damy sobie z tym radę — powiedział mężczyzna.

Beata jęczała na podłodze.

— Przypilnuj, żeby nie dosięgnęła do kabla — powiedziała cicho Annika.

Policjant podniósł się i powiódł wzrokiem za żółtozielonym kablem. Potem zrobił kilka kroków, złapał go i przyciągnął do siebie.

— Załatwione. Teraz zobaczymy, co tu masz.

— To minex. Małe, różowoliliowe.

— Zgadza się — potwierdził. — Co jeszcze wiesz?

— Jest tego koło dwóch kilo. Detonator może być niestabilny.

— Cholera, nie znam się na tym za dobrze.

Gdzieś w oddali Annika usłyszała wyjące syreny.

— Jadą tutaj?

— Strzał w dziesiątkę. Masz cholerne szczęście, że żyjesz.

— To nie była łatwa rozgrywka — pociągnęła nosem.

— Nie ruszaj się teraz.

Przez kilka sekund skoncentrowany oglądał dynamit. Potem złapał za kabel na górze ładunku i wyciągnął go. Nic się nie stało.

— Dzięki ci, Boże — wymamrotał. — Było tak proste, jak myślałem.

— Co? — zapytała Annika.

— To zwykły ładunek, taki, jakich używa się na budowach, nie bomba. Wystarczyło tylko wyciągnąć ten metalowy sztyft z ładunku, żeby go rozbroić.

— Żartujesz — mruknęła Annika sceptycznie. — Czyli mogłam go sama w każdej chwili wyciągnąć?

— Mniej więcej.

— To po co do cholery siedziałam tu całą noc? — powiedziała wściekła na siebie.

— No, miałaś jeszcze pętlę na szyi. Równie skutecznie mogła pozbawić cię życia. Nawiasem mówiąc, masz brzydkie sińce. A gdyby Ekesjö przytknęła kabel do baterii, byłoby i po tobie, i po niej.

— Ma też timer.

— Czekaj, najpierw zdejmę z ciebie ten dynamit. Czym ona go do cholery przymocowała?

Annika westchnęła głęboko.

— Taśmą klejącą.

— Mhm... w taśmie nie ma metalowych przewodów? Dobra, zerwę ją teraz, o tak...

Annika poczuła, jak ciężar znika z pleców. Oparła się o ścianę i zerwała taśmę z brzucha.

— Daleko byś nie odbiegła — mężczyzna wskazał łańcuchy. — Wiesz, gdzie są klucze?

Annika potrząsnęła głową i skinęła w stronę Beaty.

— Musi je mieć w kieszeniach.

Policjant przez radio dał znać pozostałym, że mogą wejść, ładunek jest rozbrojony.

— Tam jest więcej dynamitu — pokazała Annika.

— Dobra, tym też się zajmiemy.

Wziął zlepione taśmą laski, położył je wśród pozostałych, a potem podszedł do Beaty. Kobieta leżała nieruchomo na brzuchu, z rany w barku wypływała krew. Policjant zbadał jej puls i zajrzał pod powiekę.

— Wyjdzie z tego? — zapytała Annika.

— A kogo to obchodzi? — odpowiedział mężczyzna.

Annika usłyszała samą siebie: — Mnie.

W tunelu pojawili się dwaj sanitariusze z noszami. Razem z policjantem położyli na nich Beatę. Jeden z mężczyzn przetrząsnął jej kieszenie i znalazł dwa klucze do kłódek.

— Sama się rozepnę — powiedziała Annika i policjant rzucił jej klucze.

Sanitariusze kontrolowali stan Beaty, podczas gdy Annika rozpinała łańcuchy. Podniosła się na drżących nogach. Patrzyła, jak mężczyźni wywożą Beatę w stronę wyjścia z tunelu. Kobieta zamrugała powiekami, jej wzrok padł na Annikę. Sprawiała wrażenie, jakby próbowała coś powiedzieć, ale nie mogła wydobyć z siebie głosu.

Annika odprowadzała nosze wzrokiem, aż zniknęły za zakrętem. Do tunelu wchodzili nowi policjanci i inne osoby. Rozmowy wypełniły powietrze, głosy wznosiły się i opadały. Annika zatkała uszy, czuła, że zaraz się przewróci.

— Potrzebujesz pomocy? — zapytał jej informator.

Annika westchnęła, znowu zbierało się jej na płacz.

— Chcę pojechać do domu — powiedziała tylko.

— Powinniśmy cię zawieźć do szpitala — zauważył.

— Nie — zaprotestowała zdecydowanie Annika i pomyślała o swoich zanieczyszczonych spodniach. — Najpierw muszę na Hantverkargatan.

— Pomogę ci wyjść, słaniasz się na nogach.

Policjant objął ją wpół i poprowadził do wyjścia. Annika zauważyła nagle, że czegoś jej brak.

— Zaczekaj, moja torba — powiedziała, zatrzymując się. — Chcę moją torbę i laptop.

Mężczyzna powiedział coś do umundurowanego funkcjonariusza i ktoś podał Annice torbę.

— To twój komputer? — zapytał policjant.

Annika zawahała się.

— Muszę na to odpowiadać w tej chwili?

— Nie, możemy z tym zaczekać. Teraz zawieziemy cię do domu.

Zbliżyli się do wyjścia i Annika dostrzegła ścianę ludzi w mroku pod stadionem. Instynktownie się zatrzymała.

— Tam są tylko policjanci i sanitariusze — powiedział prowadzący ją mężczyzna.

W chwili gdy postawiła nogę na ziemi poza tunelem, ktoś błysnął jej fleszem prosto w twarz. Przez sekundę była zupełnie oślepiona i usłyszała własny krzyk. Zarysy wróciły, dostrzegła aparat i fotografa. W dwóch susach była przy nim i powaliła go na ziemię prawym prostym.

— Ty skurwysynu! — krzyknęła.

— Bengtzon, do cholery, co ty wyprawiasz? — zawył fotograf.

Był nim Henriksson.

Annika poprosiła policjantów, żeby zatrzymali się przy Rosetten, sklepie koło jej domu, i kupili balsam do włosów. Później weszła po schodach do swojego mieszkania, otworzyła drzwi kluczem i znalazła się w cichym przedpokoju. Miała wrażenie, że minęło wiele lat, odkąd była tu po raz ostatni, w innej epoce. Zrzuciła z siebie ubranie i zostawiła je na podłodze w przedpokoju. Potem wzięła ręcznik z toalety i wytarła sobie brzuch, pośladki i podbrzusze. Następnie poszła prosto pod prysznic, pod którym stała bardzo długo. Wiedziała, że Thomas jest w hotelu „Grand"; miał przyjechać, gdy tylko dzieci się obudzą.

Ubrała nowe, czyste rzeczy. Te, w których była przez ostatnią dobę, razem z butami i płaszczem, wrzuciła do czarnego plastikowego worka. Następnie wyniosła go do kontenera na duże śmieci z tyłu domu.

Przed położeniem się spać miała do zrobienia jeszcze tylko jedną rzecz. Włączyła komputer Furhage, bateria była niemal na wyczerpaniu. Przyniosła dyskietkę i skopiowała na nią swój artykuł, którego ikonka znajdowała się na pulpicie. Później wahała się przez chwilę, ale w końcu kliknęła dwukrotnie na folder o nazwie „Ja".

Znajdowało się tam siedem dokumentów, siedem rozdziałów, zatytułowanych zawsze jednym jedynym słowem: Egzystencja, Miłość, Człowieczeństwo, Szczęście, Kłamstwa, Zło i Śmierć.

Annika otworzyła pierwszy z nich i zaczęła czytać.

Rozmawiała ze współpracownikami Furhage i z jej bliskimi. Wszyscy przyczynili się do tego obrazu przewodniczącej komitetu olimpijskiego, jaki uformował się w głowie Anniki.

Na koniec Christina Furhage sama zdecydowała się przemówić.

Epilog

Pod koniec czerwca, dokładnie sześć miesięcy po ostatnim wybuchu, Sąd Rejonowy w Sztokholmie uznał Beatę Ekesjö za winną trzech zabójstw, czterech usiłowań zabójstwa, podpalenia, wyrządzenia znacznych szkód materialnych, wywołania powszechnego niebezpieczeństwa, porwania, kradzieży i prowadzenia pojazdu bez zezwolenia. Przez cały czas trwania procesu Ekesjö nie odezwała się ani słowem.

Wyrok przewidywał leczenie w zamkniętym zakładzie psychiatrycznym z możliwością wypisania tylko po przeprowadzeniu specjalnej procedury. Żadna ze stron nie odwołała się od wyroku, który tym samym uprawomocnił się trzy tygodnie później.

Chyba nikt nie zwrócił uwagi na to, że przez całe pięć tygodni procesu oskarżona nosiła tę samą ozdobę — tanią starą broszkę z granatami w srebrze platerowanym złotem.

Artykułu o tym, jak inżynier budowlany Beata Ekesjö została seryjnym zabójcą, Zamachowcem, nigdy nie opublikowano.

Podziękowania autorki

Opisane wydarzenia są fikcyjne. Wszelkie podobieństwa między bohaterami powieści a rzeczywistymi osobami są czysto przypadkowe.

Gazeta „Kvällspressen" także nie istnieje. Nosi ona cechy wielu istniejących przedsiębiorstw prasowych, ale jest wyłącznie wytworem fantazji pisarki.

Jednakże wszystkie miejsca odwiedzane przez bohaterów są opisane tak, jak rzeczywiście wyglądają lub jak mogłyby wyglądać. Dotyczy to również stadionu i wioski olimpijskiej.

Na koniec chciałabym podziękować wszystkim, którzy dzięki swej życzliwości i wiedzy przyczynili się do powstania tej powieści. Są to:

Arne Rosenlund z komitetu organizacyjnego Olimpiady Sztokholm 2004, który wyjaśnił, jak wygląda organizacja igrzysk olimpijskich.

Per-Axel Bergman, nadzorujący przedsięwzięcie „Hammarby", który opisał stadion olimpijski i wioskę olimpijską.

Bosse Daniels, strzałowy we Frölanders Järn AB w Breds-Skälby koło Enköpingu, który zaprezentował różne materiały wybuchowe, zapalniki, detonatory, lonty itp. oraz wykonał próbne detonacje.

Gunnar Gustafsson, zastępca dyrektora technicznego w sieci Comviq, który fachowo opisał sygnały odbierane i wysyłane przez telefony komórkowe.

Lotta Wahlbäck, już prawie inżynier budowlany, która opowiedziała o pozycji kobiety, kształceniu i hierarchii w branży budowlanej.

Lotta Byqvist, która opisała analizę nakładu w popołudniowej gazecie.

Lotta Snickare, kierownik do spraw programowych w Szwedzkim Związku Gmin, która wprowadziła mnie w pracę tej instytucji.

Stefan Wahlberg, producent programu telewizyjnego „Efterlyst" („Poszukiwany"), który opowiedział wszystko o kanałach policyjnego radia i używanym tam języku.

Robert Braunerhielm, dyrektor naczelny MTG Publishing i Annika Rydman z zakładowej organizacji związkowej w redakcji „Expressen", którzy przedstawili informacje i strategie związane z odprawami na rynku pracy.

Thomas Hagblom, zastępca kierownika produkcji w Sztokholm-Klara, który pokazał mi terminal i wyjaśnił zasady sortowania.

Conny Lagerstedt, który opowiedział o ekologicznej uprawie pomidorów.

Johanne Hildebrandt, z którą prowadziłam niekończące się rozmowy telefoniczne i która nie żałowała mi słów zachęty.

Oczywiście Sigge Sigfridsson, mój wydawca, który od pierwszej chwili wierzył w powodzenie tego przedsięwzięcia.

A przede wszystkim Tove Alsterdal, która czytała każdą linijkę przesyłaną e-mailem, komentowała, słuchała, dyskutowała, analizowała i udzielała wspaniałych rad i zgłaszała propozycje.

Dziękuję wszystkim!

Ewentualne błędy rzeczowe, które mogły się wkraść, obciążają wyłącznie moje konto.

———